PHILIPPA L. ANDERSSON

THE ACTRESS

Unerwartetes Verlangen

Buch

Sie drehen den Film des Jahres.
Er begehrt sie.
Sie glaubt nicht an seine Gefühle.
Und dann passiert es doch …

Von außen betrachtet ist Ida Portman endlich genau dort, wo sie immer sein wollte. Als begnadete und mehrfach ausgezeichnete Theaterschauspielerin spielt sie die weibliche Hauptrolle in der Verfilmung des Buch-Bestsellers »Mehr als Liebe«.

So einfach, so gut.

Die Sache hat nur einen Haken und der heißt Noah Miller. Der skandalumwitterte Hollywoodstar ist ihr Filmpartner, und der Frauenheld lässt nichts unversucht, um nicht nur vor, sondern auch hinter der Kamera bei Ida zu landen.

Ida weiß, sie sollte die Finger von ihm lassen und ihm die kalte Schulter zeigen. Sie weiß, dass man den Gefühlen eines Schauspielers nicht trauen kann. Die können alles vortäuschen, wenn sie wollen. Sie weiß, dass es nicht gut sein kann, wenn ausgerechnet jetzt Wunden der Vergangenheit wieder aufreißen. Aber sie weiß auch, dass sie sich noch nie so gefühlt hat wie in seiner Nähe. Sie ist heiß auf ihn. Und so lässt sie sich auf ihn ein …

Über Philippa L. Andersson

Nach ihrem Germanistik- und Hispanistik-Studium in Bamberg sowie Stationen in Spanien und Hamburg veröffentlichte Philippa L. Andersson 2012 ihre erste Kurzgeschichte, 2013 folgte der erste von zahlreichen weiteren erotischen Liebesromanen. Sie lebt und arbeitet in Berlin.

www.philippalandersson.de
www.facebook.com/PhilippaLAndersson
philippal.andersson@gmail.com

PHILIPPA L. ANDERSSON

THE ACTRESS

Unerwartetes Verlangen

EROTISCHER LIEBESROMAN

Originalausgabe 02/2016

3. korrigierte Auflage
Juni 2016

Umschlagmotiv: Vika Valter - http://deutsch.istockphoto.com
Umschlaggestaltung: Philippa L. Andersson
Lektorat: Mona Gabriel, Leipzig
Korrektorat: Textsyndikat, Christiane Geldmacher, Wiesbaden

Printed by Create Space

ISBN-13: 978-1530153084
ISBN-10: 1530153085

Philippa L. Andersson wird vertreten durch:
Sowade, Plantagenstraße 13, 13347 Berlin
philippal.andersson@gmail.com
www.facebook.com/PhilippaLAndersson
www.philippalandersson.de

#SPREADLOVENOTWAR

Kapitel 1

»Bist du nervös?«

»Kein bisschen«, log ich meine beste Freundin Claire an, als wir aus dem Taxi stiegen, und knetete das Drehbuch für *Mehr als Liebe.* Das tat ich nicht zum ersten Mal. Das Papier war in meinen Händen weich und wellig geworden und sah aus, als wäre es mit mir baden gegangen. Nun fummelte ich an den Ecken der Seiten herum. Das lenkte mich immerhin so weit ab, dass ich weder auf meiner Lippe herumkaute noch mit meinen frisch gewaschenen Haaren spielte oder – Gott bewahre! – kicherte.

Das hier war der absolut falsche Zeitpunkt, um nervös zu sein. Ich hatte mir die Hacken abgelaufen und war von Casting zu Casting gerannt, um nicht mehr nur im Theater, sondern endlich in einer Hollywood-Produktion mitzuspielen, bei der ich Geld verdiente. Und ich hatte *die* Rolle bekommen, um die sich Stars wie Oscarpreisträgerin Sophia MacKenzie, die Newcomerin des letzten Jahres Savanna Roberts oder der aktuelle Teenieschwarm Harper Love gerissen hatten. Die ganz Großen. *Mehr als Liebe*, der erotische Liebesroman von Rachel T. Summers, bestimmte seit zwei Jahren die Buch-Bestsellerlisten. Und ein Ende des Erfolgs war noch lange nicht in Sicht. Wenn man nach den Verkaufszahlen ging, die beinahe monatlich mit einem ungläubigen Luftschnappen registriert wurden, dann hatte jede zweite Frau in der westlichen Welt die Story um die selbstbewusste, aber sexuell kaum erfahrene Amber

Clarkson und den attraktiven, aber verschlossenen Geschäftsmann Braden Forbes verschlungen. Im Internet diskutierten Fans jede Buchzeile ihrer Beziehung. Es gab *Mehr-als-Liebe*-CDs, *Mehr-als-Liebe*-Klamotten, *Mehr-als-Liebe*-Geschirr und natürlich auch passende Sextoys, egal, ob die nun im Buch Verwendung gefunden hatten oder nicht. Und jetzt folgte endlich der Film und schon die bloße Ankündigung hatte für ein hysterisches Kreischen gesorgt. Wenn Themen wie Artenschutz oder die Erderwärmung nur fünf Prozent dieser Aufmerksamkeit bekämen, wahrscheinlich wäre unsere Welt dann gerettet.

War das übertrieben? Nein, kein bisschen. Und ich denke, das macht begreiflich, warum ich nervös war. Der Film würde alle Darsteller über Nacht auf den Olymp der Berühmtheit katapultieren. Mehr ginge nicht. Das hier, das war wie ein Jackpot. Und mal ehrlich, wer zum Henker wird denn nervös, wenn er sich seinen Gewinn abholt? Okay, aufgedreht kann man sein. Man kann auch so breit grinsen, dass man Karotten quer essen kann. Aber man ist einfach nicht nervös.

Doch ich war es.

Denn wenn der Hype um das Buch schon alle Rekorde brach, so hatten die Produzenten in Hollywood dafür gesorgt, dass der Film es ihm gleichtun würde. Sobald ich an die hochkarätige Besetzung dachte, allen voran Christopher Man, den Regisseur, dessen letzte drei Filme alle international mit Preisen überschüttet worden waren, drehte sich mir wieder der Magen um, und ich war froh, dass ich in dem Motel am Stadtrand, in dem ich mich übergangsweise niedergelassen hatte, am Morgen nichts gegessen hatte. Mich zu übergeben war nicht der erste Eindruck, den ich hinterlassen wollte. Ich, die einzige Leinwand-Debütantin in der Produktion.

»Ich kenn dich doch. Sei ehrlich«, neckte mich Claire. »Es ist völlig okay, wenn du nervös bist. Ich selbst bin total aufgeregt und hätte mir den Kaffee sparen können.«

»Wirklich, alles cool bei mir«, beharrte ich. Wenn man schon log, dann richtig. »Ich treff gleich den heißesten Schauspieler Hollywoods. Ach, was rede ich? Der ganzen Welt!«

»Sagt die Frau, die wie ein Sack Kartoffeln aussieht«, witzelte Claire.

»Haha.« Ich habe mit gut ein Meter siebzig die optimale Größe für die Kamera, bin schlank, und ich trug natürlich keinen Kartoffelsack, sondern heute, da es ein heißer Tag war, Shorts und ein luftiges, weißes Shirt.

Jetzt nagte ich doch auf meiner Unterlippe herum.

Noah Miller, der die Rolle des Milliardärs Braden Forbes spielte, war überirdisch sexy. Als ich vor zehn Jahren gerade einmal angefangen habe, Schauspielunterricht zu nehmen, da hat mich sein nackter Körper bereits auf Werbeanzeigen verfolgt. Seitdem hat er einen kometenhaften Aufstieg hingelegt. Und als wäre das nicht einschüchternd genug, so wusste ich, dass er für die Rolle in *Mehr als Liebe* seit Monaten spezielle Sporteinheiten absolvierte, um durchtrainiert, aber nicht aufgepumpt aufzusehen. Er hat dunkelblonde Haare, die er zuletzt recht lang trug, ein sehr markantes Gesicht, braune Augen und einen sinnlichen Mund – nicht zu schwulstige Lippen, aber auch nicht zu schmal. Und ich fragte mich, wie dieser Riese an Schauspieler mit seinen fast eins neunzig in natura wirken würde.

Vor einem der Wolkenkratzer in Downtown L.A., hinter dem sich der Mount San Antonio und die San Gabriel Mountains erhoben, blieben wir stehen. Das Studio hatte sich hier in die oberste Etage eingemietet und ein Großteil der Dreharbeiten würde dort stattfinden. Ich legte meinen Kopf in den Nacken und starrte nach oben.

Hinter der Glasfassade erkannte man nichts. Die Sonne spiegelte sich in den Fenstern, und geblendet blinzelte ich und wandte mich wieder ab. In dem Gebäude wohnten und arbeiteten Rechtsanwälte, Immobilienmakler und Banker – Leute, die mit ihren Entscheidungen das Leben von Menschen veränderten. Und dort, in der obersten Etage, würde sich auch mein Leben verändern. Vielleicht war es ja ganz gut, dass ich nervös war, dachte ich und strich meine feuchten Handflächen an meiner Shorts ab.

Claire war meinem Blick gefolgt. Sie stellte sich hinter mich und massierte mir meine Schultern, als wäre ich ein Champion, der gleich in den Ring steigen sollte. »Stress dich nicht, Ida. Du siehst gut aus. Du bist schlank, sportlich und hast diese pervers süßen Sommersprossen. Deine Augen sind so unnatürlich blau, dass ich dich hassen müsste, wenn ich dich nicht liebte, und was auch immer du mit deinen Haaren heute angestellt hast: Die Stylisten machen aus diesem dunklen Wirrwarr bestimmt eine schillernde, nussbraune, weich fallende Mähne. Kopf hoch!«

»Mmpf«, murmelte ich.

»Dir ist schon klar, dass eine Million Frauen gerade mit dir tauschen möchten?«

Ich machte mich los, fuhr herum und warf Claire einen entgeisterten Blick zu. In ihrem dunklen Hosenanzug, der weißen Bluse, den Pumps und ihrem kurzen Bob-Haarschnitt sah sie wie eine Fernsehmoderatorin aus und heute deutlich professioneller als ich. »Bau mich gefälligst auf und mach mir nicht noch mehr Angst!«, maulte ich.

Für die Rolle würde ich mit Noah nackt vor der Kamera stehen. Das war grundsätzlich kein Problem. In dem Theaterstück, in dem ich noch eine Vorstellung geben musste, lief ich auch für zwei Sekunden im Evakostüm über die Bühne. Aber nun einen unbekleideten Gegenpart zu haben, der noch dazu unglaublich sexy war, und mit ihm Sex vorzutäuschen, war etwas anderes. Ich fragte mich, wie sich der Akt anfühlen würde. Ob er so heiß wäre, wie ihn sich alle Frauen ausmalten, oder ob er technisch und schablonenhaft wäre, weil um uns herum Kameras und Mikrofone hingen. Und wie wäre dann das Ergebnis? Es musste richtig gut werden. Wenn nicht, dann würde ich eine großartige Chance vertun.

Im Vorfeld hatte ich versucht, im Internet mehr zu dem Thema rauszukriegen. Aber die einzigen Leute, die zugaben, beim Sex vor der Kamera Spaß zu haben, waren Pornodarsteller. Ansonsten war alles immer ›sehr schnell‹, ›sehr technisch‹ und meist mit einem Double oder Prothesen inszeniert. Kurzfassung: nicht hilfreich.

»Jetzt hör mir mal zu, Süße«, sagte Claire. »Egal, wie es gleich läuft, denk immer daran: Du hast die Rolle bekommen, weil du perfekt dafür bist. Du hast dich gegen die gesamte Konkurrenz durchgesetzt – und du weißt, wer da alles Schlange gestanden hat. Aber die Produzenten wollten dich. Du bist verdammt gut und das weißt du auch. Und endlich arbeitest du mit Profis zusammen, statt auf einer kleinen Bühne in Chicago zu versauern, die sich nicht mal gedruckte Tickets für die Vorstellung leisten kann. Ich glaub an dich, Schatz.« Sie nahm mich kurz in den Arm und schubste mich dann vorwärts. »Und jetzt hau sie um!«

♥

Bis zu diesem sonnigen, ungewöhnlich heißen Tag im

März hatte ich mich für einen selbstsicheren Menschen gehalten. Ich hatte immer an mich geglaubt. Und es hatte immer Menschen gegeben, die das auch taten. Was sehr aufbauend war. Ich hatte nicht nur in Chicago, sondern auch im Bundesstaat Illinois so ziemlich jeden Schauspiel-Preis abgesahnt, den es gab. *Du hast keinen Grund nervös zu sein*, sagte ich mir wie ein Mantra auf.

Doch kaum stand ich vor diesem riesigen verglasten Wolkenkratzer, schon schrumpfte mein Ego auf die Größe eines Staubkorns. *Ein Filmdreh ist Neuland für dich*, antwortete mein Verstand. Und wie bei jedem ersten Mal schlug mir mein Herz bis zum Hals. Das Einzige, was das hätte ändern können, wäre gewesen, sich langsam an Filme heranzutasten, statt gleich den Mount Everest Hollywoods zu besteigen. Aber dafür war es jetzt zu spät. Ich war gut. Ich konnte das. Und Claire hatte recht, ich hatte die Rolle nicht nur angenommen, weil sie Ruhm und Ehre versprach, sondern weil ich ehrlich begeistert davon war. Außerdem liebte ich die Schauspielerei. Wenn ich meinen Text sprach, dann sagte ich ihn nicht nur auf, ich fühlte ihn. Ich war die Figur, die ich verkörperte. Und genau das wollte ich einem größeren Publikum als dem kleinen Theatersaal in Chicago zeigen.

Außerdem brauchte ich das Geld. Dringend.

»Komm mit!«, sagte ich mit neuem Selbstbewusstsein. Ich zog Claire mit mir ins Foyer, meldete mich am Empfang, zeigte meinen Ausweis vor und wurde dann zu den Fahrstühlen begleitet. Ein schwarz gekleideter Mann mit einem Knopf im Ohr bedeutete uns einzusteigen, gab einen Code ein und drückte auf den Knopf mit einem großen, rot beleuchteten P. Das Penthouse.

Von der Ruhe im Foyer war nichts mehr zu spüren, sobald wir in der obersten Etage ausstiegen. Der Gang war vollgestellt mit Kisten, Requisiten und Technik. Und jede Menge Leute drängten sich an mir vorbei. Alle total aufgedreht, obwohl es erst sechs war, und so gut gelaunt, dass sie sich im Vorbeigehen ständig Witze zuwarfen.

»Ich würde sagen, hier sind wir richtig«, stellte Claire überflüssigerweise fest, als wir den Kabeln in ein riesiges, offenes Wohnzimmer gefolgt waren.

Möbel waren an den Rand geschoben worden, damit wir für die Dreharbeiten und unser Equipment Platz hatten. Eine Ecke des Raumes nahmen Schminktische mit Unmengen an Make-up ein. Ganze zehn Kleiderstangen standen vollgepackt mit Klamotten herum, sieben Mal beschriftet mit »Amber« und drei Mal mit »Braden«. Ich entdeckte Christopher Man, den Regisseur, der gerade mit einem rothaarigen Typen das Skript und – das vermutete ich – die Kameraeinstellungen diskutierte. Ich nickte einem großen Mann zu, der mir vom Casting bekannt vorkam. Und ich und Claire wurden sofort von Alex Tompkins festgehalten, der uns als Fotograf während der Dreharbeiten begleiten würde. Er trug genau wie beim letzten Mal, als ich ihn gesehen hatte, eine zerschlissene Jeans und ein schwarzes T-Shirt, und entweder er hatte Dutzende davon im Gepäck, oder er lebte praktisch in den Klamotten. Ich hab ihn nie gefragt, aber er würde sich die nächsten Wochen und Monaten, egal, wie das Wetter wäre, nicht anders anziehen.

Dann entdeckte mich Christopher, er ließ seinen Gesprächspartner stehen, der, wie ich später erfahren sollte, unser Chef-Kameramann Vincent Baker war, und kam zu mir rüber.

»Bin ich zu spät?«, fragte ich, weil ich das Gefühl hatte, ich wäre die Letzte am Set.

Er schüttelte den Kopf. »Ich schätze, in einer halben

Stunde steht die Technik.« Er legte mir den Arm um die Schultern. »Lust auf eine kleine Runde?«

»Als könnte ich darauf mit Nein antworten«, witzelte ich.

Christopher war charmant, durch die riesige, dunkle Hornbrille sah er sehr hip und intelligent aus. Sein grau meliertes Haar und die tiefen Falten im Gesicht zeugten aber davon, dass er Anfang siebzig war, zu den Dinosauriern der Filmbranche gehörte und sich so leicht nichts vormachen ließ. Außerdem wusste er, wie er bekam, was er wollte. Und diese Tour hier war alles andere als ein Gefallen. Je besser ich das Set kannte, desto besser konnte ich spielen. Er stellte mich einem Dutzend Leute vor, die ich die nächsten Wochen alle besser kennenlernen würde. Im Vorbeigehen nickte er der Autorin Rachel T. Summers zu, die die nächsten Wochen immer dabei sein würde. Er zeigte mir den eleganten Flur und das luxuriös eingerichtete Wohnzimmer, wo wir gleich drehen würden, und schickte mich dann in das riesige, lichtdurchflutete Büro, das im Film Braden gehörte.

»Wow!«

Vor riesigen, bodentiefen Fenstern stand ein extrem großer Schreibtisch, davor befand sich eine Sitzgruppe mit zwei Sofareihen, als würde hier gleich der Stab von Braden Forbes hereinspazieren und dem Milliardär Bericht erstatten. So wie es Rachel auch in ihrem Buch beschrieben hatte. Die offenen Bücherregale an der Wand, die Gemälde und Teppiche taten ihr Übriges.

Christopher lachte. »Schön, dass es dir gefällt.«

Sobald wir wieder im Vorraum waren, zeigte er auf eine Frau, die aussah, als käme sie gerade von einem Sechzigerjahre-Fotoshooting. »Das ist Jessica Williams. Sie macht dein Make-up. Und …« So als hätte sie gespürt, dass wir über sie redeten, sah sie auf. »… sie wartet auf dich«, schloss Christopher.

Als ich nicht schnell genug schaltete, packte mich Claire an den Schultern, schob mich zu Jessica und schwirrte dann ab mit der Ausrede, sie würde mal nach Kaffee suchen.

Jessica begutachtete meine Haare und seufzte, so ziemlich in der gleichen Tonlage wie ich am Morgen.

»Du kriegst das hin, oder?«, fragte ich.

Sie sah zwischen mir und ihrem Stylebook hin und her, auf dem ich sinnlich gewellte Haare trug. Sie pfiff einmal quer durch den Raum und ein junges Mädchen, sicherlich noch nicht mal volljährig, kam zu uns herüber. »Kannst du bitte die Haare glätten? So wie sie aktuell sind, kann ich daraus keine Frisur machen.«

»Noah ist schon durch?«, fragte ich.

»Männer!«, stießen beide wie aus einem Mund aus und meinten damit offensichtlich das, um was sie jede Frau beneidete: Sie brauchten nur fünf Minuten, um perfekt auszusehen, während wir fünfzig für das gleiche Ergebnis benötigten.

Jessica zeigte mit dem Kopf zur Seite und eine heiße Welle des Verlangens brandete völlig unerwartet durch meinen Körper.

Da war er, Noah Miller, zusammen mit einem anderen Mann, ebenfalls groß und breitschultrig, und in einem anthrazitfarbenen Anzug, der etwas zerknittert aussah, als hätte er ihn schon länger als nötig getragen. Sein Agent Eric Lankford, wie ich später erfahren sollte. Prompt wurde ich wieder nervös.

Während Jessica und ihre Assistentin mich bearbeiteten, konnte ich meinen Blick nicht von Noah lösen. Die dunkelblonden Haare waren anders als bei seinem letzten Auftritt geschnitten, im Nacken zwar kurz, aber weiter oben länger. Er trug eine dunkle Anzughose, die seinen Hintern perfekt betonte, und band sich eine Uhr um, die ihm jemand von den Requisiten gereicht hatte, während er weiter mit Eric sprach. Eindeutig fertig für den ersten Dreh.

Nicht sabbern, ermahnte ich mich.

Schon auf Fotos oder in Videos hatte ich ihn attraktiv gefunden, aber in natura war seine Wirkung auf mich noch viel stärker. Dabei war es gar nicht so sehr sein Aussehen, sondern die Körpersprache. Die Ruhe, die er ausstrahlte. Und die Bestimmtheit, mit der er gestikulierte. Alles an ihm sagte: Mir gehört die Welt. Ihn umgab eine Aura von Macht und Autorität, wie ich sie noch nie zuvor bei jemandem gespürt hatte. Und ich fragte mich ernsthaft, wie irgendjemand in diesem Raum sich auf seinen Job konzentrieren konnte, wenn *er* anwesend war. War nur ich so verrückt, dass mein Mund trocken wurde, sich mein Puls beschleunigte und meine Handflächen schon wieder nass waren? Von meinem feuchten Höschen ganz zu schweigen.

In solchen Momenten brauchte man seine beste Freundin, aber wenn sie Noah nicht gesehen und ohnmächtig geworden war, dann vermutete ich, dass Claire sich gerade am Buffet Inspirationen für ihren Cateringservice holte, den sie ganz frisch gegründet hatte. Sie war nur hier, weil ich ihr den Ausflug als kleine Rechercheereise, die sie von der Steuer absetzen konnte, schmackhaft gemacht hatte. Und weil ich noch immer keinen Agenten hatte und jemanden brauchte, der zumindest für den Anfang auf meiner Seite stand.

»Au!«, kreischte ich, als das Glätteisen mein Ohr streifte. Ich vergaß Noah und betrachtete meine seidig fallenden Haare. Nicht schlecht. Als ich wieder in die Richtung sah, wo ich Noah zuletzt entdeckt hatte, ärgerte ich mich, denn er war nicht mehr da. Nur sein Agent starrte mich an, und ich wandte mich wieder ab.

»Ida Portman …«, sagte eine tiefe Männerstimme.

Meine Haut kribbelte und ein Schauer lief mir über den Rücken, als wäre jemand mit dem Finger dem sinnlichen Schwung meiner Wirbelsäule gefolgt. Durch die Puderwolke, in die mich Jessica gerade hüllte, sah ich Noah neben mir am Tisch gelehnt und sein Blick bohrte sich in meinen, je länger ich nichts sagte.

Noah Miller redet mit dir, kreischte mein Gehirn. Was kein besonders professionelles Verhalten war. Der Klang seiner Stimme verzauberte mich. Sie war sinnlich, tief und einen Tick rau, wodurch ich für einen Augenblick vergaß, wo ich war, und mir über die Lippen leckte.

Bis ich den Lippenstift schmeckte und Jessica seufzte. »Mach das nicht so oft. Die Sorte ist zwar nicht aus Zuckerguss, aber auch nicht kussecht.«

»Mmh«, machte ich, da sie noch mal über meinen Mund tupfte und ich nicht sprechen konnte. Ich bemerkte, wie sich bei dem Laut Noahs Pupillen weiteten. Ich sah förmlich, wie ihm Ideen durch den Kopf schossen, mir erneut diesen Ton zu entlocken.

Spinn jetzt hier nicht rum, ermahnte ich mich. Ja, einige Typen am Theater in Chicago fanden mich heiß. Ich war halt schlank und hatte Brüste und ja, diese dämlichen Sommersprossen. Das machte aus mir aber noch lange keinen feuchten Männertraum. Ich fand mich so erotisch wie einen Fernsehabend auf dem Sofa.

»Wir beide haben also die nächsten Wochen das Vergnügen?« Seine dunklen, braunen Augen taxierten mich interessiert. Ich fragte mich, wen er erwartet hatte und was er über mich wusste.

»Ja, ich bin Ida«, sagte ich das Offensichtlichste, was mir einfiel, und kam mir wie die größte Idiotin des Universums vor.

»Ich weiß.« Seine Mundwinkel zuckten, als hätte er genau bemerkt, dass er mich durcheinanderbrachte. »Nervös?« Er wartete, ob ich dazu etwas sagte, ohne mich aus den Augen zu lassen. »Ich beiße nicht.«

»Da hab ich anderes gehört«, konterte ich und zeigte endlich etwas Widerstand. Ja, ich würde mit diesem Mann jede Menge intimer Sexszenen drehen, ich würde ihn küssen und meine Finger dürften jeden Zentimeter seines Körpers erkunden. Aber das hieß noch lange nicht, dass zwischen uns außerhalb des Drehs was laufen würde. Soweit ich wusste, war er außerdem aktuell wieder mit seiner superschönen und superklugen und meist auch supernetten On-Off-Freundin Miranda zusammen, deren beneidenswert natürlich blonde Haare ich hier am Set auch schon irgendwo entdeckt hatte.

Also reiß dich zusammen, Ida!

Leichter gesagt als getan.

Ein tiefes Lachen folgte, das direkte Auswirkungen auf den Zustand meines Höschens hatte. Beschämt presste ich meine Schenkel zusammen und spürte dabei die verräterische Feuchtigkeit zwischen meinen Beinen.

»Vielleicht sollten wir den Text zusammen durchgehen? Bisher hatten wir dazu ja noch keine Gelegenheit«, schlug ich vor und gratulierte mir selbst zu diesem Meisterstück professionellen Verhaltens, wo mir doch meine Hormone signalisierten, dass ich ganz andere Dinge mit ihm durchgehen wollte.

»Also, ich kann meinen«, antwortete er, »und ich bin mir sicher, wir sind beide so gute Schauspieler, dass wir die Szene zusammen hinkriegen. Wir haben ja mehrere Anläufe.« Jemand vom Kamerateam gab ihm ein Zeichen, und er stieß sich vom Tisch ab. »Bis gleich, Ida.« Unsere Blicke trafen sich im Spiegel, und er strich im Vorbeigehen mit seiner Hand über meine Schulter. »Ich kann es gar nicht erwarten.«

Seine Worte verfehlten nicht ihre Wirkung, und ich war froh, dass ich einen Push-up-BH trug, der meine steifen Nippel verbarg. *Noch*, wie mir siedend heiß einfiel. Denn Francine, unsere Stylistin, hatte ein anderes Outfit für mich vorgesehen.

Ich brauchte dringend etwas Abkühlung, griff nach einem Glas Wasser und trank es fast vollständig leer. Im Spiegel bemerkte ich die Spuren, die die Begegnung mit Noah an mir hinterlassen hatte. Meine sonst strahlend blauen Augen waren dunkler vor Lust und auch ohne Rouge überzog verräterische Röte meine Wangen. Jessica bekam davon zum Glück nichts mit. Sie bearbeitete die letzte Haarsträhne mit dem Lockenstab, betrachtete stolz ihr Werk und fummelte mit einem Kajal vor meinen Augen herum, um mit dem Make-up fertig zu werden.

»Ist der aus natürlichen Inhaltsstoffen? Manchmal rötet sich meine Haut«, sagte ich und ärgerte mich, dass ich das nicht im Vorfeld angesprochen hatte.

Da Jessicas Gesicht strahlte, war mir klar, dass ich Glück hatte. »Du bist die Erste, der das wichtig ist«, sagte sie. »Ich nehm nur solche Produkte. Alles öko, für sensible Haut, hypoallergen, möglichst natürlich und ohne Tierversuche. Also die volle Packung.«

»Cool«, sagte ich und zeigte auf den Kajal. »Darf ich das selbst machen?«

»Klar, versuch mal.« Keine Spur beleidigt reichte sie mir den Stift und beobachtete aufmerksam, wie ich die dunkle Linie zog, die sie gleich verwischen würde, damit ich nicht wie eine Geisha, sondern wie eine moderne, stilbewusste Frau aussah. »Das ist dein erstes großes Set, oder?« Da ich nickte, fuhr sie fort: »Also egal, was du brauchst, die haben hier alles. Absolut alles. Fehlt dir jetzt schon was?«

»Nur die Toilette«, antwortete ich.

Sie lachte. »Die sind da vorne, gleich die erste Tür rechts. Zeig ich dir, wenn dein Make-up sitzt, okay?« Sie nahm mir den Kajal ab, trug dann Lidschatten auf und schnappte sich eine Bürste, um meine Augenbrauen zu kämmen.

Während Jessica mit der Wimperntusche hantierte, fragte ich sie, ob sie einen Tipp für mich hätte, wie ich mich verhalten sollte.

Sie strich zufrieden über meine weich fallenden Haare, wischte einen Staubkrümel von meiner Wange, tupfte mit einem Kosmetiktuch überschüssiges Make-up ab und wiegte den Kopf, als würde sie mit sich selbst diskutieren. »Mach vor der Kamera, was er will. Aber hinter der Kamera halt dich von ihm fern«, sagte sie schließlich laut.

»Von Christopher?«

Amüsiert kräuselte sie die Lippen. »Unsinn! Von Noah natürlich. Auch wenn das die Kritiker bisher einhellig ignorieren: Er ist ein guter Schauspieler, der seinen Job ernst nimmt. Hinter der Kamera sieht das ganz anders aus. Dir sagt Rebecca Gardner was?« Ich nickte. Laut der Regenbogenpresse war sie nach ihrem letzten Film total abgestürzt. Es wurde gemunkelt, der Ruhm wäre ihr zu Kopf gestiegen, denn als Filmpartner von Noah hatte sie einen Golden Globe als beste Nebendarstellerin erhalten. »Noah war echt ein Arschloch. Er hat sie um den kleinen Finger gewickelt, verführt und sich – wie ich gehört habe – sexuell mit ihr ausgetobt. Doch sobald die Filmpremiere vorbei war, hat er sie wieder gegen Miranda eingetauscht.«

»Autsch«, sagte ich.

»Richtig. Ich weiß auch nicht, was davon nun stimmt

oder nicht.« Sie wirkte ernster und bewunderte ihr fertiges Werk. »Manchmal habe ich den Eindruck, er spielt mit den Menschen. Und nur vor der Kamera zeigt er, wie er wirklich ist. Sei also vorsichtig, okay? Ein paar Fotos, auf denen ihr rein zufällig flirtet, wären für die Presse ganz gut. Nichts verkauft einen Film besser als Gerüchte. Das weiß Noah auch. Aber verwechsle das nicht mit echten Gefühlen.«

»Hatte ich nicht vor«, sagte ich und ging mich frisch machen.

»Alle auf Position!«, rief Christopher, sobald ich zurück und umgezogen war.

Kapitel 2

»Wow!«, hauchte Claire, als sie mich entdeckte. Ihre Hände zuckten, als wollte sie mich berühren, um sicherzugehen, dass ich echt war. Aber sie wagte es nicht.

»Ich bin immer noch die Gleiche«, knurrte ich. Erst in fünf Minuten sollte ich mich in Amber Clarkson verwandeln, die der sexuellen Energie von Braden Forbes erlag. Ich trug schwindelerregende Stilettos und steckte in einem eng anliegenden, dunkelblauen Etuikleid, unter das kein BH und nur eine Lachnummer an Slip passte.

»Nein«, protestierte Claire. »Dein Tonfall ist der gleiche, aber der Rest? Und seit wann kannst du auf High Heels laufen? Wenn wir abends weggehen, bestehst du immer auf Jeans und Ballerinas.«

»Weil sie bequem sind«, erwiderte ich. »Und jetzt hör auf, mich mit den Augen auszuziehen! Bitte.« Ich musste mich auf meine Rolle konzentrieren. Nicht auf durchdrehende beste Freundinnen. Oder darauf, dass mein Slip so winzig war, als herrschte weltweit Mangel an Seide, Baumwolle und woraus sonst Unterwäsche hergestellt wurde.

»Aber sie hat recht. Du siehst wirklich heiß aus«, murmelte Noah hinter mir im Vorbeigehen.

Ich drehte mich um und warf seinem Rücken böse Blicke zu. Und seinem Hintern verlangende. Das fing ja gut an!

Claire glotzte Noah ganz unverhohlen nach. Das beruhigte mich. Offensichtlich war ich nicht die Einzige, die ihn attraktiv fand. Und Claire hatte sogar einen Freund

und konnte sich trotzdem nicht zügeln.

So konzentriert wie möglich nahm ich meine Position ein. Alex schwirrte mit der Kamera um mich herum und schoss Fotos. Und dann ging es wirklich los: meine Karriere beim Film!

»Und Action!«

In meinem Rücken spürte ich, wie sich Christopher zusammen mit Vincent, dem Kameramann, bewegte. Ein flauschiges Mikrofon schwebte über meinem Kopf und irgendein Idiot regelte im Hintergrund an seinem Handy, dass sein Wagen von der Werkstatt abgeholt wurde.

Ich atmete tief durch, schloss die Augen und versetzte mich in Amber Clarkson, die wild entschlossen zu ihrem Liebhaber gefahren war. Als ich die Augen wieder aufmachte, war ich in der Szene.

Aufgewühlt hämmerte ich gegen die Tür und klingelte Sturm. Sie öffnete sich. Und mein Herz blieb stehen. Obwohl ich wusste, wen ich zu erwarten hatte.

Der Blick des Mannes vor mir stellte die eigenartigsten Dinge mit mir an. Passend zur Rolle wirkte er verärgert über die Störung. Seine Nasenflügel bebten und seine Lippen waren zu einer dünnen Linie zusammengepresst. Doch gleichzeitig lagen da so viel unterdrückte Leidenschaft und nur mühsam zurückgehaltene Lust in seinem Gesichtsausdruck, dass mir heiß und kalt wurde.

»Was willst du hier, Amber?«, fragte Noah in seiner Rolle als Braden Forbes und bohrte seinen Blick mit so einer Wucht in meinen, dass ich vor ihm auf die Knie gehen wollte, hier und jetzt.

Spiel!, ermahnte ich mich. *Spiel verdammt noch mal!*

Mit aller Macht zwang ich mich, einen eleganten Schritt vorwärts zu machen, und stolperte geradewegs in seine Arme. »Scheiße!«, fluchte ich und spürte seine Hände, die mich auffingen, noch bevor meine, Halt suchend, nach seinen Schultern griffen. Bei der Berührung fuhr ein Stromschlag durch mich hindurch, und ich machte mich los.

Was hat der Mann denn für Reflexe!

»Cut!«, rief Christopher.

Pikiert sah ich auf meine Füße, als könnten die irgendwie erklären, warum ich gestolpert war. Doch auf dem Boden war nichts, nur kalter Marmor. Es musste an meinen Knien liegen, die zitterten, und an meinen Beinen, die weich waren. An dieses Debüt als Filmschauspielerin würde ich noch in hundert Jahren denken. *Peinlich, peinlich, peinlich.*

»Doch nervös?« Noah musterte mich aufmerksam und strafte seinen lässigen Ton Lügen.

»Nein«, sagte ich und stolzierte auf den Stilettos demonstrativ hin und her. »Ich trag nur nicht jeden Tag solche Killer-Absätze.«

»Schade.« Nachdenklich fasste er sich ans Kinn. »Die sehen nämlich verdammt sexy an dir aus.«

»Spar dir die Komplimente!«, sagte ich, ohne ihn anzusehen. »Die sehen auch an einem Elefanten sexy aus.«

Meine Antwort amüsierte ihn, doch sein Lächeln erreichte nicht seine Augen. Sein Blick blieb unergründlich.

»Los Leute, gleich noch mal!«, sagte Christopher. »Wir haben das nicht umsonst als erste Szene genommen. Ich möchte, dass ihr miteinander warm werdet und die Energie und Leidenschaft zwischen den Figuren fühlt. Genau das Feeling brauchen wir für den Rest des Films. Alles klar?«

»Ja«, sagten Noah und ich wie aus einem Mund, und wieder spürte ich einen süßen erotischen Schauer über meinen Rücken laufen.

Ich rief mir ins Gedächtnis, was Jessica mir anvertraut

hatte. Noah spielte mit den Menschen. Und erst vor der Kamera zeigte er sein wahres Gesicht. Mmh … Mit dem Sunnyboy käme ich klar, aber der Mann, der mir eben begegnet war und dessen Blick ich nach wie vor forschend auf mir spürte, weckte etwas in mir, von dem ich nie geglaubt hätte, dass ich es erleben würde: das Verlangen, mich jemandem voll und ganz hinzugeben.

Das Prickeln auf meiner Haut hörte auf und ich wusste, Noah war hinter der Tür verschwunden, bereit, die Szene zu wiederholen.

Wenn er professionell sein kann, kann ich das auch, dachte ich mir. Also wiederholte ich mein kleines Ritual, um in die Welt von Amber Clarkson einzutauchen, schloss meine Augen und versetzte mich in ihre Situation, bis ich bereit war.

Wieder klopfte ich an die Tür und rief nach Braden.

Wieder schwang sie auf.

Und wieder blieb mir das Herz stehen, obwohl ich genau wusste, was passierte, und obwohl ich Noah erst vor fünf Minuten mit der gleichen Miene gesehen hatte. Aber wie er dort stand … So sah ein Mann aus, der einen begehrte.

»Was willst du hier, Amber?« Obwohl er scheinbar locker am Türrahmen lehnte, verrieten seine weiß hervortretenden Fingerknöchel, wie angespannt er war. Als spürte er ebenso wie ich, dass hier etwas passierte, das nicht normal war.

Mutig machte ich einen Schritt auf ihn zu und ließ die Tür hinter mir zufallen. Wir waren allein. Nur für wenige Sekunden. Und ich spürte seinen Atem, hörte seinen Herzschlag und roch ihn und das Aftershave auf seiner Haut, so nah standen wir beieinander. Mein Blick blieb auf ihn gerichtet und keiner von uns brach den Kontakt ab. Ich, weil ich nicht konnte. Er, weil er es nicht zuließ.

Hinter mir ging die Tür auf und das Team bewegte sich mit uns in die Wohnung, doch ich nahm all das nur am Rande wahr. Jessica überprüfte den Sitz meiner Haare und öffnete den obersten Knopf von Noahs Hemd. Olivia und TJ, Assistenten am Set, veränderten das Licht. Um uns herum war jede Menge Bewegung, doch wir rührten uns nicht, fanden es nicht seltsam, machten keinen Witz, wir starrten uns einfach nur an, als hätte jemand auf Pause gedrückt. Ich war mir seiner Präsenz schmerzlich bewusst, und obwohl er nichts tat, wuchs meine Begierde. Erst als Christopher ein Zeichen gab, spielten wir weiter.

»Ich will dich«, sagte ich und jede Faser meines Körpers gab meine Worte wie ein Echo wieder.

»Und was ist mit meinen Bedingungen?« Er schob seine Hände in die Hosentaschen, als müsste er sich zurückhalten, nicht über mich herzufallen.

Mein Blick war der Bewegung seiner Hände gefolgt, und ich wollte, dass er sie wieder zeigte. Mehr noch, dass er mich mit ihnen berührte. Meine Kehle war trocken, und ich konzentrierte mich auf meine nächsten Worte. »Ich akzeptiere sie«, sagte ich.

»Beweis es!«

»Wie?«

Dieser so faszinierend auf mich wirkende Mann legte seinen Finger unter mein Kinn und zwang mich, ihm weiter in die Augen zu sehen, nur dahin, nirgendwohin sonst. Vor Verlangen zog sich alles in mir zusammen und ich wusste, ich brauchte Abstand, jetzt sofort. Doch er löste sich nicht von mir, sondern strich mit dem Finger über meine rot geschminkten Lippen. So hart, dass er dabei einen Streifen der Farbe über meine Wange schmierte. Von sehr weit weg bekam ich mit, wie Jessica fluchte und eingreifen wollte, aber von Christopher gestoppt wurde. Wenn Noah es auch mitbekam, so ließ er es sich nicht anmerken. Seine ganze Konzentration lag auf mir, und ich spürte in einem Anflug von Panik, dass ich so feucht zwischen den Beinen war, dass sich ein Tropfen meiner Lust löste und vom Seidenstoff meines Höschens aufgesaugt wurde.

Noah griff mit seiner Hand fest in meine Haare, und ein lustvoller Schauer rieselte mir über den Rücken. Eine Reaktion, die man nicht spielen konnte.

»Zieh deinen Slip aus«, flüsterte er.

Ich zögerte. Nicht, weil es unerwartet kam – so stand es im Skript –, sondern weil er feucht war und es mir auf einmal unglaublich peinlich war, dass jeder das sehen würde – die Kameraleute, die Beleuchter, die Tontechniker und Assistenten. Und natürlich Jessica, die bereitstand, um mir auf Kommando die Nase zu pudern. Jeder. Außer die Zuschauer des fertigen Films.

»Der Slip, Amber? Ich frage nicht noch mal«, improvisierte er und ich wusste, ich musste handeln. Nicht nur wegen meiner Rolle, sondern wegen Noahs drohender Miene, die mir unmissverständlich klarmachte, dass er auf seine Art weiter improvisieren würde, wenn ich nicht tat, was er verlangte.

Meine Hände zitterten, als ich sie unter mein Etuikleid gleiten ließ. Ich fühlte meine heißen Schenkel, meine glühende Haut und den schmalen Bund des Spitzenslips. Langsam und ohne Noah aus den Augen zu lassen, hakte ich meine Finger dahinter und zog dran.

Hitze schoss mir in das Gesicht, weil gleich jeder den feuchten Stoff sehen würde. Echt feucht. Nicht künstlich erzeugt. Und ich konzentrierte mich auf Noah, um in der Szene zu bleiben. Wenn er mitspielte, konnte ich auch mitspielen.

Der Stoff fiel zu Boden, und ich spürte, wie meine

Knie weich wurden. So etwas hatte ich noch nie erlebt. Und so eine heftige Reaktion hatte bis zu diesem Augenblick noch kein Mann in mir ausgelöst, nicht mal ansatzweise. Und hier stand ich nun, eingelullt von der Schauspielerei meines Filmpartners.

»Hast du Angst, Amber?«

Wie gut der Text doch zu meinen Gefühlen passte. »Ja … nein … vielleicht«, stammelte ich.

»Sehr gut. Solltest du auch haben.« Schneller als ich es kommen sah, drückte Noah mich gegen die Wand. Sein Körper war plötzlich an mich gepresst und die Nähe sorgte dafür, dass das Pochen zwischen meinen Beinen heftiger wurde und sich ein weiterer Tropfen meiner Lust löste und langsam an der Innenseite meines Schenkels nach unten lief. Noahs Körper fühlte sich genauso heiß an wie meiner und sein Herz schlug mit meinem im Einklang. Oder sollte ich besser sagen: Es raste? Sein Rücken war zur Kamera gewandt und über seiner Schulter sah ich verschwommen die Crew, die uns beobachtete.

Verflucht, wie geht dein Text? Wenn ich den jetzt vergaß, dann müsste ich diese Szene noch mal drehen. Und wieder den Slip ausziehen. *Bloß nicht!*, war mein einziger Gedanke.

»Lasst euch Zeit! Das ist gut. Bleibt in der Rolle«, rief Christopher uns zu.

Noah teilte nicht die Begeisterung unseres Regisseurs. Obwohl sein Puls nach wie vor raste, sah er mich streng an. *Vermassele es nicht*, warnte er mich stumm, und ich konnte mir keinen Reim drauf machen, warum er so sauer war. Schließlich stand ich hier ohne Höschen. Nicht er.

Text! Text! Text!

Panisch schloss ich die Augen, um mich an meine Zeilen zu erinnern. So komplex war die Szene nun wirklich nicht. Und ich ärgerte mich über mich selbst, weil ich in meiner gesamten Karriere noch nie einen Hänger gehabt hatte. Aber ich war ja auch noch keinem Mann wie Noah Miller begegnet.

♥

Damit niemand meine Gedanken von meinem Gesicht ablesen konnte, ließ ich meine Arme unter Noahs Jackett gleiten, genoss schamlos den Körper, den ich unter dem dünnen Hemd spürte, verschränkte meine Hände hinter seinem Rücken und verbarg meine Nase an seinem Hals.

Sein ganzer Körper zitterte vor Anspannung und ich genoss, dass ich diejenige war, die ihn an die Grenzen seiner Selbstbeherrschung brachte. Bis er mit einem Seufzen nachgab, seinen Trieben folgte und seine Erektion gegen meinen Bauch drückte.

Ich stöhnte, ich konnte gar nicht anders. Und ich warf meinen Kopf in den Nacken und krallte mich durch das Jackett hindurch an seinem Rücken fest.

Christopher unterbrach die Szene noch immer nicht, obwohl wir uns mehr und mehr von der Buchvorlage entfernten. Dort machten Amber und Braden nicht rum. Sie gab ihm das Höschen und fertig.

Noah bewegte seine Hüften und rieb seine Erregung an mir, und ich vergaß, was in *Mehr als Liebe* geschrieben stand und was nicht. Ich wollte mehr von diesem Mann.

Gierig küsste er sich meinen Hals entlang nach oben bis an mein Ohrläppchen. Er knabberte daran, und seine Bisse und sein heißer Atem sorgten für weitere Gänsehaut, die er mit einem sehr maskulinen Laut quittierte, der mir durch und durch ging. Eine Hand lag in meinem

Nacken und verhinderte, dass ich mein Gesicht seinen Lippen entziehen konnte. Die andere strich über meinen Busen und spielte mit meinen erregten Nippeln, bis ich ein Wimmern nicht mehr zurückhalten konnte. Ich wollte, dass er aufhörte und gleichzeitig weiterging, viel weiter. Seine Hand tastete sich tiefer zu meiner Hüfte, schob das Etuikleid höher und fuhr unter den Stoff. Wo ich nackt war.

Bitte nicht!

So sehr ich ihn genau an der Stelle spüren wollte, während des Drehs hatte er dort nichts verloren, noch nicht, und ich versuchte, mich loszumachen. Doch sein Körper hielt mich gefangen. Seine Finger ließen sich nicht aufhalten, berührten mich unnachgiebig zwischen den Beinen, spürten den kühlen verräterischen Tropfen meiner Lust wie eine Einladung und strichen höher zu meinen vor Erregung feuchten und vor Hitze geschwollenen Schamlippen. Sein Puls raste und er stöhnte, als er über meine nasse Spalte strich – alles völlig unnötig, da diese Berührungen nicht von der Kamera eingefangen werden konnten.

»Ich vertrau dir«, presste ich hervor, dankbar und erleichtert, dass mir der Text endlich eingefallen war. Er passte nur so gar nicht zu dem, was ich fühlte. »Du kannst mit mir machen, was du willst. Alles, Braden.«

Als würde Noah meine Worte ernst nehmen, drangen zwei Fingerkuppen in mich und hätte er mich nicht gehalten, so wäre ich zu Boden gesunken. Es war so lange her, dass mich jemand dort berührt hatte, umso intensiver war das Gefühl, dass seine langsame Bewegung auslöste. Meine Muschi zog sich zusammen und wollte ihn tiefer spüren, um dieses Brennen zu lindern. Seine Augen funkelten dunkel, er beleckte sich die Lippen und genoss einen Moment länger, wie ich ihn ansah. »Genau das wollte ich hören, Amber.«

»Cut!«

Sobald Christophers Stimme durch den Flur tönte, löste sich Noah von mir und verließ das Set, ohne ein Wort zu sagen. Sein Manager Eric sah irritiert zu mir und folgte ihm.

»Alles okay bei dir?«, fragte mich Christopher.

Erst in dem Moment wurde mir klar, dass ich wie ein erschrockenes Reh im Scheinwerferlicht immer noch an dieser Wand lehnte und erregt war wie nie zuvor in meinem Leben. Das alleine wäre ein Grund zum Feiern gewesen, aber nicht, wenn einen ein Dutzend Leute anstarrten.

»Danke. Klar. Bei Noah wohl aber nicht«, witzelte ich. »So schnell, wie er das Weite gesucht hat.«

Ich schwankte auf den High Heels, streifte sie ab und nahm sie in die Hand, um meine erste gedrehte Szene nicht mit einem Stolpern begonnen und beendet zu haben.

Als ich zur Maske ging, damit mein Make-up für die weiteren Einstellungen restauriert werden konnte, vermied ich, meinen Kollegen in die Augen zu schauen. Jeder musste bemerkt haben, dass mich dieser Arsch vor laufender Kamera verführt hatte. Einen flachen Atem konnte man spielen, aber einen rasenden Puls? Dafür musste man verdammt talentiert in autogenem Training sein. Außerdem hatte er seine Finger in mir gehabt! Das war sexuelle Belästigung. Jawohl!

Von Sekunde zu Sekunde schlug meine Erregung immer mehr in Wut um. Auch auf den Regisseur. Ja, Christopher lobte mich und war entzückt, dass *Mehr als Liebe* so grandios besetzt worden war. Aber er hätte abbrechen müssen, was auch immer da zwischen Noah und mir am Laufen gewesen war. Und ich war sauer auf mich. Ich selbst hätte abbrechen sollen.

»Scheiße, Ida, das war heiß.« Claire stand der Mund offen.

»Ach ja?« Mein Ton war aggressiv und ich hielt mir die kühle Wasserflasche an den Hals, um mich zu beruhigen. Ich hatte überhaupt keine Lust, mit Claire meine Performance zu diskutieren. Denn dann hätte ich ihr auch erzählen müssen, dass ich soeben Dinge gespürt hatte, die ich noch nie zuvor gespürt hatte.

Dann betrat Noah den Raum, sichtlich entspannt. Ich vermutete, er war auf der Toilette und hatte onaniert, da sein Ständer verschwunden war. Ich schoss auf ihn zu, pikte mit dem Finger gegen seine Brust und drängte ihn zu den Kleiderständern.

»Sag mal, bist du völlig übergeschnappt?«

»Ich hab keine Ahnung, was du meinst.« Unschuldig hob er die Hände, aber seine Augen funkelten schon wieder so dunkel und warnend, dass meine Scham verlangend pochte. Außerdem glitt sein Blick über mein Kleid und ihm gefiel, dass ich immer noch keine Unterwäsche trug.

»Ich helf dir gerne auf die Sprünge. Deine Finger waren in mir«, zischte ich ihm zu, und zum Glück konnte nur Claire mich hören.

»Und es hat dir gefallen.«

»Wie bitte?!«

»Ich geb zu, dass meine Finger dich gefickt haben, wenn du zugibst, dass es dir gefallen hat.«

»Das ist doch albern. Ich hab nur gespielt.«

Ganz die Ruhe in Person beugte er sich zu mir, bis seine Lippen mein Ohr streiften, und ich hasste ihn für das Zittern, dass er damit in mir auslöste. »Ich auch, Ida.«

Statt zu warten, wie ich darauf reagierte, ließ er mich

stehen. Er nickte durch den Raum Miranda zu, dieser ultraperfekten Blondine, die gerade an ihrem Latte Macchiato nippte, und begab sich in Jessicas Hände für die Generalüberholung seines Looks.

»Willst du mir erklären, was hier gerade vorgefallen ist?« Claire stemmte ihre Hände in die Hüften und sah mich schräg von der Seite an.

»Er ist ein Arsch, das ist vorgefallen«, maulte ich und floh zum zweiten Mal innerhalb kürzester Zeit auf die Toilette, um mich sauber zu machen.

Es ist nur Sex, redete ich mir ein, als ich mich in dem riesigen Bad im Spiegel betrachtete. Besser: *Es ist nur ein Film. Mehr nicht.*

Ach ja? Ich täuschte Liebe, Lust und Leidenschaft vor, seit ich die Schauspielschule besucht hatte. Bei meinen Orgasmen kam niemand drauf, dass die unecht waren. Ich spielte eine Rolle, ich war nicht die Rolle. Doch aus irgendeinem Grund wollte mir das dieses Mal nicht gelingen. Und Noah Miller auch nicht. Egal, ob er nun ein guter oder ein schlechter Schauspieler war, ich bezweifelte, dass er jemals mitten beim Dreh eine Erektion bekommen hatte. Noch dazu eine, die sagte: ›Ich will dich und ich krieg dich, koste es, was es wolle.‹

Mit kaltem Wasser betupfte ich mir Dekolleté und Stirn, um die Hitze in meinem Körper zu lindern, bevor ich bei der nächsten Berührung von Noah in Flammen aufging.

»Ida?« Das war Claire, sie stand auf der anderen Seite der Tür. »Alle warten auf dich, Süße.«

Ich schluckte schwer, aber ich fühlte mich nicht bereit weiterzuspielen. Wenn ich an das Gefühl seiner Finger dachte: rau, fordernd und dennoch zärtlich … Wenn ich an seinen Geruch dachte … Wenn ich mir nur seine dunklen, braunen Augen in Erinnerung rief … sofort spürte ich das Kribbeln auf meiner Haut und das sehnsüchtige Ziehen zwischen meinen Beinen. Ich musste mir irgendetwas überlegen, um die nächsten Wochen zu überstehen und irgendwie damit umzugehen. Und ich war mir nicht sicher, ob es genügte, an seine perfekte Freundin Miranda zu denken. Ich würde nie etwas mit einem vergebenen Mann anfangen, aber das eben war zu stark gewesen.

»Mir ist furchtbar schlecht. Ich glaub, ich hab was Falsches gegessen. Wir müssen unterbrechen. Kannst du das Christopher bitte sagen?«, rief ich durch die Tür und nutzte zum ersten Mal in meinem Leben eine Notlüge, um nicht spielen zu müssen.

Kapitel 3

Unerkannt von Reportern und Fotografen verließ ich das Penthouse mit einem schlechten Gewissen.

Damit mir Christopher auch wirklich glaubte, dass es mir mies ging, hatte ich mir mit allergrößter Überwindung den Finger in den Hals gesteckt und würgend über der Toilette gehangen. Danach sah ich leichenblass aus und hatte einen ungesunden Schweißfilm auf meiner Haut. Hauptgrund war dabei mein leerer Magen und ein entsprechend niedriger Blutzucker.

Sobald ich mit Claire das Set hinter mir gelassen hatte, machte ich einen Abstecher zu einem Fast-Food-Restaurant. Sie guckte zwar groß, verkniff sich aber einen Kommentar und machte mit. Das Fett, das Salz und was auch immer einen Burger so lecker macht, sorgte dafür, dass es mir besser ging. Danach steuerte ich mein Motel an und schmiss mich auf meine Hälfte des Doppelbettes.

Was für eine Diva!

Eine Stunde Arbeit am Tag!

Wer glaubt sie, wer sie ist?

Einmal in Hollywood und schon abgehoben!

Ich hielt mir die Ohren zu, als könnte ich damit die gehässigen Kommentare vertreiben, die mir zugezischt worden waren. Dabei war ich ihrer Meinung. Selbst Noah hatte sich zusammengenommen und war bereit gewesen weiterzumachen. Aber ich?

»Du willst immer noch nicht darüber reden?«, fragte mich Claire mitfühlend. »So kenn ich dich gar nicht.«

»Ich mich auch nicht«, murmelte ich und tat das einzig Kluge. Ich nahm mir den Drehplan und ging im Kopf die nächsten Tage durch. Immerhin hatten wir die heutige Szene gleich beim ersten Anlauf geschafft. Zwei Spielfilmminuten waren damit im Kasten. *Fehlen ja nur noch gute hundert!*

Claire nahm mir das Skript weg und setzte sich zu mir auf das Bett. »Du magst ihn, oder?«

Ich nahm mir ein Kissen und hielt es mir wie einen Puffer gegen ihre Fragen vor den Bauch.

»Und du willst ihn nicht mögen«, stellte sie mit einem schiefen Lächeln fest.

»Ist das denn falsch?« Wir wussten beide, wer Noah Miller war. Kein Tag verging, wo er nicht für Schlagzeilen sorgte. Es war nur natürlich, dass ich so jemanden nicht mögen wollte.

»Überhaupt nicht. Ich bin sogar erleichtert, dass du nicht auch eine dieser hirnamputierten Frauen bist, die sich in seiner Gegenwart die Kleider vom Leib reißen.«

Ich schwieg dazu, denn genau genommen hatte ich vor der Kamera mehr oder weniger genau diesen Wunsch gehabt. Aber wie ich darüber mit Claire reden sollte, war mir schleierhaft. Also schnitt ich nur eine Grimasse, die am ehesten ausdrückte, in welchem Dilemma ich steckte.

»Aber ich kann auch verstehen, dass du ihn heiß findest.« Wir sahen uns an und Claire errötete. »Ja, auch ich finde ihn geil. Keine Ahnung, was es genau ist, aber dieser Mann sieht einfach unverschämt gut aus. Er hat diese Aura. Und er versteht es, einer Frau seine volle Aufmerksamkeit zu schenken. Ich weiß, dich haben Männer bisher eher kalt gelassen, aber ich bin ehrlich gesagt erleichtert, dass das bei Noah nicht der Fall ist.« Sie griff nach meiner Hand, und ich spürte einen Schauer über meinem Rücken laufen, wie ich ihn seit meiner Jugend nicht mehr gehabt hatte. Eisig. *Damals, als* … nein, daran sollte ich jetzt nicht denken.

»Wie meinst du das?«, fragte ich.

»Es zeigt mir, dass deine Vergangenheit dich doch nicht so sehr verkorkst hat, wie ich immer gedacht habe.«

»Tja, dann war der Tag wohl gar nicht so katastrophal, wie ich dachte«, witzelte ich und entzog ihr hastig meine Hand. Sie hatte ja keine Ahnung.

Je mehr dir ein Mensch bedeutet, um so mehr kann er dir wehtun. Also lass nie wieder zu, dass dir jemand so viel bedeutet, dass es dich kaputt machen kann. Ein bisschen ist okay. Aber nicht mehr.

Claire konnte ich mit meiner schroffen Art nicht verprellen. Typisch beste Freundin. Sie hielt mir einen Vortrag darüber, dass ich mich soeben aus meiner Komfortzone herausbewegt hatte und dass es mein gutes Recht wäre, nach so einem Vorfall etwas Zeit für mich zu beanspruchen. Hauptsache, ich würde mich meinen Gefühlen stellen. Weglaufen war nur etwas für Feiglinge. »Und sieh es doch mal positiv«, kicherte sie. »Der heißeste Typ der Welt hatte seine Finger in dir!«

»Claire!«, kreischte ich.

»Und es hat dir gefallen!«

Mir wurde heiß, und ich fächelte mir Luft zu.

»War es gut?«, fragte mich Claire.

»Ich hab da nicht so viele Vergleiche«, erinnerte ich sie und hoffte, das Thema damit ad acta zu legen.

»Seine Hände waren warm?«

Warnend blitzte ich sie an.

»Sein Griff war fest?«

»Noch *ein* Wort, Claire …« Eine beste Freundin, die einen ausquetschte, war nicht unbedingt das, was ich gerade brauchte. Jedes kleinste Detail kam mir wieder in den Sinn. Noahs Wärme, sein Duft, sein schneller Puls und das Gefühl, mehr zu wollen. Mehr zu brauchen.

»Schon gut. Dann freu dich wenigstens, dass die Chemie vor der Kamera stimmt. Nutz das für dich. Und mit viel Glück ist der Dreh schneller rum als gedacht.«

»Stimmt. Und danach steht mir die Welt offen«, verkündete ich endlich motivierter, denn an den positiven Nebeneffekt dieser seltsamen Anziehungskraft hatte ich bisher keinen Gedanken verschwendet.

»Genau.«

Wehmütig sah ich Claire zu, wie sie vom Bett rutschte und ihre Sachen zusammensuchte. Sie war nur so etwas wie meine Agentin in spe und konnte nicht in Los Angeles bleiben. In Chicago hatte sie fünfhundert Horsd'œuvre für ihr frisch gestartetes Catering-Geschäft vorzubereiten. Meine Flucht vom Set hatte uns ein paar ungestörte Minuten verschafft, aber langsam musste sie los, um ihren Flieger zu kriegen.

Bevor sie ging, umarmte ich sie. Wir würden telefonieren, das mussten wir uns nicht versprechen, es war schon immer so gewesen. Dann verschwand sie, und ich saß allein in meinem zehn Quadratmeter großen, muffigen Zimmer in einer Stadt, in der ich niemanden kannte.

Ganze fünf Minuten starrte ich die vergilbten Wände und das Obst-Stillleben über dem Bett an. Dann hielt ich es nicht länger aus, packte ebenfalls meine Sachen und beschloss, L.A. zu erkunden.

Meine Tour startete mit dem Hollywood Boulevard und dem Walk of Fame mit den Namen der Stars im Boden. Sie alle waren hier gewesen, sogar Noah hatte sich bereits verewigt. Und meine Zeit würde auch kommen. Jedes Theater, an dem ich vorbeikam, fotografierte ich, und ich erinnerte mich an Auditions im Ahmanson

Theatre, bei denen ich es nicht in die Endauswahl geschafft hatte. Am Rodeo Drive betrieb ich exzessives Windowshopping. Danach wollte ich endlich ans Wasser, gönnte mir ein Taxi und schlenderte Eis essend am Venice Beach entlang, wo ich bereute, keine Jacke eingepackt zu haben, denn mit der frischen Brise vom Pazifik hatte ich nicht gerechnet.

Je länger ich unterwegs war, desto lächerlicher kam mir vor, was am Vormittag passiert war und wie ich mich verhalten hatte. Was war nur in mich gefahren?

♥

Auf dem Rückweg klingelte mein Handy, und als ich ranging, war ich überrascht, mit Noah zu sprechen. »Woher hast du meine Nummer?«, fragte ich gereizt.

»Du bist ernsthaft noch sauer.«

»Was willst du, Noah?«

»Du bist richtig sauer.« Er klang, als würde ihn das faszinieren.

»Noah!« Obwohl ich mir gerade vorgenommen hatte, professionell zu sein, schäumte ich erneut vor Wut. Langsam wurden meine Beine lahm und ich beschloss, meine kleine Tour am Santa Monica Pier zu beenden.

»Ich dachte, wir könnten die Szenen für morgen durchgehen«, sagte er.

»So viel Text ist das ja nicht.« Jetzt klang ich selbst für meine Ohren eingeschnappt. Schließlich war das gestern erst mein Vorschlag gewesen. Ich sollte neutral bleiben, kollegial. Ich räusperte mich. »Lass es mich diplomatischer sagen: Danke für dein Angebot, aber ich hab dafür jetzt keine Zeit.« Was nicht mal gelogen war, ich würde keine Sexszene in der Öffentlichkeit durchsprechen.

»Gut, wie du meinst. Ich wollte nur vermeiden, dass so etwas wie heute erneut passiert. Du schienst mir etwas überfordert.«

»Wie bitte?!« Was für ein Arsch! Ich hörte, wie er noch mehr sagte, aber fassungslos starrte ich mein Handy an und legte auf. Als er wieder anrief, drücke ich ihn weg. Und weil es mich nervte, dass er es noch mal probierte, stellte ich den Ton aus.

Der hat sie ja wohl nicht mehr alle, dachte ich sauer. Er hatte seine Finger in mir. Wer wäre denn da nicht überfordert gewesen? Wie hätte er wohl geschaut, wenn ich seinen Schwanz massiert hätte?!

Nur um sicherzugehen, dass er mich am nächsten Drehtag nicht so überrumpeln konnte, ging ich abends in meinem Zimmer den Text bis zur Erschöpfung durch. Braden würde Amber auf eine Dinnerparty mitnehmen, wo er sie weiter auf die Probe stellte. Ich versuchte, mir die Szene so plastisch wie möglich vorzustellen. Wie Noah mich berühren, wie sein Atem über meine Haut streichen und wie sein Schwanz wieder hart gegen meinen Bauch, Po oder sonst wohin drücken würde.

Anfangs machte mich die Vorstellung noch an, wie das kleine erotische Fantasien eben tun. Doch je öfter ich mir dabei vor Augen hielt, was für ein Blödmann Noah Miller war, desto schwächer wurde die Wirkung. Ich würde kein zweites Mal in seiner Gegenwart ein nasses Höschen bekommen.

♥

»Muss das Korsett so eng sein? Ich krieg kaum noch Luft«, knirschte ich am nächsten Tag am Set mit den Zähnen.

»Und einatmen, Ida!«, war der ungerührte Kommentar von Francine, die für die Outfits zuständig war und sich den Look nicht von mir und meinem Gejammere verderben ließ.

Brav atmete ich ein und wurde noch enger verschnürt. Noch einmal ermahnte ich mich, mich so professionell wie möglich zu benehmen. Nörgeln gehörte nicht dazu. Und Claire würde sagen, ich sollte es positiv sehen. Und das Gute war, dass das Penthouse über ein ausgeklügeltes Temperaturregulierungssystem verfügte und hier angenehme vierundzwanzig Grad herrschten, während draußen die Sonne über L.A. langsam unterging und der Wind erneut auffrischte.

Am Vormittag hatten wir weitere Szenen in Bradens Wohnung gedreht, die ohne größere Zwischenfälle abgelaufen waren. Ich hatte mit meiner Filmfreundin ein paar Szenen gespielt, hatte so getan, als würde ich Rühreier machen, und ich hatte in aller Seelenruhe und allein in der luxuriösen Badewanne der Wohnung baden können; was entspannend gewesen wäre, wenn mich das Surren des Kamerazooms nicht daran erinnert hätte, wer mich alles gerade beobachtete.

Erst am Abend war ich dazu gekommen, was zu essen, und dann hatte ich zugesehen, wie das Set für die nächste Szene umgebaut wurde. Den Salon des Penthouses hatte Christopher in den eleganten Saal einer Kunstgalerie verwandelt. An den Wänden hingen ältere und neuere Arbeiten von Katherine Bernhardt – ihre bekannten grotesken Supermodel-Bilder und abstraktere Werke.

Ich wartete in einen Kimono gehüllt darauf, dass alle fertig waren, und ging wieder und wieder die Handgriffe durch, die in der nächsten Szene gefilmt wurden, um nicht erneut die Dreharbeiten aufzuhalten. Christopher hatte darauf bestanden, dass wir den Teil der Story so früh wie möglich spielten, wenn Noah und ich uns noch nicht gut kannten, damit wir nicht eingespielt waren und man uns das Aufeinanderzugehen besser abkaufte.

Als Arbeiter als letztes Requisit einen Flügel in den Raum rollten, strich ich mir meine wieder feuchten Hände am Kimono ab. Ich nahm mir ein frisch gekühltes Wasser und hielt mir die Flasche an die Wange und versuchte, meine flatternden Nerven zu beruhigen.

Plötzlich hallte Klaviermusik durch den Raum. Ich erkannte bereits an den ersten Noten ein älteres Stück von John Legend, das ich sehr mochte. Ohne groß nachzudenken, sang ich die ersten Liedzeilen mit. Vielleicht würde mich das ja entspannen …

Dann fuhr ich herum und verstummte.

Dort am Klavier in einem dunklen Anzug saß Noah, so entspannt, als würde er jeden Abend Konzerte geben. Er schaute zu mir auf, höchst zufrieden damit, mich überrascht zu haben, und sang nun selbst mit einer ungewöhnlich sanften Stimme weiter. Meine Haut kribbelte und ich war wie elektrisiert.

Bis Noahs On-Off-Freundin Miranda den Zauber beendete. Sie lehnte sich an den Flügel, redete mit ihm und fuhr Noah zärtlich durch die Haare.

Ob er was sagte, bekam ich nicht mit. Er spielte einfach weiter, als würde er nichts bemerken. Doch obwohl ich ihn erst so kurze Zeit kannte, sah ich deutlich die Veränderung in seiner Haltung. Welches Gefühl auch immer ihn dazu gebracht hatte, sich an das Klavier zu setzen, nun wurde es zur Show.

Alex, unser Set-Fotograf, stellte sich neben mich und ließ die Kamera sinken. »Genug Bilder für heute?«, fragte ich.

»Ich muss den Akku wechseln«, erklärte er. Was so viel hieß wie: Nein, gleich geht es weiter.

»Hast du ihn beim Spielen fotografiert?«, fragte ich.

»Miranda hab ich noch drauf, ihn leider nicht.«

»Schade«, murmelte ich.

Nicht nur wir hörten das kleine Konzert. Mehr und mehr Kollegen stellten ihre Arbeit ein und sahen Noah zu.

Ich fragte mich, wann er die Zeit fand, am Klavier zu üben. Denn niemand war aus dem Stegreif so gut. Noch dazu, wenn er Schauspieler war. Ein paar Notenfolgen konnte ich auch abrufen, damit ich in meinen Rollen authentisch aussah. So machten es die meisten, aber das hier war anders. Persönlicher, intimer, besser.

Seine kaum bekleidete Freundin beendete das Konzert. Sie beugte sich zu ihm und küsste ihn erstaunlich sanft. Und statt zu protestieren, lachte Noah laut, packte sie, setzte sie auf die Tasten und küsste sie zurück.

»Meine Mutter hatte wohl nicht ganz unrecht, als sie meinte, ich sollte Klavier lernen. Die Mädels stehen darauf.« Alex war mir mit seiner Kamera gefolgt, schloss den alten Akku an ein Ladegerät und kramte in einer schwarzen Tasche nach einem neuen, den er einsetzte.

»Aber Fotografieren ist doch auch heiß.«

»Ach ja?« Er zückte seine Kamera. »Zeig mal, was du drauf hast, Ida!«

Lachend ließ ich den Kimono über meine Schultern gleiten und bewegte mich wie eine Burlesque-Tänzerin. »Wie mach ich mich?«

»Sexy«, murmelte Noah im Vorbeigehen, und wir beendeten unsere kleine Show.

»Findest du? Ich hab dir doch noch gar nicht meine Zunge in den Rachen geschoben«, erklärte ich süffisant und merkte zu spät, wie zickig ich klang und wie ganz und gar unangemessen das war.

»Und das lässt du auch besser«, murmelte jemand hinter mir, und als ich mich umdrehte, wunderte ich mich nicht, Noahs Freundin zu entdecken. Miranda.

»Da krieg ich aber Angst. Was könntest du mir schon mit diesen Fingernägeln antun?« Mir wurde bewusst, wie unhöflich ich mich gerade benahm. »Oh mein Gott, tut mir leid, vergiss es. Ich steck ihm schon nicht die Zunge in den Rachen. Seine Mundhöhle gehört ganz dir.« Ich ließ sie stehen und ging zu Jessica, damit sie noch mal über meinen Körper pudern konnte, sodass ich vor der Kamera nicht glänzte.

Bleib verdammt noch mal professionell, ermahnte ich mich. Dieser Mann hat außerdem eine Freundin, eine anscheinend recht nette noch dazu. *Du hast absolut kein Recht, hier eifersüchtige Szenen zu machen.*

»Fertig«, verkündete Jessica. »Und? Meinst du, ihr fahrt gleich wieder so aufeinander ab?«

Ich drehte mich zu Noah und sah, wie Francine an seinem Outfit herumzupfte, damit es perfekt saß.

»Nein. Auf gar keinen Fall. Nur weil jemand Klavier spielt ...«

»Aber das war gut.«

»Na und!« Es ärgerte mich, dass der Typ mich so beschäftigte. Wenn ich mich mit einem Block hinsetzen und Pros und Kontras aufführen müsste, dann wäre ich Stunden damit beschäftigt. Es war fast so, als hätte der Typ zwei Gesichter, die unterschiedlicher kaum sein konnten.

Wenn ich allerdings über mein eigenes Verhalten nachdachte, so konnte Noah zu dem Zeitpunkt auch das Gleiche von mir behaupten. In einem Moment war ich superheiß und supersüß und im nächsten fauchte ich die Crew an, bedrohte Leute oder spielte die Diva.

Seufzend schloss ich die Augen, um in mich zu gehen und mich daran zu erinnern, wer ich wirklich war: Ich war Ida Portman, diszipliniert, höflich, begnadet, wenn es darum ging, Leute nachzuahmen, und ich wünschte mir nichts sehnlicher, als ein halbwegs normales Leben zu führen.

Ich öffnete mein linkes Auge und schielte zu Noah, der mit Francine flirtete. Dann schloss ich das Auge wieder. Wie konnte man nur so ein Vollpfosten sein?

»Alles klar bei dir?«, fragte Christopher und nahm mich beiseite.

»Sicher«, log ich.

Kapitel 4

»Die nächste Szene ist essenziell für den Film. Braden bleibt der Spieler, der er ist. Die Frauen, mit denen er was hatte, sind ebenfalls da.« Christopher und ich sahen zu den Statisten, die hauchzarte Dessous trugen. »Ich möchte, dass Amber alles mitmacht, man ihr aber die Überwindung ansieht. Verstanden?«

Ich nickte. Das zu spielen würde mir kein bisschen schwerfallen. In mir herrschte ein vergleichbares Gefühlschaos.

»Die Szene gestern war übrigens wirklich gut.« Wie zum Beweis zückte er sein Tablet und zeigte mir Ausschnitte.

Wow, Lob vom Regisseur. Völlig beschwingt nutzte ich die Minuten, bevor es losging, dazu, Claire Bilder vom Set zu schicken. Der Flügel glänzte verlockend, die improvisierte Galerie sah eindrucksvoll aus. Die Statisten waren so echt hergerichtet, dass es aussah, als fände in einem Teil des Raums die echte Party statt und in einem Paralleluniversum würde ein Film gedreht.

Christopher gab das Signal, dass sich alle bereit machen sollten. Es folgten letzte Instruktionen an die Komparsen. Ich streifte den Kimono ab und gesellte mich eingezwängt in das Korsett zu Noah.

»Ein falsches Wort …«, warnte ich ihn.

Zurechtgemacht in einem dunklen, fast schwarzen Smoking mit Fliege, reichte er mir seinen rechten Arm, ohne mich aus den Augen zu lassen. Er war aufmerksam, wie jeder gute Schauspieler. Doch ich hatte das

Gefühl, als dringe er mit seinen Blicken in Tiefen von mir vor, in die ich mich selbst niemals hintraute.

»Könntest du mich bitte erst so anschauen, als wäre ich dein Besitz, wenn Christopher ›Action‹ ruft?« Vorsichtig platzierte ich meine Hand auf seinem Unterarm, drauf und dran, ihn gleich wieder loszulassen.

»Warum sollte ich?«, sagte er, legte seine Hand sanft über meine und strich in einem beruhigenden, einlullenden Rhythmus über meinen Handrücken. »Mir gefällt das Gefühl.«

Mir stockte der Atem. Blinzelnd unterbrach ich den Augenkontakt und starrte auf die Stelle, wo mein Arm seinen berührte. »Bitte, du kannst deine Spiele nachher mit Miranda spielen.«

»Miranda?«

»Deine Freundin«, zischte ich.

Er beugte sich an mein Ohr, und ich hörte, wie er meinen Duft tief einatmete. »Miranda weckt aber nicht diese Gefühle in mir. Das tust nur du, Ida. Jede Sekunde, die ich dich länger kenne, will ich dich mehr. Ich ertappe mich bei schmutzigen Fantasien von dir und diesem Klavier oder dir und diesem Kimono. Oder dir und nichts als mir.«

»Hör auf damit!« Ich wollte ihm meine Hand entreißen, doch er hielt sie fest. »Nur die Ruhe«, fügte ich innerlich hinzu.

Ich atmete so tief durch, wie es das Korsett erlaubte, und konzentrierte mich auf meine Rolle. Ich war Amber Clarkson und ich wollte diesen Mann an meiner Seite. Dafür würde ich alles tun. Sogar halb nackt als sein Besitz auf eine Vernissage gehen.

»Und Action!«, sagte Christopher und beendete meinen kleinen Wortwechsel mit Noah.

Noah ließ sich Zeit. Zum ersten Mal an diesem Abend

musterte er mich ausgiebig. Und ich wusste, was er sah: elegante Stilettos, endlos wirkende Beine. Das Dreieck eines Höschens vor meiner Scham, das schwarze, unangenehm eng geschnürte Korsett aus Satin, Seide, Spitze und Leder, ein einladendes Dekolleté, weich über meine Schultern fallende Haare und mein Gesicht, ohne Lippenstift, dafür jedoch mit dramatisch betonten Augen.

»Du siehst bezaubernd aus, aber etwas fehlt«, sagte er in seiner Rolle als Braden und legte mir ein Collier mit funkelnden Edelsteinen um den Hals. »Jetzt bist du perfekt.«

Stolz straffte ich die Schultern, was Noah gefiel. Ich konnte nicht sagen, woher ich es wusste, ich spürte es einfach.

Als wir den Saal betraten, zuckte ich zusammen. Wie verlangt machten die Statisten miteinander herum. Es wurde gefummelt, geküsst, Kleider wurden hochgeschoben, Köpfe stöhnend in den Nacken geworfen. So etwas hatte ich noch nie gesehen. Weder in einem Film noch im wahren Leben. Und ich fragte mich, wie viel davon später auf der Leinwand wirklich zu sehen sein würde – schließlich strebte die Produktionsgesellschaft eine Altersfreigabe ab sechzehn Jahren an, nicht ab achtzehn.

Aus der Menge löste sich ein so wie Noah gekleideter Mann, Steven Lancaster, der Bradens besten Freund Tom spielte. Er klopfte Noah auf die Schulter und ließ seinen Blick gemächlich über mich gleiten. »Das ist also dein neues Spielzeug?«

Ich versteifte mich in Noahs Armen.

»Ja. Ist sie nicht wunderbar?« Zärtlich berührte Noah mein Kinn und hob meinen Kopf, als wäre ich ein schönes, perfektes Ding, das er stolz präsentierte. Und seine lobenden Worte flossen wie warmer Honig durch meinen Körper. Er stellte sich hinter mich, schlang seinen

Arm um meine Taille und zog mich eng an sich, sodass die Hitze seines Körpers auf mich überging. Federleicht streichelte er über meine Wange, strich eine Haarsträhne aus meiner Stirn und fuhr mit der Hand meine Silhouette entlang, ohne mich dabei aus den Augen zu lassen. Als wollte er sehen, wie ich reagierte. Und Himmel, ich hatte Mühe, nicht zu vergessen, wo ich war, und zwang mich, gleichmäßig zu atmen.

Schließlich bedeutete Noah mir mit einer Handbewegung, ich sollte einen leichten, seitlichen Ausfallschritt machen. Sobald ich seinem stummen Befehl Folge leistete, griff er besitzergreifend an meine Scham, und ich stöhnte überrascht. Langsam drang die Wärme seiner Hand durch die dünne Spitze des Slips. Ich spürte ihn immer intensiver. Und als er mit dem Daumen kleine kreisende Bewegungen über meinem Kitzler machte, erfasste mich ein süßer Schwindel. Nicht Amber war Wachs in den Händen dieses Mannes, ich, Ida, war es.

»In der Tat, eine besondere Frau.« Stevens Finger tanzten über mein Dekolleté, meine Schultern und meine Oberarme.

Noah schlug Steven auf die Finger. »Nichts für ungut. Aber kannst du nicht warten, bis ich es dir erlaube? Sieh sie dir doch an, das hier ist eine neue Welt für sie.« Er lehnte seinen Kopf an meinen. Dann löste er sich und zärtliche Küsse trafen meine Schläfe.

»Du teilst sie also noch nicht?«, fragte Steven.

Ich spürte, wie Noah neben mir lächelte. »Richtig: *noch* nicht.«

Statt beleidigt zu sein, grinste Steven breit und langte nach einer Frau Anfang zwanzig, die in dem Moment von der Regie in weinroten Dessous an ihm vorbei geschickt wurde.

»Wie hat er das gemeint, Braden?«, fragte ich.

Noah drehte mich um und sah mich sehr lange an, bis ich das Warten kaum noch aushielt. »Das heißt, dass du mir gehörst, Amber.«

»Aber …«

Sein Blick wurde hart. »Du gehörst doch mir? Das hast du mir zumindest letzte Nacht geschworen.«

Mit dieser einen Frage verblasste das Set um mich herum, und ich sah nur noch ihn, Noah, und sein ungezügeltes Verlangen, mich zu besitzen. Keine Ahnung, ob das echt war oder nicht. Mit einem letzten klaren Gedanken versuchte ich, mich dagegen zu wehren. Doch das Kribbeln auf meiner Haut wurde intensiver und meine Lust und mein eigenes Verlangen nach diesem Mann, der nicht der Richtige für mich war, siegte. »Ja, ich gehöre dir«, hauchte ich, ergriff seine Hände und legte sie um meine Taille, bevor ich meine Arme um seinen Hals schlang und mich an ihn schmiegte.

»Brav«, lobte er mich und verstärkte seinen Griff, sodass ich kaum atmen konnte. »Dann bist du jetzt so weit. Mach mich stolz und zeig allen, wie wunderbar du bist.«

Neue Lust lief in den Stoff meines Slips, und ich fragte mich, wie er es schaffte, nicht hart zu werden, wo ich doch das Verlangen in seinem Blick so klar sah.

Noah legte meine Hand wieder in seine Armbeuge und wollte mich durch den Raum führen. In dem Moment tanzten plötzlich Sterne vor meinen Augen, und je schneller mein Atem ging, desto mehr wurden es. Als würde jemand Glitzer über mich werfen. Überfordert sank ich gegen ihn, ganz anders, als es das Skript vorsah.

»Amber?«

Sein besorgter, durchdringender Blick verschlimmerte meine Situation dramatisch. Sätze meines Textes tanzten vor meinen Augen. Ich wollte die Szene nicht abbrechen, wirklich nicht, aber ich hatte keine Ahnung, wie ich das, was mit mir passierte, stoppen konnte. »Noah, ich …«

»Cut! Was soll der Scheiß?!«, fluchte Christopher. »Schon vergessen: Ihr sollt spielen, dass ihr aufeinander scharf seid. Ihr müsst es nicht sein!«

Wie gut, dass in dem Moment meine Knie längst weich waren und nachgaben. Die Welt verschwand hinter einem weißen, flirrenden Schleier. Ich rang nach Luft und spürte, wie das Kribbeln auf meiner Haut sich mehr und mehr wie feine Nadelstiche anfühlte. Meine Hände griffen Halt suchend zu Noah, und ich nahm erleichtert wahr, dass er mich auffing.

»Was steht ihr nur so herum?«, rief Noah durchs Set. »Weiß jemand, wie man das Ding hier löst? Wo steckt Francine?« Vorsichtig ließ er mich zu Boden gleiten, ich, sein Besitz, der gerade ein paar Kratzer bekam, dachte ich mir mit einer letzten Portion Galgenhumor.

Doch zu liegen verbesserte meine Lage nicht. Ich lief nur nicht mehr Gefahr, gegen irgendetwas zu fallen, das blaue Flecken verursachen könnte.

»Wer weiß sonst noch, wie man das Teil aufkriegt?« Ich spürte, wie Noah an meinem Korsett zerrte, meinen Puls fühlte und sofort wieder mit den Schnüren kämpfte. »Wenn hier nicht gleich jemand kommt, ich schwöre, dann schneide ich das Scheißteil auf. Sie kriegt keine Luft!«

Überall an mir waren Hände. Sie zerrten mit Gewalt an den Schnüren und am Korsett und mit jedem Millimeter, um den sich das Ding lockerte, holte ich tiefer Luft. Ich hustete und spürte schließlich das Blut wieder zirkulieren. Um mich herum war alles laut und das Licht blendete mich. Ich grunzte ziemlich unfein. Wieder spürte ich eine Hand an meinem Puls und große, raue

Finger an meinem Gesicht.

»Wann hast du zuletzt was gegessen?«, fragte mich Noah.

Ich stöhnte und wollte mich aufrichten. Aber alles drehte sich, und ich ließ mich wieder zurückfallen. Noah zog sein Smoking-Jackett aus und deckte mich damit zu, und dunkel wurde mir dadurch bewusst, dass ich praktisch nackt vor ihm und den anderen gelegen hatte.

»Ida!« Er wartete auf eine Antwort.

»Vorhin«, murmelte ich noch durch den Wind. Was natürlich total unpräzise war.

»Nur das kleine Gurkensandwich?«

Ich runzelte die Stirn. Woher wusste er, was ich gegessen hatte? Und was ging es ihn überhaupt an? Ich gehörte ihm nicht. Überhaupt nicht. Auch wenn meine Scham bei dem Gedanken mit einem Zucken protestierte.

»Verdammt, Ida!« Mein schuldiges Schweigen sagte ihm genug. Vorsichtig richtete er mich auf, sodass ich an ihn gelehnt saß. Er hob meinen Kopf und ich spürte ein Glas an meinen Lippen.

Bevor er mir auch noch als Befehl ›Trink!‹ zuraunen konnte, leerte ich das Glas. Mit der einen Hand hielt ich das halb offene Korsett fest, mit der anderen stützte ich mich an dem Mann neben mir ab, der mich ständig verwirrte.

»Ich würde sagen, das war es für heute.« Noah stand mit mir auf und rückte zähneknirschend das Jackett zurecht, sodass niemand meinen Busen sehen konnte.

»Nein«, protestierte ich, obwohl ich mich wie von einem Zug überfahren fühlte. »Es geht gleich wieder.«

»Halbe Stunde Pause«, verkündete Christopher.

♥

»Hast du heute wirklich nur das kleine Sandwich gegessen?«

Schuldbewusst nickte ich und bekam einen Saft und ein weiteres Sandwich von Jessica in die Hand gedrückt. Ohne Widerrede stürzte ich mich darauf und verdrängte, dass mein Magen gleich wieder eingeschnürt werden würde. »Ich bin furchtbar«, murmelte ich mit vollem Mund.

»Unsinn! Die Szene war fantastisch. Ihr macht irgendwas, dass jeder innehält und euch zuschaut. Selbst Noahs Freundin kauft ihm die Show ab und hatte einen ganz seltsamen Gesichtsausdruck.« Jessica nahm sich ihre Make-up-Tasche und reparierte meinen Look, sobald ich aufgegessen hatte. »Und das eben, das passiert öfter mal.«

»Ach ja?« Ich konnte ihr nicht so recht glauben. Auf meiner Bühne war noch nie jemand umgekippt. Und selbst als ich bei fünfunddreißig Grad im Schatten gespielt hatte, war es mir nicht so gegangen wie eben. »Wie groß sind meine Chancen, dass ich ein anderes Outfit bekomme?«

»Das sah Hammer aus«, meinte Jessica.

»Das heißt wohl: schlecht.«

Die letzten Minuten der Pause nutzte ich, um mich wieder ganz in den Griff zu bekommen. Ich hätte gerne mit Noah gesprochen, aber er war nirgends zu entdecken, seine Freundin ebenso wenig. Ich trat auf den Balkon des Penthouses und sah über die nächtliche Stadt. Ich liebte die Lichter, das Gefühl, dass da draußen ganz viele Menschen waren, die alle irgendetwas machten. Und ich genoss die Ruhe und frische Luft hier oben, lehnte mich an die Brüstung und ließ mir den frischen Wind ins Gesicht blasen.

»Kommst du?«, fragte Olivia, eine der Set-Assistentinnen mit einem Klemmbrett in der Hand, auf dem sie etwas abhakte. Check, Hauptdarstellerin gefunden.

»Natürlich.« Ich folgte ihr zurück ins Penthouse, wo ich wieder eingeschnürt wurde, während Christopher erneut Anweisungen an das Team gab.

»Das reicht«, sagte Noah, der mich dieses Mal die ganze Zeit nicht aus den Augen ließ und das Korsett für eng genug befand.

Seine Pupillen waren geweitet und seine Haut war am Hals, auf der Brust und auf den Wangen gerötet, mehr als noch vor einer halben Stunde, und ich vermutete, dass er eine Nummer mit Miranda geschoben hatte. Und die Vorstellung gefiel mir nicht.

Prüfend zog er an meinem Outfit und lockerte die Schnürung etwas. »Hast du noch was gegessen?«

Ich nickte, biss mir auf die Lippen und verkniff mir einen bösen Kommentar.

»Gut«, sagte er.

Nicht gut, antwortete ich ihm im Stillen, aber nickte wieder.

»Startklar?«, fragte Christopher.

»Ida braucht noch einen Moment«, sagte Noah.

»Was?« Sauer starrte ich ihn an, während er wieder in das Jackett seines Smokings stieg und sich mit einem amüsierten Lächeln auf den Lippen die Fliege zurechtrückte.

»Was, Ida, hab ich getan, dass du jetzt schon wieder so wütend auf mich bist?«

»Das sieht man?«, fragte ich entwaffnet.

»Ja, das sieht man. Also?« Er schenkte mir wieder seine gesamte Aufmerksamkeit, und ich hatte das Gefühl, als merkte er sogar, wie unter meiner Haut das Blut schneller strömte.

Keine Ahnung, was mich ritt, aber ich berührte seine

verräterisch rote Haut und sagte: »Wie kannst du nur vor fünf Minuten Sex mit Miranda gehabt haben, wo *ich* dich erregt habe, und jetzt nicht verstehen, dass ich sauer bin. Das ist so widerlich! Und krank! Und ja, es macht mich wütend!« Ich merkte selbst, wie ich lauter geworden war, und kniff meine Lippen zu einer dünnen Linie zusammen. Er streckte seine Hand nach mir aus, doch ich wich zur Seite. »Nicht«, fauchte ich. »Wir sollten anfangen.«

Bevor ich mich ihm entziehen konnte, packte er mich an beiden Armen, zog mich grob zu sich und beugte sich an mein Ohr. »Siehst du, ich wusste doch, da war was. Wie gut, dass wir darüber sprechen. Denn ich sag dir nur zu gerne, wie ich meine Pause verbracht habe. Ich hab mir auf der Toilette einen runtergeholt und dabei die ganze Zeit an deine warme feuchte Muschi gedacht, daran, wie sich dein Mund verzieht, wenn du stöhnst. Und daran, wie deine Stimme klingt, wenn du vor Lust schreist. Und nachdem das geklärt ist: Bist du jetzt bereit weiterzumachen?«

Ähm … nein. Dennoch gingen wir auf unsere Positionen und spielten das Ende der letzten Szene erneut, damit es aus verschiedenen Winkeln aufgenommen werden konnte. Doch statt mit jeder Wiederholung abzustumpfen, nahm – welch Wunder! – das Kribbeln auf meiner Haut zu, und ich drückte mir die Fingernägel mehr als einmal hart in die Handballen, um diesen seltsamen Bann zwischen uns zu brechen.

Nachdem Jessica uns neu abgepudert hatte und Francine zufrieden unsere Outfits musterte, machten wir weiter mit der nächsten Szene, auf die ich mich kaum konzentrieren konnte, weil mir immer noch seine sexy Worte durch den Kopf gingen.

»Setz dich dort hin!«, forderte Noah mich in seiner

Rolle als Braden auf. Er deutete auf einen dunklen Esstisch.

Obwohl sein Blick mir sagte, dass er keinerlei Widerspruch dulden würde, konnte ich mir einen leichten Protest nicht verkneifen und zögerte.

»Amber!« Mit der Macht seines Körpers schob er mich durch die Menge, packte mich an der Hüfte und setzte mich auf die Tischplatte. Seine Augen sagten mir, dass er hier die Oberhand hatte und ich mich besser zusammennahm. Und dass er das Spiel genoss. Sehr sogar.

Das Holz unter meinem Hintern wurde schnell warm, so heiß war mir.

»Und jetzt leg dich hin!«, befahl er.

Er hielt seine Hand stützend an meinem Rücken und langsam ließ ich mich zurückfallen, bis ich auf dem Tisch lag, ohne dass einer von uns den Blickkontakt unterbrach. Alle anderen Personen im Raum existierten nicht. Ich beleckte mir die Lippen und kaute drauf herum und bemerkte zufrieden, wie seine Pupillen sich weiteten. Dieser rätselhafte Mann über mir wollte mich. Das konnte er nicht spielen. Und die Erkenntnis wirkte wie ein Aufputschmittel auf mich. Ich wurde feuchter zwischen den Beinen, meine Haut wurde wärmer, mein Atem ging flacher, alles nur um ihm zu signalisieren, dass ich bereit für ihn war und ihn ebenso wollte.

»Lass das!« Er schob seine Hand unter meinen Rücken und drückte von unten gegen die Wirbelsäule. »Wölben!«, forderte er, und obwohl es unbequem war, tat ich, was er verlangte.

Wir folgten keinem Skript. Im Drehbuch stand nur: »Braden zeigt Amber, dass er bei ihr ist.« Wie Noah diesen einen Satz übersetzte, war ihm überlassen, und ich zitterte, weil er seiner Fantasie freien Lauf lassen konnte und mit mir als Amber anstellen konnte, was ich ihm als

Ida, so sehr ich es auch wollte, nie erlauben würde – nicht, solange er mit Miranda zusammen war.

Mit seiner Hand fuhr er mein Bein entlang. Von meinem Oberschenkel tiefer, über meine Wade, zu meinen Fesseln und meinem Fuß. Ich konnte ihn nicht mehr sehen, konnte den Blickkontakt nicht mehr halten, also schloss ich die Augen und überließ mich der Situation, überließ mich ihm.

Ich spürte, wie er meinen Fuß vorsichtig von dem Stiletto befreite, und seufzte erleichtert.

»Halt ihn kurz!«, wies ihn Christopher an und zoomte ins Bild.

Noahs Hände umschlossen meinen Fuß, und ich genoss seine Wärme. Anders als sonst war mir nicht unangenehm, dass meine Haut kalt war. Dann massierte er meine Fußsohlen, bis wieder das Blut zirkulierte und nicht nur meinem Fuß, sondern auch mir ganz warm war.

»Das sieht sehr sinnlich aus«, jubelte jemand. Am Rande nahm ich eine Bewegung wahr, war aber viel zu sehr von Noahs Berührungen eingelullt, um mich davon aus der Szene bringen zu lassen.

Federleicht strich er mit dem Finger über meine Haut. Es kitzelte und in einem Reflex wollte ich ihm meinen Fuß entziehen. »Nein!«, sagte er streng, ganz in seiner Rolle. Als Braden gehörte ihm mein Fuß, und er war noch nicht fertig.

»Sehr gut«, murmelte Christopher, unterbrach uns aber nicht.

Noah wiederholte die Prozedur, und ich drückte meine Finger, Halt suchend, auf das Holz des Tisches, ohne eine Chance, welchen zu finden. Ich hatte keine Ahnung, wie lange ich das noch durchhalten konnte. Wäre das ein Vorspiel, so wäre ich bereit für die nächste Stufe.

Mein Slip klebte nass an meiner Scham, und ich brauchte meine ganze Energie, um mich nicht auf den Mann vor mir zu stürzen und mir zu nehmen, was ich wollte. Verflucht!

»Sinnlicher, Ida!«, ermahnte mich die Regie.

»Pah, das möchte ich mal sehen, wie der sich sinnlich rekelt, wenn man ihn foltert«, murmelte ich, ohne die Lippen zu bewegen.

Ich hörte ein unwirsches Knurren und fragte mich, ob ich mir das nur eingebildet hatte. Ich suchte Noahs Blick. Er sah noch genauso aus wie vor fünf Minuten: verboten arrogant, gefährlich zufrieden und sinnlich stolz. Wie es sich für seine Rolle gehörte.

Ich ließ den Kopf zurücksinken und atmete tief durch, dankbar, dass ich lag.

»Ihr macht das sehr gut«, lobte Christopher. »Jetzt winkel ihr Bein an und stell ihren Fuß auf den Tisch. Präsentier deinen Freunden deinen Besitz.«

Ich schluckte, als ich das hörte. Ich trug zwar noch einen Slip, aber der war schon wieder feucht und die Kamera würde den dunklen Stoff einfangen. Später würde das Publikum rätseln, ob das echt wäre oder nicht. Dabei war das mein geringstes Problem. Schlimmer war, dass es nicht mehr lange dauerte, und jeder am Set würde einen Exklusivblick auf meine Scham erhaschen, die gewachst war und die nur ein schmal rasierter Streifen mit dunklen Haaren auf dem Venushügel zierte.

Was tat Noah nur mit mir? Er stellte meinen einen Fuß ab und schob mich etwas weiter auf den Tisch. Sanft streichelte er die Innenseite meines Schenkels, sodass sich meine verfluchte Scham vor Lust zusammenzog. Mein Atem raste, als hätte ich Sport getrieben. Obwohl ich gar nichts zu tun hatte, außer sinnlich auszusehen. Und warum fühlte sich das hier so gut an?

Wieder vibrierte dieses tiefe Grollen in seiner Brust.

Könnte er das bitte lassen, flehte ich innerlich. Das würde man eh nicht in die Tonspur aufnehmen und es erregte mich überflüssigerweise noch mehr. Oder ging es ihm genauso?

Seine Lippen waren trocken und immer wieder beleckte er sie sich, dabei wollte ich das tun. Unbedingt. Seine Schultern waren gestrafft und in seinem Schritt zeichnete sich eine Beule ab, die mir verriet, dass seine Selbstbeherrschung ebenfalls an einem seidenen Faden hing.

»Wiederhol die Prozedur mit dem zweiten Fuß! Und sagt euren Text!«

Nervös verfolgte ich, wie Noah meinen zweiten Fuß nahm, auch hier den Stiletto langsam löste und zu Boden fallen ließ. Doch er kitzelte mich nicht, sondern verteilte sinnliche Küsse auf meinem Spann und meinem Fußrücken. Als er an meinem Zeh saugte, wanderte ein verlangendes Ziehen durch meinen Körper und ich bog meinen Rücken noch weiter durch.

»Fühlst du dich gut, Amber?« Seine Stimme klang rau und belegt und dennoch hatte sie nichts von ihrer Schärfe verloren. Er stellte den Fuß ab, und ich lag mit weit gespreizten Beinen vor ihm. Ihm ausgeliefert. Sein. So nah er konnte, stellte er sich dazwischen und rieb mit seinem Zeigefinger über den Stoff meines Zwickels. Total unnötig. Er musste sehen und spüren, wie nass ich war, und wenn das irgendetwas in ihm auslöste, dann tiefe männliche Zufriedenheit.

»Ja, Braden«, keuchte ich und war versucht, meine Beine zu schließen.

In seinen Augen flackerte etwas, und er drückte sie an den Knien weiter auseinander. »Und du gehörst immer noch mir?«

»Ja.«

»Und du vertraust mir, dass ich nichts tue, was dir nicht gefällt?«

Ich nickte, obwohl mir, Ida, das, was gleich käme, überhaupt nicht behagte. Jeder Frau mit gesundem Menschenverstand würde das nicht gefallen.

»Tom!« Ängstlich und mit rasendem Puls sah ich, wie er Steven Lancaster holte. »Gefällt dir Amber immer noch?«

Steven grinste breit und griff sich an den Schritt. »Bin hart, seit ihr hier aufgetaucht seid.«

Noah lachte, wie über einen guten Witz, aber seine Augen sagten mir, dass er das überhaupt nicht lustig fand. »Ja, kann ich verstehen.« Er nahm sich ein Glas Champagner und leerte es in einem Zug. »Ich finde sie auch heiß, aber ich bin mir noch nicht sicher, ob sie wirklich die Richtige für mich ist.« Nachdenklich wiegte er den Kopf, während seine Fingerspitzen über meine Arme fuhren und er den Kontakt zu mir nie abreißen ließ. »Kannst du dich mit den anderen einen Moment um sie kümmern?«

Obwohl ich seinen Text genau wie meinen in- und auswendig kannte, spürte ich einen Stich bei seinen Worten. Protestierend schnappte ich nach Luft, verkniff mir aber die Sätze, die auf meiner Zunge lagen. Unwillkürlich fragte ich mich, ob Noah so etwas auch machen würde. Oder vielleicht sogar bereits getan hatte. Ich selbst konnte diesen Teil des Buches nicht verstehen. Ja, es zeigte Bradens Besitzanspruch, aber es passte in meinen Augen nicht dazu, dass er Amber für sich allein wollte. Ich würde jemanden wie Braden nicht teilen. Und ich sah zu Noah und schluckte erneut, weil ich auch nicht wollte, dass er mich teilte.

»Nicht doch, Amber. Ich bleibe ganz in deiner Nähe.

Vertrau mir.«

»Aber ich gehöre dir. *Nur* dir«, protestierte ich und zitterte, als ich spürte, dass er meinen feuchten Slip zerriss und ich untenrum komplett entblößt vor der Crew und ihm dalag.

»Ganz genau. Und ich möchte auch anderen zeigen, was ich besitze. Ich teile gerne, weißt du?«

Tränen stiegen mir in die Augen, die ich nicht mal hart erkämpfen musste. Der Gefühlscocktail in mir war verdammt verwirrend und mein Atem stolperte von einer Sekunde zur nächsten.

»Scht. Nicht doch.« Noah strich die Tränen zärtlich von meinen Wangen, doch dabei mied ich seinen Blick. »Mir ist wichtig, dass du dich mit meinen Freunden verstehst. Also sei nett zu ihnen. Ist das in Ordnung?«

Ich nickte, obwohl sich mir dabei der Magen umdrehte und Sterne vor meinen Augen tanzten.

»Hey!« Sein Bruch mit dem Skript brachte mich dazu aufzuschauen. »Ich bin sehr, sehr stolz auf dich.«

Sein warmer aber fordernder Blick ruhte so lange auf mir, bis die Panik in mir abebbte. Dann nickte er zu Steven und tauschte mit ihm die Position.

Steven stellte sich zwischen meine Beine. Ohne es zu sehen, wusste ich, dass er seine Hose geöffnet hatte und herunterließ, damit man seine nackten Pobacken im Anschnitt filmen konnte. Dann spürte ich seinen heißen, harten Schaft an meinen feuchten Schamlippen und hatte ganz andere Probleme. Die Lust, die ich noch eben unter Noahs Händen gespürt hatte, wich kalter Ernüchterung. Obwohl es zum Spiel gehörte und so im Drehbuch stand, fühlte ich mich benutzt. Als Steven dann noch über meine Haut leckte, lief eine Welle der Übelkeit durch mich hindurch, sodass ich fürchtete, mich gleich zu übergeben. Ich kniff meine Augen zusammen, um auszublenden, was passierte. Ich musste das nur durchstehen, mehr wurde verdammt noch mal nicht erwartet. *So wie ein Besuch beim Frauenarzt*, machte ich mir Mut.

Wie verlangt wand ich mich, so gut ich konnte, ohne Abscheu zu zeigen. Schweiß klebte in meinem Nacken und ich drehte mich weg von dem Mann zwischen meinen Beinen und suchte Noah. Ich war überrascht, ihn ganz in meiner Nähe zu entdecken. Er saß auf der Tischkante und unterhielt sich mit David, einem weiteren Freund, der sich zu uns gesellt hatte. Aber aus den Augenwinkeln beobachtete er mich und meine Reaktionen.

Ich brauche dich, schoss mir durch den Kopf und wieder stiegen mir Tränen in die Augen, die ich so schnell wie möglich wegblinzelte, da sie jetzt nicht mehr erwünscht waren. *Bitte tu doch etwas! Bitte. Irgendwas.*

Sein Blick flackerte. Und ich fürchtete, dass Noah mir mein Leben schwerer machen wollte. Doch er überraschte mich, indem er meine Hand in seine nahm. Seine Finger waren warm und stark, und ich fühlte mich sofort geborgen. Braden traute ich keine Sekunde, aber ihm, Noah, ihm vertraute ich in diesem Augenblick.

Kapitel 5

»Wie ist meine Freundin, Tom?«, fragte Noah locker, als wäre nichts geschehen.

Steven ahmte schnelle Stöße nach, und ich wollte am liebsten wegkriechen. Ich spürte seinen Penis, und ich wusste, er spürte mich ebenso. Er zitterte und seine Stimme war heiser vor Verlangen. »Eine gute Wahl. Nass und eng.«

Lächelnd beugte Noah sich zu mir und klemmte mir eine Haarsträhne hinter ein Ohr. »Und was hältst du von Tom?«

»Ich mag ihn«, presste ich hervor.

»Das freut mich. Er ist schließlich einer meiner besten Freunde.« Er tätschelte meine Wange. »David, fick du sie mal durch! Mal sehen, ob sie dich auch mag.«

Ich zuckte zusammen, weil die Härte seiner Worte in krassem Kontrast zu der Wärme in seinen Augen stand. Dabei kannte ich das Drehbuch und hatte keinen Grund, überrascht zu sein. Noah hielt sich an die Vorgaben. Er ließ notgedrungen meine Hand los und trat zur Seite, um mit zwei anderen Männern zu sprechen, während David alias Rocky die Position mit Steven tauschte.

Die Kamera fuhr heran, und als würde mich das Objektiv bedrohen, drehte ich meinen Kopf zur Seite und kniff die Augen zusammen. Als würden Dinge, die man nicht sah, nicht existieren.

»Mach die Augen auf, Ida!«, murmelte Christopher.

Rocky rieb weiter seine Hüften an meiner Scham und

keuchte so heftig, dass sein Atem mir an den Hals und das Dekolleté schlug. Seine Hände lagen auf meinen Oberschenkeln und hielten sie so fest bei sich, dass ich mir mitten in der Szene Sorgen machte, ob das blaue Flecken geben könnte.

»Ida, Augen«, zischte Noah leise, der noch immer ganz in der Nähe war.

Nicht ich öffnete schließlich meine Augen. Noah tat es. Mit seiner Stimme. Und der stummen Warnung darin. Langsam, aber stetig, bis ich die Umgebung um mich herum wahrnahm.

Die Kamera dicht vor meinem Gesicht, das rote Haar von Vincent hinter der Linse, neben ihm Christopher, in dessen Brille sich das Licht spiegelte. Und dahinter die Assistenten Olivia und José, beide dreckig grinsend, weiter weg Kevin und TJ an ihren Handys, mit denen sie die Szene aufnahmen. Alex Tompkins bewegte sich mit seinem Fotoapparat durchs Set als Schatten in Jeans und Shirt, und Jessica verharrte mit dem Puderpinsel in der Luft, bereit einzuspringen, sollte Christopher ihr ein Zeichen geben.

Überdeutlich hörte ich die Geräusche, die Rockys Schwanz an meiner Scham machte. Unter der Crew wurde getuschelt, leise zwar, wodurch ich kein Wort verstand, aber laut genug, dass ich den Tonfall mitbekam: Belustigung.

Plötzlich schämte ich mich, so feucht zu sein, schämte mich für meine Gefühle, schämte mich für meine Gedanken, schämte mich, dem Dreh überhaupt zugestimmt zu haben und schämte mich, dass ich wie ein kleines Kind Noahs Hand hielt.

Obwohl ich mich nackt und verletzlich fühlte, entriss ich Noah meine Hand und konzentrierte mich auf meine Rolle, die ich spielen würde wie jede andere auch. Ich würde das schaffen. Ich war gut in dem, was ich tat. Es gab keinen Grund für die Leute am Set zu tuscheln. Und lange müsste ich nicht mehr durchhalten.

»Härter!«, forderte Christopher in dem Moment von Rocky.

Der Mann zwischen meinen Beinen bewegte seine Hüften schneller. Uns beiden war so heiß, dass unsere Körper laut aufeinanderklatschten. Ich hörte, wie er angestrengt keuchte und stöhnte. Und endlich gelang es mir, das Ganze einfach nur stumm zu ertragen, wie es von mir als Amber verlangt wurde.

Bis bei all der Bewegung plötzlich sein Schwanz in mich glitt.

Ich knallte mit so einer Wucht wieder in die Realität, dass mir schwindelig wurde. Entsetzt riss ich die Augen auf und bekam Panik, da sich Rocky kein bisschen daran störte. Sein Gesicht war lustvoll verzerrt, und er genoss offensichtlich, was wir hier trieben. Er unternahm keinen Versuch, seinen Schwanz wieder nur an statt in mir zu reiben.

Das Korsett schnürte mir erneut die Luft ab, aber ich hatte genug Kraft, um mich loszureißen, von diesem verfluchten Tisch herunterzurutschen und mich knallrot zu den Toiletten zu flüchten. Und von dort wollte ich nie wieder rauskommen.

♥

Außerhalb des luxuriösen Bades hörte ich aufgeregte Stimmen. Christopher erklärte den Drehtag noch nicht für beendet, alle Statisten waren nach wie vor zurechtgemacht. Schritte trampelten vor der Tür vorbei, und ich hörte das eine oder andere Lachen, war aber so vernünftig, das nicht auf meinen Auftritt zu beziehen.

Mit steifen, zitternden Fingern schnürte ich mein Korsett auf und rieb über die Abdrücke, die das Teil auf meiner Haut hinterlassen hatte. Ohne nachzudenken, drehte ich die Dusche auf und stellte mich unter das heiße Wasser, das in weichen Tropfen auf mich herabfiel. Ich wusch meinen Körper, vor allem die Stellen, auf denen ich Rockys Atem und seine Hände gespürt hatte. Und natürlich meine Muschi, in der er einen Zentimeter zu weit gewesen war.

Als meine Haut rot von der Wärme des Wassers glühte, stellte ich die Dusche ab, griff mir von einem Stapel ein Handtuch und wickelte mich ein. Dann setzte ich mich auf die geschlossene Toilette und fragte mich immer wieder, ob ich bereit war, mich den Menschen dort draußen zu stellen.

Ich hatte Schlimmeres überstanden, erinnerte ich mich und spürte den altbekannten eisigen Schauer, wenn sich meine Gedanken in die Vergangenheit bewegten. Damals, *das* war wirklich furchtbar gewesen. Dagegen war dieser Moment hier doch gar nichts.

Da ist sie wieder, die durchgeknallte Schlafmütze.

Dass sie überhaupt den Unterrichtsstoff mitbekommt.

Vielleicht hat sie ja übersinnliche Fähigkeiten wie Carrie.

Duck dich!, sagte ich mir. Und instinktiv ging ich in Deckung. Dabei flog hier nichts durch die Gegend. Es war nur eine sehr plastische Erinnerung an meine furchtbare Highschoolzeit gewesen.

Ich lachte über mich. Gott, benahm ich mich albern. Ich hatte trotz meiner verkorksten Jugend immer nach vorne geschaut. Ich atmete tief durch. Da musste ich das hier doch auch schaffen. Mit links.

Von draußen hörte ich Noahs wütende Stimme. »Spinnst du? Ich hab gar nichts gemacht. Was hast *du* angestellt? In einem Moment ist alles in Ordnung, sie macht ihren Job, spielt exzellent, sieht heiß aus und im nächsten dreht sie durch … ja, natürlich kümmere ich mich um sie, schließlich muss ich mit ihr noch viele andere Szenen drehen … ja, und rein zufällig hatte ich für heute Abend auch noch andere Pläne, als hier zu warten, dass es weitergeht, wenn es das überhaupt tut. Also: Was ist da eben passiert?«

Gerade war ich im Kopf so weit gewesen, meine Höhle zu verlassen und mich den anderen zu stellen. Doch die Vorstellung, auch nur fünf weitere Minuten diesem Gefühlschaos ausgesetzt zu sein, das Noah in mir auslöste, und weiterzudrehen, lähmte mich. Plötzlich spürte ich den langen, anstrengenden Tag in jedem einzelnen meiner Knochen.

»Sie ist jetzt seit fast einer halben Stunde da drin und es ist mir verdammt noch mal egal, ob ihr das gut findet oder nicht. Sie musste anscheinend nicht aufs Klo«, hörte ich Jessicas besorgte Stimme. Ein Klopfen riss mich aus meinen Gedanken. Das erste überhaupt. »Ida? Geht es dir gut?«

»Mmh«, antwortete ich.

»Meinst du, du kannst heute noch weitermachen?«

Ich schwieg.

»Ida?«

Wortlos öffnete ich die Tür einen Spaltbreit und zog sie zu mir nach drinnen. Dann sperrte ich wieder ab. Jessica sah sich um, entdeckte das Korsett am Boden und musterte mich eingewickelt in ein weißes Handtuch. Matt setzte ich mich wieder hin, und da Jessica nichts sagte, sprach ich. »Ich hatte es mir einfacher vorgestellt. Weißt du? Ich war schon so oft nackt auf der Bühne, vor weitaus größerem Publikum, aber das hier …«

»Ich weiß, es ist intimer.«

Ich schwieg, dankbar, dass mich jemand verstand.

»Aber das hat doch was Gutes: Dann sind die Szenen schneller fertig, weil die Gefühle authentischer sind.«

Ich schluchzte leise. »Ich glaube, so wie ich aussehe, kann ich heute nicht mehr spielen.«

Wir warfen beide einen Blick in den Spiegel. Mit der Dusche hatte ich meine locker fallenden Haare und mein Make-up ruiniert. Außerdem sah ich so weiß wie die Badewanne aus und hatte vom Weinen rote Flecken auf den Wangen.

»Dann sollten wir Christopher Bescheid geben. Er wird zwar fluchen, aber er ist kein Idiot. Auf ihn trifft zu: harte Schale, weicher Kern. Keine Sorge.«

Abwartend sah sie mich an und ich ließ mir ihre Worte durch den Kopf gehen. So leid es mir auch tat, aber ich fühlte mich wirklich nicht mehr in der Lage weiterzudrehen.

Ich stand auf, steckte den Kopf aus dem Bad und war froh, Christopher nur wenige Meter entfernt mit einem Kaffee in der Hand stehen zu sehen. »Hast du mal einen Moment?«, fragte ich leise.

Christopher schaute von seinem Handy auf, kam zu mir und musterte mich. So ganz konnte er sich noch keinen Reim machen, wie mein frisch geduschter und abgeschminkter Look und mein spitzer Schrei zusammenhingen. Aber er war kein Idiot.

»Soll ich in Zukunft nur halbe Drehtage ansetzen? Wäre das besser? Deine Arbeit ist toll, aber wenn du deshalb mehr Pausen brauchst, kriegst du die.«

»Das ist es nicht.« Er sah mich skeptisch an. »Wirklich nicht.« Ich schluckte und fühlte mich schlecht wegen dem, was passiert war, dabei war es gar nicht meine Schuld gewesen. »Er hatte seinen Schwanz in mir«, sagte ich leise und lehnte mich gegen den Türrahmen. »Da bin ich durchgedreht. Mir wurde gesagt, wir tun hier nur so und das eben, das war scheiße.«

»Fuck!« Christopher fuhr sich durchs Haar. Ich sah förmlich, wie in seinem Kopf all die Szenarien durchratterten, was jetzt zu tun wäre. Sexueller Missbrauch war ein Riesenproblem, immer, doch so einen Vorfall beim Dreh von *Mehr als Liebe* zu haben, würde sämtliche Kritiker auf den Plan rufen und die Moralapostel und sicherlich auch die eine oder andere Feministin.

»Rocky!« Mit einem unguten Gefühl beobachtete ich, wie mein Sexpartner antrabte. »Stimmt das?«

Der immer noch halb nackte Pornostar sah erst mich an und dann Christopher. Er brauchte keine Erklärung, worüber wir gesprochen hatten. »Meine Güte, ja, es ist passiert. Aber das hätte jedem so gehen können. Weißt du, wie nass sie war? Der hat das gefallen.«

Mir stand der Mund offen.

»Oh bitte, spar dir die entsetzte Miene«, setzte er noch einen drauf. »Ich bin Pornodarsteller, und ich weiß, warum wir Gleitgel benutzen. Ich war zwischen deinen Beinen, und ich hab ganz genau gemerkt, dass dir das gefallen hat. Und wär die Szene ohne Kameras gewesen, dann hättest du es genossen. Wem machst du was vor? Noch zwei Minuten und du wärst gekommen.«

»Wär ich nicht!«, platzte ich entsetzt und mit vor Scham heißem Gesicht heraus.

So fühlten sich also Opfer, denen niemand glaubte? Ich saugte den bitteren Geschmack von meiner Zunge und merkte mir die Reaktion meines Körpers, um sie später für eine Rolle zu verwenden, so wie ich es schon immer gemacht hatte. Dann wäre dieser Zwischenfall zumindest für etwas gut.

Christopher blieb unglaublich ruhig und bedacht. Und ich fragte mich, ob er mit solchen Vorfällen gerechnet hatte. Oder ob er so etwas im Laufe seiner Karriere schon mal erlebt hatte. Er schickte Jessica los, meine Sachen zu holen, damit ich mich anziehen konnte. Er wartete, bis ich Shorts und Shirt trug, und als wir zum Wohnzimmer gingen, sagte er einem der Assistenten, José, dass wir den Dreh für heute beendeten. »Kannst du bitte auch Noah informieren?«

»Ist denn alles in Ordnung?«, fragte der zurück. Schweigen breitete sich aus. »Kommt schon, Leute, unser Superstar sitzt in seinem Stuhl und starrt so finster vor sich hin, dass die Nacht da draußen dagegen hell wirkt.«

»Ich hab meine Tage bekommen«, erklärte ich ohne Scham und registrierte amüsiert, wie alle um mich herum bei den Worten ihr Gesicht verzogen.

José wollte nicht noch mehr Details hören, sondern ergriff – ganz junges Exemplar der Gattung Mann, der mit menstruierenden Frauen wahrscheinlich bisher so viel zu tun hatte wie ich mit Football – die Flucht.

Erleichtert atmete Christopher auf. »Ida? Ich lass dich nach Hause bringen. Überleg dir, ob du Anzeige erstatten willst.« Rocky fluchte, wobei ich schon den Kopf schüttelte. »Dann red mit irgendjemandem darüber, vielleicht Claire? Die Rolle von David taucht später noch mal auf, falls du es vergessen hast. Und es wäre gut, wenn bis zum nächsten Dreh alles zwischen euch geklärt ist. In der Zwischenzeit …« Er drehte sich zu Rocky, Jessica und mir. »Kein Wort darüber, kapiert?«

♥

Das Klingeln des Handys riss mich aus dem Schlaf. Ich runzelte die Stirn und sah mich für einen Moment verwirrt um, bis mir wieder alles einfiel. Der Dreh, Noah, Rockys Schwanz, eben alles. Ich war in mein Motel zurückgekehrt und wie ein Stein noch angezogen ins Bett und einen komatösen Schlaf gefallen.

Nun hielt ich, von Sekunde zu Sekunde weniger desorientiert, nach meinem Handy Ausschau, das keine Ruhe gab.

Ich griff nach meiner Handtasche und schüttete müde den Inhalt auf die Tagesdecke. Es war nach Mitternacht, aber der Anrufer gab nicht auf. Die Nummer war unterdrückt und notgedrungen ging ich ran.

»Hallo?« Im Hintergrund hörte ich laute Musik, Lachen, klirrende Gläser.

»Ida?« Das war Noahs Stimme. Er schien auf einer Party zu sein und gerade an einen Platz zu gehen, wo es ruhiger war, wenn auch nicht viel.

»Nein, der Präsident der Vereinigten Staaten«, gab ich säuerlich zurück.

Noah lachte leise und der Ton versöhnte mich. »Hier ist jemand vom Daily Express und löchert mich mit Fragen.«

»Und? Gefällt dir das nicht?«

»Ida, Ida, wie gut du mich doch kennst … Aber wenn mir jemand vorwirft, dass wir die Vergewaltigung der Newcomerin Ida Portman drehen, dann, entschuldige, finde ich das nicht lustig.«

»Und was willst du jetzt von mir?« Hellwach setzte ich mich auf und fragte mich, wie diese Info nur hatte durchsickern können. Und wer Rockys Namen mit Noahs vertauscht hatte. Nie im Leben war das Christopher gewesen. Frustriert stöhnte ich auf.

»Dieser Scheißkerl«, fluchte Noah und brauchte offensichtlich einen Moment, um sich zu sammeln. Warum nur konnte er eins und eins so gut zusammenzählen? »Wann kannst du hier sein?«

»Oh nein!« Er wollte allen Ernstes, dass ich ohne Vorbereitung zu einer Party fuhr und mit der Presse über etwas sprach, das bis jetzt nur ein Gerücht war? Ich spürte ein mittlerweile ungesund vertrautes Gefühl: Panik.

»Verdammt, Ida …« Er wollte mehr sagen, aber nahm sich zusammen. »Niemand erwartet, dass du erzählst, was wirklich passiert ist. Ich weiß nur, dass mir hier jemand eine Vergewaltigung anhängt und du die Einzige bist, die das wieder in Ordnung bringen kann. Glaub mir, wenn ich könnte, würde ich das ohne dich klären. Kommst du bitte?«

»Gut, ja.« Ich schob all meine widersprüchlichen Gefühle beiseite und konzentrierte mich darauf, das Richtige zu tun. Noah hatte es nicht verdient, für etwas beschuldigt zu werden, wofür er nicht verantwortlich war. Niemand verdiente das. »Wie lange geht denn die Party noch? Wie viel Zeit habe ich, um mich fertigzumachen?« Ich erhob mich und eine Feder vom Bett quietschte dramatisch.

»Mist, Ida! Hast du geschlafen?«

»Ja, warum nicht?« Ich sah auf die Uhr und fragte mich, was daran so besonders war. Der Drehtag war lang gewesen und mein Wecker war auf fünf Uhr gestellt.

»Und du bist dort allein? Nicht mal Claire ist bei dir?«

»Das geht dich gar nichts an«, fauchte ich und inspizierte den mickrigen Inhalt meines Kleiderschrankes. Drei Shorts, zehn Shirts, eine Jeans, zwei Kleider, eines schwarz. Bingo.

»Also allein.« Er klang nicht so, als ob ihm die Vorstellung gefiele, sondern als würde er mit sich ringen, seine Bitte zurückzuziehen. »Dann kleister dir bitte eine Tonne Make-up ins Gesicht, damit man die roten Flecken auf deinen Wangen nicht sieht.«

Verärgert warf ich einen Blick in den Spiegel. »Ich seh doch nicht –« Der Protest blieb mir im Hals stecken.

»Großartig«, seufzte ich. »Natürlich.«

»Ich schick dir die Adresse an dein Handy?«

»Ja.«

»Danke, Ida. Ich weiß das wirklich zu schätzen. Bis gleich.« Ohne auf meine Antwort zu warten, legte er auf.

So erschöpft, als wäre ich seit Tagen auf den Beinen, setzte ich mich auf das Bett, starrte auf das Kleid in meinen Händen und dachte für einen Moment an gar nichts. Dann beugte ich mich vor, um zu dem Platz zu sehen, wo meine Schuhe standen. Die flachen Sandalen könnte ich zu dem Kleid anziehen. Pumps wollte ich in meinem Zustand nicht riskieren. An einem müden Abend auf der Bühne war ich erst letztes Jahr recht unfein durch die Gegend gesegelt. Und wenn ich mit Claire ausging, trug ich nicht umsonst Ballerinas.

Sobald Noah mir die Adresse schickte, machte ich mich fertig. Abschließend musterte ich mich im Spiegel. Ich sah okay aus. Aber war okay genug? Nein, entschied ich. Mit diesem Make-up konnte ich nicht vor die Presse treten. Es gab nur eine Person, die mir helfen konnte.

♥

»Danke, danke, danke, dass du Zeit hast!« Das Taxi hielt am Bordstein und Jessica sprang rein. Sie hatte die Idee gehabt, dass sie mich auf dem Weg fertigmachte. Gutes Make-up brauchte schließlich nicht lange, es sei denn, ich ginge zum Karneval oder auf eine dieser abartig guten Halloween-Partys, wo jeder jeden übertrumpfen wollte.

»Können Sie hier drin mal Licht anmachen?!«, herrschte Jessica den Fahrer an.

»Wehe, Sie hinterlassen Flecken auf dem Bezug«, antwortete der, sobald es hell war und er sah, womit Jessica hantierte.

»Keine Sorge, ich bin Profi. Machen Sie Ihren Job und schauen nach vorn auf die Straße, ich mach meinen.« Sie drehte sich zu mir und öffnete einen kleinen Reiseschminkkoffer. »Du weißt noch, was ich dir gesagt habe?«, fragte sie mich, während wir von ihrem Strandhaus in Laguna Beach wieder zurück Richtung L.A. und dem Bootsy Bellows fuhren, wo Noah auf mich wartete.

»Ein bisschen flirten wäre okay«, wiederholte ich ihre Worte. Für das Image und den Film.

Sie nickte zufrieden, kniff aber ihre Lippen zu einer dünnen Linie zusammen.

»Was ist los?«, fragte ich und schloss meine Augen, damit sie Lidschatten auftragen konnte.

»Sei vorsichtig, Ida.«

Ich blinzelte, da sie aber wild an meinen Lidern herumpinselte, gab ich es auf, sie anzuschauen. »Ich bin immer vorsichtig.«

»Das glaub ich dir«, sagte sie und zeichnete nun den Schwung meiner Augenbrauen nach, wobei ihre Hand auf meinem Gesicht ruhte, damit sie sich während der Fahrt in einer Kurve oder bei einem Bremsmanöver nicht vermalte. »Pass nur auf dich auf und mach nichts, was du nicht auch willst. Mehr sag ich ja nicht.«

»Genau das hab ich vor«, nuschelte ich.

»Ich meine es wirklich ernst, Ida. Da ist etwas zwischen euch, sodass jedes Mal, wenn ihr aufeinandertrefft, die Luft knistert. Denk echt an meine Worte: Ein bisschen Flirten für die Presse ist okay, aber bau bloß nicht auf ihn. Sonst kannst du jetzt schon mal anfangen, einen Therapeuten für ein gebrochenes Herz zu suchen. Die haben hier in L.A. ziemlich lange Wartelisten.« Sie wich zurück. »So! Fertig! Schau mal!«

Jessica reichte mir einen Spiegel und ich sah mir perfekte, aschgrau geschminkte, verdammt groß wirkende

Augen an. »Ist das Make-up nicht zu kräftig?«.

»Je dunkler der Ort, umso intensiver die Farben«, erklärte sie.

»Werde ich mir merken.«

Ich fragte sie, was man tun müsste, um das selbst hinzubekommen, und war überrascht, als sie mir haarklein jeden Handgriff erklärte und sogar anbot, mir Tipps zu geben, damit ich auch für andere Anlässe in Zukunft gefeit wäre, während wir über den Coast Highway fuhren. Links rauschte dunkel das Meer, rechts, verborgen von der Nacht, waren die Stadt und dahinter die Berge. Einige wenige Nachtschwärmer waren noch unterwegs. Durch das halb heruntergelassene Fenster blies die kühle Brise vom Meer zu uns und ich atmete den Geruch tief ein.

Und die Fahrt verging viel zu schnell.

»Oh Kacke!«, fluchte ich, als ich den Eingang des Bootsy Bellows sah.

♥

Es ist nicht so, dass ich noch nie auf einer Party war. Ich feiere ganz gerne und mag R 'n' B-Dancefloors. Doch so etwas wie vor diesem Club hatte ich noch nicht erlebt.

Notgedrungen hielt unser Taxi in der zweiten Reihe neben einigen schwarzen SUV-Limousinen. Fünf Security-Leute hielten die Menge in Schach und Fotografen lauerten am Eingang auf prominente Gesichter.

Der Fahrer fragte mich zweifelnd, ob ich hier richtig wäre. Mit meinem schwarzen Kleid wirkte ich regelrecht zugeknöpft im Vergleich zu den Frauen, die sich in knappen Klamotten und schillerndem Make-up die Beine am Eingang in den Bauch standen, um reingelassen zu werden.

Oh ja.

Entschlossen stieg ich aus und sah Jessica nach, wie sie mit dem Taxi davonfuhr. Ich drängte mich vor zu einem der Türsteher, und da mein Name auf der Gästeliste stand, ließ er mich durch.

Drinnen klebten binnen Sekunden meine Klamotten an meinem Leib. Ich suchte die Menge nach Noah ab und zog eine Gesprächswelle hinter mir her. Mein Hintern wurde kommentiert, meine Schultern, mein Busen, mein Bauch, meine Lippen. Zum Glück mag ich mich und meinen Körper, sonst hätte ich glatt Komplexe kriegen können.

Nachdem ich mich eine Ewigkeit lang durch die laute Menge gewunden hatte und mich total fehl am Platz fühlte, flüchtete ich mich zum Bad, wo die Musik dankbarerweise nur noch als dumpfes Wummern zu hören war.

»Cynthia, Baby, wenn ich dir sage, dass du die Beine breitmachen sollst, dann machst du sie auch breit!«

Der vertraute Tonfall jagte mir einen Schauer über den Rücken und das konnte nur eines bedeuten: Noah war hier.

Ich drehte mich um und entdeckte ihn mit dem Rücken zu mir an einem Kosmetiktisch. So wie am Set war er elegant gekleidet, nur dass er statt des Jacketts eine Weste trug und sich die Ärmel seines Hemdes hochgekrempelt hatte. Was seinen Sex-Appeal so in etwa um tausend Prozent erhöhte. Um seine Hüften waren lange, schlanke Frauenbeine mit roten Pumps geschlungen. Seine Hand strich einen nackten Oberschenkel entlang. Heiße Sehnsucht durchfuhr mich, selbst so gehalten zu werden, den Körper eines Mannes, nein, dieses Mannes, erregt an meinem, sein heißer Atem auf meinem Gesicht und meine Gedanken nur bei ihm, nirgendwo sonst, als säßen wir auf unserer eigenen Insel, abgekoppelt vom Rest der Welt. Die Frauenbeine, die sich um seine Hüften legten und ihn näher zogen, passten jedoch nicht zu meiner kleinen Fantasie.

»Was zum Henker tust du da?!«, rief ich aufgebracht.

»Ich hab die Reporterin vom Daily Express bei der Stange gehalten«, sagte er und löste ihre Schenkel von seinen Hüften.

Nur mit Mühe unterdrückte ich die Palette an Gefühlen, die in mir aufstiegen. Ich könnte sie später sezieren und analysieren. »So wie ich das sehe, glaubt dir die nette Dame mittlerweile, dass du kein Vergewaltiger bist, und du hast die Situation ganz gut unter Kontrolle. Ich werde hier überhaupt nicht gebraucht«, schleuderte ich seinem Rücken entgegen und wandte mich zur Tür.

»Warte doch mal!« Er packte mich am Arm, während Cynthia ihre Sachen und ihr Equipment ordnete. »Es ist überhaupt nicht das, wonach es aussieht.«

Überrascht, aufgehalten zu werden, strauchelte ich. Doch bevor ich fiel, fing Noah mich auf. Und er stellte mich nicht einfach auf die Beine, sondern nahm mich in seine Arme und drückte mich eng an sich. »Lass mich los«, murmelte ich schwach.

»Nur noch eine Sekunde.«

»Warum?«

Er antwortete nicht, und obwohl ich sauer war, reagierte mein idiotischer Körper auf ihn. Wie immer. Erregt zogen sich meine Nippel zusammen und meine Scham wurde feucht. Und als er seine Hand auf meinen Po legte und mich näher drückte, spürte ich seine Erektion und stellte mir vor, was passieren würde, wenn ich meinem Verlangen nachgäbe. Wenn ich nicht die Schauspielerin und er der Schauspieler wäre. Bis noch jemand zu den Toiletten wollte und beim Öffnen der Tür ein

Schwall lauter Musik mich wieder zu Sinnen kommen ließ.

»Lass das, verdammt noch mal!«, fluchte ich, befreite mich von seinen Händen und funkelte ihn warnend an.

Was sich für mich wie eine Ewigkeit angefühlt hatte, konnten nur wenige Sekunden gewesen sein, und ich wich einen Schritt zurück, um klarer denken zu können.

»So, ich bin so weit«, verkündete Cynthia und hielt mir in diesem Moment ihr Diktiergerät unter die Nase. »Da wir ja nun beide wissen, dass er kein Vergewaltiger ist: Wie ist der Sex mit ihm?«

»Wie bitte?!«

Kapitel 6

Ich verschluckte mich und hustete so stark, dass ich kaum Luft bekam.

»Wir haben keinen Sex, Cynthia«, antwortete Noah, und sein Blick fügte auf mich gerichtet hinzu: *noch nicht.* »Wir tun die ganze Zeit nur so.«

Unter dem Vorwand, mein Spiegelbild überprüfen zu wollen, ging ich auf Abstand und nickte zustimmend. Dabei war kein Raum groß genug, um das Knistern zwischen uns abzustellen.

»Und da läuft wirklich nichts?«, hakte Cynthia nach.

»Nur vor der Kamera. Wie es sein soll. Wir sind Schauspieler.« Mein Lächeln wirkte angestrengt, dennoch drehte ich mich um.

»Noah hat mir ja gerade gezeigt, was er heute mit dir gemacht hat. Ich kann mir gar nicht vorstellen, wie das irgendeine Frau kalt lassen kann. Kommen da keine echten Gefühle auf?«

»Es ist wohl etwas anderes, wenn um einen herum eine ganze Crew steht und ein Regisseur Anweisungen gibt.« Und bevor sie wieder nachfragte, redete ich schnell weiter. »Die Stimmung am Set ist locker und humorvoll. Ich bin sehr froh, mit Noah zusammenzuarbeiten. Und ich bin mir sicher, dass der Film am Ende auch die Fans des Buches glücklich machen wird. Aber zwischen uns läuft nichts.«

»Kann ich ein Foto von euch machen?«, fragte Cynthia und überprüfte an ihrer Kamera bereits die Einstellungen.

»Nein!«, protestierte ich.

»Aber nur inoffiziell«, sagte Noah zur gleichen Zeit und zog mich schon an sich.

»Ich sehe furchtbar aus«, zischte ich ihm leise zu. Doch wenn ich gedacht hatte, das würde ihn seine Meinung ändern lassen, so hatte ich mich getäuscht.

»Nicht doch«, murmelte er sanft, löste das Band aus meinen Haaren und fuhr locker durch meine Mähne, wobei angenehme Schauer meinen Körper überzogen.

Ich konnte spüren, dass er es genoss, mich zu berühren. Und er hatte es drauf, mich anzusehen, als wäre ich die schönste Frau des Universums. Ich ermahnte mich, distanziert zu bleiben, und schloss die Augen, um mich zu sammeln. Doch das führte nur dazu, dass ich seine Hände noch deutlicher spürte. Verdeckt von meinen Haaren strichen seine Finger zärtlich über meinen Nacken, fuhren über meine Schultern und machten mich ganz verrückt, als er die Linie meiner Wirbelsäule mit den Fingerspitzen nachzeichnete. Ich riss meine Augen wieder auf und mich traf sein wissender Blick.

»Vertrau mir«, raunte er mir zu und hielt mich fest, während Cynthia auf den Auslöser drückte. Dabei bewirkte seine Nähe das genaue Gegenteil: Alle meine Warnlämpchen blinkten wie wild.

»Wirklich hübsch«, murmelte Cynthia. »Könnt ihr euch vielleicht auch küssen?« Abwartend hielt sie ihre Kamera auf uns gerichtet.

»Natürlich«, sagte Noah.

Natürlich?! Meine Haut brannte. Schlimmer als während des Drehs. Und mein Herz schlug lauter als die Bässe des Clubs, zumindest in meinen Ohren.

»Schau mich an, Ida!«, raunte Noah mir zu.

Obwohl alles in mir protestierte, hob ich den Kopf und sah in seine dunklen Augen.

»So ist gut.« Sein Blick verlor nicht an Intensität. »Sie braucht immer einen Moment, um in die Rolle von Amber zu schlüpfen«, erklärte er, schaute jedoch nicht zu Cynthia, sondern unverwandt zu mir.

Zuerst waren da seine Hände. Sie legten sich um mein Gesicht und ich wusste, er spürte unter seinen Fingerspitzen, wie schnell mein Puls schlug. Ich leckte mir über meine trockenen Lippen, fiebrig vor Lust, und verzehrte mich mehr und mehr nach seiner Berührung. Als er sich zu mir beugte und seine Lippen nur ganz sanft meine streiften, zart und warm über sie strichen, sie kaum berührten, wimmerte ich leise.

Mein Körper glühte, mein Höschen war zwischen den Beinen nass, Gänsehaut bedeckte meine Schultern, meinen Nacken und mein Dekolleté und ich war mir nicht sicher, wie lange ich noch stehen konnte, so weich waren meine Knie.

Hast du eine Ahnung, wie sehr ich dich will, sagten mir seine Blicke.

Dann nimm mich, dachte ich verzweifelt. *Bitte, bitte, nimm mich und mach, dass es aufhört.*

Ich war es, die zuerst schwach wurde, aber das war mir egal. Ich packte sein Gesicht und presste meine Lippen auf seine. Und als er seinen Mund öffnete, schoss meine Zunge triumphierend hinein.

Für einen Moment hatte ich panische Angst, zu weit gegangen zu sein. Da löste sich ein Knurren in seiner Kehle und er fiel endlich ebenso über meinen Mund her. Unsere Zungen trafen sich und unsere Lippen klebten aufeinander. Der Kuss wurde wilder. Und das, was er mit mir machte, spürte ich bis zu meiner Muschi, die immer heftiger pochte und sich zusammenzog vor Lust.

Wir taumelten gegen die Wand, seine Lippen lösten sich von meinen und küssten meinen Hals, meine Schultern, mein Dekolleté, verschlangen jeden Zentimeter Haut, markierten sie. Und ich stand nur da, die Augen geschlossen, atmete schwer und gab mich seinen Berührungen hin.

»Oh mein Gott! Wow!«, hauchte Cynthia.

Als hätte jemand das Licht angemacht, kam ich zu mir und stieß Noah von mir. Ich erschrak über mein eigenes Spiegelbild. Die Frau kam mir fremd vor. Ihre Lippen waren geschwollen und glänzend. Ihr Gesicht war zerkratzt von Barstoppeln. Er selbst sah nicht weniger mitgenommen aus. Lippenstift klebte an seinem Kinn und ich zuckte, um ihm die Farbe zu entfernen, als er es schon selbst bemerkte und den Fleck mit dem Daumen wegrieb. Er fuhr sich durch das Haar, seufzte, als wäre er frustriert, und sah mich so verlangend an, dass ich begriff, dass das hier nicht beendet war. Er wollte mich. Jeden Zentimeter von mir.

Und das, obwohl er vergeben war.

»War's das?«, fragte ich. Dabei wartete ich nicht auf eine Antwort. Ja, das war es. Nicht nur für den Daily Express, sondern auch für mich und Noah. »Bis morgen!«, rief ich, machte kehrt und zwang mich, nicht zur Tür zu rennen.

Ich fuhr mir mit dem Handrücken über meinen Mund, um Noahs Geschmack von meinen Lippen zu wischen. Meine Finger zitterten verdächtig. *Was hast du dir dabei nur gedacht?*, fragte ich mich wieder und wieder.

♥

Heiße Dreharbeiten

Am Set von Mehr als Liebe *geht es zwischen den beiden Hauptdarstellern Noah Miller (34) und Ida Portman (28) heiß her, so Insider. Die beiden treffen sich nicht nur beruflich, sondern auch privat. Es scheint, als hätte Hollywoods beliebtester Playboy wieder eine neue Schauspielerin ins Visier genommen.*

»Lies noch mal vor«, bat ich Claire. Ich wischte mir den Schweiß von der Stirn und beendete mein Work-out, zu dem ich mich trotz akuter Müdigkeit wie jeden Morgen um fünf aufgerafft hatte. Meine beste Freundin hatte bis sechs gewartet, um mich anzurufen. Geduldig wiederholte sie den Inhalt des kurzen Artikels, während ich mir ungläubig mein Tablet schnappte und meinen Namen googelte.

Die Ergebnisseite quoll über vor Schnappschüssen, die in der Nacht von mir entstanden waren. Ich sah den Umständen entsprechend gut aus. Immerhin. Doch die Gerüchte, die nun kursierten, nervten mich. Wütend zeigte ich der Großaufnahme von Noahs Lippen an meinen beide Mittelfinger.

»Oh, Süße, es geht los! Jetzt wirst du berühmt!«

»Als hätte ich es darauf angelegt«, knurrte ich. Natürlich schmeichelte es meinem Ego, dass ich bekannter wurde. *Aber nicht so*, rief ich mir in Erinnerung. Und ich erklärte meiner besten Freundin, was in der Nacht passiert war.

»Und wie küsst er?«, fragte sie, und ich hörte im Hintergrund jemanden warnend grummeln. Claire legte ihre Hand auf das Telefon, dennoch hörte ich ihre Antwort: »Ich will nur dich küssen, Schatz, aber man darf ja wohl mal fragen. Wenn dein Kumpel Giselle Bündchen geküsst hätte, würdest du auch Details wissen wollen.« Ein Knurren. »Siehst du!« Es folgte ein Schmatzer, der mir zeigte, dass zwischen Claire und ihrem Freund alles in Ordnung war, und dann war sie wieder dran und wartete auf meine Antwort.

»Gut«, sagte ich einsilbig.

»Ach, komm schon, mehr Details, Ida!«

»Ich bleib dabei: gut.« Die Untertreibung des Jahrhunderts. Schon an seinen Kuss zu denken, sorgte für Gänsehaut auf meinem ganzen Körper und für ein warmes Pochen zwischen meinen Beinen. Schnell dachte ich daran, wem er schon alles die Zunge in den Hals gesteckt hatte, um mich wieder einzukriegen.

»Ich glaub dir nicht«, sagte Claire.

»Jetzt sag mir nicht, dass du auch zu seinem Fanclub gehörst?«, änderte ich die Richtung des Gesprächs.

Claire räusperte sich.

»Verdammt, Claire!«

»Ach komm schon, jede Frau, die nicht tot ist, empfindet was für den Kerl.« Wieder hörte ich im Hintergrund ein warnendes Knurren, dabei war mir klar, dass Claire mit Absicht so laut sprach und ihren Freund provozierte. Sie hoffte auf heißen Morgensex. Sehr gewieft!

»Er ist ein Arsch. Ich bleib dabei«, motzte ich Claire an und quetschte sie aus, wie es mit ihrer Cateringfirma lief.

Wie zu erwarten vergaß meine beste Freundin Noah Miller sofort. Es gab eben nichts Aufregenderes als das eigene Leben. Sie suchte immer noch nach passenden Räumen. Aber die erste Lieferung war erfolgreich, ihre Website war endlich online, und ich likte sie gleich auf Facebook und teilte sie mit meinen Freunden.

»Oh mein Gott«, bremste sich Claire schließlich selbst. »Du kommst zu spät zu deinem Dreh.«

Ich sah auf die Uhr und stöhnte leise. Es war gerade mal halb sieben und meine Lust, Noah wiederzusehen, hielt sich in Grenzen. Aber Claire hatte recht, ich musste los, um mein Image als zuverlässige und exzellente Schauspielerin zu verteidigen.

»Bye, Süße«, sagte ich und legte auf.

Im Eiltempo sprang ich unter die Dusche, schlüpfte danach in meine Jeans und ein graues Shirt, setzte mir ein Basecap auf, damit meine noch feuchten Haare nicht in alle Richtungen abstanden, und eilte mit einer abgewetzten Umhängetasche davon, in der mein Skript, mein Tablet und ein paar Schokoriegel steckten.

Vor dem Motel rannte ich in eine Traube Kameras und zog mir mein Basecap tiefer. Jede andere hätte sich jetzt ein Taxi genommen, aber ich hatte meinen Vorschuss für meine Schulden verbraucht und hatte kein Geld, mich wie ein Promi zu benehmen. Also kämpfte ich mich mit meinem Tross zur Bushaltestelle vor und wartete dort wie jeder andere auch. Keine Ahnung, wie die Boulevardpresse diesen Schritt interpretieren würde, aber ich fand mich ziemlich langweilig und atmete erleichtert auf, als das wohl auch die Fotografen erkannten und abzischten. Sie hatten genug Bilder von mir, wie ich einfach nichts tat. Wenigstens etwas.

♥

»Du fährst allen Ernstes mit den öffentlichen Verkehrsmitteln?« Noah saß bereits umgezogen in der Maske und scrollte auf seinem Tablet durch Bilder, die alle nach mir in einer Jeans, einem grauen Shirt und einem Basecap aussahen.

»Das tun normale Leute. Neidisch?«, fauchte ich immer noch oder erneut sauer auf ihn. So genau konnte ich das nicht sagen. Ich stellte meine Sachen ab und begab mich in Jessicas Hände.

»Ehrlich gesagt: ja.«

Verblüfft sah ich ihn an, dann lachte ich. »Sehr witzig, fast wäre ich darauf reingefallen.« Noah Miller, das größte Sexsymbol der Gegenwart, wollte lieber mit dem

Bus fahren statt mit einer Limousine mit verdunkelten Scheiben? Also, wer das glaubte, musste ja wirklich sehr warmen, weichen, wabbeligen Pudding im Kopf haben. Der Kerl wusste wahrscheinlich nicht mal, wie man den Ticketautomaten bediente.

Zufrieden schloss ich die Augen, damit Jessica über mein Gesicht pudern konnte. Dann nahm ich mir den Kajal, während sie sich um meine Augenbrauen kümmerte.

Obwohl Noah fertig war, blieb er – absolut nicht seine Art – sitzen und sah mich an. Ich hörte, wie im Hintergrund getuschelt wurde, aufgeregter als sonst, was mir äußerst unangenehm war. Und ab und zu hatte sich jemand nicht im Griff und das Wort ›Schlampe‹ fiel überlaut.

Ganz sicher war nicht Noah damit gemeint und mein Frust wurde größer. Nur weil ich ihm einen Gefallen getan hatte, stand mein Leben plötzlich Kopf.

»Bist du gestern noch gut nach Hause gekommen?«, fragte er, völlig überraschend, ziemlich nett.

»Ich glaube, das konnte jeder nachlesen«, knurrte ich.

»Weißt du, wie unglaublich sexy du bist, wenn du dich aufregst?«

»Und weißt du, dass du eine unglaubliche Nervensäge bist?«, konterte ich.

»Außerdem hat es dir gefallen«, stellte er fest und beobachtete eindringlich, wie seine Worte auf mich wirkten.

»Und das weißt du woher?« Ich presste meine Schenkel enger zusammen, um das verräterische Pochen zu unterdrücken.

Er hob neckisch die Augenbrauen.

»Kannst du nicht sprechen?«

»Meine Güte, Ida …« Er lehnte sich zu mir. »Ich hab

schon so viele Frauen geküsst. Wenn sie dir eine kleben, bist du zu weit gegangen. Wenn sie ihre Lippen öffnen, ist alles okay. Hilf mir mal auf die Sprünge: Was davon ist letzte Nacht passiert?«

Ich bebte. Gleich würde ich explodieren.

»Eigentlich müsste *ich* sauer sein«, setzte er noch einen obendrauf. »Du hättest nur stillhalten müssen. Aber hast du das?«

Das war zu viel. Ich sprang auf, bevor mich Jessica zurückhalten konnte, und holte aus. Leider reagierte Noah blitzschnell und ging lachend in Deckung.

»Daneben!« Bestens gelaunt zupfte er sich sein Outfit zurecht, drückte Miranda im Vorbeigehen einen Kuss auf die Wange und schlenderte zum Set, als wäre nichts gewesen.

So nicht! Zielsicher warf ich einen Lippenstift nach ihm, obwohl mir nach einer Axt war. Immerhin traf ich. Er zuckte zusammen, hob den Lippenstift auf, grinste und warf mir einen Luftkuss zu. Warum auch immer! Denn jetzt wollte ich ihm erst recht den Hals umdrehen.

»Setz dich wieder hin!«

Schwer atmend drehte ich mich zu Jessica um.

»Und schau mich nicht so an. Dein Make-up ist im Arsch. Und so sehr ich dich auch mag, aber nun muss ich noch mal komplett von vorn anfangen. Und sei dankbar, dass du ihm keine Ohrfeige verpasst hast. Solche roten Flecken kriegt man nicht gut abgedeckt.«

»Dann tret ich ihm das nächste Mal in die Eier. Wie klingt das?« Wutschnaubend kletterte ich zurück auf meinen Stuhl, verschränkte die Arme vor der Brust und hielt still, während ich nervös mit dem Fuß wippte.

»Du wärst die Erste, die das macht.« Ohne zu murren besserte Jessica die Grundierung aus, puderte mich wieder ab, verteilte Rouge und trug den Lippenstift neu auf.

»Dann wird es Zeit.«

Fertig geschminkt ließ ich mich von Francine in das Korsett einschnüren. Wieder bekam ich keine Luft. Da ich aber wusste, dass sie sich durch Jammern nicht erweichen ließ, verkniff ich mir jeglichen Protest.

Als sie fertig war, schlüpfte ich in meinen Kimono und las mir den Text noch mal durch, um Noah, die Presse und diesen Kuss aus meinem Gehirn zu verdrängen. Ich musste wieder zu Amber werden, die Braden anhimmelte. Eine Ida, die einen Noah erwürgen wollte, konnte ich gerade nicht gebrauchen.

Zu meiner Überraschung erklärte Christopher, dass er die ganze Szene vom Vortag erneut drehen wollte. Er brauchte mehr Perspektiven, was er leider erst beim Durchsehen des Materials bemerkt hatte.

Begeistert war ich darüber nicht, und ich vermisste die Bühne: Ein Versuch, und der musste sitzen. Es gab keine zweite Chance. Aber Christopher war so etwas wie mein Boss, und wenn er wollte, dass ich in dem Korsett Purzelbäume schlug, dann würde ich auch das machen.

»Sonst noch was?«, fragte ich, da Christopher sich nicht abwandte und ebenfalls nicht, wie üblich, alle aufscheuchte.

»Na ja, wir würden gerne weiterhin Rocky nehmen, aber nur wenn …«

»Schon gut. Ich krieg das hin. Und er auch«, sprach ich schnell weiter, bevor er etwas einwenden konnte. »Vielleicht kann er sich diesmal etwas zurückhalten? Man sieht doch eh nicht so genau, was er mit mir anstellt.«

»Natürlich.« Erleichtert zupfte Christopher an meinem Outfit herum. »Ging das mit dem Tisch gestern?«

Verdutzt sah ich ihn an. Machte er sich etwa Sorgen? »Er war hart, okay? Keine Frau bei Verstand würde sich stundenlang auf so einem Tisch vögeln lassen. Aber weicher kriegen wir ihn wohl nicht mehr hin, richtig?«, scherzte ich.

Die Statisten hatten sich bereits im Raum verteilt, José lief mit dem Mikrofon in der Hand auf und ab, hielt alle zusammen und wartete, dass es losging. Vincent schulterte die Kamera. Und Noah unterhielt sich mit Rocky, recht ernst, wie ich fand, aber ich kümmerte mich nicht weiter darum.

Ich nickte beiden Männern im Vorbeigehen zu, gab Olivia meinen Kimono und krabbelte dorthin, wo auf dem Tisch die Markierung war.

Sobald ich lag und wieder das harte Holz unter mir spürte, wurde ich nervöser und mein Puls raste. Ich fühlte mich überhaupt nicht auf der Höhe, schloss die Augen und versuchte, diesen Mann, der so unterschiedliche Gefühle in mir auslöste, auszublenden und mich an mein Leben vor Noah zu erinnern. Es war unspektakulär und auf seine Art entspannt gewesen.

Jeden Morgen war ich zum Joggen zum Montrose Beach gefahren. Danach hatte ich gemütlich gefrühstückt, meist allein, aber manchmal auch mit Claire, und dann war ich zu den Proben gegangen. Die Bühne war zwar klein gewesen, aber ich mochte die Atmosphäre. Keiner von uns spielte sich in den Vordergrund. Wir diskutierten die Rollen. Abends stand ich dann auf der Bühne, vergaß alles um mich herum und schwebte auf Wolken. Erst der Applaus holte mich aus meiner Trance zurück. Wir verbeugten uns, lachten, lobten und kritisierten uns hinter dem Vorhang und dann gingen wir was essen. Es war perfekt gewesen, bis auf die Tatsache, dass ich einen Hungerlohn verdiente und ich wie die meisten Schauspieler nach Hollywood geschielt hatte.

Als ich Rocky wieder zwischen meinen Beinen spürte, war ich nicht länger in Gedanken bei meinem alten Leben. Tränen stiegen mir in die Augen, die ich panisch wegblinzelte.

»Wundervoll!«, hauchte Christopher, der nicht den Sex sondern meine Reaktion filmte.

Wenn er zufrieden war, sollte ich es wohl auch sein, dachte ich mir. Stattdessen kämpfte ich damit, ruhig liegen zu bleiben und meinen Kopf wieder auszuschalten. Wenn ich nicht durchhielt, dann würden die Dreharbeiten noch länger dauern, und allein bei dem Gedanken brach mir kalter Schweiß aus.

In dem Moment packte Noah meine Hand und drückte sie so fest, dass ich zu ihm sah. Die Welt um mich herum verschwamm, und ich spürte meinen eigenen Herzschlag nicht mehr. Ich erwiderte den Druck nicht. Meine Hand war weich und schlaff und meine Finger waren eiskalt, als wäre jegliches Blut aus ihnen gewichen.

Verwirrt fragte ich mich, ob er ahnte, wie es mir ging. Konnte er mir am Gesicht ablesen, wie unwohl ich mich fühlte? Und wohin war das neckische Funkeln in seinen Augen verschwunden? Wenn ich es nicht besser wüsste, würde ich denken, dass er besorgt wirkte. Mit dem Daumen strich er sanft über mein Handgelenk.

Die Erkenntnis, dass ich ihn brauchte, kam mir so plötzlich, dass ich die Augen schloss und mich aufbäumte. Ich drehte meinen Kopf auf die andere Seite, weg von ihm, aber es gelang mir nicht, ihm meine Hand zu entziehen. Irgendwas passierte jedes Mal, wenn wir vor der Kamera standen und dieses merkwürdige Liebespaar aus Rachels Bestseller spielten. Und so sehr ich Noah in den Drehpausen erwürgen wollte: Hier und jetzt wollte ich mehr.

Dann endlich ließ Rocky nach einem gespielten Orgasmus, bei dem Olivia und Kevin Fake-Sperma auf mein Korsett, mein Dekolleté und mein Gesicht spritzten, von mir ab, und der dritte Freund von Braden durfte mich benutzen. Jimbo öffnete mein Korsett und entblößte meinen Busen. Keuchend beugte er sich über mich und hauchte Schweinereien in mein Ohr, bis ich stöhnte. Dann drückte auch er seine Erektion gegen meine Scham, und ich musste den plötzlichen Brechreiz, der mich überkam, unterdrücken.

Noahs Griff an meiner Hand wurde schmerzhaft fest. Ich wurde hin- und hergerissen zwischen dem heißen Atem an meinem Hals, einem weiteren Schwanz an meiner mittlerweile erneut nassen Scham und Noah, der mich zwang, dass ich an ihn dachte. So als wollte er nicht, dass ich vergaß, dass ich seinetwegen dort lag.

Sobald der Typ stöhnend gekommen war und so tat, als hätte er sein Sperma in mich ergossen, löste er sich und sagte: »Einen wirklich guten Fick hast du da, Braden.«

Noch jemand wollte mich probieren, aber Noah fauchte ihn an und schickte ihn weg, was mich wunderte. Laut Drehbuch fehlten noch drei Typen und laut Romanvorlage lag Amber vierundzwanzig Stunden auf diesem Tisch und ließ alles mit sich machen. Eine wirklich grauenvolle Vorstellung.

»Ich bin sehr stolz auf dich«, raunte Noah mir zu. Mit einem Tuch wischte er das Sperma von meiner Haut. Er ließ sich Zeit damit und seine Berührungen beruhigten mich etwas.

»Augen!«, flüsterte er mir wie am Vortag zu.

Widerwillig öffnete ich sie, sah in seine und konnte kaum atmen, so sehr überwältigte mich sein Blick. Noah hatte nicht nur gesagt, dass er stolz war, er sah mich auch genauso an. Seine Körperhaltung war beherrscht. Er hatte das Jackett abgelegt, die Fliege abgenommen und die Ärmel seines Hemdes hochgekrempelt. Sein ganzes Gesicht wirkte entspannt und gelöst. Ein Lächeln lag auf seinen Lippen und seine braunen Augen funkelten zufrieden über das, was er sah: mich.

Kapitel 7

»Berühr sie, wenn du sie gleich lobst«, sagte Christopher, dem die Blicke zwischen uns offenbar nicht reichten.

Noah legte das schmutzige Taschentuch beiseite und fuhr mit der Hand sanft über mein Gesicht. »Das hast du wirklich, wirklich gut gemacht, Amber.« Er zählte leise murmelnd auf, was ihm alles gefallen hatte, und während er mich lobte, kreiste er mit dem Daumen um meine Nippel, sodass ich die Luft einsog. Als er daran zog, keuchte ich und spürte neue Feuchtigkeit zwischen meinen Beinen. Er lachte leise, als hätte er Spaß mit seinem Spielzeug und verabschiedete sich von meinen Brüsten. Langsam ließ er seine Hand über meine Taille gleiten und brummte zufrieden, als ich mich ihm entgegen schob. Sein Atem ging tief, als er meinen Venushügel berührte. Und ich zitterte, als er weiter über meine Schenkel strich.

Mehr, dachte ich. Er hatte mir unterstellt, dass ich mehr von ihm wollte, und ich zeigte ihm, dass er recht hatte. *Bitte, mehr.*

Womit ich nicht gerechnet hatte, war die Härte, die in seiner Miene aufflackerte. Er drückte meine Beine weiter auseinander und Gänsehaut floss über meinen Körper. Eben hatte er mich noch gelobt, was alle mitbekommen hatten, und nun bestrafte er mich, was niemand sonst merkte. Ich war verwirrt. »Bleib dort liegen!«, befahl er und wandte sich ab.

Ich sank zurück, entspannte mich in meiner unbequemen, offenbarenden Position und starrte die Decke an, die Beleuchtung, die Mikrofone, die langsam wegglitten, und auch die Kameras, die davonfuhren.

»Cut!« Sofort setzte Stimmengewirr ein. »Die Szene haben wir. Ida, kannst du noch so liegen bleiben? Dann würden wir jetzt filmen, wie Braden mit seinen Freunden über seine Geschäfte redet, während man dich im Hintergrund sieht.«

Ich nickte und blendete aus, dass Tropfen meiner Lust gerade an meiner Scham entlangliefen. Das Equipment wurde versetzt, Jessica kümmerte sich um Noah, puderte ihn ab und ordnete ihm seine Haare. Als Jessica mich ebenfalls herrichten wollte, hielt Christopher sie auf. Ich sähe gerade verdammt authentisch aus und das sollte so bleiben.

»Sorry, Ida«, entschuldigte sich Jessica und verdrückte sich mit ihrem Equipment, während ich mich wieder auf den Tisch zurückfallen ließ und beobachtete, wie Noah ohne mich weiterspielte.

Er wirkte sehr überzeugend als verschlossener mysteriöser Geschäftsmann, der unfähig war zu lieben, weil ihm das Herz gebrochen worden war. Nur darauf aus, seine Lust zu stillen, ohne jegliche Empathie für seine Mitmenschen. Ein bisschen so, wie ich Noah kennengelernt hatte, und doch auch wieder ganz anders.

Obwohl er am anderen Ende des Raumes stand, spürte ich seine Gegenwart und zitterte vor Erregung. Mein ganzer Körper kribbelte, meine Lippen waren trocken, meine Nippel hart, und ich war so verdammt unbefriedigt. *Gib mir mehr*, flehte ich stumm. *Bitte!*

Als hätte Noah meinen Blick auf seinem Rücken gespürt, drehte er sich zu mir und eine merkwürdige Falte bildete sich auf seiner Stirn.

»Cut! Was ist los?« Christopher folgte Noahs Blick.

»Brauchst du was, Ida?«

Wie in Trance nahm ich alles um mich herum wahr.

»Ida!«

So heiße ich, schoss es mir durch den Kopf. Dennoch rührte ich mich nicht und antwortete Christopher auch nicht. Mein Blick folgte Noah, ließ ihn nicht los, als würde mir sonst etwas Lebenswichtiges abhandenkommen.

»Sie schläft anscheinend mit offenen Augen«, erklärte Noah und drehte mir den Rücken zu. »Lass uns die Szene hier beenden und dann gleich noch die Einstellung am Tisch drehen. Dann kann sie da runter und sich was anziehen.«

Die Worte kamen irgendwo in meinem Gehirn an. Sie bedeuteten, dass es nicht mehr lange dauern würde, bis ich erlöst wäre.

Die Dreharbeiten wurden fortgesetzt.

Ich starrte Noah an, so intensiv, dass sich Löcher in sein Hemd eingebrannt hätten, wenn ich Superkräfte besessen hätte. Ungeniert beobachtete ich ihn und saugte seinen Anblick in mich auf. Mir wurde wieder bewusst, wie gut aussehend er war und auch wie groß im Vergleich zu den anderen Männern. Nur Eric konnte ihm geradeaus in die Augen sehen. Ich wollte spüren, wie mich dieser Körper überwältigte, mit mir machte, wonach ihm der Sinn stand. Ich wollte meine Arme um ihn schlingen und die Bewegung seiner Muskeln unter meinen Fingern spüren. Mein Gesicht an seiner Brust vergraben. Mich an seine breiten Schultern lehnen. Seine großen, warmen Hände auf meiner Haut spüren …

Nachdem die Einstellung fertig war, bewegte sich die Kamera zu mir und drehte meine Perspektive. Und schließlich kam Noah näher. Er betrachtete meinen Körper, der wie erstarrt immer noch in der gleichen Position verharrte. Dann trafen sich unsere Blicke und die Falte auf seiner Stirn wurde tiefer.

»Alles okay?«, fragte Noah leise. Seine Hand fuhr über meine Wange. Sein Blick veränderte sich. Er berührte meine Arme, fühlte meine Hand, die seinen Griff nicht erwiderte. Seine Haut kam mir unerträglich heiß vor. *Oder ist mir kalt?*, überlegte ich, unfähig zu entscheiden, was es nun war und immer noch in meinem Kokon, der mich vor der Außenwelt beschützte.

»Ida, bist du so weit?« Christopher sah mich abwartend an. Es ging um die letzte Einstellung auf diesem Tisch.

»Mmh«, brummte ich. Schon der Laut fühlte sich an, als würden mir die Stimmbänder reißen. Wie ich gleich meinen Text aufsagen sollte, war mir schleierhaft.

»Ida?«

Hatte mich Christopher denn nicht gehört?

»Sie ist so weit«, antwortete Noah laut und deutlich für mich. Er seufzte, fuhr sich selbst über das Gesicht und sah für einen Moment ziemlich erschlagen aus. Und so, als gefiele ihm die Situation gerade ganz und gar nicht.

»Kamera läuft! Action!«

Noah setzte sich auf den Tisch neben meinen Kopf. »Hat dir die Party gefallen, Amber?« Er fuhr zärtlich durch meine Haare, ließ sich Zeit und musterte mich eindringlich. Ich blinzelte und mir war, als würde ich jetzt erst wach werden. Zögernd nickte ich. Er lächelte warm, fuhr mit seinem Zeigefinger über meine vollen Lippen und in meinem Bauch flatterte ein Schwarm Schmetterlinge auf. »Komm! Wir fahren nach Hause.«

Nichts lieber als das.

Genauso langsam, wie Noah meine Beine auf dem Tisch aufgestellt hatte, lockerte er sie nun. Und mit der Bewegung wurde mir erst klar, wie steif ich geworden war. Außerdem spürte ich seine warme Hände. Und Gänsehaut überzog meinen Körper. Mir war kalt, ich klapperte mit den Zähnen und versuchte, es zu unterdrücken. Es war so, als würde ich aus einem wunderschönen Traum aufwachen. Aber ich wollte nicht.

Dunkel erinnerte ich mich an das Skript. Ich müsste aufstehen, drei Schritte wanken und mich dann von ihm davontragen lassen. Das würde ich ja wohl hinkriegen. Das musste ich hinkriegen. *Oder?*

Anders als im Skript angegeben spürte ich, wie mir eine Decke um die Schultern gelegt und ich hochgehoben wurde. »Alles ist in Ordnung. Hörst du? Lass dich einfach fallen. Vertrau mir! Alles ist gut«, flüsterte Noah mir zu.

Applaus drang wie von weit her zu mir. So gedämpft, als hätte ich drei Mützen über den Kopf gezogen. Aber alles, was für mich zählte, war, dass Noah nicht aufhörte, mir beruhigende Worte ins Ohr zu flüstern.

Ich klammerte mich an seinen Hals, als hätten zumindest meine Arme ihre Kraft wiedergefunden. Noah war warm und ich brauchte mehr von diesem Gefühl. Er hatte so recht gehabt: Ich wollte mehr von ihm. Mehr als den Kuss. Alles. Was passierte hier?

♥

»Nein, sie braucht keinen beschissenen Arzt!«

Jemand lief vor mir auf und ab. Ich sah durch halb geöffnete Augen Beine in blauen Jeans, die lange Schritte machten.

»Ich sag doch, sie hatte einen Zusammenbruch.« Pause. »Ja, so etwas gibt es wirklich.«

Noch mehr Gelaufe.

»Natürlich hat sie das alles nur spielen sollen. Wahrscheinlich hat sie es gar nicht gemerkt, wie auch. Sie war stundenlang alleine auf diesem Tisch!«

Das riesige Bett, auf dem ich lag, wippte und eine große, warme Hand fühlte meine Stirn, wartete und wanderte weiter in meinen Nacken. »Hi.« Noah lächelte mich erleichtert an, dann hielt er sein Handy ans Ohr und sprach weiter. »Sie kommt zu sich. Gott sei Dank!«

Nach einem kurzen Klopfen ging die Tür auf und Eric kam herein. Er stellte ein silbernes, abgedecktes Tablett und eine Wasserflasche ab und lachte leise.

»Das ist nicht komisch, Mann. Du bist mein Manager. Sag mir, wie ich das managen soll!«

Eric lachte lauter. »Kein Grund, unfreundlich zu werden. Soll ich der Presse bestätigen, dass ihr jetzt zusammen seid?«

»Verflucht, Eric, nein!«

»Nein«, murmelte ich ebenfalls. Der Nebel in meinem Kopf verzog sich langsam, und obwohl mir noch immer ganz seltsam war, setzte ich mich auf. Jeder Muskel schmerzte, als hätte ich ein stundenlanges Work-out hinter mir. Mein Mund fühlte sich trocken an und mir wurde schwindelig, weshalb ich meinen Kopf in die Hände legte und tief ein- und ausatmete.

Die Puzzleteile in meinem Gehirn setzten sich langsam zusammen. Ich hatte auf dem Tisch gelegen. Noah hatte mich hochgehoben. Ich hatte ihm vertraut. Und jetzt benahm er sich ungewöhnlich korrekt.

Ich war in einem der Schlafzimmer des Penthouses, das erkannte ich an der Aussicht, die man durch die bodentiefen Fenster auf L.A. hatte. Und ich trug nicht mehr das widerliche Korsett, sondern den Kimono und ich fragte mich, wer ihn mir angezogen hatte. Noah? Francine? Oder einer der Assistenten?

Wieder wackelte die Matratze. »Hier, trink was!«

Ohne nachzudenken, griff ich nach der Wasserflasche

und leerte sie in einem Zug. Dann ließ ich mich erschöpft zurück in die Kissen fallen und fragte mich, wie ich mich je wieder bewegen sollte. »Vielleicht werde ich krank«, murmelte ich.

Noah lachte und strich mir Haare aus dem Gesicht.

Ich drehte meinen Kopf und sah ihn an. Sein Blick war nach wie vor aufmerksam und warm und so ungewohnt fürsorglich, dass sich mein Magen seltsam wohlig zusammenzog. »Was ist daran komisch? Wenn ich krank werde, dann verschiebt sich der Dreh.« Und dann sollte ich besser schnell ein paar Vitamine nehmen und einen langen Spaziergang an der frischen Luft machen, als hier herumzuliegen.

Er grinste. »Du bist geil auf mich. Das ist deine Krankheit.«

»Wie bitte?!« Empört sprang ich hoch und sah kämpferisch zwischen ihm und Eric hin und her.

»Setz dich wieder«, sagte Noah.

»Nein!« Ich wollte ihm in den Arsch treten oder in die Eier oder an die frische Luft gehen, um ihm zu zeigen, wie geil ich war: nämlich null. Doch das Zimmer drehte sich plötzlich um mich herum.

Noah wiederholte sich nicht, sondern stand auf, legte seinen Arm um mich und dirigierte mich wieder zum Bett.

Sehr unelegant plumpste ich auf die Matratze. »Ich weiß, wie es ist, wenn man geil ist. Das ist es ganz sicher nicht«, beharrte ich auf meiner Meinung.

Während ich tief ein- und ausatmete und wartete, dass der Schwindel nachließ, fuhr Noah mir beruhigend über meinen Rücken. Er fasste mich am Kinn und zwang mich, ihn anzusehen. Jeglicher Humor war aus seinem Blick gewichen. »Wenn du das glaubst, Ida, dann hast du keine Ahnung von heißem Sex. Du bist erregt, immer noch.«

Obwohl ich nicht wusste, was das eine mit dem anderen zu tun hatte, musste ich ihm recht geben. Seine Berührungen linderten das Zittern, und unter seinen Blicken wurde ich feucht. Ertappt lief ich rot an.

»Aha«, sagte er trocken und zog eine Augenbraue hoch, als hätte ich seine Vermutung laut bestätigt.

»Oh bitte, ich hab noch nirgendwo gehört, dass so was wie das hier passieren kann.«

»Ich sag ja, du hast keine Ahnung.« Und ich konnte sehen, dass er das sehr spannend fand. »Mach dir nichts draus. Das heißt ja nicht, dass es super ist, wie es dir geht. Im Gegenteil. Ich hab mir wirklich Sorgen gemacht. Wenn jemand über Stunden hocherregt ist, merkt er nicht mehr, wenn Grenzen überschritten werden, und irgendwann ist es zu spät, und der Hormoncocktail knockt einen aus.«

»Was weißt du denn davon?«

»Mehr als du offensichtlich.« Noah griff nach mir und zog mich an sich.

»Lass das!« Ich wand mich, denn wenn dem so war, dann war er die Ursache für meinen Zustand. Und seit wann bekämpfte man Feuer mit Feuer?

»Glaub mir, das ist genau das, was du jetzt brauchst. Ein bisschen Kuscheln und so.«

Ich zappelte. »Ich mag dich aber nicht.«

Noah grinste. »Das ist jetzt der Moment, wo du uns alleine lassen kannst, Eric.« Lachend küsste er mein Ohr und machte deutlich, dass er mich nicht loslassen würde. Er tauschte einen ernsten Blick mit Eric, und was auch immer sie ohne mich besprochen hatten, mit einem Nicken stimmte der zu.

»Ihr braucht echt dringend ein paar komplett bekleidete Drehtage an der frischen Luft«, murmelte er und ging zur Tür. »Ich klär das mit Christopher. Er lässt sich bestimmt darauf ein.«

Ich wollte ebenfalls so wie Eric gehen und löste mit ganzer Kraft Noahs Arm von mir. Doch als wäre das ein Spiel, legte sich sein anderer Arm gleich fester um mich, und ich spürte, wie er an meiner Seite lachte. Gleich darauf bekam ich einen Kuss auf die Wange.

»Eric?« Noah hielt ihn auf. »Kannst du mir noch einen Gefallen tun: Kannst du Miranda nach Hause bringen?«

»Sicher.« Und ohne ein weiteres Wort verließ Noahs Manager das Zimmer und schloss die Tür hinter sich.

»Warum lässt du mich nicht los?«, fauchte ich. »Ich fühl mich wieder ganz fit.« Mit jeder Berührung von seinem Körper an meinem mehr.

»Weil das täuscht.« Noah drückte mich mühelos mit seinem Gewicht auf die Matratze und je mehr ich mich bewegte, desto mehr rieb meine Haut an seiner.

Ich zappelte weiter und mein Kimono verrutschte. Doch da er mich eh schon nackt gesehen hatte, würde ich mich davon jetzt nicht aufhalten lassen. Ich wollte mich auch beruhigen, keine Frage, aber dazu sollte er mich loslassen.

»Ida!« Genervt drückte er meine Hände neben mich auf die Matratze, sodass ich mich nicht befreien konnte. »Mach die Augen zu!«

Obwohl sein Tonfall sanft war, war sein Blick streng. Sehr streng. Ich hatte keine Ahnung, was er als Nächstes machen würde, wenn ich nicht tat, was er sagte, und ich beschloss, dass ich das nicht herausfinden wollte. Mit einem Seufzen gab ich den Widerstand auf und schloss die Augen.

»Viel besser …«, hauchte er mir ins Ohr.

»Was hast du vor?«

Sobald er meine Hände losließ, tastete ich mich an seinem Körper entlang und genoss seine Wärme. »Ich denke, das weißt du längst«, sagte er. Er küsste zärtlich meine Wange, und ich drehte meinen Kopf, um seine Lippen auf meinem Mund zu spüren. »Mir ist wichtig, dass du wieder klar siehst.« Seine Finger spielten mit meinen Nippeln. Meine Augenlider flackerten, und er kniff fest zu und brachte mich zum Schreien. Die Warnung war angekommen. »Vertrau mir. Ich weiß, was ich hier tue, Ida. Und gleich wird es dir besser gehen.«

»Das bezweifle ich«, murmelte ich. Mein Körper glühte und mein Puls raste. Ich brauchte ihn, wollte mehr von ihm auf meiner Haut spüren.

»Siehst du, du bist total scharf auf mich«, flüsterte er mir zu. Seine Hand legte sich auf meine Scham, so wie ich es vorhin gewollt hatte. »Und klatschnass, Ida. Das ist wirklich sexy.«

Seine Finger strichen meine Scham entlang und mein ganzer Körper summte und wollte mehr. Instinktiv presste ich mich enger an ihn, und als er mit seinem Finger in mich fuhr, stöhnten er und ich. Und dieser Laut fuhr durch mich hindurch, machte mich stolz und schenkte mir eine nie gekannte Zufriedenheit. Ich machte ihn auch an. Hier. Fernab der Kameras.

»Gott, bist du eng, Baby!«

»Ja.« Mehr fiel mir darauf nicht ein, und ich genoss seinen Finger, der mich langsam verwöhnte. Er drang nur ein kleines Stück ein und zog sich dann wieder zurück. Nass massierte er meinen Kitzler und wiederholte das Spiel.

»Gefällt dir das?«, fragte er leise, und ich spürte seine mächtige Erektion, die er an mir rieb.

Ich nickte. »Hör nicht auf!«

»Mach ich nicht.«

Das bisher unangenehme Kribbeln auf meiner Haut

wurde immer angenehmer. Noah streichelte mich, berührte jeden Zentimeter von mir, schob den Kimono weiter zur Seite, um mehr von mir erobern zu können. Und ich berührte seinen muskulösen Bauch, der unter meinen Fingern zuckte, legte meine Hand auf die Beule in seiner Hose, ließ meine Nägel über seinen Rücken streifen und krallte mich in seine Schultern, als er mit einem zweiten Finger in mich drang.

Unsere Sprache war auf Stöhnen, Keuchen, Brummen und Knurren reduziert. Und ich lernte sie schnell und revanchierte mich für die Lust, die ich empfand.

Ich genoss jede einzelne Sekunde, und als ich glaubte, dass es nicht mehr schöner werden konnte, rieben seine Finger mich schneller und fester. Hilflos wand ich mich und versuchte, etwas zu sagen, ohne dass ich wusste, was es war. Er sollte aufhören, weil ich Angst hatte, ob das, was ich fühlte, normal war. Und er sollte weiter machen, weil das Pochen immer intensiver wurde.

Plötzlich zuckte mein Körper wie wild.

»Oh mein Gott! Oh mein Gott! Oh mein Gott!« *Mein erster Orgasmus.* Erschrocken hielt ich mich an Noahs Schultern fest und riss die Augen auf. Und ich weiß nicht, was ich erwartet hatte, aber nicht dieses Verlangen, nicht so viel Lust, nicht diese Zufriedenheit mit meinem Zustand auf seinen Zügen.

Überwältigt sah ich Noah an und suchte nach Worten. Jede Faser meines Körpers war entspannt und müde und glühte. Ich hätte schockiert sein müssen, mit Noah hier in einem fremden Bett gelandet zu sein. Aber stattdessen fühlte ich mich erwachsener, erfahrener und auf eine besondere Art glücklich.

Noah küsste mich sanft und nestelte an seiner Hose. Wenig später spürte ich seinen Schwanz zwischen meinen Beinen, groß, warm und hart. Er strich an meinen

Schamlippen entlang und neue Lust ließ mich aufstöhnen. Bis er ganz leicht in meine Muschi eintauchte.

Entsetzt zuckte ich zurück. »Nein, Noah.«

»Ich weiß, ich bin groß, Baby. Ich bin vorsichtig. Es wird dir gefallen. Vertrau mir.« Er rieb seinen Schwanz wieder an meiner Scham und wollte in mich eindringen.

»Ich hab nein gesagt!« Panik erfasste mich, und ich zog mich unter ihm zurück.

Noah fluchte. »Was zum Henker soll das?«

Verwirrt fuhr ich mir mit den Händen über das Gesicht und konzentrierte mich. Da war wieder diese panische Angst, die auf mein Herz drückte. Und ich sah Miranda vor mir, diese perfekte Blondine, die mit ihm nach jeder noch so langen Affäre immer wieder zusammengekommen war.

»Das eben war ein Missverständnis.« Ich rutschte so schnell, wie ich konnte, vom Bett und zog mir den Kimono wieder an. »Ich kann nicht mit dir schlafen, Noah, und es tut mir leid, wenn ich den falschen Eindruck erweckt habe.« Ich war stolz auf mich, wie sortiert ich im Kopf war, und als ich seinen ungläubigen Gesichtsausdruck sah, setzte ich noch einen drauf: »Nimm dir eine andere dafür. Ich bin sicher, sie stehen Schlange.« Dann verließ ich das Gästeschlafzimmer und suchte meine Sachen am Set zusammen. Niemand hielt mich auf, niemand sprach mich an. Und sobald ich umgezogen war, kehrte ich dem Gebäude den Rücken zu, rief mir ein Taxi, auch wenn ich es mir nicht leisten konnte, und ließ mich in mein Motel fahren.

Ich zitterte. Wieder. Heftig.

Und wenn ich die Augen schloss, dann hatte ich nur ein Bild vor Augen: Noah nackt über mich gebeugt. Und alles in mir zog sich vor Lust und Verlangen zusammen.

»Was ist da los mit dir und Noah?«, rief Claire und wedelte mit ihrem Tablet vor meiner Nase herum, sobald ich in Chicago am Theater angekommen war, um in der letzten Vorstellung von *Endstation Sehnsucht*, zu der ich noch verpflichtet war, die Blanche DuBois zu mimen. »Das Internet ist voll von euch. Und jetzt hat er sich auch noch getrennt.«

»Das tut er ständig«, sagte ich lahm.

»Aber dann hat er normalerweise immer eine neue Flamme am Start. Dieses Mal nicht.« Sie legte mir einen Arm um die Schultern und führte mich zu den Garderoben.

Eric hatte Wort gehalten und Christopher hatte noch am Abend den geänderten Drehplan geschickt. Zu meiner Überraschung mit einer mehrtägigen Pause, die mir ganz gelegen kam, um Noah Miller aus meinen Gedanken zu vertreiben. Und das hatte bis eben leichter geklappt als gedacht, denn je größer der Abstand zu unserem letzten Treffen wurde, umso unwirklicher kam mir vor, was passiert war.

Kaum hatte ich jedoch einen Fuß ins Theater in der North Halsted Street gesetzt, da belagerte mich Claire. Sie hatte, um mich persönlich zu treffen, einen Termin auf einer Lebensmittelmesse abgesagt, und sie wollte dafür im Gegenzug heiße Geschichten aus meinem Leben hören.

»Bist du jetzt Expertin in Sachen Noah Miller?«, war jedoch mein einziger Kommentar. »Ich will nicht über ihn reden.« Genauso wenig wie ich über ihn länger als nötig nachdenken wollte, denn dann verfolgten mich seine dunklen Augen und dieser eindringliche Blick, der mir unmissverständlich mitteilte, dass er mich wollte, egal, ob mir das gefiel oder nicht. Außerdem blieb mir nicht viel Zeit, mich für die Vorstellung fertigzumachen.

Im Spiegel beobachtete ich, wie meine Kollegen immer wieder den Kopf in die Garderobe steckten, sich aber mit Fragen zurückhielten, weil es schon so spät war. Ich lächelte und spürte eine angenehme Wärme. *Meine große, verrückte Familie*, dachte ich. Sie hatten sich alle so gefreut, als ich verkündet hatte, nach Hollywood zu gehen. Und nun waren sie an den Details interessiert, nahmen aber dennoch Rücksicht auf mich.

Sobald ich fertig war, schnappte ich mir zur Sicherheit noch mal den Text, wie ich es immer tat, und begrüßte alle hinter der Bühne.

Mitch schob den Vorhang zur Seite, keuchte, ließ ihn wieder los und grinste breit. »Wir sind restlos ausverkauft, Schätzchen. Selbst in den oberen Rängen ist kein Platz mehr frei.«

»Du hättest schon viel eher berühmt sein sollen«, meldete sich Laura zu Wort.

»An mir kann das ja wohl kaum liegen. Ich hab für Klatschpresse gesorgt, mehr nicht.« Ich grinste glücklich. »Wenn ihr allerdings wirklich glaubt, dass das der Grund ist, dann schmeißt euch doch als neue Marketingstrategie an die Promis in der Stadt ran. Dann spielen wir nie wieder vor leeren Reihen.« Ich legte den Text beiseite und absolvierte ein paar Stimmübungen, um mich nicht zu verhaspeln. Laura machte mit, während Sanchez sich einen Becher Wasser hinunterkippte und zum Klo rannte und Naomi sich noch einen Donut reinstopfte.

Fast hatte ich gedacht, ich entkäme der Inquisition, doch als es nur noch fünf Minuten bis zum Beginn der Vorstellung waren und ich nichts mehr zu tun hatte, prasselten all die Fragen auf mich nieder, die man eben hatte, wenn man einem Filmset im Leben bisher so nah gekommen war, als würden Dreharbeiten auf dem Mond stattfinden. Und wenn man Fan von Noah Miller war …

Wie groß ist das Set?

Wo dreht ihr?

Hast du deinen eigenen Assistenten?

Welche Szenen habt ihr schon im Kasten?

Mischt sich die Autorin oft ein?

Wie ist der Regisseur?

Müsst ihr Szenen wiederholen?

Sieht man wirklich den echten Hintern von Noah Miller?

Du bist überall im Internet. Das ist so cool.

Mechanisch gab ich Antworten, spürte dabei aber Claires prüfenden Blick auf mir. Sie wusste, dass noch irgendetwas passiert sein musste, das ich ihr vorenthielt. Und es war klar, dass es mit Noah zusammenhing.

Fragen nach dem Kuss mit Noah, der durch alle Medien gegangen war, beantwortete ich so diplomatisch wie möglich. Das änderte jedoch nichts daran, dass ich die Wahrheit kannte und erneut an diesen Moment im Bootsy Bellows denken musste. Und sobald meine Gedanken dort waren, nahmen sie einen stillen Abstecher zum letzten Drehtag und zu Noahs intimen Berührungen. Ich blickte in die Gesichter meiner Freunde und schwärmte mit Belanglosigkeiten, die mich nicht in die Bredouille brachten. Doch in Wahrheit spürte ich wieder die Erregung, die mich erfasste, wenn er in der Nähe war. Dieses Kribbeln auf der Haut. Das verlangende Pochen zwischen meinen Beinen. Und wie sich sein Schwanz angefühlt hatte, als er ihn an meinen feuchten Schamlippen gerieben hatte. Und ich zitterte bei der Vorstellung, ihn ganz in mir zu spüren und sein Spielzeug der Lust zu sein.

Ich fächelte mir Luft zu und wich weiteren Fragen aus, indem ich noch mal einen Schluck Wasser trank, dann auf meine Position ging und auf meinen Einsatz wartete. Der Saal war voll und wir sollten anfangen.

Du hast richtig reagiert, redete ich mir selbst gut zu. *Verwechsle bloß nicht Noah mit Braden.* Er hatte Miranda. Jeder kannte außerdem das Frauenregister des Filmstars. Er hatte mit halb L.A. geschlafen. Und sich auf ihn einzulassen, war wie an einem Bonbon zu lutschen, das jeder schon im Mund gehabt hatte. Ich schüttelte mich angeekelt.

Noah kam aus einfachen Verhältnissen und war von seiner Mutter allein großgezogen worden. Wenn man ihn nach dieser Zeit fragte, dann sagte er mit einem Schulterzucken, dass seine Kindheit und Jugend wohl wie die jedes anderen verlaufen war. Ganz stimmte das jedoch nicht, denn ein Reporter hatte sich die Mühe gemacht, sein Leben zu recherchieren, und war auf beachtliche fünfzehn verschiedene Städte gekommen, in denen die kleine Familie gewohnt hatte. Die Adressen lagen meist in Arbeitervierteln und in Gegenden mit einer hohen Kriminalitätsrate. Noah drohte wohl ebenfalls abzurutschen, bis ein Talentscout den Fünfzehnjährigen sternhagelvoll in einem Club aufgegabelt hatte. An diesem Tag begann der kometenhafte Aufstieg von Noah Miller als Fotomodel. Ich kannte die Bilder in- und auswendig. Regelmäßig druckten Zeitschriften, die ein Feature über ihn brachten, die ersten Aufnahmen von ihm ab. Ein zornig dreinblickender Teenager, groß, muskulös, mit markanten Konturen und zusammengekniffenen braunen Augen.

Drei Jahre lang hatte er als Model gearbeitet und war für nahezu jede große Marke über die Catwalks der Welt gelaufen. Zu dieser Zeit begannen die ersten Skandale. Er rauchte nicht. Aber er feierte schon damals gerne und umgab sich mit immer neuen Frauen, die manchmal sogar zehn oder mehr Jahre älter waren als er.

Noch kometenhafter wurde Noahs Aufstieg, als er ein Angebot für einen Film bekam, eine Nebenrolle, wo er logischerweise ein Model spielte. Zu neunzig Prozent mimte er seitdem den Aufreißer und Playboy. Doch interessanter waren die restlichen zehn Prozent: Hier zeigte er all die Facetten, die einen guten Schauspieler ausmachten. Wenn er nachdenklich war, bekam man Gänsehaut. Wenn er witzig war, musste man mitlachen. Und wenn er traurig war, holte man mindestens einmal tief Luft, um das drückende Gefühl auf der Brust loszuwerden.

Noah, Noah, Noah … ich bekam ihn einfach nicht aus meinem Kopf. Wenn er mit mir flirtete, dann wollte ich ihn am liebsten auf den Mond schießen. Aber wenn er dieser andere entgegenkommende Noah Miller war und mich so eindringlich ansah, dann genügte nur ein Blick, um mein Herz schneller schlagen zu lassen. Aus irgendeinem Grund fühlte ich mich von dem Mann angezogen.

»Ida? Bist du so weit?«

Kapitel 8

Mitch riss mich aus meinen Gedanken. Ja, ich war so weit. Ich nickte, wir warfen uns alle einen letzten Blick zu, der Vorhang öffnete sich und wir standen in kompletter Dunkelheit auf der Bühne. Jemand im Publikum hustete, Papier knisterte, ein Flüstern hallte durch den Raum. Dann gingen die Scheinwerfer an.

Noah war vergessen. *Mehr als Liebe* existierte nicht mehr. Ich war Blanche DuBois in *Endstation Sehnsucht*. Und es fiel mir ganz leicht. Ich war die Frau, die ihren Job verlor, ich war diejenige, die plötzlich bei ihrer Schwester in ärmsten Verhältnissen lebte. Jedes Wort, das ich sagte, war ernst gemeint, so als wäre das mein Leben. Ich war wie elektrisiert.

Als der Vorhang fiel und tosender Applaus durch das Theater hallte, kehrte ich langsam wieder in die Realität zurück und spürte die vertraute Leere, die mich jedes Mal nach dem Ende einer Vorstellung überkam. Ich lächelte glücklich, aber in Wahrheit verabschiedete ich mich von der Figur, die ich gespielt hatte, ließ sie los und fühlte mich allein. Erst in den nächsten Stunden würde das Gefühl des Verlustes verblassen.

Neben mir ergriffen Mitch und Laura meine Hand und rissen mich endgültig aus meiner kleinen Trance. Ich strahlte, wir verbeugten uns. Der Applaus schwoll an. Wir verschwanden hinter der Bühne, flüsterten uns wie so oft Kritik zu, dann traten wir wieder lächelnd nach draußen. Leute pfiffen und johlten. Das Theater tobte. Heftiger als sonst. Als wir zum dritten Mal nach draußen gingen, wurde ich langsam nervös, denn ich musste meinen Flieger kriegen, und wenn die Straßen voll waren, würde das knapp werden.

Immer mehr Zuschauer standen auf, zückten ihre Handys, machten Fotos. Blitzlicht erhellte den Raum. Ich ging einen Schritt vor, verbeugte mich und spürte den Boden der Bühne vibrieren, so wild war der Beifall. Dann verschwanden wir alle von der Bühne.

»Hollywood scheint dir gut zu bekommen«, meinte Mitch. »Du warst heute echt der Waaaahnsinn.« Er dehnte das letzte Wort begeistert.

Ich zuckte mit den Schultern. Da ich mich selbst beim Spielen nicht beobachtete, konnte ich mir keine Meinung darüber bilden. Aber ich fühlte die Leere in mir drückender als sonst und das hieß, dass das Spiel intensiver gewesen war. Wie ein Junkie auf Entzug zitterte ich und verschränkte meine Arme, damit es niemand merkte. Ich hasste es, mich so nackt zu fühlen.

»Jetzt tu doch nicht so bescheiden. Das Haus bebt!«, rief Laura und fiel mir übermütig um den Hals.

Gequält lächelte ich und löste ihre Arme von mir. Normalerweise schenkte mir die Kompanie nie so viel Aufmerksamkeit, ich verdrückte mich in meine Garderobe, zog mich um und kam wieder runter. Allein. Nun jedoch ließen sie mir keine Ruhe.

Und du machst dir Gedanken über Noahs Kindheit! Lächerlich! Fass dir an die eigene Nase!, schimpfte ich mit mir selbst.

Claire war die Einzige, der ich je von diesem Gefühlschaos erzählt hatte. Nur auf der Bühne erlaubte ich mir, mich auszutoben. In meinem Leben mied ich zu enge Bindungen, denn was man nicht hatte, konnte man nicht verlieren. Aber Noah stellte irgendwas mit mir und meinen Abwehrmechanismen an …

»Alles in Ordnung, Süße?«, fragte Claire, die mich aufmerksam musterte, während ich mich umzog und meine Sachen zusammensuchte.

»Ich sollte mich beeilen, der Flieger wartet nicht.«

Claire sah mich schräg an. »Das ist alles?«

»Und ich bin müde.« Was nicht gelogen war, denn obwohl ich im Motel herumgegammelt und nichts getan hatte, fühlte ich mich ausgelaugt.

»Soll ich mitkommen zum Flughafen?«

»Nein, musst du nicht.«

»Und wenn ich auch nach L.A. fliege?«

Ich schulterte meine Tasche und hielt inne. »Und deinen Freund wieder alleine lässt, um dabei zu sein, wenn Noah Miller halb nackt durch die Gegend spaziert?«

Sie verzog das Gesicht. »Spielverderberin!« Wir lachten beide und sie wusste, dass ich sie liebend gerne in meiner Nähe gehabt hätte. Aber sie war nicht meine Managerin und hatte keine Zeit, mir den ganzen Tag das Händchen zu halten. Sie baute sich gerade ihr Business auf und sie hatte einen verflucht eifersüchtigen, verflucht süßen Freund, mit dem sie schon so nicht genug Zeit verbrachte. Sie konnte nicht einfach mit nach Hollywood kommen.

»Aber irgendwas stimmt nicht. Was ist es?«

Ich sah auf die Uhr und auf das Taxi, das gerade hielt.

»Okay, ich komm mit, dann will ich aber auch wirklich was hören!«, drohte sie scherzhaft, schob mich in den Wagen und kletterte zu mir auf die Rückbank.

»Also erstens, während wir hier fahren, nennen wir ihn Mr Sexy, okay? Ich hab keine Lust auf neuen Klatsch und Tratsch.« Claire wollte schon dumm nachfragen, doch ich nickte hektisch zum Fahrer, der so oft in den Rückspiegel schaute, dass ich mich wunderte, dass er den Wagen geradeaus fuhr, ohne einen Unfall zu bauen.

»Es stimmt also was nicht mit Mr Sexy? Was?«

»Wir hatten so was Ähnliches wie Sex«, gestand ich.

»Nein!« Fassungslos sah Claire mich an. »Du verarschst mich!«

Ich schüttelte den Kopf.

»Wie kam es dazu?«

»Ist einfach so passiert, Claire.«

»Und wovon reden wir da genau?«

Ich beugte mich zu ihr und flüsterte ihr zu, dass Noah Miller mich mit seinen Fingern verwöhnt hatte und dass es sich wundervoll angefühlt hatte und dass ich gekommen war.

Anders als ich erwartet hatte, sah sie mich ernst an. »Hat er angefangen oder du?«

»Das kann man nicht so genau sagen«, sagte ich.

»Wird es wieder passieren?«

»Ich denke nicht«, gab ich zu, und schon als ich es sagte, fühlte ich wieder diese Leere in mir und diese Sehnsucht nach … keine Ahnung wonach.

»Lass es dabei«, sagte Claire.

»Aber –«

»Nein, Ida. Ich kenne dich verdammt lange. Und unter anderen Umständen würde ich mich für dich freuen, dass du endlich einen Mann gefunden hast, der dich interessiert. Bei jedem, aber nicht bei diesem. Für No- … für Mr Sexy bist du nur ein Spielzeug. Und schau, was er aus dir gemacht hat! Er geht dir unter die Haut und merkt wahrscheinlich nicht mal, was er da tut.« Sie nahm mich in die Arme. »Versprich mir, dass du dich von ihm fernhältst!«

Ich zögerte und wich ihrem besorgten Blick aus.

»Ida!« Claire war die Sache wirklich wichtig. »Ich kenne solche Männer. Sie sehen gut aus und haben Geld und sie glauben, ihnen gehört die Welt. Und dabei trampeln sie achtlos über alles hinweg, was irgendwie wertvoll ist. Du brauchst jemanden, dem du blind vertrauen kannst. Jemand, der versteht, wer du bist und warum du so bist.«

»Jemanden wie dich, nur als Mann?«, scherzte ich.

Sie lachte. »Ganz genau. Versprich es mir also, ja?«, wiederholte sie.

»Okay, mach ich, du Nervensäge. Ich halt mich von ihm fern.«

Am O'Hare Flughafen stieg ich aus dem Taxi, während Claire gleich wieder damit zurückfuhr. Ich musste es ihr noch mindestens dreimal versprechen und als könnte ich es vergessen, bekam ich auch eine SMS geschickt und wurde auf Facebook von ihr auf einem hässlichen Bild mit erhobenem Zeigefinger und dem Satz ›Don't forget‹ verlinkt.

Ehrlich Claire, es reicht jetzt, ich hab's kapiert, dachte ich mir lachend.

♥

»Müde?«

Ich lugte zu Noah, der fit aussah, dabei hatte er zwei lange Drehtage ohne mich hinter sich, und murmelte etwas Unverständliches.

Meine Maschine hatte aufgrund eines Sturms Verspätung gehabt, ich war spät ins Bett gekommen, hatte wirres Zeug geträumt, von Claire, Noah und Mitch. Und nun war ich hundemüde, denn der Drehbeginn war für sechs Uhr früh angesetzt – immerhin vollständig bekleidet – und an der frischen Luft. Ich hing wie ein Schluck Wasser mit dem Text in der Hand in der Maske.

»Hier.« Noah drückte mir seinen Kaffee in die Hand, und da es so früh am Morgen noch recht frisch war, legte ich meine Finger wärmend um den Becher und nahm dankbar einen Schluck. Es war ja nur Kaffee, richtig? »Ich hab gehört, dein Auftritt in Chicago war der Wahnsinn«, redete er weiter.

»Meine Auftritte sind immer der Wahnsinn.«

»Das stimmt.« Er wartete, bis Jessica sich kurz entfernte, um neue Kosmetiktücher zu holen. Dann beugte er sich zu mir. »Ist wirklich alles in Ordnung, Ida? Mal davon abgesehen, dass du offensichtlich zu wenig geschlafen hast.«

»Ja, wirklich«, log ich und wehrte mich gegen das warme Gefühl in meinem Bauch.

»Ich merke, wenn du mir was vormachst.«

»Warum fragst du mich dann?«

»Weil ich dir die Chance geben will, es mir selbst zu erzählen.« Er stand auf, und ich atmete schon erleichtert auf, weil ich glaubte, er ginge. Stattdessen spürte ich plötzlich seine Hände auf meinen Schultern. Er schob meine Haare beiseite und seine Daumen kreisten über Triggerpunkten, die hart wie Stein waren.

»Oh Gott«, seufzte ich und schloss die Augen. Das war wie Sex. Seine Hände, die meine Haut verwöhnten. Der Druck seiner Finger, mal zärtlich, mal fest. Seine Wärme in meinem Rücken.

»Da es dir ja aber gut geht …«

Seine Berührungen hörten auf, und ich wusste, was er meinte: Dann bräuchte ich auch keine Massage. Und die Botschaft an mich war klar und deutlich: *Lüg mich besser nicht an, Ida. Du wirst es bereuen.*

»Mist!«, fluchte ich und bekam dafür einen fragenden Blick von Jessica, die zurück war und nichts von dem kleinen Zwischenfall mit Noah mitbekommen hatte. Der war nämlich längst weg.

Wir drehten heute in einem Teil des Hahn Parks, von

dem man in Richtung Osten auf Downtown L.A. und die San Gabriel Mountains sehen konnte. Von anderen Punkten hatte man tolle Panoramablicke auf die Santa Monica Bay oder auf das Hollywood-Schild auf dem Mount Lee. Nicht weit entfernt gab es einen künstlich angelegten See mit einer schönen Liegewiese, einzelnen Baumgruppen sowie kleineren Waldflächen. Das Set war für Unbefugte weiträumig abgesperrt und noch hatten uns nicht allzu viele Jogger entdeckt.

Nachdem mich Jessica fertig geschminkt hatte, reichte mir Francine ein niedliches Sportoutfit, bestehend aus einer knappen Shorts und einem Tanktop. Ich durfte mir aus einem Haufen hochmoderner Laufschuhe ein Paar aussuchen und bekam einen Pulsmesser an den Oberarm geschnallt.

»Ida, ich möchte, dass du am See entlangjoggst und ganz in Gedanken bist. Du hast Braden gerade kennengelernt, er hat dich verunsichert. Du fühlst was, aber du glaubst nicht an eine Zukunft. Du möchtest ihn einfach aus deinem Kopf bekommen«, erklärte mir Christopher die Szene.

»Wer will das nicht«, sagte ich angesäuert.

»Wirklich? Du würdest einen Mann in die Wüste schicken, nur weil er nicht sofort perfekt ist?«, fragte mich Noah von der Seite. Er trug nun ebenfalls Sportkleidung, und auch wenn das graue Shirt nicht hauteng saß, sah man, wie gut gebaut er war. *Sehr gut gebaut*, fiel mir wieder ein, und instinktiv machte ich eine Bewegung, als würde ich eine Fliege verscheuchen, dabei wollte ich nur den Gedanken loswerden. Dann zupfte Francine an meinem Tanktop und fummelte schließlich gemeinsam mit Jessica an meinen Haaren herum.

»Ja, wirklich. Warum überrascht dich das so?«

»Versteh mal einer die Frauen. Ihr träumt von

Mr Right und dann ist da jemand, der alle fast Kriterien erfüllt und statt es zu versuchen, würdest du es tatsächlich vorher beenden?«

Ich setzte mich an einen der Picknicktische im Park, legte den Kopf in den Nacken, ließ mir die Morgensonne ins Gesicht scheinen und wartete auf Christophers Kommando. »Falls du es noch nicht bemerkt hast: Das hier ist nur ein Film. Und er ist so geskriptet, dass er gut ausgeht. Aber im wirklichen Leben würde das niemals funktionieren.«

»Warum nicht?«

»Weil beide nichts verbindet und weil ein echter Braden irgendwann merkt, dass er nur scharf auf Amber war und die Lust an ihr verliert. Und jetzt komm mir nicht mit Liebe. Es ist wissenschaftlich erwiesen, dass man höchstens vier Jahre lang verliebt sein kann. Danach verfliegt der Zauber.«

»Sagt die Frau, die schon so viele Beziehungen hatte«, sagte Noah.

»Witzelt der Mann, der noch nie eine hatte«, konterte ich.

Statt angepisst zu sein, lachte er lauthals los.

»Was ist so komisch?«

»Du bist es! Du drehst einen Liebesfilm und glaubst nicht an die Liebe.«

»Als ob du das tun würdest!«

Noah setzte sich neben mich auf die Bank und sein Oberschenkel streifte meinen. Was schon wieder für so eine kleine Mini-Explosion in meinem Körper sorgte. »Ida, natürlich glaube ich an die Liebe«, sagte er ernst. »Wenn auch nicht an vieles, aber daran schon. Ich glaube daran, dass es einen Menschen gibt, der alles für mich ist und für den ich alles bin. Was hat das Leben sonst für einen Sinn?«

»Gut gespielt, Noah. Wirklich gut gespielt.« Ich stand auf und stretchte mich für meine Performance. Ich wollte nicht, dass er mir ständig unter die Haut ging. Jeder andere, meinetwegen, aber nicht er. Und Christopher rettete mich aus dem Gespräch, denn es ging los.

Liebe? Nein, ich glaubte nicht mal daran, dass Menschen ihre wahren Gefühle zeigten, ich konnte es selbst nicht. Wie sollte ich da an die Liebe glauben? Wir alle spielten nur, die Welt war unsere Bühne. Wann waren wir schon jemals wir selbst und zeigten einem anderen, wie verletzlich wir waren? Ich tat es jedenfalls nicht.

»Action!«

Mit schnellen Schritten rannte ich den sandigen Parkweg entlang, spürte die aufgehende Sonne, die Feuchtigkeit der Luft auf meiner Haut und den Sauerstoff in meiner Lunge. Ich vergaß die Kameras und bewegte mich so, wie ich es immer tat, wenn ich meine morgendliche Runde drehte: leichtfüßig, beschwingt, eins mit der Welt.

»Cut! Gleich noch mal. Lauf etwas langsamer, Ida. Das hier ist kein Sprint.«

Gehorsam trabte ich zu meiner Markierung zurück und lief erneut. Es wurmte mich, dass ich eine der wenigen Sachen, die ich wirklich beherrschte, spielen musste, aber dennoch gefiel mir die Aufgabe deutlich besser, als auf dem Tisch zu liegen. Die Bewegung vertrieb außerdem die Müdigkeit.

»Cut!«, hielt mich Christopher erneut auf. »Haben wir Kopfhörer? Das sieht noch nicht echt aus.«

José rannte zu Francine und gemeinsam wühlten sie in einem Karton. Ich bekam weiße Kopfhörer in die Ohren, und bevor ich erneut lostrabte, ließ Christopher mein Shirt nass machen. Zwischen den Brüsten, auf dem Rücken und unter den Armen, damit ich richtig schön fertig aussah.

Wieder lief ich, und langsam fanden sich mehr und mehr Leute ein, die uns zuschauten. Doch zum ersten Mal störte es mich nicht. Ich legte einen kurzen Lauf nach dem anderen hin. Und immer wenn ich zu meiner Markierung zurückkehrte, wunderte ich mich, warum Noah mich so aufmerksam beobachtete. Als Eric ihm sein Handy brachte und etwas von ihm wollte, schüttelte er den Kopf und schickte ihn weg. Noah studierte mich, und ich fragte mich, was er glaubte, da entdecken zu können. Außer dem, was ich zeigte: Konzentration, Entschlossenheit und jede Menge frustrierte Gefühle, denen ich versuchte zu entkommen.

»Cut! Haben wir!«

Ich joggte zurück zu den Wohnwagen. Olivia reichte mir eine kleine Wasserflasche. Ich nahm ein paar Schlucke und ging dann zum Kaffee über. Francine zupfte an meinem Outfit herum und Jessica besserte mein Make-up aus, weil der angeblich wasserfeste Lidschatten doch verlaufen war. Dann kam Kevin mit einer kleinen Sprühflasche und pumpte feinste Wassertropfen auf mich.

»Bist du bereit für die zweite Einstellung?«, fragte mich Christopher.

Ich nickte und gesellte mich zu Noah und einem dritten Jogger.

»Du läufst gut«, meinte Noah. »Schöner Stil.«

»Danke«, murmelte ich, da mir nichts Besseres einfiel.

Er beugte sich zu mir. »Und der Schweiß ist unglaublich sexy auf deiner Haut.«

Ich erstarrte und meine Muschi zuckte schon wieder beim Klang seiner Worte. Verräterin. »Normalerweise schwitze ich kaum.«

Er lachte. »Das kommt immer auf die Aktivität an.«

Christopher war so weit und wies uns in die nächste Einstellung ein. Und wie bei einem Lehrer, der die Klasse betrat, schwiegen wir sofort und hörten seinen Anweisungen zu. Meine Aufmerksamkeit war jedoch geteilt, denn Noah stand so nah neben mir, dass die Präsenz dieses Mannes meine Knie weicher werden ließ. Wie zufällig strichen seine Finger an meinen entlang. Irritiert warf ich ihm einen Seitenblick zu, doch er blickte konzentriert zu Christopher. Nur ein winziges Zucken in seinen Mundwinkeln verriet ihn.

»Ida, du knickst um, und Brian, unser Jogger hier, hilft dir. Zieh ihr den Schuh aus, Brian, taste ihren Knöchel ab. Du magst das, Ida, du vergisst Braden komplett. Bis er auftaucht. Doch selbst dann willst du lieber bei dem unbekannten Jogger sein. Noah, du kämpfst mit deinen Gefühlen. Am liebsten würdest du sie einfach packen und zu dir nach Hause schleppen, sie von zig Ärzten untersuchen lassen. Aber du weißt, wenn du das machst, verschreckst du sie. Sei also charmant. Alles klar?« Wir nickten. »Dann einmal ein Probedurchlauf, Kamera läuft!«

Wir spielten die Szene durch und Christopher korrigierte Kleinigkeiten, bis wir einen Ablauf hatten, der für uns alle gut funktionierte. Jeder ging auf seine Position und wir drehten. Ich knickte wie verlangt um, ließ mich auf der Markierung, einem kleinen, unscheinbaren Blatthaufen, zu Boden fallen und verzog schmerzerfüllt das Gesicht.

Brian kam angerannt und kniete sich zu mir. »Alles okay?«

»Offensichtlich nicht.« Ich lächelte zurück und musterte ihn, als wäre er mein Retter in der Not.

»Zeig mal!«

Ich ließ meinen Fuß los und streckte ihn aus. Ich

spürte einen beginnenden Krampf in der Wade, und als seine Hände meinen Fuß abtasteten, wurde es schlimmer. Es war wirklich lächerlich, wie selten ich in diesem Film bisher meine Gefühle hatte spielen müssen. Ich keuchte und biss tapfer die Zähne zusammen.

»Ich bin übrigens Brian. Kannst du aufstehen?« Er setzte meinen Fuß ab und wollte mir aufhelfen, doch ich schrie auf.

»Amber«, stöhnte ich und versuchte, mich aufzustemmen. Aus den Augenwinkeln sah ich Noah, der dabei war, einen Bogen zu uns einzuschlagen. Auch er lief sehr geschmeidig und auch er hatte von Francine und Olivia noch einen Schweißfilm aus der Sprühflasche verabreicht bekommen, der verdammt sexy auf seiner Haut schimmerte und das Shirt feucht an seiner Brust kleben ließ.

»Cut!« Wir alle schauten zu Christopher. »Die Aufstehnummer ist Mist. Stellt euch vor, während du ihr den Fuß abtastest. Stöhn ein bisschen, Ida. Und dann kommst auch schon du, Noah. Noch mal!«

Ich ignorierte das Ziehen in der Wade und ging auf meine Position, Brian auf seine und wenige Meter entfernt sah ich Noah, wie er sich erneut dehnte und mich dabei nicht aus den Augen ließ.

»Kann ihr noch jemand trockene Socken geben? Das ist voll eklig, ihren muffigen Fuß abzutasten!«, beschwerte sich Brian, der Jogger.

»Da musst du durch. So ist das eben beim Sport«, sagte ich schulterzuckend. Es war ja nicht so, dass meine Füße qualmten. Die Socken waren warm und maximal feucht. Nicht mal ein Schweißfleck war zu sehen und das war für das Sportprogramm, das ich hier absolvierte, beeindruckend.

Christopher war meiner Meinung, auch wenn er das

diplomatischer ausdrückte. Wir machten uns alle bereit, und sobald er das Zeichen gab, fiel ich erneut hin und stöhnte vor Schmerz. Wieder musste ich das Gefühl nicht spielen, denn der Krampf in der Wade war zurück, intensiver als zuvor.

Als Brian mir den Schuh gespielt vorsichtig auszog, zog ich vor Schmerz die Luft ein, lächelte jedoch, als wäre der Typ der Mann, den ich mal heiraten wollte. Wir stellten uns gerade einander vor, da kam Noah angejoggt.

»Amber?« Er klang glücklich und gleichzeitig besorgt und mein Herz klopfte unwillkürlich schneller. »Ich übernehme ab hier, Kumpel«, sagte er zu Brian und kniete sich hin.

»Das glaube ich nicht«, wehrte sich Brian und ließ sein Testosteron spielen.

Bevor sich beide Männer um meinen Fuß stritten, zog ich ihn weg. »Keine Sorge, ich schaff das auch allein«, maulte ich und plante den Rückzug. Ich machte einen Versuch aufzustehen und verzog das Gesicht, sobald ich mein Bein belastete. Ich blieb auf dem Boden sitzen.

»Ist das dein Freund?«, fragte der Jogger.

»Nein!«

»Ja!«, sagte Noah zeitgleich mit mir und warf Brian einen so eisigen Blick zu, dass mir kurz das Herz stehen blieb. Darin lag eine stumme Drohung: *Hau ab, oder es setzt was.*

Brian ließ mich sitzen.

»Cut! Sieht sehr gut aus.« Alle entspannten sich und Christopher schwor mich und Noah noch mal auf die Gefühle der nächsten Einstellung ein. »Bereit?«

Wir nickten und setzten die Szene am Boden fort.

Noah tastete ebenfalls so wie Brian meinen Fuß ab, doch seine Hände packten fester zu, so als suchten sie tatsächlich die Ursache für einen Krampf. Unwillkürlich fragte ich mich, was er wohl von meinen warmen Socken hielt. Ich versuchte, das Grinsen zu unterdrücken. Zu spät.

»Cut!« Dieses Mal klang Christopher irritiert. »Was ist los, Ida?«

»Nichts. Ich krieg es gleich hin«, sagte ich.

Doch das stimmte nicht. Sobald mich Noah ansah, als würde ich in Dessous von Victorias Secret hier sitzen, und ich parallel wusste, dass es kaum etwas Abtörnenderes gab, als einen verschwitzten Fuß zu halten, musste ich wieder lachen. Außerdem wurde der Krampf schlimmer.

»Was verdammt noch mal?«, zischte nun Noah.

»Ich hab einen Krampf.« Ich zog meinen Fuß aus seinen Händen und drückte den Ballen gegen meine Hand, um ihn zu lösen. Dabei musste ich aber wieder lachen.

»Nein, das ist es nicht.« Langsam wurde er ungeduldig. »Also?«

Ich merkte deutlich die Hitze auf meinen Wangen, meinem Hals, meinem Nacken. »Es ist mir unangenehm, okay?«

»Also vor drei Tagen lagst du halb nackt vor allen, was ist denn jetzt unangenehmer als das?«

»Meine Socke ist muffig.«

Noah rollte die Augen.

»Kann mir nicht mal was unangenehm sein?«

»Aber eben bei dem Jogger war es das doch auch nicht.«

»Du hast gefragt. Jetzt beschwer dich nicht über meine Antwort. Ich krieg das schon hin, keine Sorge.«

Er grinste. »Also, wenn es hilft: Ich finde das nicht unangenehm.« Er legte eine kleine Pause ein. »Geht es mit dem Krampf?«

»Muss wohl«, murmelte ich, verwirrt, dass er schon wieder so viel Anteil daran nahm, wie es mir ging.

Bevor ich mich weiter wundern konnte, drehte ich mich zu Vincent und Christopher und gab beiden ein Zeichen. Noah tat es mir nach. Die Kamera lief wieder.

Ganz in seiner Rolle tastete Noah erneut meinen Fuß ab, und ich sog scharf die Luft ein, weil der Krampf zurück war. Die Muskeln in meiner Wade waren hart wie Beton, und ich krallte meine Finger in den sandigen Boden.

Vorsichtig zog Noah mir die Socke aus und mein Fuß mit rot lackierten Nägeln kam zum Vorschein. So hatte das nicht im Skript gestanden, aber Christopher unterbrach nicht. Mein Atem ging schneller und mein Herz setzte zum Sprint an, während ich hier saß und eigentlich keinen Finger krumm machte. Ich schluckte und verkniff mir ein Stöhnen, als Noah meine Zehen massierte und das für ein seltsames Kribbeln zwischen meinen Beinen sorgte, das eindeutig unangebracht war. »Das sollten Sie nicht tun«, sagte ich meinen Text auf und meinte es so.

Seine Hände hielten meinen Fuß, tasteten ihn weiter ab und der Krampf ließ nach. »Mit Ihrem Knöchel scheint alles okay zu sein«, stellte er fest und grinste. »Knicken Sie mit Absicht um, um andere Männer kennenzulernen, Miss Clarkson?«

»So wie Sie mit Absicht joggen, um Frauen zu retten, Mr Forbes?«, konterte ich, ganz in meiner Rolle. »Ich hab Sie hier noch nie gesehen.«

»Können Sie aufstehen?«, überging er meine Frage.

Ich nickte. »Ja.« Er half mir hoch, und ich schrie überrascht auf. Verflucht, der Krampf war zurück. Heftiger als zuvor. »Es geht schon. Danke für Ihre Hilfe«, schauspielerte ich, dass wirklich alles in Ordnung war, und humpelte davon.

»Wir sehen uns, Miss Clarkson«, rief er mir hinterher, und ich hörte das Lächeln in seiner Stimme.

Ich humpelte einfach weiter.

»Cut!«

Dankbar blieb ich stehen und dehnte mein Bein. Ich hatte noch nie solche Krämpfe gehabt.

»Magnesium hilft«, rief mir jemand vom Set zu.

Danke, du mich auch. Ich wusste, was helfen würde. Oder besser gesagt, wer. Ich schaute zu Noah und fing seinen Blick auf. Er wusste das auch. Aber das kam nicht infrage.

Kapitel 9

Während Helfer das Set umbauten und Christopher mit Vincent die nächste Szene durchging, humpelte ich zu meinem Wohnwagen. Ich massierte meinen Fuß und meine Wade, um den Krampf endlich zu lösen, und dachte dabei automatisch an Noah.

Warum fühlte sich alles, was er mit mir tat, so verdammt gut an?, fragte ich mich. Die Antwort darauf gefiel mir nicht. Wütend kickte ich meine Turnschuhe in die Ecke. Sie hatte mit Gefühlen zu tun und die wollte ich nicht haben. Sie machten das Leben kompliziert.

Umgezogen in einem figurbetonten Etuikleid schleppte ich mich zu Jessica, die mein Make-up einmal komplett erneuerte, sich aber nicht beschwerte, sondern wie so oft die Zeit nutzte, um mir Schminktipps zu geben. Zeitlich kam die nächste Szene deutlich später im Film. Amber arbeitete bereits als Praktikantin für Braden, und sie trafen sich in der Mittagspause im Park. Dann gäbe es heute noch eine dritte Szene: eine Firmenparty am Abend. Auch hier im Hahn Park.

»Alles in Ordnung? Du musst da gleich in denen laufen.« Jessica zeigte zu High Heels mit Pfennigabsätzen.

Ich knetete meine Wade. »Klar. Ist ja nur ein Krampf. Das geht vorbei.«

Doch dem war nicht so. Als Jessica meine Haare fertig hatte, humpelte ich zu meiner Tasche, wühlte darin herum und warf eine Magnesiumtablette ein, in der Hoffnung, dass die irgendetwas verbesserte. Dann ließ ich mich wieder bei Jessica für das Finish fallen.

»Das hilft eh nicht und das weißt du auch, lass mich noch mal.«

Entsetzt verfolgte ich, wie Noah zu mir kam und fluchte, dass ich nicht wegkonnte, weil ich in Jessicas Händen war. »Nur über meine Leiche«, zischte ich.

»Warum?«

Das fragte er allen Ernstes? Kaum tauchte der große Kerl mit den braunen Augen und dem markanten Gesicht auf, schon schmolz ich dahin. Außerdem dachte ich automatisch daran, was diese Hände schon alles mit mir angestellt hatten. Zu viel. »Es geht schon«, wiegelte ich ab. »Wirklich.«

»Von wegen.« Noah angelte sich mein Bein, bevor ich weiter protestieren konnte. »Besser so?« Er stemmte meinen Fuß gegen seinen Bauch und massierte meine Wade. Oh Himmel! »Ja, besser«, stellte er selbst fest. »Kannst du mir jetzt verraten, warum du keine Hilfe von mir wolltest?«

»Du klingst beleidigt«, stellte ich fest.

Er funkelte mich finster an. »Es ist ja auch kein schönes Gefühl.« Und bevor ich noch mehr sagen konnte: »Ja, Ida, ich mag das größte Arschloch der Welt sein, aber ich habe Gefühle.«

»Tut mir leid«, sagte ich versöhnlich.

Sehr lange sah er mich an, doch seine Hände bearbeiteten weiter mein Bein. Selbst als keine einzige Verspannung mehr in mir war. »Mir tut es leid«, sagte er schließlich seufzend. »Es liegt an dir.«

Was er damit meinte, führte Noah nicht aus, und ich fragte ihn auch nicht. Das Einzige, was für mich zählte, war, dass er spürte, dass da etwas zwischen uns passierte. Und dass es auch für ihn nicht so leicht war.

»Seid ihr so weit?«, fragte Christopher.

Nur unterbrochen von einem schnellen Snack drehten

wir die Unterhaltung von Amber und Braden in der Mittagspause. Wir schlenderten durch den Park, setzten uns auf eine Bank, warfen Steinchen ins Wasser und lachten. Und alles, was wir machten, fühlte sich für mich erschreckend natürlich an. Amber war ein Stück weit wie ich: bodenständig und verliebt in einen großartigen Mann an ihrer Seite.

Das sahen auch die Fans an der Absperrung so. Sie kreischten nahe am Kollaps Noahs Namen und gerieten so außer Kontrolle, dass Christopher zusammen mit Eric noch Sicherheitsleute herbestellte, damit wir in Ruhe arbeiten konnten. In den Drehpausen, wenn Noah zu ihnen ging und Autogramme gab, als könnte er sich nichts Schöneres vorstellen, nahm der Tumult sogar noch zu.

Ich verfolgte das Spektakel und war froh, dass ich in Ruhe meinen Kaffee schlürfen konnte.

Eric stellte sich zu mir und folgte meinem Blick.

»Er macht das gut«, sagte ich. Und da Eric weiter schwieg, fügte ich hinzu: »So sehr ich ihn manchmal erwürgen könnte, in dem Punkt kann ich von ihm echt noch was lernen.«

Leise lachte er. »So ist er sonst nicht.«

»Mmh.« Mehr fiel mir dazu nicht ein.

»Ja, er gibt Autogramme und lässt sich fotografieren. Aber er ist längst nicht so diszipliniert. Ich hab noch nie gesehen, dass er sich so bemüht hat, eine Szene perfekt zu spielen. Er schaut dich an und will mithalten, und soweit ich sehe, gelingt ihm das.« Er drehte sich und sah nicht mehr Noah, sondern mich an. »Ihr tut euch beiden ganz gut.«

Das klang verwundert, und da mir nichts Kluges dazu einfiel, zuckte ich nur mit den Schultern. Es war gerade einmal ein Tag vergangen, an dem die Presse nicht wie sonst über Noah berichtet hatte, und ich konnte nicht so recht glauben, dass das ein Zeichen für einen Wandel war. Ich gestand ihm gerne Gefühle zu und vielleicht hatte ich ihn etwas zu kaltherzig behandelt, aber das alles änderte nichts an der Tatsache, dass er ein Aufreißer war.

»Worüber habt ihr geredet?«, fragte mich Noah, als wir am Nachmittag weiterdrehten.

»Über dich.«

»Und was hat Eric gesagt?«

»Das, was alle sagen.« Ich legte eine Kunstpause ein. »Dass du großartig bist. Was sonst?«

Er lachte laut, als hätte er meinen gelangweilten Tonfall nicht gehört.

»Und dir gefällt das auch noch«, maulte ich.

»Klar, wer bekommt nicht gerne ein Lob?« Er nutzte knallhart aus, dass er einen Kopf größer war als ich, und zerzauste mir die Haare, als wäre ich ein Hündchen, das er wild begrüßte. Fehlte nur noch, dass er ›Na, alter Junge!‹ rief und mir auf den Rücken klopfte.

Als Jessica angeschossen kam und ihn dafür rügte, lachte er immer noch.

Von wegen, er nahm sich zusammen. Wenn das schon seine bessere Seite war, dann fragte ich mich, wie er sich auf den anderen Drehs benommen hatte.

Wir drehten weiter, bis das Set für die letzte Szene umgebaut werden musste.

Ich verkroch mich in meinem Wohnwagen, um etwas zu dösen. In einem Film mitzuarbeiten, hieß ganz oft einfach nur warten. Und mir kam das sehr gelegen. Ich war müde und nur kurz die Augen zu schließen, tat unglaublich gut.

Bis mich Geschrei hochschreckte. Von Noah und Miranda. »Bist du dir sicher, dass du weißt, was du da tust?«, rief sie aufgebracht. Dann redeten beide leiser, sodass ich nichts mehr verstand.

Bereits umgezogen für die nächste Szene in meinem eleganten Abendkleid, steckte ich den Kopf aus dem Wohnwagen. Das Set war jetzt so weit. Die Bigband war eingetroffen und die Statisten standen in Grüppchen am Rand, redeten leise und beobachteten das Spektakel: Noah und Miranda, von der er sich doch eigentlich getrennt hatte. Aber gut, es heißt ja nicht umsonst, man soll nicht alles glauben, was in den Zeitungen steht.

Noah hielt Miranda in seinen Armen und flüsterte ihr irgendetwas ins Ohr, woraufhin sie sich endlich entspannte und nickte. Wie jedes Mal, wenn er in der Nähe war, spürte ich seine Anwesenheit als Kribbeln auf meiner Haut. Und wie jedes Mal, wenn sie ebenfalls da war, ein ziehendes Gefühl im Magen und ein Stechen im Herzen. Und es wurde stärker, je inniger die Umarmung wurde.

»Siehst du, so ist er sonst«, seufzte Eric neben mir. »Du solltest eingreifen.«

»Nie im Leben!«

»Aber es ärgert dich?«

»Dich ärgert es doch auch, Eric. Also tu *du* doch was!«

Zu meiner Überraschung zog er mich in seine Arme und küsste mich.

»Huch?« So hatte ich das nicht gemeint. Seine Lippen waren weich und warm, doch das vertraute Kribbeln blieb aus. Und ich war im ersten Moment viel zu überrumpelt, um ihm eine zu scheuern.

»Spiel mit«, raunte er mir zu.

Ich dachte nicht im Traum daran und biss ihn. »Spinnst du?!«

Wir wichen auseinander, und Eric berührte geistesabwesend seine Unterlippe. Er wollte gerade schauen, welche Wirkung sein Manöver hatte, als Noah wie ein wild gewordener Stier auf ihn zurannte und ihn umwarf.

»Finger weg von ihr, du Schwein!«, rief er.

»Hey, *sie* hat mich gebissen!«, verteidigte sich Eric.

»Das geschieht dir auch verdammt recht.«

Im ersten Moment war ich viel zu schockiert, um einzugreifen. Dann sah ich überfordert zu Miranda, die näher gekommen war, aber unschlüssig schien, was zu tun wäre. Die Sicherheitsleute konnten nicht kommen, weil sie die Zuschauer am Set in Schach halten mussten. Und niemand stand in der unmittelbaren Umgebung, um einzugreifen.

»Hör auf damit, Noah! Es ist überhaupt nichts passiert«, ergriff ich die Initiative.

»Ach ja?«, keuchte er und prügelte sich weiter.

»Ach ja!«

Und keine Ahnung, welcher Teufel mich ritt, aber da niemand eingriff, tat ich es. Was dummerweise dazu führte, dass sich plötzlich ich und Noah und nicht mehr er und Eric auf dem Boden wälzten.

»Mir hat dieses Nichts aber nicht gefallen«, sagte er.

»Mir auch nicht, falls du das nicht bemerkt haben solltest.«

»Weißt du, wie sich das anfühlt, wenn jemand, den man unbedingt haben will, einen anderen berührt?«

»Willkommen in meiner Hölle«, zischte ich zunehmend wütender.

»Und weißt du, wie es ist, wenn jemandem wehgetan wird, der einem viel bedeutet?«

Sie waren kalt, schoss mir durch den Kopf und ich zuckte zusammen. »Halt den Mund!«

»Weißt du, wie es ist, sich zu verstellen, und so zu tun, als wäre alles bestens, dabei hat man sich sein Leben etwas anders vorgestellt?«

Du bist schuld, du allein, Ida, ohne dich wäre das nie passiert. Du hast überhaupt kein Recht, irgendetwas zu fordern. Wir passen auf dich auf, weil wir müssen, aber verdient hast du es nicht, haben sie damals gesagt.

»Ich hab gesagt, du sollst den Mund halten!«, kreischte ich und die Panik in mir setzte ungeahnte Kräfte frei. Er redete, aber ich hörte nicht, was er sagte, sondern schlug wie von Sinnen auf ihn ein. Weil es wehtat. Und weil ich sogar wusste, wie es war, wenn man jemanden liebte und ihn dann wieder verlor. Ob er *das* Gefühl auch kannte?

Noah schützte sich nur, verteidigte sich aber nicht. Und ab und zu versuchte er, mich festzuhalten und zur Vernunft zu bringen. Ich hörte Christopher und Vincent, Eric und Francine und die Security, die Mühe hatte, die Schaulustigen im Zaum zu halten. Keiner schaffte es, uns zu trennen. Wir rollten uns so lange auf dem Boden hin und her, bis mich die Kraft verließ und ich auf einem kleinen, sandigen Weg, erdrückt von ihm, aufgab.

»Nein!«, keuchte ich. Auf mir lag Noah, ebenfalls außer Atem, mit abstehenden Haaren, jeder Menge Staub auf den Klamotten und in einem Hemd mit abgerissenen Knöpfen. Und mit einem stechenden Blick, als versuchte er, sich meinen Dämonen zu stellen, wo ich es selbst nicht mal wagte.

Weil dich niemand liebt, weil man dich gar nicht lieben kann. Du forderst nur, Ida. Aber gibst nichts zurück.

Ich stöhnte auf und versuchte, diese Stimmen aus der Vergangenheit zu vertreiben, aber sie wurden immer lauter.

»Was ist es, Ida?«

»Bitte, ich kann nicht …«, wisperte ich und schloss meine Augen, weil ich nicht wollte, dass er sah, wie verletzlich ich war. »Warum lässt du mich nicht einfach in Ruhe?« Dann bliebe mein Herz, oder das, was davon übrig war, intakt. Ja, ich hätte ihn nicht, aber damit konnte ich leben. Lieber jemanden nie gehabt haben, als ihn zu haben und dann zu verlieren.

»Was ich will? Dich, Ida. Wen denn sonst? Ich dachte, ich hätte das deutlich gemacht.«

Mir wurde heiß und kalt. »Das ist nicht gut. Es muss aufhören, was auch immer das ist, es muss aufhören, ich kann das nicht«, murmelte ich, rollte mich unter ihm hervor und klopfte mir den Sand von meinem Kleid.

Eisiges Schweigen lag über dem Set. Niemand sprach das Offensichtliche aus, nämlich, dass wir hier gerade Mist gebaut hatten. So, als säßen wir alle auf einem Pulverfass, das erneut hochgehen könnte.

Noah stand ebenfalls auf und wischte sich den Staub von seinem Anzug. Er folgte mir und versöhnte sich mit Eric, der auch einiges abbekommen hatte. Ich wusch mir mit einem feuchten Tuch den Dreck von der Haut und stieg in ein neues, dunkles Kleid, rückenfrei und mit einem verboten langen Schlitz, durch den mein Bein hervorlugte. Noah nahm sich das gleiche Tuch und spülte es aus. Dann stieg er aus seinem ruinierten Frack, wusch sich und zog sich die Klamotten an, die Francine ihm reichte – einen weiteren Anzug, was sonst.

»Los, umarmt euch!«, sagte Christopher, sobald wir wieder aussahen wie zwei Gäste einer noblen Abendgesellschaft.

»Wozu?«, fragte ich.

»Er will sichergehen, dass wir uns nicht vor der Kamera umbringen«, erklärte Noah.

»Hab ich dich gefragt?«, fauchte ich und sah Christopher an.

»Ähm, genau das ist es aber«, sagte er. »Also?«

Seufzend wandte ich mich Noah zu. »Aber wenn du eine falsche Bewegung machst …«

Statt darauf etwas zu sagen, zog mich Noah in seine Arme und ich zuckte zusammen. Seine Hände strichen über meinen Rücken, so als wüsste er, auf welch dünnem Eis ich gerade unterwegs gewesen war.

Gute Nacht, Baby, träum was Schönes. Mommy und Daddy haben dich lieb, vergiss das nie. Ja, mein Schatz? Wir lieben dich und wir sind bei dir, in deinem Herzen sind wir immer an deiner Seite. Das waren ihre letzten Worte, einen Tag bevor … nein, ich konnte daran jetzt nicht denken.

»Irgendwann möchte ich, dass du mir erzählst, was passiert ist«, sagte er leise.

»Es ist keine schöne Geschichte.« Erstickt schluckte ich und war nicht bereit, ihm vom schlimmsten Tag meines Lebens zu erzählen. Mich quälten unbeschwerte Erinnerungen von der Zeit davor und schmerzliche Momente von der Zeit danach. Aber an den Tag selbst konnte ich nicht denken. Der Tag, der mein Leben so auf den Kopf gestellt und mich zu dem Menschen gemacht hatte, der ich heute war. *Sie waren kalt.* Ich zuckte erneut zusammen. Nein, verdammt, an den Tag wollte ich nicht denken.

»Das macht nichts. Tu es trotzdem!« Er drückte mich so fest an sich, dass mir beinahe die Luft wegblieb, aber genau das brauchte ich gerade. Und erst als ich meinen Griff lockerte, tat er es auch.

Zufrieden ging Christopher mit uns die letzte Szene des Tages durch. Dann schickte er uns auf unsere Positionen, die Bigband begann zu spielen und die Kamera lief.

In einem Moment standen wir uns gegenüber, im nächsten zog mich Noah in seine Arme und wiegte uns im Takt der Musik. Wir tanzten, als hätten unsere Körper dafür geübt. Ich folgte seinen Bewegungen, er spielte mit mir und lockte mich aus der Reserve. Und bei allem war er unglaublich sanft.

Noch vor fünf Minuten hatte ich es durchaus ernst gemeint, als ich ihn angeschrien hatte, dass es aufhören musste und nun passierte es erneut. Seine Nähe stieg mir zu Kopf, und mein Herz fing an, von Dingen zu träumen, die ich ihm bisher versagt hatte. Vielleicht nannte man Hollywood ja deshalb auch Traumfabrik, und ich selbst fiel auf meine eigene Illusion herein.

»Nicht, Braden, die Kollegen sehen uns«, protestierte ich schwach und sah aus dem Augenwinkel, wie die Kamera uns folgte und an uns heranzoomte.

Noahs Lippen senkten sich an mein Ohr, und er holte Luft, bevor er sprach, wodurch sein Atem mich kitzelte und ein süßer Schauer mir über meinen Rücken jagte. »Ich finde das gut, Amber. Dann weiß jeder, mit wem er es zu tun bekommt, wenn er dich nicht so behandelt, wie du es verdienst.«

»Aber das hier kann nicht richtig sein.«

Seine Hand legte sich auf meinen Hintern und drückte mich an sich. Ich spürte seine Erektion, völlig unpassend und unnötig für die Szene, und kam aus dem Takt. *Ich will dich*, stand in seinen Augen. So deutlich, als würde er es über Lautsprecher verkünden. *Und es ist okay, wenn du mich auch gerade willst.*

»Du hast recht«, sagte er schließlich mit seiner unverwechselbaren, tiefen Stimme, und wir hielten inne. »Hier läuft etwas falsch, Amber. Doch *ich* kann meine Gefühle nicht länger unterdrücken.« Er legte seine Stirn an meine, als würde ihm diese Geste Kraft spenden. »Ich will dich«, flüsterte er heiser und brachte mich damit zum Zittern. »Ich will dich, Amber. Sehr.« Er löste sich, nahm mein Gesicht in seine Hände und ließ nicht zu, dass ich mich ihm entzog. »Mir gehen so viele Dinge durch den Kopf, die ich mit dir anstellen möchte. Zärtliche Dinge. Schmutzige Dinge. Schmerzhafte Dinge. Und ich weiß, sie werden dir gefallen.«

Ich schluckte und glaubte ihm jedes einzelne Wort. Mein Höschen war feucht. Meine Scham pochte wie wild. Ich brannte vor Verlangen. »Ich will dich auch, Braden.«

Noah sah mich wieder einen unendlichen Moment lang an. Eindringlich. Prüfend. Vielleicht eine Spur neugierig. Dann tasteten sich seine Finger meinen Arm entlang zu meiner Hand. Er verschränkte seine Finger mit meinen, drückte kraftvoll zu und löste sie von seinem Nacken. Sein Blick blieb durchdringend und er sah so entschlossen aus, als wollte er das, was er als Braden tun musste, auch zu gerne mit mir als Ida tun.

Gerade in dem Moment, als ich das Gefühl hatte, mich auf ihn zu stürzen, sollte er nicht gleich etwas unternehmen, zog er mich an der Hand entschlossen mit sich und schritt so eilig davon, dass ich Mühe hatte, hinterherzukommen. Er wollte mich auch. Ich starrte ihm Löcher in den Rücken. Ja, das musste es heißen, er wollte mich auch.

»Cut!«

Noah ließ meine Hand so plötzlich los, dass mich ein merkwürdiger Schwindel erfasste und ich erstickt keuchte.

»Alles in Ordnung?«, fragte er mich und griff mir unter die Arme.

Ich nickte und biss die Zähne zusammen, so sehr brannte seine Berührung auf meiner Haut. »Ich bin nur müde. Vielleicht kriegen wir die letzte Einstellung für heute schnell hin. Dann kannst du zu deiner Freundin und ich ins Bett.«

»Und du zu Eric«, zog er mich auf.

»Arsch!«

»Wie du mir, so ich dir.« Seine Augen funkelten und keine Spur beleidigt spazierte er zum Buffet, um sich einen Pausensnack zu gönnen.

Fassungslos sah ich ihm hinterher. Hieß das, so wie ich nicht zu Eric ins Bett stieg, so würde er auch nicht mit Miranda schlafen? Das machte es ja noch schwieriger, ihm zu widerstehen.

Es war kühler geworden. Alle vom Team trugen Jacken, und fröstelnd rieb ich mir meine nackten Arme.

»Und noch mal volle Konzentration von allen!«, rief uns Christopher für das letzte Take für heute zu.

Mit einer schnellen Bewegung drückte Noah mich als Braden gegen den Baumstamm einer Eiche und küsste mich. Ihm war egal, ob ich bereit war oder nicht, er fiel über meinen Mund her, wütend und rücksichtslos.

»Du glaubst nicht, wie lange ich davon schon träume, Amber. Jetzt gehörst du mir.«

»Ja«, keuchte ich, warf den Kopf zurück und spürte die Wirkung der Worte auf meinen Körper. Ich ergab mich ihm. Für den Moment. Mein Kleid hatte einen Schlitz, und Noah schob den Stoff beiseite und packte meinen Hintern. Stöhnend drückte er seine Erektion gegen mich, wieder unpassend, da die Kamera das nicht einfangen würde, und Lust strömte warm und wild durch mich hindurch.

»Und ich gehöre dir, Amber. Niemandem sonst«, flüsterte er mir zu, und mir stockte der Atem.

Auf dieses Kommando hin riss ich ihm das Hemd auf und berührte seine heiße Haut, fühlte den feinen Schweißfilm, sein schnell schlagendes Herz unter meinen Fingerspitzen und wie sich sein Brustkorb hob und senkte.

»Aber nicht hier«, sagte er. »Heute Nacht wirst du mein, aber nicht hier.« Er fuhr mir durch die Haare, packte meine Hand und zog mich wild entschlossen und egal, ob ich auf den Absätzen hinterherkam oder nicht, über die Wiese, an den Statisten vorbei, die noch tanzten, an der Bigband vorbei, die munter spielte und weiter an den Kameras vorbei. Als könnte er mich gar nicht schnell genug in sein Bett zerren. Als wäre nur das wichtig.

Und ich ließ es zu. Ich wehrte mich nicht, ich protestierte nicht. Erst als wir nahezu jeden hinter uns gelassen hatten und für die Kamera als Punkt im Dunkeln verschwunden waren, blieb er stehen. Jetzt filmte uns niemand mehr und dennoch sah er mich genauso eindringlich an, als würde noch eine Szene folgen.

»Gibst du jetzt endlich nach, Ida?«

»Ich kann nicht.«

»Du solltest daran denken, dass ich immer bekomme, was ich will.«

»Dieses Mal nicht. Bitte.«

Seine Miene verschloss sich. Er löste sich, und sofort fehlte er mir.

Kapitel 10

Ich kollabierte auf meinem Bett und streckte Arme und Beine von mir. Meine Augen brannten vor Müdigkeit und ich schloss sie, aber mein Körper war hellwach. Jede Faser kribbelte. Ich sah Noah vor mir. Und egal, wie oft ich mir sagte, dass alles nur ein Spiel wäre und er es verdammt gut beherrschte, ich konnte das Kribbeln nicht abschütteln.

Schlaf, Schlaf, Schlaf!

Ein Klopfen an der Tür schreckte mich auf. Licht schien durch die Vorhänge des Fensters und mein Wecker klingelte. Was hieß, dass ich doch irgendwann vor Erschöpfung eingeschlafen war. Ich sah auf die Uhr und stellte endlich das nervtötende Piepsen ab. Es war zehn Uhr. Ich hatte haushoch verschlafen. Mist!

Wieder klopfte es an meine Tür.

»Ich komm ja schon!«, rief ich wacher, sprang hoch und riss die Tür auf.

Vor mir auf dem abgewohnten Flur des Motels stand Eric wie ein Mensch aus einem anderen Universum. Sein Anzug saß ohne eine einzige Falte, der Kragen seines weißen Hemdes stand steif nach oben. Wie immer lagen seine Haare perfekt, er war rasiert und ein teurer Duft umgab ihn.

»Harte Nacht gehabt?«, fragte er, stieß mich zurück und schloss die Tür hinter sich. »Na los, mach dich fertig. Alle warten seit Stunden auf dich.«

Eric sah sich um, als gäbe es in meinem Zimmer irgendetwas Außergewöhnliches zu entdecken. Aber da war nur ein Tisch, auf dem der Fernseher stand und von dem die Holzverkleidung langsam abblätterte. Da waren mein Bett mit einem abgewetzten, gepolsterten Kopfteil und ein Sessel, auf dem sich ein Berg meiner Klamotten türmte, die mittlerweile nicht mehr frisch, sondern nach dem Zimmer rochen.

Ich flitzte ins Bad und duschte.

Wieder klopfte es. Dieses Mal an meine Badezimmertür. »Kannst du schneller machen?«

Statt einer Antwort stellte ich das Wasser aus, trocknete mich ab und zog meine Unterwäsche an. Auf Make-up verzichtete ich, darum würde sich eh Jessica kümmern und mich so herrichten, wie es ihr das Stylebook vorgab. Dann schoss ich an Eric vorbei zu meinem Kleiderhaufen und schlüpfte in die saubersten Klamotten, die ich auf die Schnelle finden konnte.

»Wir frühstücken unterwegs«, beschloss Eric.

Ich nickte. Alle warteten am Set. Jetzt zu protestieren wäre kindisch. Also schnappte ich meine Sachen und folgte Eric.

»Du solltest übrigens das nächste Mal nicht einfach so die Tür aufreißen. Es gibt eine Menge irrer Leute da draußen.«

»Mmh«, machte ich nur und stieg auf dem Parkplatz in den dunklen Wagen mit den getönten Scheiben, mit dem Noah sonst immer zum Set kam.

»Ich meine das ernst.«

»Ich weiß«, zischte ich gereizt. Aber mal ehrlich, wenn wirklich ein Irrer in mein Hotelzimmer wollte, dann hatte er mit meiner Tür leichtes Spiel.

Auf dem Weg zum Penthouse, wo wir heute wieder drehten, hielt Eric wie versprochen an einem Diner, befahl mir, im Wagen zu bleiben, und kam fünf Minuten später mit einem belegten Baguette und Kaffee zurück.

Er reichte mir beides, und als sein Handy klingelte, setzte er sich sein Headset auf und hörte zu, was ihm am anderen Ende gesagt wurde.

»Ja, wir sind unterwegs … fünfzehn Minuten … *das* dreht ihr gleich? … verstanden.«

»Hey!« Ich protestierte, als er mir das Baguette aus der Hand nahm, um selbst abzubeißen.

Wir hielten an einer roten Ampel und Eric trommelte ungeduldig mit den Fingern auf dem Lenkrad herum.

»Bekomm ich das Baguette wieder?«, fragte ich vorsichtig und schielte nach der Tüte.

»Weißt du, ich werde dafür bezahlt, für ihn den Babysitter zu spielen«, sagte er, ohne mir zu antworten, reichte mir aber mein Frühstück.

»Ich hab nicht drum gebeten, dass du mich abholst.«

Er lachte. »Nein, stimmt, hast du nicht. Aber ich bin für ihn verantwortlich. Und wenn die Leute um ihn herum ihren Job nicht machen, kann er seinen Job nicht machen. Und glaub mir, wenn ich das sage: Vieles ist für ihn nur ein Spiel, aber nicht die Schauspielerei.«

Ich schwieg und aß hastig weiter, bevor Eric sich wieder an meinem Frühstück verging.

»Dich scheint das gar nicht zu jucken, oder?« Eric warf mir einen Seitenblick zu und konzentrierte sich dann wieder auf den Verkehr.

Ich spülte das Baguette mit Kaffee hinunter und blieb bei meinem höflichen Gesicht. Das hatte mich schon durch viele solcher Unterhaltungen gebracht. Müde schloss ich die Augen und versuchte, noch fünf Minuten Schlaf zu bekommen. Doch es gelang nicht.

»Du solltest bei ihm einziehen«, brach Eric das Schweigen und hielt vor dem Gebäude. »Die Villa ist groß genug und zehnmal besser als der Schuhkarton, in dem du haust.«

»Wie bitte?« Statt zuzustimmen, wollte ich aus dem Wagen, aber Eric reagierte blitzschnell und verriegelte die Türen. Ich ließ mich wieder in meinen Sitz zurückfallen. »Das ist nicht lustig.«

»Es würde meinen Job erleichtern.«

»Schön für dich.« Die Vorstellung, nur wenige Meter entfernt von dem Schlafzimmer zu sein, in dem Noah und Miranda Sex hatten, widerte mich an. »Ihm wird das nicht gefallen und Miranda auch nicht.«

»Aber es hätte für alle Vorteile, auch für dich. Jemand macht deine Wäsche, ich bring dich zum Set und ihr könntet euren Text persönlich durchgehen.«

»Auf diese Übungsstunden kann ich gut verzichten.« Und für meine Wäsche würde mir schon eine Lösung einfallen. Es musste etliche Salons in der Stadt geben. Oder ich besorgte mir Waschmittel aus der Tube, mit dem ich meine Klamotten im Bad per Hand säubern konnte.

»Mal im Ernst: Wo ist das Problem?«, fragte er.

»Pff«, schnaufte ich genervt. Wenn Eric es für gut hielt, dass Noah und ich unter einem Dach wohnten, dann zählten meine Einwände wohl nicht.

»Ist das ein Ja?«

»Mist.« Ich hatte keine schlagkräftigen Argumente dagegen. »Ich werd die Bude auf den Kopf stellen.«

»Wäre nicht das erste Mal, dass das jemand macht.«

»Ich will ihn nicht rund um die Uhr sehen.«

»Das Haus ist groß.«

»Ich steh brutal früh auf, um Sport zu machen, und ich werde nicht leise sein.«

»Ist er auch nicht, wenn er früh um fünf im Kraftraum herumpoltert.«

»Du gibst nicht auf, Eric?«

Er schüttelte den Kopf.

Geschlagen seufzte ich. »Also meinetwegen: ja. Auf Bewährung. Aber sobald er sich irgendwie blöd benimmt, bin ich wieder weg. Verstanden? Kann ich jetzt aussteigen?«

Eric grinste und löste die Verriegelung.

Ich sprang aus dem Wagen und wartete am Fahrstuhl nicht auf Eric, sondern fuhr allein hoch.

»Schlecht geschlafen?«, fragte mich Jessica mitfühlend, sobald ich in ihrem Stuhl saß, und deckte meine Augenringe ab.

»Mmpf.«

♥

»Du hast *was* beschlossen?«, hörte ich Noah, während ich in der Maske saß und jede Menge bissiger Kommentare für meine Verspätung über mich ergehen ließ. Eric redete auf ihn ein, doch Noah hörte nur halb zu und sah zu mir.

Lust und Verlangen funkelten dunkel in seinen Augen, und er schien sich nur mit Mühe zurückhalten zu können. *Ich will dich.* Das hatte er wieder und wieder gesagt. Und nun wurde es ihm so leicht gemacht, mich zu bekommen.

Als wäre das nicht schlimm genug, dachte ich daran, was wir heute drehen sollten: die erste Szene, bei der Braden und Amber Sex hatten. Noah würde mich ins Schlafzimmer dirigieren. Ich würde mich ausziehen. Er dürfte ein bisschen mit mir spielen. Und als sensationellen Höhepunkt würden wir Sex vortäuschen.

Vielleicht verliert er dann das Interesse an dir, beruhigte ich mich.

Ich schüttelte über mich selbst den Kopf. Wem wollte ich damit etwas vormachen? Er würde jede Sekunde, die er mich nackt in seinen Armen hatte, ausnutzen.

Das Schlafzimmer bestand aus einem riesigen Vierpfostenbett mit Himmel. Francine raffte die Gazevorhänge an den Seiten und TJ richtete einen Ventilator so aus, dass die Stoffe leicht flatterten. Olivia und Kevin zündeten Kerzen an, die auf dem Boden standen und den Raum binnen Minuten aufheizten. Die Fenster wurden abgedunkelt, damit es aussah, als wäre bereits Abend und nicht erst Nachmittag.

Wir machten uns beide mit dem Set vertraut, wobei Noah sich jeglichen Kommentar verkniff, mir jedoch Blicke zuwarf, die mich unendlich nervös machten.

Vielleicht sollte ich Eric sagen, dass ich es mir anders überlegt hatte? Er konnte mich ja nicht zwingen, zu Noah zu ziehen, oder?

Doch bevor ich dazu kam, begann der Dreh.

Noah setzte sich auf das Bett und sah mich an. »Zieh dich aus!«, befahl er und zog sich selbst sein Shirt über den Kopf.

Ich wollte bei der Kette beginnen.

»Nein! Lass den Schmuck an. Das Kleid, Amber. Das Kleid.«

Ich drehte mich. »Kannst du mir mit dem Reißverschluss helfen? Bitte.«

Noah stand auf und trat hinter mich. Ich spürte seinen Atem in meinem Nacken. Langsam strich er meine Haare über die Schultern und zog den Zipper tiefer und tiefer. »Kein BH?«, fragte er.

»Nie«, antwortete ich.

Er drehte mich zu sich um und schüchtern ließ ich den Stoff über meine Schultern fallen, stieg aus dem Kleid und hielt es mir vor die Brust. Bis auf mein Höschen war ich nackt und schwankte zwischen Erregung, Nervosität und Panik.

Seine Augen funkelten amüsiert. »Lass das Kleid los!

Ich will dich sehen.«

Blöde Improvisation. Ich klammerte mich fester daran. *Denk dir was Neues aus*, schoss mir durch den Kopf.

»Das Kleid, Baby«, knurrte er, trat näher und löste meine Hände.

Der Stoff fiel mit einem Rascheln zu Boden, und ich schloss die Augen und betete stumm, dass jemand »Cut« rufen würde. Bitte jetzt. Denn das hier fühlte sich zu echt an.

♥

»Warum plötzlich so schüchtern?«, fragte Noah, nahm mein Gesicht und hob meinen Kopf, sodass ich zu ihm aufschauen musste.

Ich öffnete die Augen und mir stockte der Atem. Sein Blick war dunkel vor Lust, und ihm gefiel, mich so nackt und schutzlos vor sich zu haben.

»Ich kann dir ja zeigen, was ich will …« Mutig nahm ich seine Hand, legte sie auf meinen Busen und spürte, wie seine Wärme zu mir durchdrang.

»Zeig mir noch mehr«, raunte er mir zu. »Wir haben die ganze Nacht. Was gefällt dir noch?«

Ich beugte mich vor und meine Lippen streiften seine, ich knabberte an seinem Mund, vertiefte den Kuss und berührte mit meiner Zunge verstohlen seine.

Noah stöhnte!

Leise nur. Ich war mir sicher, dass es niemand hörte. Aber der Laut brachte meinen Puls komplett durcheinander. Ich glühte, nicht nur wegen der Temperaturen hier im Raum, und ich wollte ihn jetzt überall spüren.

Mutig legte ich meine Hand auf die Beule in seinem Schritt und rieb seinen Schwanz durch den Stoff der Jeans. »Das will ich auch«, flüsterte ich.

Daraufhin strichen seine Hände über meinen Rücken, legten sich auf meinen Po und drückten meine Mitte an seine, als würde ich ihm gehören. Erregt zitterten wir beide, und ich ließ mich fallen und hörte nur noch auf das, was mein Körper mir sagte.

Mehr!, bettelten meine Augen. Ich brauchte mehr. Also machte ich weiter, griff zwischen unsere aneinandergepressten Körper und löste seine Gürtelschnalle. Noah küsste mich, doch das Zittern in seinem Atem verriet mir, wie sehr er genoss, was ich tat. Ich knöpfte seine Jeans auf und zog sie tiefer. Dabei ging ich in die Knie, er stützte sich auf meine Schultern und stieg aus der Hose. Ich wartete, mein Gesicht nah an der Beule seiner Boxershorts, und wir lauschten auf unseren Atem, der schnell und flach ging, als würden wir uns gerade körperlich verausgaben.

Jetzt gibt es kein Zurück mehr.

Fest packte er mich an meinen Schultern, zog mich hoch und stieß mich rückwärts auf das Bett. Die Kameras bewegten sich um uns herum, dann vergaß ich sie erneut. »Was willst du noch?«, fragte er.

Alles, schoss mir durch den Kopf, und ich wusste, dass Noah mir diesen Wunsch von den Augen ablesen konnte. Erregt nahm ich seine Hand und führte sie unter mein Höschen, bis seine Finger meine Spalte berührten. Wenn er tatsächlich Zweifel gehabt hatte, so wusste er nun, dass ich nass und bereit für ihn war.

»Was dagegen, wenn ich jetzt übernehme?« Sein Finger strich meine feuchte Spalte entlang, abwartend und zurückhaltend.

Kaum merklich schüttelte ich den Kopf, und er streifte mir den Slip ab. Ich lag komplett nackt unter ihm und überall dort, wo seine Haut meine berührte, litt ich süße Qualen.

Wenn Noah nur annähernd so im Bett war wie hier, dann hatten alle seine Verflossenen unglaubliches Glück gehabt. Er stützte sich über mir auf und nahm mich gefangen. Unsere Körper waren ineinander verschlungen, rieben sich, bäumten sich auf, während wir uns langsam küssten. Noah drückte seine Hüften an meine Scham, und ich spürte den rauen Stoff seiner Unterwäsche und seinen heißen Schwanz dahinter, so wie er meine Feuchtigkeit spürte, die den Stoff durchdrang.

»Zieh die Boxershorts aus«, rief uns Christopher zu, und wir hielten beide den Atem an und sahen uns an, als wüssten wir, auf welch gefährlichem Minenfeld wir uns hier bewegten.

»Ist das wirklich nötig?«, fragte Noah, ohne mich aus den Augen zu lassen.

»Ja, ist es.« Christopher lachte. »Und braucht ihr ein Kondom?«

»Nein«, sagte ich und räusperte mich, weil meine Stimme total flach klang. »Ähm … nein. Garantiert nicht.«

Mit geweiteten Augen verfolgte ich, wie Noah sich von mir löste, und packte ihn. Er sollte mich nicht so den Blicken der anderen ausliefern. Aber ich hätte mir darum keine Sorgen machen müssen. Er griff bereits nach einem Kissen und bedeckte mich damit. Woher er das Selbstbewusstsein nahm und vor aller Augen aus seinem Slip stieg, wusste ich nicht. Ich biss mir auf die Lippen, als er nackt vor dem Bett stand und sich ohne Scham an seinen harten Schwanz fasste und ihn rieb, bestimmt, weil er vor Verlangen schmerzte. Aber was wusste ich schon. Es sah sexy aus.

Noah kam wieder zu mir aufs Bett, drehte sich aber noch mal um und blickte jemanden im Hintergrund an. »Wehe, auch nur eines der Bilder taucht im Netz auf. Ihr kriegt meinen Arsch, aber nicht meinen Schwanz, kapiert? Sonst wird das hier für das Studio so teuer, dass ihr den Film vergessen könnt.«

Jetzt fühlte ich mich noch schlechter. Schließlich lag ich schon komplett nackt da und kam mir vor wie eine blutige Anfängerin, die viel klarer ihre Wünsche hätte kundtun sollen. Verwirrt fuhr ich mir über das Gesicht.

»Lass das! Jetzt muss die Maske kommen«, knurrte Noah und die plötzliche Aggressivität in seiner Stimme verunsicherte mich.

Jessica huschte zu mir, korrigierte mein verwischtes Augen-Make-up und schaffte es, uns dabei nicht auf unsere intimen Stellen zu schauen.

»Machen wir weiter!«, rief Christopher. »Könnt ihr?«

Keine Ahnung. Ein verdammt heißer Mann lag zwischen meinen Beinen, erregt, und er kämpfte darum, nicht die Beherrschung zu verlieren. Auf dass mir das auch gelang!

»Ihr schneidet nachher den Rest oder?«, fragte Noah.

»Sicher«, antwortete Christopher.

»Dann dreh einfach. Wir sind hier gleich so weit.«

Er ist es, dachte ich mir panisch, als er das Kissen wegzog. Er. Nicht ich.

»Mach die Augen zu!«, sagte er hart, und ängstlich gehorchte ich. Er wollte die Szene genau wie ich auch, und wenn ich weiter so angespannt war, würden wir hier noch eine ganze Weile nackt aufeinanderliegen. Und das wäre keinesfalls sinnlich.

Ich spürte seine Lippen an meinem Hals. Er ließ sich Zeit und küsste die Stelle, wo mein Puls hämmerte. Sofort reagierte ich und wand mich. Noah beugte sich an mein Ohr, wollte etwas sagen, doch er keuchte auf, als sein harter Schwanz zum ersten Mal an meiner feuchten Scham entlangglitt. Sein Körper erstarrte, und er lachte erstickt neben mir ins Kissen, als könnte er nicht fassen, was er da tat. Er wollte mich, zitterte und kämpfte, nicht die Kontrolle zu verlieren. Ich wusste, ich müsste genau das Gleiche machen, aber ich war nicht so stark. Lust vernebelte meinen Verstand, und ich konnte mich der Versuchung nicht widersetzen. Während er stillhielt, bewegte ich meine Hüften und rieb mich an ihm.

»Genau davon hab ich geträumt, seit ich dich das erste Mal gesehen habe«, raunte er mir zu, und ich wusste, er meinte jedes Wort ernst. Er löste sich von meinem Nacken und sah mich für einen Moment stumm an. »Leg deine Beine um mich!«

Gehorsam öffnete ich mich ihm, krallte mich an seine Schultern und umschlang ihn. Mein Körper summte, meine Scham pochte, alles kribbelte und ich wollte ihn tief in mir spüren. »Bitte!«, keuchte ich.

Er lächelte zufrieden, nahm meine Arme und drückte sie neben mir ins Kissen. »Gefällt dir etwa nicht, was ich tue?« Er küsste meine Brüste, saugte an meiner Haut und ich wand mich schwer atmend. Seine Augen waren dunkel vor Lust, die Pupillen geweitet.

»Doch!«, schrie ich. »Bitte nimm mich, Braden! Ich brauch dich! Jetzt!«

Noah bewegte sich schneller zwischen meinen Beinen, und wir beide stöhnten und schwitzten. Am Rande war mir bewusst, dass ein Mikrofon über uns hing und dass uns die Kamera förmlich in den Arsch gekrochen kam, aber, was auch immer das zwischen Noah und mir war, in dem Moment gehörte er mir, und ich gab mich ihm hin.

Sein Schwanz drückte gegen meinen Kitzler und entlockte mir ein ersticktes Seufzen nach dem anderen, und immer, wenn seine Eichel über meinen Eingang glitt, erstarrten wir und atmeten erleichtert und zugleich frustriert auf, wenn er an der Stelle vorbei war.

Aber Himmel, mein Körper schrie mich an, ihn das spüren zu lassen, was er brauchte. Meine Hüften bewegten sich von ganz alleine, und ich weiß nicht, ob es daran lag, dass ich mein Becken hob oder dass Noahs Stöße immer härter wurden. Plötzlich spürte ich ihn in mir.

»Oh Gott!«, stöhnte er, erstarrte und zitterte so heftig, dass ich für einen idiotischen Moment glaubte, ich hätte ihm wehgetan. Dabei war es seine Größe, die mich fertig machte.

Ich stemmte mich gegen Noah, um ihm zu entkommen, und ließ mich auf die Matratze zurückfallen. Das hatte ich nun davon, dass mein letzter Sex so lange zurücklag.

»Schau mich an!«, sagte er mit einer Stimme, der anzuhören war, welche Anstrengung ihn das Sprechen kostete. Sein Schwanz war noch größer und härter, wenn das überhaupt ging, und ich spürte die Kraft, die in ihm steckte.

Bitte lieber Gott, mach, dass ich sterbe, jetzt sofort, dachte ich und raffte alle Kraft zusammen, um zu tun, was er verlangte.

Wilde Lust funkelte in seinen Augen und etwas, das ich nicht verstand und nicht zu erklären wusste. Mein Atem ging viel zu schnell, und mir war übel vor Angst, meine Finger wurden kalt, und ich zitterte. Und was machte Noah? Er bewegte sich aus mir heraus und küsste mich, so wie sonst auch und doch anders. Auch er zitterte, doch seine Bewegungen hatten nichts Zärtliches an sich. Der Griff seiner Hände war eisern, seine Lippen saugten hart an meiner Haut, seine Zähne bissen mich, als wollte er seine Spuren auf mir hinterlassen. Am liebsten für immer.

»Stöhn jetzt einfach. Kannst du das?«, grollte er.

»Mmh.« Ich hoffte, er wusste, was er tat. Ich nämlich

nicht.

Noah rieb seinen Schwanz schneller und schneller an mir, und die Lust wurde auch in mir größer. Er quälte mich mit seiner Haut auf meiner, fesselte mich aber gleichzeitig an die Matratze. Ich betete, dass er einfach auf mir zusammenbräche und Christopher »Cut!« riefe und wir fertig wären, doch das passierte nicht.

»Noah!«, flüsterte ich heiser und fluchte, dass er nicht reagierte. »Noah?« Ich wand mich, versuchte mich seinen Berührungen zu entziehen. Das Pochen in mir schwoll an. Ich krallte mich an ihm fest, um dem Gefühl nicht nachzugeben, um nicht zu fliegen, um nicht zuzulassen, was sich hier anbahnte. Doch mein Körper pulsierte heftiger und heftiger. Bis ich es nicht mehr aushielt.

Oh Gott, ich kam!

In echt!

Vor laufender Kamera.

Ich schrie jede Menge Blödsinn, meine Muschi zuckte, und ich war so von meinen eigenen Gefühlen berauscht, dass ich kaum hörte, wie auch Noah schrie. Dann spürte ich Feuchtigkeit zwischen uns, warm und klebrig. Und Noah brach auf mir zusammen.

»Scheiße!«, fluchte er, blieb aber einfach so auf mir liegen. »Scheiße, Scheiße, scheiße!«

Diese Szene hatte alles verändert. So wie der Moment, in dem die Titanic den Eisberg rammt oder Patrick Swayze zum Abschlusstanz ins Kellerman Hotel zurückgeht und Baby auf die Bühne führt. Oder wenn Cinderella ihren Schuh verliert. Verdammt!

»Alle raus hier!«, tönte Erics Stimme durch das Schlafzimmer.

»Hey, ich bin der Regisseur.«

»Ach ja? Und ich bin der Manager von dem Superstar

dort drüben. Jeder verschwindet hier sofort!«

Bei der Drohung setzte sich auch mein Körper instinktiv in Bewegung.

Noah lachte auf mir. »Du doch nicht.« Er sah mich sehr aufmerksam an.

»Wir sind allein«, verkündete Eric.

»Danke, Mann!« Noah stand auf, fuhr sich durchs Haar, nahm sich ein Kleenex und wischte sich seinen Schwanz ab. Mir warf er auch ein paar Tücher zu. »Mach schon, Ida. Die werden nicht ewig wegbleiben.«

Beschämt stieg ich vom Bett, wickelte mich in einen Bademantel und ging zu meinen Sachen. Dort, wo ich gelegen hatte, war ein feuchter Fleck auf dem Laken, der davon zeugte, dass auch ich Lust empfunden hatte – und nicht zu knapp.

»Ich muss euch nicht erklären, dass ihr Sex spielen, nicht ihn haben sollt, oder?«, sagte Eric und zog das Laken ab.

»Es ist ja nur noch eine erotische Szene.« Noah zog sich seine Hose an.

»Und *das* soll mich beruhigen?! Das ist die, wo du sie fesselst und ihr den Hintern versohlst.« Eric wandte sich an mich. »Macht dich so ein Schlag auf den Arsch etwa auch an?!« Er gab mir einen Klaps, und ich zuckte zusammen. Dummerweise spürte ich schon wieder ein sanftes Kribbeln, das ich selbst nicht erwartet hatte. Schließlich hatte mir bisher nie jemand den Hintern versohlt. »Und?«

»Nein«, zischte ich. Als mein Blick aber den von Noah traf, grinste er wissend, als hätte er mich durchschaut. »Nein«, wiederholte ich lauter.

»Na hoffentlich.«

Noah kam näher und seine Mundwinkel zuckten belustigt, als ich meinen Hintern unter meinen Händen versteckte. »Vielleicht sollten wir das üben, bevor es ernst wird«, sagte er.

»Vergiss es!«

Noah lachte schallend.

»Eric, hältst du es immer noch für eine gute Idee, dass ich in Noahs Villa ziehe?«, war der einzig kluge Kommentar, der mir in der Situation einfiel.

Tat er leider.

Kapitel 11

»Dann mal rein in die gute Stube«, sagte Noah, als ein Bediensteter die Türen zu seiner Villa oberhalb des Sunset Strips öffnete.

Gute Stube war untertrieben. Wir standen in einer riesigen, lichtdurchfluteten Empfangshalle, die zusätzlich durch kleine Lämpchen in der Decke erleuchtet wurde. Der Boden bestand komplett aus Marmor, zumindest auf dieser Etage. Skulpturen in Vitrinen wurden angestrahlt, auf den ersten Blick nicht weiter spannend. Auf den zweiten Blick erkannte ich jedoch, dass sie stilistisch nicht zusammenpassten. Das Einzige, was sie gemeinsam hatten, war ihre Größe. Und es hatte den Anschein, als wäre das Kunst, die sich Noah selbst besorgt hatte. Gemälde hingen an den Wänden – ich erkannte darunter aufstrebende Künstler und hatte keinen Zweifel daran, dass die anderen Bilder von Malern stammten, die kurz vor ihrem Durchbruch standen und von denen man bald mehr hören würde. Eine Treppe schwang sich nach oben und ließ erahnen, dass alles über uns genauso opulent wäre.

»Oh, du bist aber früh zurück!« Miranda strich sich eine ihrer natürlich blonden Strähnen aus dem Gesicht und schaute abwechselnd zu mir und Noah, als hätte sie was verpasst.

»Zeig du Ida doch alles, Eric!« Noah packte Miranda am Arm und schob sie die Treppe hoch. »Und wir müssen reden.«

»Er hat jetzt keinen Sex, oder?«, fragte ich mehr mich

selbst als Eric.

Der grinste. »Bei Noah weiß man nie, aber ich würde sagen: nein.« Er ging voraus. »Komm mit, ich geb dir eine kleine Tour!«

Und die brauchte ich auch. Es gab ein riesiges, großzügiges Wohnzimmer mit vielen Sofas und Sesseln, eine offene Küche, die keinen Schnickschnack vermissen ließ, einen Fitnessraum mit Laufbändern und Geräten zum Muskelaufbau, ein privates Kino mit fünf gemütlichen Reihen, eine kleine Sauna und ein Spielzimmer voller Playstations, einem Billardtisch und Dartscheiben. Und dazu gehörten natürlich noch Gästezimmer mit angeschlossenen Bädern und eine Armada an Angestellten, von denen ich dem Butler, der Köchin und der Putzfrau in die Arme lief.

»Wo schläft er?«, fragte ich.

»Das sag ich dir nicht.«

Dachte Eric, ich wollte mich zu ihm schleichen? »Ich meinte: weit genug weg?«

»Versprochen. Weit genug weg.«

Ich atmete auf und betrat ein riesiges Zimmer in Erdtönen, mit einem hellen, weichen Teppich und genau der gleichen sensationellen Aussicht, die es in der gesamten Supervilla gab: Durch deckenhohe Fenster sah man auf die Stadt und hatte bei all dem Licht, das den Raum durchflutete, das Gefühl, im Himmel zu sein.

»Ich hab sogar einen Balkon!« Begeistert schob ich eine Tür auf und trat nach draußen. Das hier war wirklich kein Vergleich zu der Kammer, in der ich gehaust hatte. Die Villa stand direkt am Hang und unter mir befand sich eine wunderschöne Anlage aus einem Pool und Terrassen mit Liegestühlen.

»Ich hab deine Sachen vom Motel hierher bringen lassen. Sie sind frisch gewaschen im Schrank. Du kommst klar?«, fragte Eric.

Ich nickte.

»Dann solltest du schlafen gehen.«

Auch wenn ich keine Ahnung hatte, wie ich jetzt schlafen sollte, sagte ich: »Genau das hatte ich vor.«

Er sah mich überrascht an.

»Was?«, fragte ich.

»Normalerweise tut nie jemand das, was ich sage.«

»Aber ich bin müde und das heute war mir irgendwie zu viel.«

Er nickte, aber grinste. »Ich hab euch gesehen.«

»*Jeder* hat uns gesehen.« Ich ging wieder nach drinnen und inspizierte das Bad. Meine Kosmetik stand neben einem Berg weiterer verlockend aussehender Tuben auf großzügigen Ablageflächen. Und weich aussehende Handtücher lagen in allen erdenklichen Größen herum.

»Das stimmt, aber das meinte ich nicht.« Eric war mir gefolgt. »Ihr wart beide gut zusammen.«

Ich stutzte. »Oh, danke.«

»Gerne. Wenn du was brauchst: In jedem Raum gibt es eine Sprechanlage.« Er zeigte auf einen kleinen Touchscreen neben der Tür. »Einfach die Null antippen, dann meldet sich jemand vom Gebäudemanagement. Viel Spaß!«

Sobald ich alleine war, quietschte ich ziemlich kindisch und rannte einmal durch mein neues Reich. Ja, das Motelzimmer war erbärmlich gewesen, aber meine Wohnung in Chicago, die ich aufgelöst hatte, hatte ich bis eben sehr schön gefunden. Natürlich nicht so groß wie der Palast hier, aber modern ausgestattet und dennoch gemütlich. Aber das hier … das war wie in einem dieser Filme, wo man mit jemandem das Leben tauschte. *Wahnsinn!*

Ich stand eine ganze Weile auf dem Balkon und sah

auf Los Angeles, die Stadt der Engel. Ich machte Fotos, als befände ich mich im Zentrum des achten Weltwunders, und schickte sie an Claire. Dann gönnte ich mir ein langes, luxuriöses Bad und kreischte jedes Mal begeistert, wenn ich mich in der Badewanne untergehen ließ und wieder auftauchte. Ich hatte so viel Platz, dass ich nirgends anstieß.

Erst als ich umgezogen unter die frisch gewaschene und verdammt gut riechende Bettdecke schlüpfte, dachte ich wieder an Noah und dass er hier irgendwo in meiner Nähe war. Er hatte sich gar nicht mehr gemeldet, und ich tippte darauf, dass er immer noch mit Miranda sprach. Oder was auch immer machte. Schlafen konnte ich nicht.

Ich fragte Claire, ob sie Zeit hatte und keine Sekunde später telefonierten wir, und ich erzählte ihr, was passiert war.

»Meinst du, Claire, Männer bekommen einfach einen Orgasmus, wenn eine gewisse Schwelle überschritten ist?«

»Woher soll ich denn das wissen?« Sie kicherte, als wären wir Teenager auf Klassenfahrt. »Aber wenn du willst, frag ich Daniel.«

»Findet der das denn nicht komisch, wenn du ihn über Orgasmen ausfragst?«

Sie lachte. »Dann fragt er mich auch über meine aus, und wir haben heute Abend noch Sex. Also, soll ich?«

Ich richtete mich im Bett auf, lehnte mich ans Kopfende und zog die Beine an. »Klar, und frag ihn auch gleich, ob es normal ist, dass Männer so schnell hart werden.«

»Wie schnell?«, fragte Claire nach.

»Na ja … so schnell wie in ›ein Blick genügt‹.«

Sie legte den Hörer beiseite, und ich hörte sie im Hintergrund mit ihrem Freund lachen. Stöhnen folgte, und ich hoffte inständig, dass sie nicht vergaß, dass ich noch am Telefon war.

Etwas atemlos kam sie wieder. »Er sagt, zu kommen ist letztlich ein mechanischer Prozess. *Mann* reibt den Schwanz und irgendwann kann *Mann* sich nicht mehr zurückhalten. Zumindest ist es bei ihm so.«

»Und dass *Mann* hart wird?« Ich übernahm ihre Betonung.

Sie trank einen Schluck, ich tippte auf Wein, und sie genoss es, mich auf die Folter zu spannen. »Daniels sehr sachliche Antwort dazu war, dass einen nur erregt, was man erregend findet. Wenn es nicht so wäre, dann würden ja Männer dauerhart durch die Welt spazieren, und das ist nicht der Fall.«

»Und es kann nicht sein, dass er dabei an etwas anderes denkt? Oder der Auslöser was anderes ist?«

»Benutzt du ein spezielles Parfüm?«

»Nein.«

»Make-up?«

»Das, was Jessica mir für die Szene zaubert.«

»Mmh.« Claire nahm wieder einen Schluck. »Beleckst du dir die Lippen?«

»Wenn sie trocken sind. Ja.«

»Das ist es bestimmt auch nicht«, murmelte sie. »Du kennst längst die Antwort, Ida. Du bist es. Du machst Noah Miller scharf. Und nach allem, was ich höre, glaube ich jetzt doch, dass er genau der Richtige für dich ist.«

»Haha, sehr witzig, Claire. Wenn dem so wäre, dann würde er doch jetzt in meinem Bett sein und nicht in Mirandas. Was sagt Daniel denn dazu?«

»Das muss ich ihn gar nicht erst fragen. Noah will dich, aber er will dich nicht einfach nehmen. Er will, dass du von dir aus auch bereit bist und dich ihm ergibst. Also lässt er dir Zeit.«

»Da kann er lange warten«, sagte ich und ignorierte das warme Kribbeln zwischen meinen Beinen.

»Meinst du?«

»Claire!«

Sie lachte.

»Manchmal bist du echt blöd«, maulte ich. Wir wussten beide, dass ich nachgeben würde. Die Frage war nur: Wann?

♥

Keine Ahnung, wie lange ich geschlafen hatte, aber als ich aufwachte, fühlte ich mich besser. Draußen war es dunkel, und das Zimmer war in das gedämpfte Licht der Stadt getaucht. Für einen Moment hatte ich Probleme, mich zu orientieren. Bis mir wieder einfiel, wo ich war.

Durstig stand ich auf und verlief mich mehrfach auf dem Weg in die Küche. Die Villa kam mir jetzt noch viel größer vor als bei Erics Tour. Als ich endlich die Kücheninsel entdeckte, steuerte ich den Kühlschrank an und nahm mir kaltes Mineralwasser. Wach und dennoch verschlafen schob ich die Schiebetür im Wohnzimmer auf, um auf die Terrasse zu treten und den nächtlichen Blick auf die Stadt zu genießen.

Hier draußen gab es gemütliche Loungemöbel, und ich setzte mich in meinem Schlafanzug mit angezogenen Beinen hin und legte meinen Kopf auf die Knie.

Ich fragte mich, ob ich noch arbeiten gehen würde, wenn ich mir so ein Haus leisten könnte. Meine bisherige Schauspielerei reichte trotz all der Auszeichnungen gerade einmal dafür, meine Rechnungen zu bezahlen. Ich hatte nicht besonders viele Klamotten und in der Regel eher klassische Teile, damit ich sie möglichst lange tragen konnte. Modischen Trends wurde ich nur mit Accessoires gerecht. Wenn ich jemals Geld hätte, dann würde ich als Erstes shoppen gehen und mir all die verrückten Teile holen, die ich immer in Zeitschriften sah. Und wenn ich richtig viel Geld hätte, dann würde ich dem Theater in Chicago eine Summe spenden, damit die Duschen renoviert werden könnten. Das war dringend nötig.

Und wahrscheinlich würde ich dennoch schauspielern. Was interessierte es mich, in Saus und Braus zu leben, wenn ich auch eine alleinstehende Mutter, ein Rockstar oder Superwoman sein konnte?

Im Haus bewegte sich etwas. Licht ging im Flur an und ich sah schemenhaft Noah, den ich mühelos an seiner Statur und an seinem Gang erkannte. Er trug keine Jeans und kein Shirt, sondern einen dunklen Anzug. Und Miranda war nicht bei ihm.

»Sie gehen noch mal aus, Sir?«, hörte ich einen Angestellten durch die offene Terrassentür fragen.

»Ja, machen Sie bitte den Wagen fertig.«

Neugierig erhob ich mich von meinem bequemen Sessel und ging zur Schiebetür, um mehr sehen zu können. Noah wirkte ernst. Er schien etwas zu suchen und durchquerte die Räume wie ich, ohne das Licht anzuschalten.

Sobald Noah mir den Rücken zukehrte, schlich ich mich an ihm vorbei in mein Zimmer und zog mir statt des Schlafanzugs schnell Unterwäsche, meine Jeansshorts und eine weiße Bluse an. So lautlos wie möglich verließ ich die Villa und ging zur Garage, dorthin, wohin auch der Angestellte verschwunden sein musste.

Als ich angekommen war, hatte ich dem Fuhrpark nicht viel Aufmerksamkeit geschenkt, aber nun fiel mir auf, dass hier mehr als eine Luxuskarosse herumstand.

So wie Frauen die passende Handtasche zum Outfit hatten, so ging es Noah wohl mit Autos. Für jeden Anlass den richtigen Wagen.

»Sie fahren auch mit?«, fragte mich der Mann neben der ausgeparkten Limousine.

Ich blieb erstarrt stehen. »Wie kommen Sie denn darauf?«

Seine Miene blieb neutral. »Sie sind sein Gast und Sie sind hier unten, nach Mitternacht.«

Der Logik hatte ich nichts entgegenzusetzen. »Nein, ich fahr nicht mit.« Wahrheitsgemäß schüttelte ich den Kopf und spürte, wie mein Herz schneller schlug, als ich hörte, dass Schritte näher kamen. »Sagen Sie Noah bitte nicht, dass ich hier herumschleiche.«

Endlich ging ihm ein Licht auf.

»Bitte.« Mehr fiel mir nicht ein, und ich verdrückte mich hinter ein Cabriolet und ließ den Mann nicht aus den Augen.

Noah ging mit langen Schritten auf die Limousine zu. Wortlos nickte er dem Fahrer zu und stieg hinten ein. Der andere Mann setzte sich hinter das Steuer und fuhr los.

Ich wollte zu gerne wissen, wohin Noah fuhr. Um die Zeit. Die Presse berichtete viel über ihn, aber seine Miene war ernst gewesen, und er hatte mit dem Kiefer gemahlen, sodass ich nicht glaubte, dass er zu einer Party fuhr und noch jemanden aufriss. Seltsam.

Dass eine Dreiviertelstunde vergangen war, merkte ich erst, als die Limousine zurückkam. Der Fahrer stieg aus und runzelte die Stirn. »Er ist noch weg, Miss.«

»Würden Sie mich auch dahin fahren?« Keine Ahnung, welcher Teufel mich ritt, das zu fragen. Meine Kleidung passte auch nicht zu seiner. Aber ich musste es einfach wissen.

»Ich fürchte, das kann ich nicht.«

»Hat er es verboten?« Ich setzte ein überraschtes Gesicht auf und fragte mich im Stillen, ob er Noah erzählt hatte, dass ich mich hier herumdrückte.

»Das nun nicht. Aber er ist … privat … weggefahren.« Er schloss den Wagen ab und wollte die Garage verlassen. »Und Sie sehen nicht so aus, als würden Sie ihm Gesellschaft leisten.« Er wusste, wo Noah war. Und er wusste, was er machte. Ich spürte seinen Blick über mich hinwegwandern. Prüfend. »Sie sind seine Filmpartnerin, richtig?«

Ich nickte. »Bitte.« Ich kam mir vor wie in einem schlechten Film. »Sonst folg ich ihm das nächste Mal.«

»Die Wagen werden nur auf seinen Befehl hin gefahren.«

Ich lachte. »Es gibt Taxis!« Nicht Noah regierte die Welt, sie drehte sich auch unabhängig von ihm.

Das entlockte ihm ein Lächeln. »Wissen Sie, ich mag Sie, Miss Portman.« Er blieb stehen. Und ich wusste, dass ich gewonnen hatte. »Wenn er Sie dort sieht, wird er wissen, dass ich Sie hingefahren habe.«

»Sagen Sie ihm, ich hätte Sie bedroht.« Die Idee war gut. »Meinetwegen mit einem Messer«, legte ich noch einen drauf.

Nun lachte er leise. »Sie sind anders als seine üblichen Freundinnen.«

Ich reckte mein Kinn. »Oh bitte, ich bin ja auch nicht seine Freundin. Nur seine besorgte Kollegin.« Der Mann dachte über meine Worte nach, und ich beeilte mich hinzuzufügen: »Schließlich geht es auch darum, dass er morgen fit ist. Wissen Sie, ich hab vorhin geschlafen. Ich glaub fast acht Stunden. Aber er … Finden Sie nicht, es sollte mal jemand auf ihn aufpassen?«

»Er hasst es, wenn Eric das tut.«

Nun musste ich lachen, weil ich mir sehr genau vorstellen konnte, wie Noah auf so einen Vorschlag von seinem Manager reagierte. »Nur weil Eric ihn dann zusammenscheißt. Aber schauen Sie mich an.« Ich vollführte eine Pirouette. »Ich würde das nie tun.«

Er seufzte. »Also gut, kommen Sie.« Er musterte mich kritisch. »Mal sehen, ob man Sie so überhaupt reinlässt.«

Was er damit meinte, führte er nicht aus, und ich fragte auch nicht, weil ich nicht daran denken wollte, nicht hereingelassen zu werden. Das schließlich war der Schlüssel zum Erfolg: positiv denken.

Ich platzierte mich mit einem Lächeln auf dem Lederpolster, wo eben noch Noah gesessen hatte, und wir verließen die Garage. Wir fuhren zwanzig Minuten durch das nächtliche L.A. und hielten vor einem Lagerhaus am Stadtrand.

»Hier ist es?!« Zweifelnd starrte ich in die Dunkelheit und auf das von einer einsamen Laterne beleuchtete, stillgelegte Industriegelände.

»Ich weiß, Sie haben was Funkelndes erwartet. Aber damit kann ich nicht dienen.«

»Sollte ich mir eine Waffe einstecken, bevor ich da rausgehe?«, scherzte ich.

»Ich warte, bis Sie drin sind. Wie klingt das? Wenn man Sie nicht reinlässt, dann fahren wir zurück.«

Ich nickte. Ein guter Plan. »Eine Sache noch.« Ich hatte schon die Tür geöffnet, hielt dann aber inne. »Bringt er oft Frauen hierher? Also ich meine, ich …«

»Nein. Nie.«

Nie? Das wunderte mich. »Geht es um Glücksspiel?«

»Tut mir leid, aber ich es weiß es nicht. Die Herrschaften sind hier in der Regel sehr elegant gekleidet. Aber was sie treiben, erzählt er nicht.«

»Und Sie fragen auch nicht?«

»Nein.«

Wieder wollte ich gehen und zögerte. »Würden Sie mir noch sagen, wie Sie heißen? Ich bin Ida Portman.« Ich reichte ihm völlig überflüssig dafür, dass wir schon so lange geredet hatten, erst jetzt die Hand.

»Joe.« Er schmunzelte. »Erzählen *Sie* mir nachher davon, Ida?«

»Vielleicht.«

Tief durchatmend schwang ich mich aus dem Wagen und klopfte an eine eiserne Tür, die mit Graffiti und alten Eventankündigungen beklebt war.

»Wie lautet das Codewort?«, fragte eine tiefe Männerstimme durch die Tür.

War das ein Witz? Ich drehte mich zum Wagen um, aber Joe stand noch da und kein Noah kam um die Ecke geschossen und rief: »Reingefallen!«

»Das Codewort?« Der Mann am anderen Ende wurde ungeduldig. »Sonst gehen Sie!«

»Aber ich bin Ida Portman«, war das einzig Schlaue, das mir einfiel.

Ein dumpfes Lachen drang durch die Tür. »Und ich bin der Papst!«

»Aber ich bin wirklich –«

Ein zweiter Wagen fuhr vor, ebenso teuer wie der, mit dem ich gekommen war. Ein Pärchen stieg aus, sie schlank und elegant in einem hautengen Kleid und einem Collier mit verdammt großen Steinen, die vermutlich auch noch echt waren; er so wie Noah im Anzug, mit nicht ganz so sportlicher Figur und etwas kleiner als die Dame an seinem Arm, da sie sehr hohe Absätze trug. Was auch immer das für ein Etablissement war, ihnen war nicht peinlich, hier gesehen zu werden. Sie schritten mit einem verblüffenden Selbstbewusstsein auf mich und die Tür zu und taxierten mich.

»Also ist Noah auch da. Wundervoll!«, schnurrte die Frau am Arm des Mannes, senkte aber schnell den Blick, als ihr Begleiter erbost eine Augenbraue hochzog.

Hoffnungsvoll, dank des Pärchens doch noch in den Club gelassen zu werden, straffte ich die Schultern.

»Ich will ihn überraschen«, erklärte ich dem Paar meine Situation. Mein Herz klopfte immer schneller, je näher sie kamen, und es war klar, dass man mich nicht in den Club hereingelassen hatte.

»Sie wissen aber nicht, was das für ein Club ist?«, fragte der Mann.

»Offensichtlich.« Ich zupfte an meiner Jeans, als könnte sie sich dadurch in einen engen Minirock verwandeln. »Helfen Sie mir trotzdem?«

Der Mann tauschte einen Blick mit seiner Partnerin und musterte mich nachdenklich. Falls er Für und Wider abwog, so gab es eine Menge zu bedenken, denn die Zeit verstrich, ohne dass er etwas sagte.

»Ich beantworte Ihnen auch alle Fragen, die Sie stellen«, schlug ich vor und lächelte mein bestes Schwiegereltern-Lächeln – so nannte es Claire zumindest, wenn ich aussah, als wollte ich jemanden für mich gewinnen.

»Gut, wir helfen Ihnen. Kommen Sie«, gab er zögernd nach, klopfte und nannte das Codewort.

Die Tür öffnete sich. Dahinter stand ein Mann in einem Anzug und mit der Statur eines Boxers. Bei meinem Anblick verzog er das Gesicht. »Keine Neuen«, grollte er und sah zwischen mir und dem Paar hin und her, unschlüssig, gegen wen sich seine schlechte Laune richten sollte.

»Ich nehm es auf meine Kappe«, beschwichtigte der Mann ihn. »Wir geben ihr einen Schnelldurchlauf der

Regeln, und wenn sie gegen eine verstößt, befördere ich sie höchstpersönlich wieder nach draußen. Zufrieden?«

Der Türsteher zögerte. »Oh bitte! Willst du, dass hier noch mehr Leute anstehen? Lass uns rein. Sie gehört zu Noah.«

Das sorgte für eine Veränderung auf dem Gesicht des schwarz gekleideten Mannes. Mit meinem Namen kam ich offenbar nicht weit, aber mit seinem. Er machte einen Schritt zur Seite und ließ uns durch.

Meine Neugierde stieg, in welche Gesellschaft ich hier geraten war, und wie Noah da reinpasste. Und egal zu welchem Schluss ich kam, meine Haut kribbelte.

Wie selbstverständlich legte die Frau nun ihren Mantel ab und stand plötzlich oben ohne da. Der Mann lächelte bei ihrem Anblick, ignorierte meinen offenen Mund und berührte mit den Fingern ihre Nippel, bis sie hart waren. Zufrieden knipste er ihr eine Kette an ihre Brustwarzen und zog kurz zum Test dran, woraufhin die Frau lustvoll seufzte. Während ich intuitiv die Hände auf meinen Busen legte, da mir schon vom Zusehen alles wehtat.

Okay, Noah war nicht zu illegalen Wetten oder geheimen Glücksspielen gegangen, sondern ich war ihm in einen Sexclub gefolgt.

»Kurz- oder Langfassung?«

Verständnislos sah ich den Mann an. »Wie bitte?«

Er schmunzelte. »Ich rede von den Regeln für den Club.«

Da ich keine Ahnung hatte, in was ich hineingeraten war, stammelte ich etwas von der Langfassung. Daraufhin erklärte er, dass es sich um einen niveauvollen BDSM-Club handele, in dem sich gut situierte Leute träfen und über alles Stillschweigen bewahren würden, was hier passiere. Dies sei die oberste Regel und sie gelte damit auch für mich.

»So wie beim Sprichwort: Was in Vegas passiert, bleibt in Vegas?«, fragte ich.

»Genau.« Schon wieder schlich sich ein leichtes Lächeln auf seine Lippen, dabei fand ich mich alles andere als amüsant. »Nach Diskretion lautet die zweite Regel für Gäste: Zurückhaltung. Egal, was du siehst, egal, wie fremd manches auf dich wirken wird, es passiert in gegenseitigem Einvernehmen, und es gibt keinen Grund einzugreifen. Zwischen den Räumen patrouillieren Sicherheitsleute. Sollte dir doch etwas seltsam vorkommen, sag es ihnen. Sie kennen die Gäste und wissen, ob was zu tun ist.«

»Und die dritte Regel?« Nun hatte ich ihn aus dem Konzept gebracht. »Es gibt immer drei Dinge«, erklärte ich.

Beide grinsten sich an, als wollten sie mir widersprechen, denn es gäbe auch vier, fünf, sechs und so weiter Regeln. »Dann vielleicht statt einer Regel ein Tipp«, sagte er. »Wenn du keine Erfahrungen machen willst, dann solltest du das deutlich sagen. Nein heißt hier auch nein. Ganz einfach. Wobei dir nichts passieren sollte, wenn du dich – Regel Nummer zwei – zurückhältst. So weit alles klar?«

Ich nickte.

»Und du solltest dich umziehen.« Er musterte mich. »Schon klar, du hast nichts mit. Aber in dem Outfit fällst du auf wie eine Gazelle unter Löwen. Halb nackt wäre besser.« Er legte den Kopf schief. »Zieh einfach dein Oberteil aus!«

Ich erstarrte.

Er schmunzelte und sah zu seiner Frau. »Melissa?«

»Du brauchst wirklich keine Angst zu haben. Außerdem ging dein Busen schon durch die Presse und eine Menge Frauen lassen sich den gerade nachoperieren.«

Sie lachte, als sie mein Gesicht sah. »Ja, furchtbar, ich weiß, aber so ist das halt in Hollywood. Was ich damit sagen will, ist, dass du verdammt schön bist.« Ihr Mann nickte zustimmend, und sie löste sich von ihm und arrangierte meine Haare, sodass sie über meine Brüste fielen. »Siehst du, du lässt sie einfach offen drüber hängen.«

Kapitel 12

Aufgeregt streifte ich mein Shirt ab und zog den BH aus. Melissa kniff in meine Brustwarzen, und ich quiekte überrascht. »Au!«

»Willst du die mal probieren?« Sie zeigte auf ihre Nippelklemmen.

Hastig schüttelte ich den Kopf. Der Schmuck sah wunderschön aus und faszinierte mich, aber meine Nippel durften nur Bekanntschaft mit BHs oder den Lippen eines heißen Typen machen, eventuell auch kurz mit seinen Zähnen, aber mehr nicht.

»Mmh.« Nachdenklich betrachtete sie mich. »Ist das gut so?« Sie fragte ihren Begleiter, nicht mich. Er nickte. »Und die Shorts?«

»Was trägst du für Unterwäsche?« Abwartend hefteten sich seine Augen auf meinen Schritt.

»Spitze«, antwortete ich mit trockener Kehle.

»Gut, dann zieh die Shorts aus! Soweit ich weiß, gibt es nicht einen Fetzen Jeans im Club. Und du«, er wandte sich an seine Frau, »du bindest ihr eines deiner Tücher um die Hüften. Das ist zumindest besser als vorher.«

Kaum war ich fertig umgezogen, drückten Melissa und ihr Mann eine gepolsterte Tür auf, und Bässe und Stöhnen schlugen mir entgegen. Außerdem ein Geruchscocktail aus teurem Parfüm, Alkohol und Sex.

Kneif jetzt bloß nicht, ermahnte ich mich, je weicher meine Knie wurden.

»Du kommst klar?«, fragte der Mann.

Ich nickte, obwohl ich mir nicht so sicher war.

Die Räume waren in holzigen, schwarzen und roten Tönen gehalten und allesamt durch Lichtspots an den Wänden diskret beleuchtet. Überall gab es Ledersofas, auf denen man es sich bequem machen konnte. Außerdem standen Kondom- und Gleitgelautomaten alle paar Meter bereit.

Möglichst unauffällig drehte ich eine Runde.

Es waren Paare unterwegs, Gruppen und einzelne Personen, Männer wie Frauen. Die Frauen waren meist nackt, trugen maximal Schmuck, Ketten, Handschellen, Fesseln. Ich war immer noch overdressed, was mich dazu verleitete, das Tuch, das mir Melissa geliehen hatte, abzunehmen und über den Arm gelegt mit mir herumzutragen.

Kurz schloss ich die Augen. Meine Gedanken fuhren Achterbahn. Ich hatte schon von solchen Clubs gehört. Sie erlebten einen Boom, an dem nicht zuletzt auch *Mehr als Liebe* Schuld war. Immer mehr Menschen trauten sich, ihre Lust auszuleben.

Wie Noah in dieses Bild passte, erschloss sich mir jedoch nicht. Die Presse füllte ganze Ausgaben mit seinen Eskapaden – mit Alkohol und einer Billion Frauen, die bei jeder sich bietenden Gelegenheit die Beine breitmachten. Doch von BDSM-Praktiken gleich welcher Art, die ich aufgrund der Vorbereitung auf die Dreharbeiten in- und auswendig kannte, hatten sie bisher nie berichtet.

Ich entdeckte das Paar, das mich reingeschleust hatte, und neugierig stellte ich mich an den Rand des Raumes, um sie zu beobachten.

Melissa lag wie ein Taschenmesser über einem Bock. Ihr Hintern ragte in die Luft und hatte die Farbe von Himbeeren angenommen. Ihr Begleiter schlug mit einem Paddle zu, woraufhin sie zusammenzuckte, jedoch keinen Laut von sich gab. Er streichelte die glühende Haut ihres Hinterteils, beugte sich zu ihr und flüsterte ihr etwas zu. Sie antwortete ihm, ebenso im Vertrauen und so leise, dass nur er es hören konnte. Als er wieder das Paddle griff, sah er mich und lächelte. Ich nickte nur, unsicher, wie ich mich verhalten sollte. Melissas Begleiter schlug wieder zu, und ich wandte mich ab.

Was ich sah, machte mich auf eine verstörende Art und Weise an. Und ich musste wieder an Erics im Scherz gesprochene Worte denken, ob mir ein Klaps auf den Po gefallen würde. Und das warme Pulsieren zwischen meinen Beinen war Antwort genug. Je länger ich die Paare hier beobachtete, desto mehr fing ich an, davon zu fantasieren, wie es wäre, wenn ich die Frau und Noah der Mann wäre, der darüber bestimmte, was ich zu tun hatte. Als wäre ich gerade die Hauptdarstellerin in einem X-Art-Film und wäre die Voyeurin, die bei heißen Spielen erregt durchs Schlüsselloch schaut. Und es schockierte mich, dass ich so empfand.

Bevor mein Atem so flach ging, dass ich mich setzen müsste, inspizierte ich die restlichen Räume, nicht mehr neugierig auf die Leute, sondern nur noch erpicht, den einen zu finden. Noah.

In einem Bereich mit verspiegelten Wänden entdeckte ich ihn schließlich. Ich erkannte Noah sofort, sah wieder das gleiche Gesicht, das ich von unserem Dreh kannte: konzentriert, fokussiert und so erregt, dass seine braunen Augen beinahe schwarz aussahen. Und mir stockte der Atem, als ich begriff, was er da tat.

Obwohl eine Frau – nicht zu übersehen – in der Mitte des Raumes gefesselt war, hatte ich sie im ersten Moment ausgeblendet. Nun wurde mir schwindelig vor Lust und Eifersucht, und ich lehnte mich an die Wand und nahm die Szenerie in mir auf.

Ihre Arme und Beine waren an einem Andreaskreuz fixiert. Bis auf die High Heels, auf denen sie für diese Lage erstaunlich sicher stand, und eine Kappe, die ihren Kopf verdeckte und unter der braune, lockige Haare hervorlugten, war sie nackt. Ihre Figur war zierlich und sie hatte wunderschöne schlanke Beine und makellose Haut. Ihre Brüste waren voll und ihre Brustwarzen waren erregt zusammengezogen. Ihr Brustkorb hob und senkte sich schnell, so atemlos hing sie an dem Kreuz und auf dem Boden zwischen ihren Beinen waren nasse Flecken.

Sie war ihm ausgeliefert, und sie genoss es.

Mein Blick wanderte zu Noah. Er trug den gleichen dunklen Anzug, in dem er die Villa verlassen hatte. Obwohl es warm war, hatte er das Jackett nicht abgelegt, und ich vermutete, dass das Hemd darunter nass an seinem Rücken klebte. Sein Hals und sein Gesicht waren gerötet, und Schweiß verklebte die Haare in seinem Nacken und auf seiner Stirn. Auch er atmete schwer. Und eine Beule in seinem Schritt machte deutlich, wie sehr ihn das Spiel erregte. Er konzentrierte sich ganz auf die Frau. Er ließ sich Zeit mit dem, was er als Nächstes machen würde, doch die Spuren auf ihrer Haut zeigten, dass er sie gebissen und geschlagen hatte. Und wer weiß was noch, wenn man den Grad ihrer Erregung bedachte.

Aufmerksam näherte er sich ihr, und obwohl sie nichts sehen konnte, spannte ihr Körper sich an, so als spürte sie seine Präsenz. Himmel, auch ich war mir seines Körpers nur allzu bewusst. Er berührte ihre Brüste und spielte mit den harten Nippeln, woraufhin ihr Atem sich beschleunigte. Seiner ebenso. Und meiner auch. Seine Hände fuhren über ihre Haut, und sie zitterte. Dann beugte er sich an ihr Ohr und flüsterte etwas.

Sie keuchte und als ihr ein Stöhnen entwich, das die Musik übertönte, schlug er ihr auf die Scham. »Was hab ich gesagt? Keinen Ton!«

Sie wimmerte.

»Wie bitte?«

Sie schüttelte den Kopf und presste ihre Lippen aufeinander.

»Wir machen also weiter?« Er streichelte ihre Brüste und ihr Körper zuckte.

Sie nickte.

»Gutes Ding.« Er saugte an ihren Brustwarzen und sie ballte ihre Hände zu Fäusten, als versuchte sie, sich zu beherrschen. Ihr ganzer Körper zerrte an dem Gestell und ihre Beine zitterten gefährlich auf den hohen Schuhen.

Seine Hand folgte der Linie ihrer Kurven. Sie bebte, als würde schon diese kleine Berührung ausreichen, um sie in den Wahnsinn zu treiben.

»Du willst kommen?«, fragte er laut und deutlich.

Sie nickte. Und ja, ich konnte sie verstehen.

»Mit meinem Schwanz?«

Wieder ein Wimmern. Dann ein Nicken.

»Ist ja gut, sollst du bekommen.« Plötzlich war sein Ton sanft und beruhigend. Ganz langsam löste er ihre Fesseln und ihre Hände sanken schlapp auf seine Schultern. Er befreite auch ihre Beine vom Kreuz und hielt sie dabei an der Hüfte, als wüsste er, dass sie keine Minute alleine stehen könnte.

Verdammt, selbst meine Knie zitterten verdächtig.

Ruhig zog Noah die Kappe vom Kopf seiner Gespielin und befühlte ihr heißes, glühendes Gesicht. Die Frau sah völlig fertig aus, aber ich wollte an ihrer Stelle sein. Ich wollte, dass er mich berührte, mir Dinge ins Ohr flüsterte, mich so zärtlich und behutsam berührte. Und

Tränen traten mir in die Augen.

Wieder flüsterte er ihr etwas zu. Sie nickte. Er drückte sie zwischen zwei Spiegel, holte seinen Schwanz raus und nahm sie so hart, dass selbst ich mich an der Wand, wo ich stand, festhalten musste, als könnte er auch mich mit seiner Kraft umreißen.

Eine Berührung an meinem Rücken ließ mich zusammenzucken.

»Ganz ruhig, Schönheit.« Eine fremde Hand folgte langsam der Linie meiner Wirbelsäule. »Du siehst doch, dass er beschäftigt ist. Wie wäre es mit uns?«

»Nein, lass mich.« Ich wandte mich ab. Doch der Typ hatte erstaunliche Reflexe, packte mich und griff mir in den Schritt.

»Du bist nass und bereit für einen Schwanz. Also sag mir nicht: Lass mich!«

Ich drehte meinen Kopf, um zu sehen, wer mich belästigte. Nicht, dass es einen Unterschied machte, aber Gesichter verraten viel und das hinter mir sagte mir, dass er sich nehmen würde, was er wollte. Der Typ war etwa so groß wie ich, aber deutlich kräftiger. Statt eines Anzugs trug er eine schwarze Stoffhose und ein schwarzes Shirt. Und dunkel wurde mir klar, in welchen Schwierigkeiten ich steckte, denn das war der Look der Sicherheitsleute.

Der fremde Mann fuhr mit seinen Fingern in mich, und ich wusste, was er spürte: wie eng und wie feucht ich war.

Tränen liefen mir über die Wangen, aber wenn das etwas bewirkte, dann, dass er den Moment nur noch mehr genoss und sich an meiner Angst aufgeilte. »Bitte nicht!«, flehte ich.

Erregt sog er die Luft ein. »Musik in meinen Ohren. Mach weiter, Schätzchen!«

»Nein, ich will das nicht.« Ich stemmte mich gegen ihn. »Hilfe!« Mir war egal, ob ich die Ordnung im Club durcheinanderbrachte. Ich hatte wissen wollen, was Noah trieb. Check. Es machte mich an. Check. *Aber das ändert nichts daran, dass du heute und hier keinen Sex …*

Er schob mir grob sein Knie zwischen die Beine und alle meine Gedanken verschwanden.

Nein, verflucht!

Dann zupfte er an meinen Nippeln, so fest, dass ich erneut schrie. Vor Schmerzen. Für einen kurzen Moment tanzten sogar Sterne vor meinen Augen.

»Sei leise, oder es setzt was!«

»Hilfe«, schrie ich wieder. Irgendjemand musste mich doch hören. Der Club war nicht so groß, und Paare wechselten immer wieder die Räume. Noah war nur wenige Meter entfernt. *Bitte, bitte, bitte.*

Eine Hand legte sich um meinen Hals, sodass ich nach Luft rang. »Du lernst aber nicht schnell. Wie schade!«, grinste er. »Weißt du, was mit ungehorsamen Sklavinnen passiert?«

Ich wollte wieder um Hilfe rufen, brachte aber nur ein Krächzen über die Lippen. Vor Panik hyperventilierte ich, und statt mich zu beruhigen, schnappte ich noch dringlicher nach Luft, sobald mir klar wurde, dass eine Ohnmacht in Gegenwart so eines Menschen das Letzte war, was ich erleben wollte.

So leicht gibst du nicht auf, klammerte ich mich an den einzigen Gedanken, der mir Mut machte. Doch ich merkte, wie die Welt um mich herum verschwamm.

Bis die Hand losließ. Ich sank zu Boden, schnappte nach Luft und fasste mir an den Hals, als könnte ich dadurch schneller Sauerstoff in meine brennende Lunge bekommen. Dazu kam der total unsinnige Gedanke, was wohl Jessica sagen würde, wenn sie an meinem Hals Würgemale fand.

Dabei war das gar nicht mein dringendstes Problem …

»Kannst du mir mal verraten, was du hier suchst?!« Die donnernde Stimme ging mir durch Mark und Bein. Aber sie drang durch die Angst hindurch.

Noah.

Meine Kehle war wie zugeschnürt. Ich spürte, wie ich vom Boden aufgelesen und zu einem der Sofas getragen wurde. Der Raum kam mir plötzlich voller vor als noch vor einer Minute und immer noch nach Luft ringend klammerte ich mich an Noah. *Wenn er mich loslässt, dann sterbe ich*, dachte ich hochdramatisch. Wobei ich mir nicht sicher war, ob das nicht vielleicht sogar der Wahrheit entsprach, denn ich war ziemlich durch den Wind.

Wie lange wir so eng zusammen saßen, weiß ich nicht mehr. Noah legte mir sein Jackett über die Schultern, zog mich an sich und rieb in einem einlullenden Rhythmus mit den Händen über meinen Rücken.

»Sag was, Ida! Geht es dir gut?« Die Wut war aus seiner Stimme verschwunden, er sprach ruhig und beherrscht und nahm mich in die Arme, wodurch ich die Hitze seines Körpers und sein verschwitztes Hemd spürte. Was gut war, weil ich fror. »Wenn er irgendetwas getan hat …«

Mir schossen so viele Dinge durch den Kopf, dass ich mich nicht entscheiden konnte, was ich zuerst sagen sollte.

Halt mich einfach nur fest, war meine Nummer eins.

Jetzt geht es mir gut, hier bei dir, besetzte Platz zwei.

Ich will dich, war die logische Schlussfolgerung.

»Ida?« Noah fuhr mir durchs Haar und hob mein Gesicht, damit wir uns ansehen konnten. Mir fiel ein, dass er immer noch auf eine Antwort wartete, weil ich nichts gesagt hatte, und ich kickte alle störenden Gedanken beiseite.

»Ich hätte nicht kommen sollen«, sagte ich mit trockenem Mund.

Finster brummte er: »Sehe ich genauso.« Aber dann lächelte er und drückte zärtliche Küsse auf mein Gesicht. »Aber gefällt mir.«

Ich schmiegte mich wieder an ihn.

♥

»Fahr los, Joe, und gib Eric Bescheid, dass er die Dreharbeiten morgen am besten auf den Nachmittag verschieben soll.«

Dass ich weggetreten war, war mir gar nicht klar gewesen, bis mich Noah umgezogen vor der Limousine zu Boden ließ. Benommen kletterte ich in das Wageninnere, lehnte meinen Kopf an die Stütze und schloss die Augen. Alles drehte sich, obwohl ich nichts getrunken hatte. Und mir war kalt, von innen.

Wenn mir etwas passiert wäre …

Wenn jemand Claire hätte anrufen müssen, um zu sagen, dass ich …

Ich wusste, wie es sich anfühlte, wenn schlimme Dinge passierten. Und durch eine unüberlegte Handlung hätte ich beinahe für viel Kummer gesorgt. Manchmal war ich echt zu impulsiv.

Du hast mein Leben ruiniert, Ida! Du und deine egoistische Art. Du glaubst, alles dreht sich immer nur um dich. Darum, was du willst. Dass es nach deinem Kopf geht. Aber jeder andere Mensch hat auch Bedürfnisse. Denkst du auch mal daran? Und dankst du es den Leuten? Nein! Sie haben alles für dich getan und du wolltest immer nur mehr, mehr, mehr. Also haben sie sich Sor-

gen gemacht und du siehst ja, wohin das geführt hat. Sieh es dir an! Sieh es dir ganz genau an!

Ich schüttelte mich und rieb mir über den Arm, um die Gänsehaut und die Predigt meiner Tante zu vertreiben, die sie einen Tag nach meiner Stunde Null gehalten hatte, als sie mich endlich abholen gekommen war. Sie machte nichts besser.

Noah setzte sich neben mich und zog mich mit dem Arm an seine Schulter.

Ich wand mich in seinem Griff, total verwirrt. »Lass das! Ich brauch dein Mitleid nicht.«

»Hey, ganz ruhig!« Er verstärkte seinen Griff und zwang mich, bei ihm zu bleiben. »Glaub mir, Mitleid ist das Letzte, was ich gerade für dich empfinde.«

»Und was ist es dann?«

»Weißt du das wirklich nicht, Ida?«

»Okay, dann bist du sauer.«

»Sag mal, rätst du?!« Er lachte und drückte mir einen Kuss aufs Haar. »Würde ich dich hier so halten, wenn ich wütend wäre?«

»Also bist du es nicht?« Das konnte ich kaum glauben. Immerhin war ich ihm hinterhergeschlichen. In einen Geheimclub. Und ich hatte ihm zugesehen, wie er einer anderen Frau gegeben hatte, wovon ich träumte. Heißen, sinnlichen Sex.

»Doch, auch. Und unter anderen Umständen würde ich dir dafür den Hintern versohlen, sodass du dich, jedes Mal wenn du dich hinsetzt, daran erinnerst, was du angestellt hast.« Ich zuckte zusammen und im völligen Gegensatz zu seinen harten Worten strich er mir zärtlich über das Gesicht. »Verdient hättest du es. Aber ich bin viel zu erleichtert, dass dir nichts passiert ist.«

»Warum?«, forschte ich nach, doch ich bekam keine Antwort. »Bin ich auch«, gestand ich leise und schmiegte mich an ihn. Ich war wirklich froh. Während wir fuhren, hörte ich auf seinen Herzschlag, atmete seinen Duft ein und genoss seine Wärme. Und ein nie gekannter Frieden überkam mich.

»Hey, wird sind da.« Sanft fuhr Noah über meine Arme.

Mit wackeligen Knien stieg ich aus und zog sein Jackett fester um mich, weil ich immer noch fror. »Ich sollte schlafen gehen.«

»Gute Idee.« Er folgte mir bis ins Wohnzimmer.

»Ich glaub, ab hier komm ich alleine klar«, sagte ich.

»Ich aber nicht.«

»Wie meinst du das, Noah?« Er schwieg, und als ich zu ihm aufschaute, sah ich, dass er die Augen geschlossen hatte, während er seinen Kopf an meinen lehnte. »Bist du betrunken?«, fragte ich ihn.

Seine Lippen kräuselten sich amüsiert.

»Oder müde?« Ich hatte immerhin am frühen Abend ein langes Schläfchen gemacht.

Seine Lider flackerten, aber ich hatte das Gefühl, er war alles, nur nicht erschöpft. »Willst du noch mal raten?«, fragte er.

Ich schüttelte den Kopf, so gut es die Umarmung zuließ, und schaute mich um, als könnte Miranda wie der Blitz auf mich zugeschossen kommen. Sie musste eine Etage über uns schlafen, und dass sie mich hier so mit Noah erwischen könnte, gefiel mir überhaupt nicht. Ich in meinen Shorts und obenrum nur bedeckt von seinem Jackett. Und er in seinen eleganten, aber mitgenommenen Klamotten, zerknittert und mit trockenen Schweißflecken auf dem Rücken, am Kragen und unter den Achseln.

»Du solltest noch was trinken, bevor du schlafen gehst«, sagte Noah, dirigierte mich in die Küche, ohne auf meinen Protest zu achten, und platzierte mich auf dem Barhocker am Tresen. Er bewegte sich tatsächlich so, als wäre er hier zu Hause und dies hier nicht nur eine protzige Villa, die ihm jemand anderes eingerichtet hatte. Von all den riesigen modernen Schränken öffnete er zielsicher die Tür, hinter der die Gläser standen. Er griff eines, ging zum Kühlschrank, nahm eine Wasserflasche und füllte mein Glas. Er reichte es mir, und als ich langsam trank, drehte er sich wieder um und holte sich einen Teller und ein bisschen Obst und Joghurt aus dem Kühlschrank, stellte sich zu mir und löffelte seinen Mitternachtssnack.

Sobald er fertig war, stellte er das schmutzige Geschirr in den Spüler. Er bemerkte meinen Blick und grinste verdammt zufrieden. Ich hatte nicht damit gerechnet, dass Noah sich um so etwas Profanes wie Geschirr kümmerte, und ich gab mir keine Mühe, meine Überraschung darüber zu verbergen. »Sag es nur niemandem weiter, okay?« Er zwinkerte mir wissend zu, füllte mein Glas nach und schlang seinen Arm um meine Hüfte. Er dirigierte mich in mein Gästezimmer, stellte das Wasserglas auf dem kleinen runden Tisch im Raum ab und lotste mich weiter ins Bad. »Du solltest duschen. Kriegst du das alleine hin?« Ich nickte. »Gut. Dann los! Ich warte hier, bis du fertig bist.«

»Das musst du nicht. Ich komm schon klar.«

»Ich glaub dir, Ida. Aber ich möchte sichergehen.«

Warum, wurde mir klar, als ich mich im Badspiegel anschaute. Meine Haare waren zottelig, meine Haut blass, meine Augen gerötet. Wir waren maximal zwei Stunden weg gewesen, aber ich sah aus, als hätte ich vierundzwanzig Stunden auf den Tischen getanzt.

»Kommst du wirklich klar?«, fragte Noah durch die Tür.

»Ja. Wirklich.« Ich putzte mir die Zähne, um den schalen Geschmack in meinem Mund loszuwerden. Dann kehrte ich meinem desaströsen Spiegelbild den Rücken zu und stellte mich unter die Dusche.

Das warme Wasser sorgte dafür, dass es mir besser ging. Für einen Moment wünschte ich mir, dass Noah hier mit mir unter der Dusche stünde. Meine Nippel wurden hart, und ich verdrehte über mich selbst die Augen. *Träum weiter, Ida, das passiert niemals!*

Ich nahm mir Duschgel, seifte mich ein, und wusch meine langen Haare, um das prickelnde Gefühl abzuschütteln. Aber es gelang mir nicht.

Immer noch erregt stellte ich das Wasser ab und wickelte mich in ein großes, weiches Handtuch. Ich wollte Noah, egal wie sehr ich das Ziehen in meinem Körper und vor allem zwischen meinen Beinen zu ignorieren versuchte. Ich erinnerte mich an das Gefühl von seinen Händen auf meinem Körper und sehnte mich danach. Und mit einer nie gekannten Heftigkeit wünschte ich mir, dass er mich zwischen meinen Beinen eroberte, in mich drang, mich nahm.

Die Vorstellung erregte mich so sehr, dass ich zitterte und mich kurz am Waschtisch festhalten musste, weil sich alles um mich herum drehte. Ich atmete mehrmals tief durch, und als ich wieder sicher stehen konnte, frottierte ich mir die Haare, bis sie nicht mehr tropften, und ordnete sie notdürftig mit den Fingern, weil ich keine Bürste zur Hand hatte.

Leise klopfte es. »Alles in Ordnung bei dir, Ida?«

Ich zuckte zusammen. »Du bist tatsächlich noch hier?«

Als ich die Tür öffnete, stand Noah da, jedoch nicht mehr in seiner Abendgarderobe, sondern in Schlafshorts und mit von der Dusche feuchtem Haar. Sein Blick wanderte über mein Gesicht, meine Schultern, das

Handtuch, in das ich eingewickelt war. Und er schien zufrieden zu sein. »Hier, zieh das an!« Er reichte mir ein graues T-Shirt, das er wohl gerade hatte anziehen wollen.

»Warum bist du noch hier?« Misstrauisch starrte ich auf das Shirt, ohne es zu nehmen.

»Wenn du es nicht selbst anziehst, mach ich das.«

»Antworte mir!«, beharrte ich und schluckte, als ich sah, wie er stattdessen auf mich zukam. Er führte erst einen Arm, dann den zweiten durch die Öffnungen, raffte den Stoff, steckte meinen Kopf durch den Ausschnitt und ließ schließlich das Shirt tiefer fallen. Erst dann zog er das Handtuch weg, das schwer zu Boden fiel.

»Und jetzt ab ins Bett mit dir!« Noah packte mich, hob mich hoch, und bevor ich protestieren konnte, lag ich unter meiner Decke.

»Das muss ein Traum sein«, murmelte ich. Oder ich war in der Dusche ausgerutscht und hatte mir den Kopf gestoßen.

»Warum glaubst du das?« Noah löschte das Licht, krabbelte zu mir unter die Decke und zog mich an sich. Seine Hüften drückten gegen meinen Hintern und er schlang seinen Arm besitzergreifend um meine Taille. Er strich Haare aus meinem Nacken, und Sekunden später spürte ich seinen warmen Atem auf meinen Schultern.

»Darum.« Diesmal war ich es, die keine Antwort gab. Hitze schoss durch meinen Körper, und ich war mir sicher, dass er es merkte, denn dort, wo unsere Haut aufeinandertraf, klebten wir aneinander.

»Schlaf«, murmelte er und drückte einen Kuss in meinen Nacken.

Wie stellte er sich das vor? Mir schossen jede Menge

Dinge durch den Kopf, aber ganz sicher nicht schlafen. Mutig drückte ich meinen Po gegen seine Hüfte und seufzte, als ich seinen harten Schwanz spürte. Sofort wiederholte ich die Bewegung und spürte mehr Wärme heiß durch jede Faser meines Körpers schießen. Ja, ich wollte ihn, jetzt und hier.

»Lass das«, stöhnte er. »Wir haben jetzt keinen Sex, Ida.«

»Aber du –«

»Schlaf, verdammt noch mal.« Noah schob mir sein Knie zwischen die Beine und legte sein anderes Bein über meine Hüfte. Nun lag er fast auf mir und vereitelte damit jeden meiner Versuche, mich zu rühren.

Dummerweise steigerte das mein Verlangen noch mehr. Ich dachte an die Frau am Andreaskreuz und stellte mir vor, ich hätte dort gehangen und Noah hätte mit mir gespielt. Nie im Leben hätte ich den Mund so lange halten können wie sie. Und ich wäre gekommen. Ganz sicher.

Statt wegzudösen, ging mein Atem flacher, und ich spürte heißes Verlangen zwischen meinen Beinen.

»Sag bloß, so mit mir zu liegen, macht dich an?« Noah drückte sein Knie härter gegen meine Scham, und ich stöhnte. »Antworte mir!«

Keine Ahnung, was mich da ritt, aber ich sagte ja, heiser vor Lust.

»Nun, das ist Pech für dich.« Sein Griff wurde fester und er biss mir ins Ohrläppchen. »Für die Nummer heute Abend hast du dir leider keinen Sex mit mir verdient. Und jetzt schlaf!« Er kuschelte sich wieder an mich, und ich bekam Gänsehaut, als sein Bart mich im Nacken kratzte.

»Aber –«

»Ida!« Seine Stimme klang finster und so, als wollte ich

nicht herausfinden, was er machte, wenn ich noch einmal Widerspruch erhob.

»Gut«, piepste ich und entspannte mich unter seinem Körper. Mit jeder Sekunde, die ich mich nicht rührte, spürte ich einen seltsamen, nie gekannten Frieden, der jede Faser von mir befiel, und ich merkte, wie er einschlief und selig seufzte.

Himmel! Dass ein einziger Ton mich erneut so scharf machen konnte!

Ich biss mir auf die Lippen, um nicht vor Frust zu schreien, so unbefriedigt war ich. Und unwillkürlich wunderte ich mich, warum Noah plötzlich so anders war. Wer war die Frau im Club gewesen? Und wo war sie jetzt? Machte er das öfter mit ihr? Und was, wenn Miranda uns hier fände? Soweit ich wusste, schlief sie eine Etage über uns. Aber er war nicht bei ihr, sondern bei mir.

Seine Hand bewegte sich schläfrig unter mein Shirt und legte sich auf meinen Busen. Sein Atem ging dabei ganz ruhig, aber meiner raste wie kurz vorm Kollaps.

Nein, ich konnte nicht schlafen. Ich wollte ihn.

Kapitel 13

Sobald sich nach Stunden des Wachliegens die Gelegenheit ergab, Noahs erotischer Nähe zu entkommen, ohne ihn zu wecken und ihn um seinen Schlaf zu bringen, ergriff ich sie. Ich glitt aus seiner Umarmung und stieg vorsichtig aus dem Bett. Im Bad machte ich Licht, nahm mir Wasser und trank, um meinen glühenden Körper abzukühlen.

»Alles in Ordnung?«, brummte es hinter mir im Halbdunkel.

Ich erschrak und drehte mich um.

Noah stand mit zerzausten Haaren und freiem Oberkörper in der Tür. Ich hatte ihn zwar schon nackt gesehen, doch der Anblick ließ neue Lust und Hitze durch meinen Körper schießen, und es gelang mir gerade so zu nicken.

»Ich hatte Durst.« Ich zeigte auf das Zahnputzglas, das ich mir genommen hatte, und atmete schneller.

»Sicher, dass du nicht auch Hunger hast?«

»Sicher.« Keine Ahnung, wann ich zuletzt etwas gegessen hatte, aber je länger wir so dastanden, desto mehr wollte ich ihn. »Hab ich dich geweckt?«, fragte ich.

»Nein.«

»Lügner! Du hättest in deinem Bett schlafen sollen.«

»Und hätte dir das gefallen?«

Gerade als sich meine Körpertemperatur wieder halbwegs normalisiert hatte, schoss auf diese Frage hin neue Hitze durch mich hindurch. »Ja«, sagte ich.

Er legte den Kopf schief. »Und nun lügst du.«

Ich musste es nicht sagen, wir wussten beide, dass er recht hatte. Auch wenn ich kein Auge zutun konnte, ich hatte seine Nähe genossen. Und ja, ich wollte mehr.

Fröstelnd verschränkte ich meine Arme vor der Brust. »Es ist wohl besser, wenn du jetzt gehst. Miranda vermisst dich bestimmt schon in ihrem Bett.«

»Miranda?«

»Weißt du noch, wer das ist?«

Er kam näher und zog mich in seine Arme. Ich ließ es geschehen und krallte meine Finger in seine Schultern. »Miranda braucht mich aber nicht.« Er dirigierte mich zurück ins Schlafzimmer. »Und ich brauche Miranda auch nicht.«

Meine Beine stießen gegen die Bettkante. »Also bleibst du?« Vorhin hatte ich nicht gefragt, aber jetzt tat ich es.

»Nur wenn du das auch möchtest.«

Ich nickte, stellte mich auf die Zehenspitzen und küsste ihn. Ich wusste, dass in diesem Moment nicht nur Lust, sondern auch Gefühle, die ich nicht spüren sollte, meine Sinne benebelten, aber ich konnte meine eigenen Bedürfnisse nicht länger ignorieren. Miranda war mir dabei erschreckenderweise egal. Mein Job war mir egal. Die Konsequenzen waren mir egal. Ich konnte keinen Tag länger aushalten, ohne diesen Mann in mir gespürt zu haben.

Der Kuss wurde intensiver. Noah drängte mich auf das Bett, legte mich hin und beugte sich über mich. Bereitwillig öffnete ich meine Beine, er strich meine Schenkel entlang und drückte sie weiter auseinander. Während unsere Münder sich gegenseitig verschlangen, bewegten sich unsere Hüften von Lust gesteuert aneinander, nur getrennt vom Stoff seiner Shorts, der dort, wo sich unsere Körper trafen, feucht wurde. Ich provozierte Noah, biss ihn und stöhnte, als er mein Gesicht mit beiden

Händen hielt und meinen Mund so benutzte, wie er es für richtig hielt. Seine Zunge neckte meine und jede Berührung schickte kleine Impulse zu meiner Scham, die vor Verlangen pulsierte.

Als er den Kuss unterbrach, gab ich ein sehr unfeines Grunzen des Protestes von mir. Ich ließ mich zurückfallen, als mir klar wurde, dass ich ihn nicht küssen konnte, wenn er es nicht zuließ. Sein Gesicht war meinem ganz nah. Seine Augen funkelten dunkel und seine Haare standen in alle Richtungen ab. Seine Lippen glänzten feucht, wurden jedoch mit jedem Atemzug trockener. Und sie waren geschwollen, bestimmt wie meine, dachte ich.

Mit dem Daumen fuhr er über meinen Mund und sah mich an, wie ein Kater, der ein Mäuschen zum Spielen unter seiner Pfote hat. »Wenn wir hier weitermachen, dann gibt es kein Zurück, Ida.«

»Warnst du mich vor dir selbst?« Wärme durchflutete mich. »Das machen nämlich nur die guten Typen.«

»Verhauen gute Typen auch Frauen, die an einem Kreuz hängen?«

»Du willst mir nur Angst machen.«

»Klappt es?« Sein Daumen strich federleicht über mein Gesicht, als wäre ich aus Porzellan und könnte zerbrechen.

»Nein.«

»Aber du zitterst.« Langsam fuhr er mit seinen Fingern tiefer und rieb durch den Stoff des Shirts meine harten Nippel. Meine Brust hob und senkte sich heftig, und ich keuchte erstickt, als er plötzlich hart zudrückte. »Vielleicht solltest du Angst haben?«

Matt schloss ich die Augen. Mir schwirrte der Kopf. Ja, vielleicht sollte ich Angst haben. Aber je länger dieser Mann auf mir lag, desto kleiner wurde sie.

Sanft küsste er meine Lippen. »Sieh mich an, Ida!« Gehorsam öffnete ich die Augen. »Dir hat gefallen, was du heute gesehen hast?«

Ich nickte.

Er drückte mir einen alles verschlingenden Kuss auf die Lippen. Dann wich er wieder zurück und stützte sich über mir auf. »Sag es laut!«

»Ja«, seufzte ich.

»Lauter!«

»Ja, mir hat gefallen, was ich heute gesehen habe.«

»Was genau?« Noah setzte seine süße Folter fort.

Ich schluckte. »Dir zuzuschauen …« Ich atmete schwer und spulte die Ereignisse vor meinem geistigen Auge ab. »Wie du sie berührt, ihr Lust verschafft, sie zum Zittern gebracht hast.« Ich stockte.

»Und wärst du gerne an ihrer Stelle gewesen?«

Ich biss mir auf die Lippen und rang mit mir. So eine starke physische Reaktion kannte ich nicht von mir, aber wenn er noch einmal diese Frau erwähnte, dann würde bestimmt etwas Unschönes passieren.

»Du hast überhaupt keinen Grund, eifersüchtig auf sie zu sein«, sagte er.

Ich funkelte Noah wild an und zerrte an meinen Handgelenken. Erst dadurch wurde mir klar, dass er mich gefangen hielt und ich nicht freikäme, wenn er es nicht wollte. »Du bist zu ihr gegangen, nachdem wir heute am Set beide einen Orgasmus hatten. Warum, verdammt?«

»Weil ich mehr von dir wollte. Ich hab mit Miranda darüber gesprochen, und sie meinte, ich soll dir noch etwas Zeit geben. Du könntest überfordert sein, wenn ich auf die Art mit dir spiele, die ich am meisten liebe«, sagte er und beobachtete sehr genau, wie seine Worte auf mich wirkten.

Die unterschiedlichsten Gefühle überfluteten mich. Glück, weil er mehr wollte. Wut und Eifersucht, dass er mit Miranda statt mir geredet hatte. Wärme, weil er auf mich Rücksicht nahm. Und Lust auf all die Schweinereien, auf die er stand.

»Bist du oft in dem Club?«, fragte ich.

»Was heißt oft für dich? Einmal die Woche? Nein. Einmal im Monat? Kommt vor. Aber jetzt bin ich hier.« Er drückte seine Hüften gegen meinen Schritt, und ich wimmerte erregt. »Warum hast du deine Meinung geändert, Ida? Warum gibst du plötzlich nach und willst mich?«

»Keine Ahnung.« Ich lachte freudlos. »Die meiste Zeit finde ich dich total überheblich und besserwisserisch und ich fühle mich klein, obwohl ich diejenige mit zig Förderpreisen bin und du nichts hast, nicht mal einen Oscar.« Ich biss mir auf die Lippe, da ich Angst hatte, zu weit gegangen zu sein. »Aber dann, wenn wir diese Rollen spielen und du mich berühren musst, dann ändert sich das plötzlich. Ich sehe etwas, und ich will es, mit jedem Tag mehr.« Verwirrt schüttelte ich den Kopf. »Warum willst du mich?« Sein Schwanz zuckte, und ich rollte mit den Augen. »Mal abgesehen vom Offensichtlichen.«

Er lachte leise, beugte sich zu mir und küsste meinen Hals. »Ich hatte schon verdammt viele Frauen, vor und hinter der Kamera. Ich sehe, wenn sie mir etwas vorspielen. Ich sehe in ihren Augen sehr genau, was sie wollen. Erinnerst du dich an unsere erste Szene?«

Ich stöhnte leise.

»Ich schätze, das ist ein Ja.«

Wie hätte ich diesen Moment vergessen können? Ich stolpernd. Wie er mich auffing. Da war es bereits passiert. Irgendetwas.

»Du warst so überrascht und neugierig und unglaublich erregt. Dabei war kaum etwas passiert. Du warst perfekt in deiner Rolle. Die reinste Unschuld und zugleich unglaublich versaut.« Er atmete schwer. »Und ich wusste, dass du es nicht spielst, Baby. Deshalb wollte ich dich.« Er knabberte an meinem Ohrläppchen, und ich legte meinen Kopf auf die Seite, damit er meinen Hals berühren konnte. Genau wie vor wenigen Tagen lief mir dabei ein verräterischer Schauer über den Rücken, und Noah gab einen zufriedenen Laut von sich.

»Und jetzt?«, fragte ich. Feuchtigkeit lief mir die Schenkel herunter, und wir hielten für einen Moment den Atem an.

»Was jetzt?«

»Schlafen wir jetzt endlich miteinander?« Nicht, sehr subtil, ich weiß.

♥

Sein Schwanz zuckte. »Was?«

Ich zerrte mit meiner freien Hand an meinem Shirt, zog es mir über den Kopf und wand mich, als es an meinen Handgelenken hängenblieb und Noah verhinderte, dass ich freikam. »Du hast mich gehört. Schlaf mit mir! Und dann mach, was immer du willst.«

»Bist du sicher, dass du alles meinst?«

»Harter Sex?«, fragte ich kess nach. Er stöhnte. »Ich gefesselt, dir wehrlos ausgeliefert?« Sein Atem ging heftig. »Süß gefoltert?« Ich dachte an den Klaps auf den Po, den mir Eric versetzt hatte, und meine Muschi zuckte in freudiger Erwartung. »Mein Hintern zartrosa?« Er zitterte, befreite mich ganz vom Shirt und sein Griff um meine Hände wurde schmerzhaft. Seine Finger, die durch meine Haare gefahren waren, krallten sich in meine Mähne. Gleich würde er sich nicht mehr beherrschen.

Ich lächelte und spielte meinen letzten Trumpf, die Vernunftkarte, in diesem so unvernünftigen Spiel. »Du weißt, worum es in dem Film geht. Zeig es mir! Bevor ich wieder vor der Kamera austicke. Sieh es als eine Vorbereitung an. Mir zuliebe.« Ich atmete heftig. »Alles, was du tun musst, ist, mit mir zu schlafen. So fängt es an.«

»Sag es mir noch mal!«

Ich nickte. »Ja. Nimm mich, bitte, Noah. Nimm mich!«

Sein Blick veränderte sich. Zweifel verschwanden von seinem Gesicht. Lust ließ seine Augen dunkel glänzen. Entschlossenheit verhärtete seine ohnehin markanten Züge.

Noah erhob sich und streifte sich seine Schlafshorts ab, und ich nahm seinen Anblick in mich auf. Seine breiten Schultern, die Muskeln an seinem Bauch, die feine Haarlinie, den großen Schwanz, der aufrecht stand, seine kräftigen Oberschenkel. Kein Wunder, dass er mal gemodelt hatte.

Als er zu mir aufs Bett stieg, wurde mein Mund trocken. Entgegen meiner vorherigen Aussage hatte ich Angst, wie wahnsinnig, weil ich nicht wusste, was passieren würde, weil es für die Realität kein Drehbuch gab.

»Sagst du mir, wie du vorgehen willst?«, fragte ich heiser.

»Wo bliebe denn da der Spaß?« Seine Hand fuhr über meine Füße, meine Wade, höher zu meinem Oberschenkel und schließlich zwischen meine Beine. Ich zuckte zusammen und presste mich automatisch an ihn. Doch seine Hand zog weiter und verteilte einen feuchten Streifen meiner Lust auf dem Weg zu meinem Busen, wo er nun mit meinen Nippeln spielte. »Nicht so schnell. Nichts in der Welt bringt mich dazu zu hetzen.

Wir haben Zeit.«

Die Worte machten mich atemlos und meine Gedanken wirbelten umher. Ich brauchte ihn, krallte mich in sein Haar und zog sein Gesicht zu mir, damit er mich wenigstens küsste.

Noah lachte. »Gefällt mir, dass du so leicht die Kontrolle verlierst.« Er rieb seinen harten Schwanz an meiner nassen Spalte. »Aber deshalb verliere ich sie noch lange nicht.«

»Bevor ich zustimme, hätte ich die Bedingungen aushandeln sollen«, fluchte ich, bekam aber meinen Kuss.

»Wie gut, dass du daran nicht gedacht hast«, sagte er. Wir neckten uns, und während wir uns küssten, fuhr er mit seiner Hand wieder tiefer und schob zwei Finger in mich.

Wimmernd schnappte ich nach Luft und krallte mich ins Laken. »Du meine Güte!«

»Geil?«, fragte er und krümmte die Finger.

»Wie kommst du nur darauf?« Ich war meinem Höhepunkt so verdammt nah, dass alles, was ich tun konnte, war, mich an Noah zu klammern, seine Berührungen geschehen zu lassen und ihn zu küssen, wann immer ein Teil von ihm in Kussweite kam. Seine Lippen, seine Schultern, sein Hals, sein Kinn.

Er lachte, zog seine Finger aus mir heraus und glitt mit seinem Schwanz meine feuchte Scham entlang.

»Mach schon, bitte, Noah!«

Wir stöhnten beide, als seine Eichel in mich eindrang.

»Fuck, Ida, bist du eng!« Zitternd hielt er inne. Schweiß stand ihm auf der Stirn, seine Haut glühte und in seinen Augen lag ein intensiver Glanz. Nie hatte ich einen Menschen so schön gefunden. Er hatte nichts mehr mit dem Noah Miller gemeinsam, den die ganze Welt kannte. Das hier war mein Mann und die Erkenntnis, dass ich ihm gehörte so wie er mir, ließ meine Haut kribbeln.

»Mach weiter!«, bettelte ich.

Langsam drang er tiefer, bis unsere Körper eins waren. »Du fühlst dich wundervoll an, Ida.«

»Du dich auch.«

»Dein Höhepunkt ist nah?«, fragte er, ohne mich aus den Augen zu lassen.

»Oh Gott, ja.«

Er massierte meinen Kitzler. »Dann wollen wir dich mal erlösen. Komm, Ida! Komm für mich, Baby. Fick mich, Ida!«

Wie von Sinnen tat ich, was er verlangte und hob und senkte mein Becken schneller und schneller, um ihn so zu spüren, wie ich ihn brauchte, ihn so zu benutzen, wie ich es mochte. Und dann riss die Lust mich mit, wie Applaus, der auf einen niederprasselt und jeden klaren Gedanken übertönt. Ich spürte das Beben bis in den kleinsten Zeh. Und gerade als ich das Gefühl hatte, dass der süße Schleier sich lüftete, nahm Noah mich.

»Schau mich an!«, raunte er mir zu, und gehorsam öffnete ich die Augen, sah in sein Gesicht, fuhr ihm durch die Haare und küsste seine Lippen.

Ich spürte, wie mein Körper schon wieder bebte und ein zweiter Orgasmus nicht weit entfernt war. Ich versuchte, mir den Ausdruck auf seinem Gesicht einzuprägen, um ihn später in seine Einzelteile zerlegen zu können. Ich sah Lust in seinen Augen. Stolz. Zufriedenheit.

»Oh mein Gott!«, stöhnte ich und kniff meine Augen zusammen, schlang meine Beine um ihn und überließ mich seinen Stößen. Bevor meine Augen ihm all meine Gefühle verrieten. Das hier war mehr als Sex. Ich machte Liebe mit ihm und spürte einen sinnlichen Gefühlscocktail, der mir den Atem raubte.

»Ich mag es nicht, wenn man wegschaut.« Seine Zähne bissen mich am Hals.

Meine Augen flogen sofort auf.

»So ist es gut, Baby.« Er bewegte sich schneller in mir, und ich konnte nichts tun, als mich an ihn zu klammern. »Aber eine kleine Strafe muss sein.« Seine Hüften hämmerten wie wild gegen mich, wir drehten uns, und kaum lag ich oben, schlug er mich auf den Hintern. Meine Muschi zuckte vor Lust. »Sag mir, dass dir das gefällt!« Seine Hand streichelte über meine brennende Haut.

»Ja!«, schrie ich, ohne nachzudenken.

»Sag mir, dass du mehr willst!«

»Bitte, gib mir mehr!«

Wieder bekam ich einen Klaps, brennender.

Noch nie hatte mich ein Mann so benutzt, und es war genau das, was ich brauchte. Hart und schmutzig. Ich atmete im Rhythmus seiner Stöße. Jede Faser seines Körpers war angespannt. Er griff grob in meine Haare und es machte mich an, dass er mich nahm. Und ich wollte immer noch mehr und wand mich, als er mich küsste, mir wild in den Hals biss und meine Brüste so fest packte, dass sich Schmerz und Lust mischten, und ich nicht anders konnte als zu schreien.

»Ja, so ist es gut, Baby. Wehe, du hältst was zurück!«

Meine Muschi verengte sich bei seinen Worten, weitere Schläge folgten und bevor ich kam, drückte er mich wieder auf die Matratze und übernahm die Kontrolle. Ich wollte mehr von seinem Schwanz, schlang meine Beine um seine Hüften und zog ihn zu mir.

Stöhnend ließ er seinen Kopf neben mir ins Kissen fallen. Seine Hand fuhr zwischen unsere Körper und massierte meine Klit, und ich zuckte immer heftiger. »Komm noch mal für mich, Baby! Jetzt!«

Wie auch immer er das machte: Ich explodierte und

wand mich unter seinen Stößen. Jede Faser meines Körpers zitterte. Ich schrie irgendwelchen Blödsinn und stöhnte laut vor Lust. Ich bekam gar nicht genug von dem Gefühl und zuckte erneut, als er zitternd in mir kam und sein Sperma in mich spritzte. Auf seinem Höhepunkt war jeder Muskel angespannt, seine eine Hand verschränkte sich schmerzhaft mit meiner, die andere packte meine Haare so fest, dass ich mich ihm nicht entwinden konnte und seine Küsse gemischt mit seinen Lauten der Lust schluckte. Dann brach er auf mir zusammen und wir beide holten zitternd Luft.

»Wow!« Mein ganzer Körper kribbelte bis in die Fingerspitzen. Er war immer noch in mir, und als er sich bewegen wollte, protestierte ich. Ich konnte mir gar nicht vorstellen, je wieder ohne ihn zu sein.

Als wüsste Noah, was ich meinte, drehte er uns und zog mich zu sich, sodass ich breitbeinig auf ihm lag und mich an ihn schmiegen konnte.

Was auch immer ihm durch den Kopf ging, sein Penis wurde wieder hart, und ich grinste. »Bist du immer so unersättlich?«

»Sagt die Frau, deren Muschi sich gerade um meinen Schwanz zusammenzieht.«

»Das spürst du?« Erschöpft hob ich den Kopf und begegnete seinem warmen Blick.

»Ja, das spüre ich. Und es gefällt mir.« Er legte seine Arme besitzergreifend um mich, als könnte ich auf die Idee kommen, ihn jetzt zu verlassen. »Aber für heute hast du genug, Baby, glaub mir. Schlaf einfach!« Er drückte mir einen Kuss auf die Stirn.

»Blödsinn. Ich brauch nur eine kleine Pause. Wehe, du schläfst ein«, nuschelte ich.

Eingelullt schloss ich die Augen. Noah hatte recht, ich hatte genug.

»Was ist letzte Nacht passiert?«, fragte Eric.

»Was denkst du denn, was?«, hörte ich Noah antworten.

Ich war mit einem furchtbaren Muskelkater aufgewacht, und als ich statt Noah ein Kärtchen mit der Aufschrift ›Mach uns Frühstück‹ neben mir gefunden hatte, war ich aufgestanden und mitten reingeplatzt in eine Unterhaltung zwischen Noah und seinem Manager.

Als Noah mich bemerkte, lächelte er. »Morgen, Baby. Gut geschlafen?«

Welche Antwort auch immer Eric auf der Zunge lag, er schluckte sie herunter, musterte mich und schenkte Kaffee in eine Tasse, die er mir reichte.

»Mmh, verdammt gut«, murmelte ich und strahlte, als Noah mich an sich zog und mir einen feuchten, süß schmeckenden Kuss auf die Lippen drückte, den ich jedoch nur für fünf Sekunden erwiderte. Suchend sah ich mich um.

»Die Pancakes stehen im Ofen, damit sie warm bleiben«, sagte er und schmunzelte.

»Gibt es auch Sirup?« Ich nahm mir aus dem Schrank einen Teller und zog die Ofentür auf. Noah drückte mir einen Topflappen in die Hand und strahlend zog ich die Pfanne aus dem Ofen und belud meinen Teller.

»Ahornsirup, Marmelade, Butter, Blaubeeren …«, zählte er auf.

»Ich bin im Paradies!« Wie auf Wolken schwebte ich mit dem Teller Pancakes, diversen Beilagen und meinem Kaffee an den Tresen und schwang mich auf einen der Hocker. Wo ich mein Gesicht vor Schmerzen verzog, aber grinste. Noah gesellte sich zu mir, und ich schlug ihm auf die Finger, als er sich ein Stück stibitzen wollte.

»Ich dachte, du hättest schon.«

»Irgendwie bekomm ich nie genug.« Noah drehte sich zu Eric um. »Vielleicht kannst du die Dreharbeiten für heute absagen?«

Ich stutzte und ließ die Gabel mit dem nächsten Bissen in der Luft schweben. »Wieso das denn?«

Noah warf mir einen vielsagenden Blick zu. Er wollte mich wieder in seinem Bett haben.

Ich grinste. Aber die Nacht hatte meine Prioritäten nicht verändert. »Wenn es *danach* geht, müssten wir den Film um Wochen verschieben.« Eher könnte ich nicht die Finger von ihm lassen. »Wie spät ist es denn?«

»Neun«, sagte Eric, ohne dass er auf eine Uhr sehen musste.

»Dann sag allen, ich hätte Migräne. Aber jetzt ginge es. Wir kommen um zehn Uhr.«

»Aber –« Noah presste seine Erektion an mich und sah mich lange an. Dann atmete er tief durch und seufzte ergeben. »Du hast es ja gehört, Eric: Meine bessere Hälfte sagt, wir kommen um zehn.«

Eric grinste breit. »Sehr gut, ich sag allen Bescheid.« Er stellte seinen Kaffeebecher in die Spülmaschine und griff nach seinem Handy. Bevor er verschwand, wandte er sich noch mal an mich. »Was auch immer du mit diesem Playboy dort angestellt hast, mach weiter! Du hast einen *wirklich* guten Einfluss auf ihn.«

Sobald Eric außer Sichtweite war, verfinsterte sich Noahs Miene. »Ab auf den Küchentisch mit dir!«

»Wie bitte?« Ich schluckte mühsam den nächsten Bissen runter. Noah nahm mir die Gabel aus der Hand, und mir wurde klar, in welche Richtung sich mein Frühstück entwickelte. Etwas ungeschickt kletterte ich vom Barhocker auf den Tisch. Als er meine Beine spreizte und sich dazwischen stellte, sog ich scharf die Luft ein und war schon wieder ganz feucht. »Was tun wir hier?«

»Du hast doch Eric gehört. Du hast einen guten Einfluss auf mich und du sollst ihn weiter geltend machen.« Er lachte, beugte sich vor, grub seine Hände in mein Haar und küsste mich. Und ich küsste ihn. Ich legte meine Hände um seinen Hals und drückte meine Mitte gegen seine. Sein Atem wurde meiner und je länger unsere Münder übereinander herfielen, um so schöner wurde das Kribbeln in meinem Bauch.

»Ich kann es gar nicht erwarten, das allen zu erzählen«, hauchte ich an seinen Lippen.

Er versteifte sich in meinen Armen.

»Was ist?« Ich runzelte die Stirn und rüstete mich für die Antwort, je ernster er mich anschaute.

»Ich weiß, das ist nicht ideal, aber wir sollten das hier, so lange es geht, für uns behalten.«

»Das kann nicht dein Ernst sein! Warum? Eric weiß doch auch Bescheid?«

»Die Presse würde uns keine Ruhe mehr lassen. Wir sollten erst die Dreharbeiten beenden und etwas Gras über die Sache wachsen lassen. Vertrau mir, das ist besser so.«

»Feigling.« Ich verstand, was er meinte, aber es tat weh. So behandelte man keinen Menschen, der einem etwas bedeutete, sondern eine Eroberung. Hatte ich mich denn so in diesem Mann getäuscht? »Ich glaub, ich sollte mich anziehen«, sagte ich so frostig, dass man damit das Schmelzen der Polkappen hätte rückgängig machen können, rutschte vom Tresen und ließ ihn stehen. »Und du auch. Sonst kommen wir zu spät zum Dreh.«

Kapitel 14

Je länger ich wartete, bis Noah auch so weit war, dass wir fahren konnten, desto wütender wurde ich. Aufgebracht lief ich auf und ab und schnappte mir die Heckenschere, die der Gärtner liegen gelassen hatte, und bearbeitete einen Busch, der eigentlich keinen Schnitt brauchte.

Warum zum Henker stellte er mir wochenlang nach, nur um jetzt so einen Mist vorzuschlagen? Wie konnte man sich nur so fürsorglich benehmen und auf der anderen Seite so ein Idiot sein? Ich verstand es einfach nicht. Kein bisschen.

»Alles okay?«

Ich warf einen Blick über meine Schulter und verarbeitete den Strauch weiter zu Kleinholz. Miranda stand dort, perfekt zurechtgemacht, und ich fragte mich, wie viel sie von dem, was hier passierte, wusste.

»Also offensichtlich nicht.«

Schnitt, Schnitt, Schnitt.

»Was hat er angestellt?«, fragte sie, als ob ich *ihr* das erzählen würde.

Ich hatte mit ihrem Freund geschlafen, und wenn die Rollen vertauscht wären, dann würde ich jetzt zur Heckenschere greifen und ihr mindestens etwas Angst einjagen.

Ich stand auf und begutachtete mein Werk. Der neue Look des Busches ruinierte die Zen-Atmosphäre auf der Terrasse.

»Weißt du, neulich am Set, da hätte ich ihn auch umbringen können. Erst verspricht er, für die Kinderkrebshilfe zu spenden, und dann vergisst er es einfach so. Dabei brauchen die das Geld dringend.« Sie grinste. »Aber es war keine Absicht. So ist er nicht. Er war mit den Gedanken nur woanders.«

»Nimm es mir nicht übel, Miranda, aber ich muss jetzt los.«

»Hey, warte doch mal!« Sie packte mich am Arm. »Ist wirklich alles okay? Mit dir und zwischen euch?«

»Miranda, bitte.« Ich versuchte, mich zu befreien.

»Liegt es an mir?«, fragte sie. »Ich würd mir nämlich wirklich wünschen, dass wir Freundinnen werden.«

»Wie bitte?« Meine Stimme klang schrill.

»Du tust ihm gut.«

Ich verzog mein Gesicht, als würde mich jemand ohne Narkose am offenen Herzen operieren.

»Und ich glaube, er tut dir auch gut.«

Ich konnte das Offensichtliche nicht länger für mich behalten: »Warum stört es dich gar nicht, dass wir miteinander geschlafen haben?«

»Du meinst, warum ich nicht eifersüchtig bin, dir Chlorreiniger in den Kaffee kippe oder deine Zahnpasta mit Sekundenkleber austausche?« Sie lachte amüsiert über meinen Gesichtsausdruck. »Keine Sorge. So was mach ich nicht. Ich kümmere mich um krebskranke Kinder, hallo?«, erinnerte sie mich, als wäre sie enttäuscht, dass ich so humorlos reagierte. »Ich dachte wirklich, du wüsstest es und er hätte es dir endlich erzählt. Männer!«

Ich verstand gar nichts mehr.

»Noah und ich sind schon seit Jahren befreundet. Wenn er eine Begleitung gebraucht hat, bin ich eingesprungen. Wenn ich Spendengelder brauchte, hat er geholfen, sie einzusammeln. Und ja, wir schlafen miteinander. Ab und zu. Früher mehr. Jetzt gerade gar nicht. Und ich vermute mal, du bist der Grund. Und das freut mich für ihn. Endlich hört er auf, all diese ungesunden Beziehungen mit all diesen hohlen Schönheiten zu führen, und sucht sich mal jemanden, der ihm das Wasser reichen kann. Du bist ihm wirklich wichtig, Ida.«

Er mir auch, dachte ich und merkte, wie mir zumindest eine Last von den Schultern fiel. Ich war nicht so etwas wie eine Ehebrecherin, die eine perfekte Beziehung zerstörte. Ich war einfach nur die Neue. Laut Miranda sogar die Eine.

»Willst du mir jetzt sagen, was los ist, Ida?«

Trotz allem, was sie mir gerade erklärt hatte, zögerte ich. Ich sah sie nachdenklich an, und mir wurde klar, dass sie Noah und das Business schon sehr lange kannte und vielleicht der einzige Mensch war, der mir wirklich einen Rat geben konnte. »Er will niemandem von uns erzählen«, sagte ich. »Und das fühlt sich nicht richtig an.«

»Dieser Idiot«, fluchte Miranda. »Aber ich bin mir sicher, er macht das nur, um dich zu schützen. Über *Mehr als Liebe* wird schon genug getratscht. Wenn jetzt noch rauskommt, dass die Hauptdarsteller zusammen sind, dann dreht ganz Hollywood durch. Und glaub mir, ich weiß, wovon ich spreche. Ich hab das oft genug mitgemacht.«

»Ich brauch aber niemanden, der mich beschützt. Ich kann das alleine«, grummelte ich. »Und das sollte er wissen.«

»Bist du dir sicher, denn …« Sie sah auf meine Waffe und lachte. »Okay, ich bin auf deiner Seite. Was hast du vor?«

»Ihm Stress machen. Was sonst?«

»Wohooo«, jubelte Miranda. »Dich schickt wirklich

der Himmel. Zeig ihm mal echte Frauenpower! Ich bin ganz bei dir. Nur versprich mir eines.« Sie legte eine Pause ein. »Halt dich von der Heckenschere fern.«

Ich grinste. Fühlte sich gut an, eine Verbündete zu haben. Und ich hatte einen Plan.

»Sex kannst du dir erst mal abschminken«, verkündete ich zuckersüß auf dem Weg zum Set und rutschte im Wagen von Noah weg.

»Das hältst du doch nie im Leben durch«, sagte Noah.

»Ach ja? Ich bin die, die vor dir drei Jahre lang enthaltsam gelebt hat. Und auch die letzten Wochen hatte ich mich doch ganz gut im Griff.«

Er lächelte, rutschte zu mir ran, legte seinen Arm um mich und zog mich an seine Schultern. »Deal.«

Stirnrunzelnd musterte ich ihn. »Warum stört dich das nicht mehr?«

»Es gibt ja noch andere Sachen außer Sex, die wir machen können.« Noah küsste mich. »Das reicht mir erst mal, wenn du dafür nichts sagst. Ich kann sehr geduldig sein und geb mich eben auch mit kleinen Schritten zufrieden.«

Okay, mein Plan war nicht ganz durchdacht gewesen. Aber mitgefangen, mitgehangen. Ich war erneut wütend, jetzt jedoch mehr auf mich als auf ihn.

Ich küsste ihn ebenfalls, ließ meine Hände über seinen Oberkörper wandern, immer tiefer, bis ich seinen Schwanz wie zufällig streifte. »Wir werden ja sehen, wie lange das gut geht, nicht wahr?« Lieblich lächelnd und zufrieden mit der Beule in seinem Schritt lehnte ich mich wieder in meinen Sitz zurück.

Zeit, mit den Waffen einer Frau zu kämpfen!, sagte ich mir, schließlich wollte ich keine Affäre von Noah Miller sein, sondern seine feste Freundin.

Während Noah sich bereits mit dem Hubschrauber vertraut machte, mit dem wir heute auf dem Dach des Penthouses drehen würden, hing ich in der Garderobe fest. Christopher zupfte mich am Ärmel, an der Taille und am Rücken meiner Bluse, als wäre ich eine Puppe.

»Ich dachte, besser was Weites, als wenn sie alles durchschwitzt. Es ist heute echt heiß«, erklärte Francine ihm die Auswahl. Und sie hatte recht, der Tag war ungewöhnlich heiß. Und es wehte kaum ein Lüftchen. Nicht mal auf dem Dach.

Christopher musterte mich nachdenklich. »Kann ich verstehen. Aber das hier geht nicht. Such ihr was raus, das vom Wind nicht so aufgeblasen werden kann!«

Francine stöckelte los und ich folgte ihr, um mir eine enger geschnittene Bluse abzuholen.

Verzückt stöberte sie durch die Auswahl und reichte mir schließlich freudestrahlend ein neues Modell. »Gefällt mir sogar besser für die Szene«, nuschelte sie.

Warum, verstand ich, als ich die Bluse angezogen hatte. »Weil man meine Unterwäsche sieht?«

Sie musterte mich kritisch. »Du hast recht, das passt gar nicht zur Figur.« Sie legte den Kopf schief. »Los, zieh mal den BH aus!«

»Wie bitte?« Automatisch versteckte ich meinen Busen hinter meinen Händen. Das wurde ja immer besser!

»BH!« Sie machte eine auffordernde Geste, und mir blieb nichts anderes übrig, als das Bustier abzulegen und ihr zu geben. Prüfend presste sie den Stoff der Bluse an meine Brust. Und ich sah, dass man meine Nippel erahnen konnte.

»Christopher, ich finde das nicht gut«, sagte ich und präsentierte mich dem Regisseur.

»Wieso? Anständig und sexy.« Er grinste jungenhaft.

»Wenn ich deine Tochter wäre, würdest du mich so aus dem Haus gehen lassen?«

Er lachte. »Ich hab keine, aber ich weiß, was meine Söhne sagen würden.« Er ersparte uns die Details. »Ärger dich nicht. Du siehst gut aus, Ida. Wir versuchen es.«

Missmutig ging ich auf meine Position.

»Alles okay?«, fragte Noah und musterte mich von Kopf bis Fuß. Ihm gefiel mein Outfit offensichtlich und von der Nippel-Diskussion hatte er nichts mitbekommen. Dennoch brachte mich seine scheinheilige Frage auf hundertachtzig, und neue Wut auf ihn keimte in mir auf.

»Kann dir doch egal sein. Wir sind schließlich nicht zusammen«, kanzelte ich ihn ab und inspizierte ebenfalls den Hubschrauber. Zur Probe kletterte ich ins Innere und setzte die Kopfhörer auf, die man brauchte, um miteinander kommunizieren zu können.

»Du bist noch sauer?« Er lehnte sich an den Hubschrauber, sah zu mir auf und kniff die Augen zusammen, weil die Sonne ihn blendete. »Wir können das gerne später noch mal diskutieren, aber ich bleib dabei, Ida: Es ist vorerst das Beste, wenn niemand mitbekommt, dass zwischen uns was läuft.«

»Ich kann dich nicht hören«, schrie ich mit Absicht lauter als nötig.

»Hey!« Er legte seine Hand auf meinen Oberschenkel, und die Wärme breitete sich von dort erneut in Regionen aus, die heute mal zur Abwechslung nicht warm werden sollten. Er erklomm eine Stufe und schob mir die Ohrschützer vom Kopf. »Tut mir leid, wenn ich dich verärgert habe. Das wollte ich nicht. Ich meine es wirklich nur gut.« Er reichte mir die Hand, als ich aus dem Hubschrauber kletterte, doch ich schüttelte sie ab und schmollte weiter.

Ich wollte keine Entschuldigungen. Ich wollte ihn. Und solange er mir das nicht geben wollte, könnte er sich den Atem sparen. Ich gehörte ganz sicher nicht zu den Frauen, die nach einem Tut-mir-leid sofort einknickten und alles verziehen.

»Seid ihr bereit zum Drehen?«, fragte Christopher und kam zu uns.

Ich verdrängte meinen Ärger. Das hier war mein Job und ich würde ihn gut machen.

»Denkt dran, das ist ein geschäftlicher Ausflug«, sagte er. »Amber ist sauer, weil sie am Wochenende arbeiten muss. Gleichzeitig findet sie diese Helikopter-Nummer aufregend und ist nervös, weil sie mit Braden alleine ist. Braden plant von vornherein, sie zu verführen. Alles klar?«

Noah und ich nickten. Wie schön, dass wir einer Meinung waren.

Damit die Kamera uns aus verschiedenen Winkeln aufnehmen konnte, liefen wir mehrfach zum Hubschrauber hin und zurück. Dabei hatte Noah meine Hand gepackt, als fürchtete er, dass ich alias Amber weglaufen könnte. Und sein Daumen strich immer wieder über meinen Handrücken, wobei ich mir ein zaghaftes Lächeln verkneifen musste, weil er nicht aufgab und auf eine ziemlich niedliche Art versuchte, mich zu besänftigen.

»Kommen Sie, Miss Clarkson!«

»Hätten wir nicht mit dem Auto fahren können?«, fragte ich Noah alias Braden und schob den Henkel meiner Handtasche, die im Begriff war, mir von der Schulter zu rutschen, wieder Richtung Hals.

»Flugangst?« Er sah zur Seite, und mein Herz setzte für einen Schlag aus. Denn Himmel, das war sein Dubist-die-großartigste-Frau-der-Welt-Blick.

»Das hab ich nicht gesagt«, knurrte ich.

»Punkt für Sie, Miss Clarkson.« Er machte ein unglaublich zufriedenes Gesicht. »Fliegen ist die schnellste Art der Fortbewegung. Das ist in meiner Branche, in der jede Minute Geld kostet, unglaublich wichtig.«

»Vielleicht entgeht Ihnen etwas, wenn für Sie schneller gleich besser bedeutet«, stellte ich fest. »Ich jedenfalls möchte mein Leben nicht auf der Überholspur verbringen, sondern es auskosten, Sekunde für Sekunde.«

Noah hinderte mich am Einsteigen. »Glauben Sie mir, wenn ich Ihnen sage, dass es durchaus Dinge gibt, die ich langsam angehe. Sehr, sehr langsam.« Da war er wieder, dieser Schlafzimmer-Blick. Und verdammt, aber ich konnte nicht verhindern, mir die Lippen zu lecken.

»Was spielt es für eine Rolle, was ich glaube?« Ich löste mich von ihm und ging an Bord – doch unsere Unterhaltung war noch nicht beendet.

Noah postierte sich vor dem Einstieg zum Helikopter, als würde er mich nun gefangen halten. »Vielleicht weil ich möchte, dass Sie mich mögen.«

Ich sah, wie die Kamera zu mir heranzoomte und das Licht verändert wurde. Ich ließ die Worte sacken und sagte nach einer Pause: »Was lässt Sie zweifeln, dass ich das nicht längst tue?«

»Ihr Blick, der manchmal so kühl und manchmal so heiß ist. Aber Sie haben recht: Ich habe keinen Grund zu zweifeln, Sie fühlen sich zu mir hingezogen. Obwohl ich auf der Überholspur lebe. Und wenn ich Ihnen jetzt noch beweise, wie gut ich bin, wenn ich langsam vorgehe, dann werden Sie betteln, Miss Clarkson. Betteln.«

»Worum, Mr Forbes?«

»Sie wissen worum.« Noah stieg zu mir in den Hubschrauber und gab mir die Ohrschützer. Er überprüfte den Sitz und kam mir dabei so nahe, dass ich seinen Geruch wahrnahm. »Sex«, sagte er überflüssigerweise und schloss die Tür hinter sich.

»Cut!« Jemand vom Team schob die Tür wieder auf, wir kletterten aus dem Hubschrauber und gingen zu Christopher. »Das war gut«, sagte er.

»Also ich fand es beschissen«, meinte Noah. »Wer hat denn diesen Dialog geschrieben?« Er machte ein Zeichen, als müsste er kotzen.

»Was sagst du?«, fragte mich Christopher.

Bis eben war mir nicht in den Sinn gekommen, dass es auch uns Schauspielern erlaubt war, das Skript zu kritisieren. Wie gut, dass Noah schon seit Jahren in der Branche arbeitete und wusste, wie man sich verhielt.

Ich zupfte an meiner Bluse, die an meiner Haut klebte. »Also wenn ich sauer wäre, weil mein sexy, aber egozentrischer Chef mich braucht und ich deshalb ein Wochenende mit Freunden sausen lasse, würde ich viel mehr rumzicken.«

»Auch wenn du Angst hättest, gefeuert zu werden?« Christopher war Profi, sodass er Einwände nicht einfach an sich abprallen ließ.

Noah nickte mir aufmunternd zu.

»Ja, das würde ich riskieren«, sagte ich. »Amber ist doch keine Vollidiotin. Sie ist unerfahren in der Liebe, aber im Leben eine gestandene Frau, die sich nicht alles kampflos bieten lässt.« So wie ich, fügte mein Blick für Noah hinzu.

♥

Christopher war einverstanden und Rachel, die von ihrem Laptop kurz aufschaute, ebenso. Zu dritt diskutierten wir die Szene, und ich war froh, dass der Konflikt mit Noah für den Moment in den Hintergrund rückte.

Jetzt ging es um die Rolle.

Nachdem wir uns geeinigt hatten, beide Figuren selbstbewusster auftreten zu lassen, legten wir los und improvisierten, was mir schon immer Spaß gemacht hatte. Und es gab auch Noah die Chance zu zeigen, was in ihm steckte.

Neugierig auf das, was gleich passieren würde, hatte sich das Team hinter Christopher und Vincent versammelt. Eric war bei Miranda, Francine wirkte sehr zufrieden mit unserem Aussehen und Jessica stand mit Puderpinsel und Haarspray bewaffnet bereit, falls uns die Hitze zu sehr zusetzen würde.

»Mitkommen!«, befahl Noah als Braden und der Befehlston ging mir durch Mark und Bein. So war er auch im Bett.

»Können Sie mir mal verraten, was das soll?« So schnell es meine Absätze erlaubten, rannte ich ihm auf dem Dach hinterher.

»Wir haben einen Termin!« Ohne sich umzudrehen, lief Noah weiter.

»Hey!« Ich hielt ihn am Ärmel fest, damit er stehenblieb. »Ich hatte auch einen.«

»Aber den haben Sie ja nun abgesagt, oder?« Ein Funken Humor schlich sich in seinen Blick.

Ich stemmte meine Hände in die Seiten. »Ihnen macht das auch noch Spaß, Leute herumzukommandieren, oder was?«

»Sie haben keine Ahnung, wie sehr, Miss Clarkson.« Er grinste entwaffnend, und meine Nippel wurden hart. Was man bei der Bluse sah. Auch er.

Frustriert wollte ich mir die Haare raufen, bremste mich aber gerade noch, um meinen Look nicht zu zerstören und eine Drehpause zu erzwingen.

»Flirten Sie etwa?!«, konterte ich, musterte Noah einmal von Kopf bis Fuß und fand ihn erneut in seinem Anzug verdammt sexy. »Hören Sie auf damit und lassen Sie uns Ihren ach so wichtigen Termin hinter uns bringen.« Ich stürmte weiter auf den Hubschrauber zu, doch nun war es Noah, der mich aufhielt und seine Hand nicht von meinem Arm nahm, selbst als ich stand.

»Wissen Sie, dass ich Angestellte, die so mit mir sprechen, normalerweise feuere?«

»Nur zu!« Ich schüttelte sauer den Arm ab und pikte mit dem Zeigefinger sehr aggressiv gegen seine Brust. »Dann kann ich wieder zu meinen Freunden gehen und mein Leben leben. *Ich* hab nämlich eines.«

»Und Frauen, die so mit mir reden, bekommen ihren wundervollen Arsch versohlt.«

Das nahm mir kurz den Wind aus den Segeln und zwischen meinen Beinen breitete sich eine gefährliche Hitze aus, die hier auf dem Dach nichts zu suchen hatte. »Wirklich?«, keuchte ich.

»Wirklich.« Er lächelte rätselhaft und schaute auf meinen Zeigefinger, der immer noch gegen seine Brust gerichtet war.

Dann fing ich mich und reagierte endlich auf seine Drohung. »Wenn Sie wagen, mir auch nur ein Haar zu krümmen –«

»Es würde Ihnen gefallen«, unterbrach er mich geschmeidig. Verflucht selbstsicher schob er mich mit seinem Körper in Richtung Hubschrauber. Wenn ich ihn nicht zu nah an mich heranlassen wollte, dann musste ich zurückweichen.

»Ich weiß nicht, wovon Sie reden, Mr Forbes. Sie gehen zu weit.« Ich hasste es, in der Defensive zu sein.

»Sie sind hier doch Praktikantin, um zu lernen, also lernen Sie: Ich bekomme, was ich will, Miss Clarkson, weil ich zu weit gehe und es mir nehme. Sie dürfen gerne das Gleiche tun.« Er grinste schief und gleichzeitig verdammt siegesgewiss.

Ich klebte ihm eine. »Hab ich damit meine Lektion gelernt?«

Er rieb sich die Wange und lachte, als wäre das von allen Reaktionen die allerbeste. »Sie haben ziemlich fest zugeschlagen, Miss Clarkson. Sieht man einen Abdruck?«

Damit zwang er mich näherzukommen und ihn zu begutachten, und tatsächlich, meine Hand hatte Spuren hinterlassen. »Die Rötung verschwindet bestimmt gleich.«

Er lächelte immer noch. »Sagen Sie als Expertin für Schläge?« Wieder kribbelte meine Haut, und mein Atem ging flacher. »Wie soll ich das also meinen Geschäftspartnern erklären?« Seine Augen funkelten, und er nahm mich zwischen sich und dem Helikopter gefangen.

»Ich bin mir sicher, die kennen den Anblick.« Ich wand mich. »Lassen Sie mich los, Forbes!«

»Warum sollte ich?« Noah genoss den Moment viel zu sehr, und ich wehrte mich mit aller Macht gegen die Gefühle, die seine Nähe und die Andeutungen in mir auslösten.

»Ich könnte gleich Zuckungen im Knie bekommen«, warnte ich ihn und klimperte unschuldig mit den Wimpern. »Und so wie Sie stehen, könnte das sehr schmerzhaft für Sie werden.«

Er sah mich einen langen Moment an. Abwägend, irritiert. Dann wich er zurück. »Gut, ich hab verstanden, Miss Clarkson. Rein in den Helikopter mit Ihnen!«

Hatte ich den Streit tatsächlich gewonnen?

»Nach Ihnen!«, sagte er großzügig.

Ich ging voraus, spürte seinen Blick auf meinem Hintern und beeilte mich, um mich schnell auf meinen Allerwertesten zu setzen. Und sobald Noah mir folgte und die Tür zuzog, folgte ein Cut.

Christopher baute die Kameras um und gab uns ein Zeichen, dass wir sitzen bleiben sollten. Also verharrten wir im Inneren des Hubschraubers.

»Du hättest nicht so fest zuschlagen müssen«, sagte Noah neben mir und brach damit das Schweigen.

Ich starrte stur geradeaus.

»Du bist immer noch sauer?«

»Ich bleibe nur in meiner Rolle.«

»Ida, bitte! An meinen Gefühlen hat sich nichts geändert. Ich will dich immer noch genauso.«

»Und da liegt das Problem«, sagte ich.

Bevor ich näher ausführen konnte, dass meine Gefühle eben nicht genauso, sondern tiefer geworden waren, und dass ich keinen Schwanz brauchte, sondern mehr, klopfte Christopher von außen gegen die Scheibe, um uns zu signalisieren, dass es weiterging. Jessica schwang noch mal ihren Puderpinsel über uns hinweg, und wir drehten weiter.

»Wo sind die Unterlagen für den Termin?«, fragte ich sehr professionell in meiner Rolle als Amber, während um uns herum grüne Wände standen, auf denen später ein Panorama eingefügt werden würde, sodass der Eindruck entstand, wir würden tatsächlich fliegen.

Noah reichte mir eine Mappe. »Amber?« Sein Tonfall war samtweich.

»Ja, Mr Forbes?« Ich blieb förmlich und steif.

»Nennen Sie mich Braden.«

Es war unklar, ob es nun eine Aufforderung oder eine Bitte war. Ich schwieg.

»Jeder meiner Geschäftspartner nennt mich so und es wäre seltsam, wenn wir uns im Termin nicht auch duzen würden.«

»Sie werden das ausnutzen«, stellte ich fest.

»Absolut sicher.« Er lächelte. »Und du wärst enttäuscht, wenn ich das nicht täte.«

Ich schluckte und mein Puls raste. Wie es die Rolle vorsah, schloss ich die Augen und kämpfte intensiv gegen das erotische Knistern zwischen uns an. Bis seine Finger über meine Hand strichen, die zwischen uns auf dem Sitzpolster lag. Ein Schauer wanderte über meinen Körper und ich wandte mich ab, aber ließ meine Hand liegen.

»Du kannst gegen mich ankämpfen, so viel du willst, Amber. Von der ersten Sekunde, als ich dich gesehen habe, wollte ich dich. Und du wolltest mich auch.« Seine Hand schob sich von meiner Hand höher über meinen Arm, glitt über meine Schulter und bewegte sich von dort tiefer zu meinem Busen. Den kein BH hielt.

Oh Gott!

Er rieb meine längst harten Nippel durch den Stoff und spielte mit der kleinen Knospe, sodass ich mir auf die Lippen beißen musste, um ein Stöhnen zu unterdrücken. »Ich verlang ja nicht, dass du mich heiratest.«

Ich schnaubte. »Richtig, ich soll nur meine Beine breitmachen.«

Er tippte an mein Kinn. »Schau mich an, Amber!«

Ich öffnete die Augen und mir stockte der Atem. Sein Gesicht war nur eine Handbreit von meinem entfernt. »Braden, bitte nicht.«

»Wovor hast du solche Angst?« Er fuhr mit dem Daumen über meine Lippen, und ich ließ ihn. Eine Sekunde. Zwei Sekunden. Drei. Dann erst entwand ich mich ihm.

So leicht gab Noah jedoch nicht auf. Er wusste, welche Macht sein Körper über mich hatte und blieb in meiner Nähe. »Wenn ich dich jetzt einfach küssen würde, dann würdest du dich nicht entziehen.«

»Sicher? Ich könnte aus dem Helikopter springen.«

Mein schlechter Scherz entlockte Noah nur ein müdes Lächeln. Er kam näher, übersprang ganze drei Wortwechsel, die im Drehbuch standen, und küsste mich völlig unerwartet. Er fasste mir an den Kopf, zog mir und sich den Ohrschutz ab und, umhüllt vom Lärm des Helikopters, fiel er über mich her.

Nein!, dachte ich mir schwach, krallte mich in seinen Kragen und wusste nicht, ob ich ihn nun eigentlich näher an mich ziehen oder ihn von mir wegstoßen wollte.

Als seine Lippen sich schließlich von meinen lösten, wich er nicht zurück, sondern hielt mich weiter fest. Er tastete nach dem Headset und sagte noch ganz in seiner Rolle, aber etwas außer Atem: »Wenden Sie den Hubschrauber!«

Hektisch holte ich Luft. »Du cancelst den Geschäftstermin?«

»Mir ist was Wichtiges dazwischengekommen.«

Ich begriff, tat jedoch so, als hätte ich die Anspielung nicht verstanden, und holte mein Handy raus. »Dann kann ich ja meinen Freunden Bescheid geben, dass sie doch etwas Gemüse für mich auf den Grill legen sollen.«

Für diese freche Antwort bekam ich keinen Kuss, sondern einen Biss, der deutlich sagte, dass ich das besser bleiben lassen sollte. »Ich hab andere Pläne.« Er schnallte mich ab und zog mich rittlings auf seinen Schoß. Seine Erektion drückte verlockend gegen meine Scham, und ich stöhnte erregt.

»Dann solltest du besser eine kalte Dusche nehmen. Ich schlaf nicht mit dir.« Ich reckte mich und küsste ihn wieder, als könnte ich damit meine Absage abmildern.

»Aber du willst es doch auch!« Er fasste mir in den Schritt meiner Jeans.

»Ich schlaf erst mit Männern, wenn ich sie besser kenne«, sagte ich und genoss den Druck seiner Finger, die mich sanft überredeten, von diesem Grundsatz abzuweichen. Meine Bluse klebte nun doch an mir und von meiner Frisur war nicht mehr viel übrig.

»Wie klug von dir«, sagte er.

Ich nickte.

»Und was muss ich tun, damit wir uns besser kennenlernen?« Und dann natürlich Sex haben, wussten der Zuschauer und auch Amber.

»Ich will mindestens drei Dates.« Ich schlang meine Arme um seinen Hals und spürte, wie warm Noah ebenfalls war. Seine Haut glühte und sein Nacken war verschwitzt. Ich bewegte meine Hüften über seiner Erektion und überredete ihn genau, wie er mich überredet hatte: indem ich seine Lust anstachelte und ihm etwas vor die Nase hielt, was er unbedingt haben wollte. »Anständige Dates, Braden. Maximal mit Küssen, mehr nicht.«

»Nicht mal das hier?« Seine Lippen knabberten an meinem Hals. Stöhnend warf ich den Kopf zurück und machte verneinende Laute, die mir wirklich schwerfielen. »Dann sollten wir gleich damit anfangen.«

»Cut!«, erlöste uns Christopher.

Noah und ich sahen uns noch einen Moment lang an. So wie es immer war, wenn wir ineinander versunken gewesen waren.

Ja, warum hatten wir uns eigentlich nicht wie normale Leute, die sich kennenlernen wollen, verabredet? Warum hatte ich ihm einfach so nachgegeben? In der Vergangenheit war es mir nie schwergefallen, nein zu sagen. Und warum konnte er meiner Bedingung nicht einfach zustimmen? So wie Braden es klugerweise bei Amber tat, da er wusste, dass er diese Frau nur so erobern konnte.

Das Verlangen, mit Noah über all das zu sprechen, war riesig. Aber weil um uns herum das gesamte Set in Bewegung kam und mit dem Abbau begann, löste ich mich von ihm. Zärtlich fuhr ich mit meinem Finger über seine Wange, wo man meinen Handabdruck noch immer als leichten Schatten sah. »Tut es eigentlich sehr weh?«, fragte ich versöhnter.

»Nicht wenn du mich küsst.«

Ich beugte mich vor und meine Lippen streiften seine Wange. Mehr konnte ich ihm nicht geben. Weil er mir auch nicht mehr geben konnte.

Kapitel 15

»Essen ist fertig!«, rief Noah am Abend, und ich zuckte schuldbewusst zusammen. »Was tust du da?« Er sah auf meinen kleinen Koffer, in dessen 50 x 40 x 20 Zentimetern mein ganzes Leben steckte, und der verloren im Eingang der Villa stand.

Ich wollte diesen Mann unbedingt, aber da er jedes Mal glaubte, mich manipulieren zu können – mit Sex, mit meiner Lust –, statt den Konflikt zu lösen, hatte ich eine Entscheidung getroffen. Ich zog wieder aus. Und Miranda unterstütze mich dabei und hatte mir in meinem alten Motel ein Zimmer reserviert. Nun wartete ich auf ihr Zeichen, dass wir mit Noahs Fahrer Joe loskonnten.

»Wonach sieht es aus?«, fragte ich und stand von der Treppe auf, da der Wagen hielt.

»Aber warum? Hast du noch einen Auftritt in Chicago? Bleibst du dort über Nacht?«

Ich seufzte. »Ich kann das nicht, Noah. Tut mir wirklich leid.«

Fassungslos verfolgte Noah, wie ich in den Wagen stieg. »Klasse, Ida! Ja, dann geh doch! Offensichtlich bedeute ich dir ja nichts, wenn das so einfach ist.«

»Manchmal bist du echt ein Arsch«, sagte Miranda ihm im Vorbeigehen, folgte mir und hielt meine Hand.

Besser hätte ich es nicht sagen können. Das wäre doch sein Moment gewesen, um mich zurückzuerobern. Stattdessen tobte er wie ein bockiges Kleinkind und stürmte schließlich in die Villa statt mir hinterher.

Wenig später das Motel zu betreten, drückte zusätzlich auf meine Stimmung, statt sie zu bessern. Der Raum war kleiner und abgewohnter als in meiner Erinnerung.

»Und du bist sicher, dass du hier bleiben willst?«, fragte Miranda, die in ihren eleganten Klamotten fehl am Platz wirkte.

Ich stellte meinen Koffer ab und setzte mich aufs Bett. »Es gibt weder Wanzen noch Flöhe und mehr kann ich mir nicht leisten.«

»Ich bezahl dir ein schöneres Hotel.«

Ich schüttelte den Kopf. »Nein, das ist nett, aber das möchte ich nicht. Ich muss das irgendwie allein schaffen, und je weniger mich an Noah erinnert – und dein Geld würde das auf jeden Fall – umso besser.«

♥

»Zieh wieder bei mir ein!«, bat Noah mich sanft am nächsten Tag bei den Dreharbeiten.

Er sah aus, als hätte er überhaupt nicht geschlafen. Und da waren wir zu zweit. Ich war ebenfalls hundemüde. Und das lag nicht nur an einer Horde Junggesellen, die das Motel nachts terrorisiert hatten, sondern auch an Noah, der gefühlt alle zwei Gedanken in meinem Kopf auftauchte und dabei blinkte wie eine Warnleuchte, die ein Problem anzeigte, um das man sich kümmern musste.

»Ida?« Er atmete tief durch. »Für mich hat sich nichts geändert.« Was hieß, dass er mich wollte und wild entschlossen war, mich zu bekommen.

»Ich kann nicht. Und du weißt warum.« So schwer es mir auch fiel, mich abzuwenden, ich ging zu Francine, um über einige Outfits zu sprechen, und Noah hatte ebenfalls zu tun. Während ich ausgestattet wurde, drehte er die erste Szene des Tages.

Braden besprach mit seinen Managern die Übernahme einer Firma. Der Konferenzraum war mit einem riesigen Tisch ausgestattet und hinter den bodentiefen Fenstern bildete L.A. eine atemberaubende Kulisse.

Sobald ich fertig war, stellte ich mich mit einem Kaffeebecher in der Hand ans Set und beobachtete ihn. Die Rolle des Geschäftsmannes stand Noah. Er wirkte konzentriert, beherrscht, kontrolliert. Sein markantes Gesicht wurde vorteilhaft von der Kamera eingefangen und nur in seinen Augen sah man ein Funkeln, das verriet, wie sehr Braden gefiel, was er tat.

»Er wirkt richtig einschüchternd«, meinte Olivia neben mir. »Trotz der Kameras und all der Leute um ihn herum.«

»Mmh«, machte ich und nippte an meinem Kaffee. Einschüchternd und einen Hauch gefährlich. So als wäre jede Drohung, die er aussprach, ernst gemeint. Als würde er auch im echten Leben seinen Willen mit allen Mitteln durchsetzen. Mit Gewalt, Schmeichelei, Bestechung, Sex-Appeal.

Wieder ging ich im Kopf seinen Lebenslauf durch. Wahrscheinlich stimmte das. Mit sechzehn war Noah als Model entdeckt worden, doch davor hatte er in einfachen Verhältnissen gelebt. Die plötzlich erreichbare Welt aus Reichtum und Macht musste verlockend gewesen sein. Und ich war mir sicher, dass Noah Miller alles getan hatte, um in ihr zu bleiben und nie mehr in sein altes Leben zurückzukehren. Aber so gewann man nur Schlachten, keine Menschen.

»Cut! Das war sehr gut. Kurze Pause für dich, Noah. Wir drehen jetzt erst mal die Eingangsszene mit Ida. Und dann das Interview. Fragen?« Christopher warf einen Blick in die Runde und dann zu mir. »Bist du so weit?«

Ich nickte Christopher zu und betrat das Set: den Empfangsbereich von Bradens Firma, wo ich auf mein Bewerbungsgespräch warten würde.

Sobald die Kamera lief, ging ich auf den Tresen zu und meldete mich an.

»Miss Clarkson, bitte warten Sie, Mr Forbes hat gleich für Sie Zeit.«

»Er führt das Interview persönlich?«, fragte ich nach.

»Ist das ein Problem?«

»K-k-kein Problem«, stammelte ich und wischte mir verstohlen die angeblich nassen Handflächen am Rock ab. So war es mir bei Drehbeginn gegangen, doch dazwischen lagen mittlerweile Welten. Feucht waren nicht mehr meine Hände, wenn Noah in der Nähe war, sondern mein Höschen.

Im Vorzimmer gab es eine Sitzecke mit bequem aussehenden Sofas, doch ich blieb stehen. Unruhig lief ich auf und ab und ignorierte die Blicke der Empfangsdame. Ich kaute auf meiner Lippe herum und fummelte schließlich verstohlen am obersten Knopf meiner Bluse. Ich öffnete ihn und schielte auf meinen BH, den man deutlich sah. Unsicher betrachtete ich mein Spiegelbild in der Glastür und schloss den Knopf wieder. Doch selbst der Look kam mir auf einmal zu offenherzig vor, und ich knöpfte die Bluse bis zum Hals zu. Ich schlüpfte verstohlen aus den Pumps, so als würde ich die nicht jeden Tag tragen, und erstarrte, als die Tür aufging und die Manager von Bradens Firma das Büro verließen.

Die Männerriege war dunkel gekleidet, und es war klar, dass sie alle mit dem Chef der Firma über konzernübergreifende Themen gesprochen hatten. Und nun käme Amber Clarkson und würde die wertvolle Zeit von Braden Forbes für ein lächerliches Einstellungsgespräch für ein Praktikum in Anspruch nehmen. Weil sie die Tochter eines sehr einflussreichen Politikers war.

»Sie können jetzt reingehen, Miss Clarkson.«

Ich nickte der Rezeptionistin zu, straffte meine Schultern und schritt durch die Tür, rein in gleißendes Scheinwerferlicht.

»Perfekt!«, sagte Christopher und rief Noah und mich zu sich. »Jetzt möchte ich, dass du sie richtig auseinandernimmst, Noah. Schüchter sie ein!« Noah nickte. »Und du, Ida, mach mit, geh drauf ein, bis es dir reicht. Zeig ihm dann, wie stark du wirklich bist, greif ihn an! Beweis, dass du deine Hausaufgaben gemacht hast.« Auch ich nickte.

Wir gingen auf unsere Positionen und drehten nun in dem Raum, den ich schon an meinem ersten Tag bewundert hatte. Und sobald Christopher das Zeichen gegeben hatte, legten wir los.

Sofort war da wieder diese Verbindung zwischen uns. Noah saß hinter einem riesigen Schreibtisch mit der Skyline im Rücken. Vor ihm gab es zwei bequeme Sitzgruppen. Und ich stand abwartend im Raum.

»Miss Clarkson, bitte, nehmen Sie Platz!« Er zeigte auf einen Sessel, und ich setzte mich vorsichtig. »Sehe ich das richtig, dass Sie bisher keinerlei berufliche Erfahrung haben?«

»Genau deshalb suche ich ja auch ein Praktikum.«

»Antworten Sie einfach nur mit Ja oder Nein!«

»Nein, aber –«

»Sie wissen, dass ich hiermit Ihrem Vater einen Gefallen erweise?«

»Ihre Firma ist eine d-der besten«, stammelte ich, fing mich aber schnell. »Sie stellen immer wieder Praktikanten ein. Weitaus Schlechtere als mich. Ich habe exzellente Noten und –«

»Ja oder nein, Miss Clarkson? Klare Fragen verlangen

nach klaren Antworten.« Er beugte sich über den Schreibtisch und richtete all seine Aufmerksamkeit auf mich.

»Ja, aber –«

»Und wissen Sie auch, dass Sie die Stelle schon haben? Hat Ihr Vater Ihnen das ebenfalls mitgeteilt? Sie müssen keinen der Tests absolvieren, die man üblicherweise durchläuft, um bei *Forbes Technology* anzufangen.«

»Aber ich würde sie alle bestehen, ich hab mich vorbereitet. Ich bin gut.«

Er seufzte, genervt darüber, dass ich keine klare Antwort gab und mich seiner Schwarz-Weiß-Welt entzog.

»Nein, wusste ich nicht.« Ergeben faltete ich meine Hände im Schoß und starrte drauf, als hätte ich sie nie zuvor gesehen. Meine Nägel waren frisch manikürt. Aber statt über meine Finger nachzudenken, konzentrierte ich mich und spürte, wie Noah sich bewegte. Er stand auf, umrundete den Schreibtisch und positionierte sich vor mir.

»Können Sie Kaffee kochen, Miss Clarkson?«

Zwei Kameras surrten um uns herum. Mein Kopf schnellte in die Höhe, und ich musste ihn in den Nacken legen, um von meiner Position zu ihm aufsehen zu können. In seinen Augen funkelte etwas. Als ob er die Szene genießen würde.

»Nein, Mr Forbes«, antwortete ich mit fester Stimme.

Er zog eine Augenbraue hoch, und ein Lächeln lag auf seinen Lippen. »Tippen?« Ich nickte, das stand in meinem Lebenslauf. »Internetrecherche?« Ebenso. Aber das waren alles Hilfstätigkeiten weit unter Ambers Qualifikationen. Ich ballte meine Hände so stark, dass meine Knöchel weiß hervortraten. »Als was soll ich Sie also beschäftigen, Miss Clarkson? Denn Sie wissen ja, ich muss Sie mit *irgendwas* beschäftigen.«

Um nicht länger hochzuschauen, erhob ich mich. »Sie könnten mich beweisen lassen, dass ich mehr bin als die Tochter meines Vaters: Jemand verdammt Cleveres, der es nur an Erfahrung mangelt.« Wir standen uns so nah, dass er sehen musste, wie schnell mein Herz schlug. Ich zitterte vor Wut und Empörung.

Noah streckte seine Hände aus, und ich hielt die Luft an, als er meine Bluse aufknöpfte. »Und wenn ich Ihnen zu mehr Erfahrung verhelfe, Miss Clarkson?« Er öffnete den obersten Knopf, strich mit dem Finger über meine Haut, öffnete einen weiteren Knopf und teilte den Stoff, sodass mein Dekolleté zu sehen war. Jedem war klar, dass er an Erfahrungen in einem Bereich dachte, der nichts mit seiner Firma zu tun hatte.

»Nein«, hauchte ich.

Er grinste. »Sehr gut, Miss Clarkson. Eine klare Frage, eine klare Antwort. Sie lernen schnell.« Er hielt sich den Finger, mit dem er mich gerade berührt hatte, unter seine Nase, als würde er dort meinem Duft nachspüren. Und er seufzte ganz leise. Sehnsüchtig.

Mir war schwindelig. Mein Höschen war feucht. Meine Haut brannte dort, wo er mich federleicht berührt hatte. Und in Noahs Augen blitzte es triumphierend. Als wüsste er, wie er mich manipuliert hatte.

Aber ich musste stark bleiben. Für die Rolle. Für mich selbst.

Ich lächelte zuckersüß und knabberte auf meiner Lippe herum, ganz langsam. »Ich hoffe, Sie lernen auch schnell, Mr Forbes.« Ich legte meine Hand auf seine Brust und ein prickelnder Schlag durchfuhr mich. »Ich bin hier, damit Sie mein Manko an Erfahrungen nur in einem einzigen für die Firma relevanten Bereich beheben. Auf allen anderen Gebieten brauche ich Ihre Hilfe nicht. Haben wir uns verstanden?«

»Wissen Sie, wie sexy es ist, wenn –«

»Ja oder nein, Mr Forbes?«, herrschte ich ihn an.

»Ja«, sagte er und mahlte mit dem Kiefer.

Ich löste mich und knöpfte meine Bluse zu. Dann ging ich mit den Hüften schwingend zur Tür und sagte: »Ich fange dann morgen an, Mr Forbes.«

Doch sobald ich aus der Tür war, entgleisten mir die selbstsicheren Gesichtszüge. Gleich würde Christopher noch eine Einstellung drehen. Wieder die Perspektive des Empfangsbereichs und dort würde man sehen, wie ich mich von außen gegen die Tür lehnte und »Scheiße!«, flüsterte.

Und genau das war es auch: Scheiße. Denn meine Knie zitterten, ich war klatschnass zwischen den Beinen. Und ich wollte ihn. Noah. Und ihm zu widerstehen, kostete mich jeden Funken Willenskraft, den ich aufbringen konnte. Und meine ganze Kraft. Und laugte mich so sehr aus, dass ich richtig fiese Kopfschmerzen bekam.

Gott, ich vermisste ihn. Obwohl er direkt vor meiner Nase war, und ich eine größere Dosis von Noah als sonst jemand auf diesem Planeten bekam.

»Ida? Hast du noch einen Moment?«, fragte Noah nach der letzten Einstellung, als ich gerade meine Sachen zusammenpackte.

»Hast du mir denn was Neues zu sagen?«

»Ich wollte dir nur –«

Ich hob die Hand. Also nein. »Können wir dieses Gespräch dann vielleicht morgen fortsetzen? Ich bin müde.«

»Mehr nicht? Ich hatte vorhin das Gefühl, du würdest glühen.«

Darauf wollte ich schon etwas Böses erwidern, aber er hatte das gar nicht verführerisch, sondern besorgt gemeint. Und er legte mir die Hand auf die Stirn.

Kurz linderte das den Schmerz, und ich seufzte. Dann löste ich mich. »Es geht schon. Und selbst wenn nicht, was kümmert es dich?«

Ich drehte mich um und ließ ihn stehen.

♥

»Christopher?«, flüsterte ich am nächsten Morgen in mein Handy und wälzte mich von links nach rechts. »Ich kann heute nicht arbeiten. Ich sterbe.«

»Das ist nicht lustig, Ida!«

»Nicht so laut«, murmelte ich und atmete tief ein und aus. Ich hatte noch nie wegen Krankheit gefehlt, aber es ging nicht. »Tut mir leid, Migräne.«

»Oh Mann. Dann ruh dich aus, Ida.«

»Mach ich«, krächzte ich.

»Bis morgen.«

»Mmh. Bis morgen.« Ich legte auf und zog mir die Decke über den Kopf.

Bis morgen? Ich fühlte mich, als könnte ich mich nie wieder bewegen. Und der Lärm der anderen Motelgäste war auch nicht hilfreich. Ich hatte die furchtbarste Migräne meines Lebens.

Als Teenager hatte ich öfter Probleme damit gehabt und die Ärzte meinten, dass in meinem Fall die Ursache emotionaler Stress sei. Klar, ich war Teenager, das ergab durchaus einen Sinn, denn ich hatte mich und meinen Körper und Drake aus der Parallelklasse geliebt und gehasst. Neben meinem sowieso schon schwierigen Leben und dieser einen Sache.

An der du schuld bist, Ida!

Ich fasste mir an den Kopf, weil die Schmerzen zunahmen. Konnten mich die Erinnerungen und Worte meiner Tante nicht endlich in Ruhe lassen?

Sport und eine gesunde Ernährung hatten damals geholfen, mich wieder ins Lot zu bringen. Aber nun streikte mein Körper trotz einer morgendlichen Joggingrunde und einer abendlichen Yogasession.

Obwohl ich mein Motelzimmer hasste, blieb ich dort, zog die Gardinen zu und steckte mir Stöpsel in die Ohren. Ich hatte schon so viele Kopfschmerztabletten genommen, wie medizinisch vertretbar war. Ich rollte mich auf meinem Bett ein und dämmerte vor mich hin. Dachte ich nur an die dunklen, braunen Augen von Noah, dann durchzuckte meinen Kopf ein neuer, leuchtender Schmerz, der mich dazu brachte, mich minutenlang auf dem Bett hin und her zu wälzen.

Bitte, lieber Gott, mach, dass es aufhört, flehte ich, obwohl ich nicht religiös bin. Ich hielt es nicht mehr aus. Alles sollte aufhören. Der Schmerz in meinem Kopf. In meinen Gliedern. In meinem Herzen. Und so trieb ich zwischen Schlaf und Wachsein dahin.

♥

Irgendwann hörte ich Stimmen auf dem Flur. Ich drehte mich um und stöhnte. Hinter meiner Stirn saßen Bergbauarbeiter mit kleinen Spitzhacken. Eine der Stimmen gehörte Noah und sofort breitete sich Wärme in meinem Bauch aus. Die andere war Erics.

»Ich will sie sehen«, hörte ich Noah.

»Sie schläft.«

»Dann will ich sehen, wie sie schläft.«

Ich bekam mit, wie die Tür zu meinem Zimmer aufschwang. Jemand betrat den Raum, setzte sich auf meine Bettkante und legte seine Hand auf meine Stirn. Und auch wenn ich den Mann nicht sah, ich roch ihn. Noah. Und sofort entspannte ich mich.

»Hör auf damit!«, knurrte ich. Das heißt: Ich wollte

knurren, aber es hörte sich eher wie ein heiseres Flüstern an. Mehr eine Bitte als ein Befehl.

Was auch immer er verstanden hatte, er schlüpfte zu mir unter die Decke.

»Nein«, protestierte ich schläfrig.

»Doch! Schlaf weiter, Baby! Ruh dich aus!«

In meinem Zustand könnte ich eh nichts machen. Mir war heiß und nach wie vor fühlte ich mich wie von einem lauten, verrückten Zirkus überfahren.

Seine Lippen drückten einen sanften Kuss auf meine Schulterblätter und mein Innerstes zog sich lustvoll zusammen. »Schlaf!«, sagte er wieder. »Ich bin hier. Alles andere ist unwichtig.«

Mit Noah in meinem quietschenden, kleinen, durchgelegenen Bett klappte das plötzlich ganz leicht und ich träumte verrücktes Zeug …

Dass ich auf dem Balkon von Noahs Gästezimmer stehe. Eine kühle Brise fährt mir über die Haut. Ich lehne an der Brüstung und halte mein Gesicht der Stadt entgegen, so als würde ich mich in ihrem Glanz sonnen, und dann kommt Noah und zieht mich an sich. »Besser?«

»Mmh.« Ich kuschele mich an ihn und spüre seinen Atem in meinem Nacken. »Warum schläfst du denn nicht?«

»Du hast mir gefehlt. Was ist es bei dir?«, fragt er leise an meinem Ohr.

»Du mir auch.«

»Gut.« Er küsst meine Stirn, meine Wangen, meine Lippen. »Na los, ab ins Bett mit dir!« Er schiebt mich zur offenen Tür, die in mein Zimmer führt.

»Nur wenn du mitkommst.«

Sein Blick lässt mein Herz schneller schlagen. Das schafft nur er. »Sehe ich wie ein Mann aus, der dir etwas abschlägt?« Er zieht mir den Pullover aus und grinst, als er wie aus Versehen dabei auch mein Schlafshirt erwischt. Halb nackt sitze ich auf dem Bett und meine Nippel ziehen sich in der kühlen Luft zusammen. »Ich hatte nichts anderes vor.« Er steigt zu mir ins Bett, zieht mich auf sich und hält mich einfach nur, während er gedankenverloren Kreise auf meiner Haut zieht. »Und hättest du mich nicht eingeladen, ich hätte es trotzdem getan.«

Wir küssen uns, unsere Körper sind miteinander verknotet, und jedes Mal, wenn er kurz seine Arme fester um mich schlingt, sodass kein Zweifel aufkommt, dass er hier bei mir ist, seufze ich wohlig. Wir sehen uns in die Augen und verlieren uns im anderen, lassen uns einfach gehen, genießen den Moment. Sagen muss ich nichts.

Schließlich taste ich fröstelnd nach dem Laken, ziehe es zu mir und schmiege mich näher an Noah. Statt zu protestieren, weil ihm unglaublich heiß sein muss, legt er seine Arme um mich und lehnt seinen Kopf an meinen. »Lass uns für diese Nacht einfach so tun, als wären wir ein ganz normales Paar.«

»Nein, wir müssen nicht so tun. Wir sind es«, sagt er.

Kapitel 16

Als ich das nächste Mal wach wurde, fühlte ich mich besser, wenn auch immer noch schlapp. Ich hing noch für einen Moment diesem wunderschönen Traum von Noah hinterher, fragte mich, ob ich mir den Besuch von ihm und seinem Manager nicht ebenfalls eingebildet hatte, und überlegte dann, zum Set zu fahren.

Mein Magen verkrampfte sich bei dem Gedanken.

Also nicht.

Ich meldete mich bei Christopher und erfuhr, dass er den Drehplan für die ganze Woche geändert hatte. Bis zum Dreh in Venedig hatte ich erst mal frei.

Erleichtert verdrückte ich mich ins Bad. Längst überfällig duschte ich, pflegte meine Haare, cremte mich ein und gönnte mir sogar eine Gesichtsmaske. Danach bestellte ich mir hungrig Pizza, und sobald ich auch das letzte Stück verputzt hatte, fiel ich wieder ins Bett und schlief. Offensichtlich hatte ich immer noch einiges nachzuholen und mein Akku war noch lange nicht vollständig geladen.

»Ida! Bist du wach? Idaaa!«

Verschlafen richtete ich mich im Bett auf, stand auf, ging zum Fenster und schob die muffigen Vorhänge zur Seite. Unten auf der Straße torkelte eine Gestalt im Kapuzenpullover auf und ab. Aber Noah hätte auch einen Kartoffelsack tragen können, und ich hätte ihn erkannt. Ich fragte mich, was passiert war – mal abgesehen von dem Offensichtlichen, nämlich dass er sternhagelvoll war.

Wieder ließ er eine Salve an lallenden Rufen ab und bekam wütende Antworten von Motelgästen.

»Halt die Klappe, Wichser!«

»Besorg es dir woanders!«

»Noch ein Ton und ich schneid dir die Eier ab!«

Da ich die Tumulte, die hier regelmäßig stattfanden, kannte, zweifelte ich nicht daran, dass die Drohungen ernst gemeint waren. Ich warf einen unsicheren Blick auf die Straße und war erleichtert, dass Noah es irgendwie geschafft hatte, aus der Bar oder dem Club, aus dem er kam, keine Traube an Paparazzi hinter sich her zu ziehen.

Ich war versucht, ihn so lange schreien zu lassen, bis jemand die Polizei rief oder Noah die Lust verlor. Erschöpft fuhr ich mir mit den Händen über das Gesicht, um besser nachdenken zu können. Und in dem Moment fiel es mir auf: Die Migräne war komplett verschwunden. Stattdessen hatte sich eine merkwürdige Ruhe in mir ausgebreitet, und ich wusste, wer sie bewirkt hatte.

Seufzend machte ich in meinem Zimmer Licht, öffnete das Fenster und winkte Noah rein. Ich hörte, wie er die Treppen hochpolterte, öffnete meine Zimmertür einen Spalt und steckte vorsichtig den Kopf raus, um sicherzugehen, dass ich nicht halluzinierte und tatsächlich Noah mich besuchte.

»Mach das nie wieder! Einfach abhauen.« Lallend krachte er in meine Arme, und wir torkelten ins Zimmer. Die Tür fiel hinter uns zu und mit einem »Uff« landeten wir auf dem Bett.

»Nett hast du es hier«, brachte er heraus und eine mächtige Alkoholfahne schlug mir entgegen.

»Ich bin ganz deiner Meinung.« Jetzt. Denn sobald er aufgetaucht war, egal in welchem Zustand, fühlte sich meine Welt gleich besser an. »Noah, warum bist du hier?«

»Ich hab dir gesagt, ich brauch dich.«

»Und du meinst, betrunken an meine Tür zu klopfen, ändert meine Meinung?«

Er grinste charmant, sagte dazu aber nichts.

Ich kletterte von ihm runter und wühlte zwischen meinen Sachen nach einer Wasserflasche.

»Und du brauchst mich auch«, sagte er.

»Das reicht. Ich ruf Eric an«, sagte ich mehr zu mir als zu ihm. Endlich hatte ich das Wasser gefunden und setzte mich zu ihm aufs Bett, wo er immer noch wie ein Käfer auf dem Rücken lag. Ein riesiger Käfer, unter dem das schmale Bett noch winziger wirkte. »Hier! Trink was!« Ich fuhr mit der Hand unter seinen Kopf, stützte ihm den Nacken und er trank.

»Du wirst bestimmt mal eine tolle Mutter.«

Ich ignorierte das Herzklopfen. »Wie bist du hierher gekommen?«

»Zu Fuß, Baby.«

Mir fiel keine Bar in der Nähe ein, die noch geöffnet hatte. »Und wo warst du?«

»Spielt das eine Rolle? Ich war einen trinken. Und jetzt bin ich bei dir.«

Ein Drink? Das glaubte er doch selbst nicht. Ich beobachtete, wie er sich auf die Seite drehte und in mein Kissen kuschelte. Welches ich eben im Schlaf vollgeschwitzt hatte. Und Wärme durchflutete mich.

Nervös rief ich Eric an, erklärte das Nötigste und nannte ihm zur Sicherheit die Adresse des Motels. Dann zog ich mir Shorts und ein Shirt über meine Unterwäsche, in der ich geschlafen hatte, setzte mich auf die Bettkante neben Noahs Füße und wartete.

Hinter meinem Rücken hörte ich ihn atmen. Keine Ahnung, ob er schlief, die Decke anstarrte oder mich.

Mir gingen seine Worte durch den Kopf. Er hatte gesagt, dass ich ihn auch brauchte, und ich schüttelte den Kopf, denn das wurde der Wahrheit nicht annähernd gerecht. Gleich würde Eric ihn wieder abholen und mein Herz zog sich zusammen, wenn ich mir vorstellte, dass er mich wieder verließ. Wo ich ihn doch nicht mal gehabt hatte. Warum konnte er mir nicht einfach geben, was ich brauchte? Egal, wie unvernünftig das war! War das nicht Liebe? Verrückt? Und durchgedreht?

Ich schniefte.

»Ida?« Er schlief also nicht. »Weinst du? Denn wenn –«

»Nein«, log ich, holte tief Luft und wischte mir mit dem Handrücken die Tränen aus den Augen. Ich merkte, dass er sich hinter mir bewegte und aufrichtete. Doch bevor er etwas sagen konnte, rettete mich Erics Anruf. »Dein Manager ist da. Los, ab nach Hause mit dir!«

»Ida!« Er wollte nicht.

Entschlossen packte ich Noah unter dem Arm, griff meine Schlüssel und meine Handtasche und bugsierte ihn aus dem Motelzimmer. Er hing mit seinem ganzen Körper an mir, und ich schnaufte unter seinem Gewicht. Es wäre leichter gewesen, hätte er sich mit mir auf den Weg konzentriert, aber stattdessen starrte er mich an.

»Siehst du was Spannendes?«, fragte ich ächzend und stützte ihn auf der Treppe ab.

»Dich«, sagte er.

Ich schnaufte spöttisch. Klar doch. »Ich seh aus wie immer.«

»Hast du meinetwegen geweint?«

»Ich hab nicht geweint.«

»Okay. Hast du meinetwegen nicht geweint?«

Ich würde nicht weich werden! Stattdessen schüttelte

ich den Kopf. Dabei fand ich ihn gerade total niedlich.

»Wenn du mir nicht antwortest, dann muss ich dich foltern.«

»Haha«, machte ich, doch ein Schauer kroch über meinen Rücken. Wir waren gerade unten im Foyer angekommen, da war er es nun, der mich packte und wieder zurück ins Treppenhaus drückte. »Wenn es dich glücklich macht: Ja, deinetwegen. Und nun komm. Sonst krieg ich nie Schlaf. Und Eric auch nicht.«

Ich war zufrieden, dass er schwieg und sich weiterbugsieren ließ. Und dankbar, als Eric mir am Ausgang entgegenkam und das schwere Riesenbaby abnahm.

Fröstelnd verschränkte ich meine Arme vor der Brust, als der Wind auffrischte, und beobachtete, wie Eric seinen Schützling zur Limousine dirigierte, die hintere Tür öffnete, eine Hand an seinen Kopf legte, damit er sich nicht stieß, und ihn schließlich im Wagen platzierte.

Er schlug die Tür zu und kam zu mir. »Danke.«

»Keine Ursache«, murmelte ich automatisch.

»Geht es dir wieder besser?«

Ich lächelte tapfer. »Sagen wir, es geht. Ja?« Obwohl ich bereits spürte, wie die Kopfschmerzen wieder zurückkamen. Noch lauerten sie, aber sobald ich eine schwache Minute hätte, würden sie wieder über mich herfallen.

In dem Moment stimmte Noah erneut seine Ida-Nummer an und rief nach mir. Obwohl die Tür des Wagens zu und das Fenster geschlossen war, hörte ich ihn.

»Scht, was ist denn noch? Ich bin ja hier.« Ich riss die Tür auf und beugte mich nach innen.

»Warum bist du ausgezogen?«

Das wollte er jetzt diskutieren? Genervt sah ich zu Eric, der jedoch mit den Schultern zuckte. »Du weißt warum, Noah. Ich kann nur ganz oder gar nicht mit dir zusammen sein. Oder hast du deine Meinung geändert?«

»Mir geht es genauso, Ida. Nur bevor ich jemanden dann gar nicht haben kann, nehme ich auch nur einen Teil. Denn ohne ihn habe ich nichts. Und mit nichts kann ich nicht mehr leben.«

»Scheiße: Fotografen!«, fluchte Eric.

Zwei Motorräder kamen näher, auf denen hinter dem Fahrer jeweils ein Typ mit einem Riesenobjektiv hing. Jemand vom Motel hatte nicht die Polizei, sondern die Presse verständigt. Wundervoll.

Instinktiv kletterte ich in den Wagen, damit mich niemand erkannte, und schloss die Tür hinter mir. »Besser?«, fragte ich Eric.

»Viel besser«, sagte Noah neben mir und zog mich eng an sich, während uns draußen die Fotografen wie Haie umkreisten und Bilder von der Limousine schossen.

»Lass das!« Ich stemmte mich gegen seine Schultern und hoffte, dass die Scheiben blickdicht waren.

»Sag mir nicht, was ich tun oder lassen soll!«

»Sonst was?«

Seine Augen blitzten, seine Hand fuhr warm in das Hosenbein meiner Shorts und packte meinen Hintern. Er beugte sich an mein Ohr. »Sonst müsste ich dich bestrafen.«

Mir stockte der Atem und Hitze schoss durch meinen Körper, so heftig, dass ich mir sicher war, dass er es auch spürte. »Wi-ir sind nicht zu-u-sammen«, stotterte ich.

»Findest du?«, sagte er und küsste meinen Hals. »Ich würde sagen, die Strafe hat sich soeben erhöht.«

Die Richtung, die das Gespräch nahm, gefiel mir nicht. Ich befreite mich aus seinem Griff und fing im Rückspiegel Erics Blick auf. »Warum fährst du nicht los? Wir stecken ihn ins Bett, du bringst mich zurück und alles ist gut.«

Er nickte und fuhr los. »Guter Plan. Dann schüttle ich mal die Paparazzi ab.«

Ich lehnte mich zurück und schloss die Augen. Ich war schon wieder todmüde. Und ich sehnte mich nach einem Bett. In drei Tagen flog die gesamte Crew nach Venedig, um eines der Dates von Braden und Amber zu drehen. Und bis dahin wollte ich endgültig wieder auf den Beinen sein.

»Ida?«

»Was denn noch?«

Noah küsste mich im Nacken, und mein ganzer Körper vibrierte plötzlich vor Verlangen, wie eine Stimmgabel, die er zum Klingen gebracht hatte. »Du spürst auch, dass da etwas zwischen uns ist, oder?«, fragte er.

»Ich weiß nicht, was du meinst. Ich schwitze.«

Er lachte. »Wusste gar nicht, dass du so eine miserable Schauspielerin bist!«

»Ich kann das besser!« Ich wand mich und sah ihn ernst an. »Ich schwitze wirklich und –« Ich brach ab und lehnte mich zurück. Da er nicht schlafen wollte, tat ich so, als würde ich es. Ja, ich spürte es, trotz aller Einwände.

»Wir sind da«, sagte Eric, parkte den Wagen und stieg aus.

Noah öffnete ebenfalls die Tür und folgte ihm. Ich jedoch blieb sitzen. »Komm mit, Ida! Du siehst müde aus. Du kannst bei mir schlafen.«

»Ich halte das für keine gute Idee. Ich warte, bis Eric mit dir fertig ist und mich zurückfährt.«

»Dann schrei ich auch hier die ganze Nachbarschaft zusammen. Ida!« Er wurde wieder lauter. »IDA!«

»Schon gut! Schon gut!« Dass Schauspieler aber auch so trainierte Stimmbänder hatten!

Gemeinsam, links und rechts untergehakt, brachten Eric und ich Noah in die Villa. Es war seltsam, wieder hier zu sein, obwohl ich vor noch nicht allzu langer Zeit ausgezogen war. Die Räume kamen mir vertraut vor, und ich hatte das schöne Gefühl, nach Hause zu kommen. Und mal ehrlich: Seine Bude war einfach ein Palast – nicht zu vergleichen mit meinem erbärmlichen Motelzimmer.

Miranda kam bei dem Lärm, den wir machten, von der oberen Etage nach unten. Sie sah bezaubernd aus wie immer, nicht so wie ich, wenn man mich mitten in der Nacht weckte.

»Sie ist wieder zurück«, lallte Noah als Erklärung und grinste breit.

»Wurde aber auch Zeit«, lachte sie und fiel mir um den Hals, wodurch ich beinahe zu Boden ging, weil Noah ebenfalls an meiner Seite hing, und ich damit das Dreifache meines Körpergewichts trug. »Er war unausstehlich, seit du ausgezogen bist.«

Das weckte durchaus mein Interesse, aber ich war zu müde, um nach Details zu fragen. Miranda verschwand wieder. Und sobald wir Noah auf das Sofa fallen gelassen hatten, verabschiedete sich auch Eric.

»Hast du Hunger?«, fragte Noah. Seine Stimme klang plötzlich sehr normal, ohne einen Anflug von Trunkenheit.

»Wie bitte?« Misstrauisch musterte ich ihn.

»Hunger?« Er sprang auf, ging zur Küche, öffnete den Kühlschrank und löffelte einen Joghurt leer.

»Sag mal, hast du mir gerade nur was vorgemacht?!« Nun war ich diejenige, die schrie. Dummerweise schien ihn das nicht so zu stören wie umgekehrt mich.

Ja, hatte er ganz eindeutig.

Bei mir brannte eine Sicherung durch. »Wie kannst du es wagen!« Wutentbrannt warf ich den erstbesten Gegenstand nach ihm. Eine Obstschale. Die er fing. »Und ich mach mir Sorgen!« Eine Skulptur. Die ihn streifte. »Um dich!« Eine Vase folgte und zerschellte auf den Fliesen.

»Himmel, Ida! Beruhige dich!«

»Ich soll mich beruhigen? Ich fang gerade erst an!« Nun hatte ich das Weinregal erreicht und schleuderte jede Menge teures Zeug nach ihm.

»Wärst du sonst mitgekommen? Sei ehrlich!« Er stellte sich mir in den Weg und hinderte mich daran, weiter zu randalieren.

»Keine Ahnung.« Ich zappelte, weil ich mich befreien wollte. Mir war heiß vor Wut, ich schwitzte und zitterte am ganzen Körper. So wie damals, wurde mir klar, und das hieß, dass ich kurz davor stand, richtig durchzudrehen.

Um Gottes Willen, ist das Kind wahnsinnig geworden?! Sie hat das Bett ihrer Eltern mit einem Baseballschläger zu Kleinholz verarbeitet. Jedes Kleidungsstück hat sie mit einer Schere zerschnitten. Und mit ihren Nägeln hat sie die Tapeten von den Wänden geholt.

Und dann hielt ich es nicht mehr aus, die Stimme in meinem Kopf war zu viel. Warum verstand mich denn niemand? Man konnte doch nicht permanent auf mir herumtrampeln und dann erwarten, dass ich darüber lächelte. Und ich heulte los. Wie ein Wasserfall. Gott, war ich verkorkst!

Dunkel spürte ich, wie Noah mich hochhob, mich trug und auf einem Bett absetzte. Er machte gar nicht erst den Versuch, sich von mir zu lösen, sondern legte sich mit mir hin und hielt mich eng an sich gepresst.

Und irgendwann fiel mein Körper schluchzend und erschöpft in den Schlaf.

»Tief durchatmen, ich bin hier«, flüsterte Noah mir wieder und wieder ins Ohr. »Tief durchatmen, Ida! Ich bin hier.«

♥

Der Mann unter mir war Noah.

Obwohl ich meine Augen geschlossen ließ, wusste ich es so sicher wie die Tatsache, dass ich mich in seiner Panorama-Villa befand.

Ich kuschelte mich enger an ihn und verdrängte das Drama der letzten Nacht. Ich hatte ihn vermisst und genoss seinen Körper unter mir, der ruhig und gleichmäßig atmete, als wäre alles in Ordnung. Genau das brauchte ich.

Hungrig verschlang mich ein heißer Mund, noch bevor ich ganz wach war. Ein Bein legte sich um mich, ein Arm hielt mich, eine Hand fuhr unter mein Shirt und wanderte über meinen Rücken. Und Himmel, sein harter Schwanz drückte gegen meinen Bauch, sodass mein Körper sofort antwortete und zwischen den Beinen feucht wurde.

»Wie spät ist es?«, murmelte ich verschlafen und spürte, wie trocken mein Mund war.

»Viertel vor sieben.«

Während ich klang, als hätte ich die Nacht durchgemacht, wirkte Noah ausgeruht. »Wie lange bist du schon wach?«, fragte ich.

»Ich weiß nicht.«

Ich stützte mich auf einen Ellenbogen und sah auf ihn herunter. Seine Haare waren zerzaust vom Schlaf. Er war gestern schon unrasiert gewesen, doch heute war der Bartschatten noch dunkler und ziemlich sexy. Ich ließ meine Finger über sein stoppeliges Kinn wandern, berührte seine warmen Lippen und griff dann in seine Haare.

Seine Augen funkelten wach und sein Atem beschleunigte sich. »Was ist?«

Ich beleckte mir die Lippen und rieb meine Hüften voller Verlangen an ihm. »Es ist schön, nicht alleine aufzuwachen.«

Prompt wurde ich auf den Rücken gedreht und geküsst.

»Musst du nicht gleich aufstehen?«, keuchte ich und wölbte meinen Rücken.

»Also, ich brauch nicht lange«, sagte Noah und lachte. Seine Hand fuhr in meine Hose, und ich stöhnte, als er zwei Finger in mich schob. »Und du auch nicht, Baby.« Er küsste mich wieder. Nicht so wie vor den Kameras, sondern träge und schwer und so, dass ich seinen Kuss bis zu meiner Scham spürte. »Außerdem hab ich jetzt auch frei, bis wir nach Venedig fahren, und ich könnte mir nichts Besseres vorstellen, als den Tag mit dir zu verbringen. Ich hab da große Pläne.«

Und die sahen nicht vor, faul mit mir im Bett zu liegen, denn er löste sich von mir, ließ einmal seinen Blick über meinen nackten Körper gleiten, als wäre ich ein Dessert, auf das er sich jetzt schon wieder freute, drehte sich dann aber um und ging zum angrenzenden Bad.

»Komm, Baby! Wir haben beide dringend eine Dusche nötig!«

Etwas wackelig folgte ich Noah ins Bad und blieb erschrocken vor dem Spiegel stehen.

»Was ist?« Er hatte vor mir gepinkelt, als wären wir schon ein altes Ehepaar, das nichts voreinander zu verbergen hatte, gab mir einen Klaps auf den Hintern und stellte sich unter die Dusche.

Was war? Ich sah furchtbar aus! Dass mich Noah so verliebt anschaute, erschloss sich mir gar nicht. Ich hatte dicke Augenringe, zotteliges Haar und rote Augen vom Weinen.

Da er die Toilette vor mir benutzt hatte, machte ich das Gleiche, auch wenn ich mich unwohl fühlte. Das Rauschen der Dusche übertönte meine Geräusche zum Glück.

Dann schlüpfte ich zu Noah in die Kabine und entspannte mich unter dem warmen Wasserstrahl.

»Ist die Temperatur gut so?«, fragte er.

»Himmlisch«, seufzte ich und ließ mir das Wasser über das Gesicht laufen.

»Was war das dann also eben?« Er war hinter mich getreten und glitt mit schaumigen Händen über meinen Busen, tiefer über meinen Bauch und zwischen meine Beine, wo er mich mit den Fingern erregte. »Also?«

»Ich sehe … furchtbar … aus«, stotterte ich, überrumpelt von der Reaktion meines eigenen Körpers. »Verheult und so.«

Er küsste mein Ohr und liebkoste weiter meinen Körper, was einfach nur wunderschön war. Ich warf den Kopf zurück an seine Schulter, spürte die Wassertropfen viel intensiver auf meiner Haut und packte seinen Arm, weil ich das dringende Bedürfnis hatte, mich irgendwo festzuhalten. »Unsinn! Ich könnte mir keine schönere Frau vorstellen«, sagte er und fand, dass nun er an der Reihe war, eingeschäumt zu werden. Was ich nur zu gerne machte.

Dieser Mann gefällt mir immer besser, dachte ich, als wir aus der Dusche stiegen und uns gegenseitig abtrockneten.

»Und jetzt verschwinde nicht wieder in dein Motel, Baby«, sagte Noah.

Kapitel 17

»Aber –«, fing ich an.

»Vertrau mir«, sagte Noah, zog mich am Handtuch zu sich und küsste mich zärtlich. »Es wird wirklich alles gut. Auch ich würde gerne jedem sagen, dass du meine Freundin bist. Aber das wäre unvernünftig.«

»Liebe ist unvernünftig«, sagte ich, und wir schwiegen beide einen Moment.

»Bleib einfach hier, Ida. Wenn du nicht bei mir bist, geht es mir schlechter und dir auch. Dabei muss das nicht sein.«

Ich wusste, dass er recht hatte, und so eine heftige Migräne-Attacke wie in der letzten Woche wollte ich nicht noch einmal erleben. Nachdenklich sah ich ihn an, doch die Entscheidung fiel mir nicht schwer. Ich wusste, was ich wollte. Diesen Mann.

»Gut, ich bleibe«, sagte ich und wurde mit einem sanften Kuss belohnt.

»Richtige Entscheidung.« Er grinste. »Und die einzige, die ich akzeptiert hätte.«

Sobald wir umgezogen waren und gefrühstückt hatten, holten wir meine Sachen aus dem Motel und lebten die nächsten freien Tage in einer rosaroten Blase. Wir kochten zusammen, trieben Sport, gingen unsere Rollen durch, redeten über Gott und die Welt und liebten uns, wenn uns danach war.

Bis der Abreisetag nach Venedig kam.

Auf dem Weg zum Flughafen scrollte ich auf meinem Handy durch die News und war überrascht, was für wilde Spekulationen kursierten.

»Ich würde die Nachrichten nicht lesen.« Im Rückspiegel fing ich Erics Blick auf. »Noah macht das auch nicht.«

»Echt?« Ich dachte an all die Fotos, die zuletzt im Bootsy Bellows entstanden waren.

Als wüsste Eric das, sagte er: »Die Partybilder gehören zu dem Image, das er pflegen will. Sie haben mit dem echten Noah nicht viel gemeinsam.«

Der echte Noah. Ich hatte schon oft den Eindruck gehabt, dass hinter seiner Fassade mehr war. Allen voran ein ziemlich anständiger, gefährlich kluger Mann. »Und was googelt der echte Noah? Aquarellmalerei?«, fragte ich scherzhaft, während Noah neben mir saß und sich ein Lachen verkniff.

»Das soll er dir besser selbst erzählen.«

»Er bringt doch keine Leute um?«

»Nicht wenn ich es verhindern kann.« Eric zwinkerte, und wir lachten.

Wie vorgeschlagen, packte ich mein Handy weg, rutschte an Noahs Seite und lehnte mich an seine Schulter. Er roch frisch geduscht, und ich seufzte selig, als er seinen Arm um mich legte und meine Stirn küsste. »Was googelst du also?«, fragte ich ihn.

»Rate!« Seine Lippen streiften mein Ohr und ein Schauer breitete sich über meinem Körper aus.

»Kunst?«

Er nickte.

»Filme?«

Ein Lächeln.

»Bauchmuskel-Übungen?«

»Baby, das hättest du nicht machen sollen.« Seine Hand legte sich auf meinen Busen, bis die Wärme durch mein Shirt und meinen BH drang. »Weißt du, was passiert, wenn du frech wirst?« Seine Stimme war rau, und ich hob den Kopf, um ihn anzusehen. Sein Blick war verhangen. Er beugte sich zu mir und küsste mich, schob seine Zunge in meinen Mund und sorgte dafür, dass mein Slip so richtig feucht wurde. Dann trennte er sich von mir. »Du wirst nass, geil und unbefriedigt in den Flieger steigen.« Er küsste mich wieder, wie um seine Worte zu unterstreichen. »Genau so!«, sagte er zufrieden und ließ mich los.

»Aber du bist dann auch unbefriedigt!« Ich legte meine Hand auf seinen Schwanz, der sich im Schritt seiner Hose steif abzeichnete.

»Damit kann ich leben.«

»Ich aber nicht«, grollte Eric.

»Reg dich ab, Eric! Ich könnte eine Monstererektion haben und in dieser Cargohose würde es niemand bemerken.« Er beugte sich wieder zu mir. »Außerdem sollst du verdammt genau wissen, was dir entgeht.« Ich keuchte und fasste mir schamlos in den Schritt. Bis Noah meine Hand packte und aus meiner Hose zog. »Strafe muss sein, Baby.«

Frustriert boxte ich Noah in die Seite, was ihn zum Lachen brachte. Und ich konnte ihm nicht böse sein.

♥

Mit den Paparazzi im Schlepptau erreichten wir den Flughafen. Noah drückte mir noch einen verlangenden Kuss auf die Lippen und setzte mir dann die Sonnenbrille auf.

Ich öffnete die Tür und hörte das Klicken der Kameras nur als Rauschen, so viele Bilder wurden geschossen.

»Mach einfach dein Ding!«, flüsterte mir Noah zu.

Ich stieg aus, ging zum Kofferraum und griff meinen kleinen Koffer, der zwischen einem Berg von anderem

Gepäck eingeklemmt lag.

Dass Noah mir gefolgt war, hörte ich am Klicken der Kameras. Wenn es überhaupt möglich war, so nahm der Bildersturm noch zu. Und hysterisches Frauengekreische mischte sich darunter. Menschen strömten uns entgegen, aber Noah und Eric taten so, als merkten sie es nicht. Eric holte einen Kofferwagen und lud mit Noah gemeinsam das Gepäck um.

Für einen Moment war ich wie erstarrt, doch als mich Noahs Blick streifte, fiel mir wieder ein, was er mir gesagt hatte: Ich sollte mein Ding machen, und genau das tat ich auch. Ich nutzte den Tumult um den Superstar und suchte beinahe unbehelligt den Check-in-Schalter auf. Einige Fotografen folgten mir zunächst, gaben jedoch schnell auf, da ihnen ein Bild von Noah Miller garantiert mehr einbrachte als eines von mir.

Während ich in der Schlange beim Check-in stand, unterhielt ich mich mit Jessica und Francine, die fast zeitgleich mit mir angekommen waren.

Eine Geräuschwolke aus Kameras und Kreischen kündigte Noah an, der es mittlerweile auch zum Check-in geschafft hatte, um sein Gepäck aufzugeben. Hinter den dunklen Gläsern meiner Sonnenbrille beobachtete ich ihn, wie entspannt und cool er aussah. Als mache ihm der Trubel nichts aus.

Immer wieder hielt ihn ein Fan auf, wollte ein Autogramm und machte Selfies mit ihm, und Noah kam den Wünschen nach, egal wie nervig es sein musste. Eine Frau langte ihm sogar an den Hintern, und ich verpasste, für eine Millisekunde in meiner Schlange aufzurücken. Doch Noah zuckte nicht einmal zusammen.

Diesen Aufstand fand ich schon heftig, und ich wollte mir nicht vorstellen, was passierte, wenn unsere Beziehung offiziell bekannt wurde. So sehr es mich nach wie vor störte, es für mich zu behalten. Ich hätte ihm in dem Punkt vertrauen sollen. Es war richtig, damit zu warten.

Am VIP-Schalter legte Eric die Dokumente vor, und sobald das Gepäck auf dem Förderband davonzuckelte, machten sich beide auf in Richtung Gate. Sie wussten, dass die Fotografen sie nur bis zu diesem Bereich begleiten und dann in Ruhe lassen würden.

Warum fliegst du eigentlich nicht erster Klasse?, fragte ich mich, rückte wieder mit Francine und Jessica einen Minischritt vorwärts und nahm missmutig wahr, dass die Großfamilie vor uns irgendein Problem zu haben schien und es deshalb nicht weiterging.

Ich fluchte, als die Paparazzi nun doch zu mir schwirrten, obwohl ich in meiner Schlange garantiert keine besonders spannende Figur abgab. Ich starrte so stoisch auf mein Handy, dass man hätte meinen können, dort liefe die Liveübertragung der Marslandung, und wünschte mir nichts sehnlicher, als endlich an der Reihe zu sein.

»Komm mit!« Ich sah zur Seite und entdeckte Eric, der doch eigentlich schon längst durch die Sicherheitskontrolle hätte durch sein müssen. Er zerrte mich und auch meine Kolleginnen zum VIP-Schalter, der komplett leer war.

»Aber ich flieg nur Economy.«

»Ich denke, die Dame kann eine Ausnahme machen.« Da Eric meinen Koffer schon aus der Reihe dirigierte, folgte ich ihm und reichte meine Dokumente hinüber. Und welch Wunder, ich wurde problemlos abgefertigt.

Sobald mir die Frau einen guten Flug gewünscht hatte und mein Gepäck davonratterte, folgte ich Eric.

Wie auch immer er das anstellte, er lotste uns alle an der großen Schlange für die Sicherheitskontrollen vorbei und schickte uns einen Gang entlang zu einer einzelnen Station, wo man uns blitzschnell durchcheckte. Und schneller als gedacht war ich umgeben von der Ruhe der Shoppingmall und des Wartebereichs. Herrlich.

Meinen beiden Kolleginnen ging es ähnlich. »Wollen wir uns einen Prosecco gönnen?«, fragte Jessica.

»Au ja!«, jubelte ich.

Eric räusperte sich.

»Was?«, fragte ich. »Oh … äh … ich kann nicht. Mein Filmpartner wollte noch Text mit mir üben«, verabschiedete ich mich schnell von den beiden, ehe die Lüge aufflog.

Während Eric mich durch den Wartebereich lotste, ging er an sein Handy. »Ja, wir sind gleich da … geht so … keine Ahnung warum … Francine und eure Make-up-Dame standen auch für die Economy an … ich kann ja nicht alles wissen, du bist meine Aufgabe, nicht sie … ja, bis gleich.«

Ich folgte Eric zu einer Rolltreppe und dann über einen mit Teppich ausgelegten Gang in einen Raum mit Ledersesseln, Fernsehbildschirmen und Anzeigetafeln mit Fluginformationen. Direkt zu Noah.

»Hier ist sie!«, ließ Eric unnötigerweise verlautbaren.

Noah grinste und hielt mir sein Tablet unter die Nase, auf dem ich ziemlich stoisch geradeaus schauend in der Check-in-Schlange zu sehen war.

»Schön, dass wenigstens einer das lustig findet«, sagte ich und ließ mich mit einem Seufzen in einen der Sessel fallen.

»Du solltest anfangen, darüber zu lachen«, sagte Noah, setzte sich auf die Sessellehne und zerzauste mein Haar. »Anders übersteht man diesen Wahnsinn nicht.«

»Also gut, zeig mir noch mal die Bilder meines Shootings.« Auffordernd streckte ich die Hand aus.

»Sarkasmus?« Er grinste. »Das ist ein Anfang.« Er reichte mir das Tablet und hielt mir mein Elend unter die Nase.

»Eigentlich sehe ich gar nicht so furchtbar aus«, stellte ich überrascht fest.

»Das musst du mir nicht sagen«, sagte Noah. Während Eric auf seinem Handy herumtippte, zog er mich aus dem Sessel, machte es sich auf meinem Platz gemütlich und platzierte mich auf seinen Schoß. »Warum fliegst du überhaupt Economy?«

»Weil ich mir kein Upgrade leisten kann«, klärte ich ihn auf. Die Produktionsfirma übernahm natürlich die Reise- und Unterbringungskosten. Aber Extrawünsche musste man aus eigener Tasche bezahlen – was ich in Anbetracht der Kosten, die wir für die Dreharbeiten auf vier Kontinenten verursachten, ein Unding fand. Schließlich wäre so ein Upgrade kaum ins Gewicht gefallen.

»Eric?«

»Sie hat recht. Sobald ich die Drehpläne hab, buch ich dir immer wieder alles um. Ich flieg nicht stundenlang eingepfercht wie in einer Sardinenbüchse und du auch nicht.«

»Schau nicht so«, tat ich fröhlich. »Das geht. Ich kipp mir einen Wein hinter die Binde, schau einen Film und schlafe hoffentlich die meiste Zeit.« Eingequetscht zwischen zwei fremden Leuten. Mein Magen knurrte. »Und ich ess was. Unbedingt.«

»Tut mir echt leid«, sagte er. »Die anderen Flüge werden besser. Eric kümmert sich darum.«

»Macht wirklich nichts.« Ich kuschelte mich an ihn. Ich fand viel schlimmer, dass wir uns trennen mussten. Er hatte irgendetwas an sich, dass ich mich bei ihm am wohlsten fühle.

»Dies ist ein Aufruf für British Airways BA1540 nach London Heathrow. Die Passagiere der ersten Klasse werden zum Gate 41 gebeten.«

Eric stand auf, und auch Noah zog mich mit sich hoch.

In der Abflughalle sah ich Noah hinterher, wie er sein Ticket vorzeigte, um an Bord zu gehen. Ich wartete, bis die Business-Economy an der Reihe war.

»Miss Portman?« Verwundert sah ich zur Stewardess hoch, die sich zu meinem Sitz beugte. »Würden Sie bitte mitkommen?«

»Ich hab nichts gemacht.« Wir hatten soeben die Reiseflughöhe erreicht, und ich fieberte dem ersten Snack entgegen, da ich nun richtig Hunger hatte. In meinem Sitz hatte ich eine Position gefunden, die erträglich war. Und wenn alles gut ginge, dann würde ich gleich einschlafen und könnte mich mit Fantasien von Noah unterhalten.

Sie lächelte. »Und Sie sollten alle Ihre persönlichen Sachen mitnehmen, Miss.«

Also, wären wir nicht schon in der Luft gewesen, so hätte ich glatt denken können, man hätte eine Bombe in meinem Koffer gefunden und würde mich bitten, die Maschine wieder zu verlassen. Die Passagiere in meiner unmittelbaren Nähe sahen mich auch genauso an, aber um nicht für noch mehr Aufmerksamkeit zu sorgen, nahm ich meine Handtasche, verstaute meine Kopfhörer und meine Zeitschrift und klemmte mir mein Schlafkissen unter den Arm.

»Folgen Sie mir bitte!«, sagte sie, als ich offensichtlich alles hatte.

Da mir keine andere Wahl blieb, lief ich ihrem marineblauen Blazer und dem dazu passenden Rock hinterher. Wir ließen die Economyclass hinter uns und passierten auch die Businessclass. Selbstbewusst nahm sie eine Treppe und mir wurde erst jetzt klar, wie riesig diese Maschine war.

Dass wir die erste Klasse betraten, merkte ich an der Innenausstattung, ohne dass man es mir extra sagen musste. Der Boden, die Wände, einfach alles war eine Spur teurer gehalten als im Rest des Fliegers. Außerdem war es deutlich ruhiger. Man hörte kaum die Turbinen. Und ich musste unwillkürlich grinsen, weil ich nur einen Menschen kannte, der eine Stewardess nach mir losschicken würde.

Hier oben gab es nicht nur Reihen mit bequemen Stühlen, sondern auch fliegende Suiten, wie sie meines Wissens bisher nur bei den Singapore Airlines eingebaut worden waren.

Die Stewardess schob eine Doppeltür auf und dahinter saß Noah in einem von zwei Ledersesseln.

»Möchten Sie *jetzt* Ihr Abendessen bestellen, Sir?«

Offensichtlich war ich eine Bedingung gewesen.

Er klopfte mit der Hand auf den Platz neben sich, damit ich mich setzte, und bestellte, so wie es für mich klang, die halbe Karte.

»Du hast aber Hunger«, staunte ich, als die Stewardess mit der Bestellung davonging.

Flüchtig streiften seine Lippen meinen Hals. »Mmh.« Mein Magen knurrte wie auf Kommando. »Und ich bin nicht der Einzige.« Er grinste. »Am meisten freu ich mich allerdings auf den Nachtisch.«

»Was gibt es denn da?« Ich griff nach der Karte und mir lief das Wasser im Mund zusammen, als ich von Schokoladentarte mit Erdbeersoße las.

Noah nahm mir das Menü aus der Hand: »Dich.«

Sofort zog sich meine Mitte zusammen. Und ich schielte zu seiner Mitte: Noahs wies eine eindeutige Beule auf. Er dachte an Schweinereien mit mir in der Hauptrolle.

»Warum nicht schon vor dem Hauptgang naschen?«, neckte ich ihn. Ich beugte mich zu Noah und drückte ihm flüchtig einen Kuss auf die Lippen. »Und ich hab auch nichts gegen eine Vorspeise.« Mutig rutschte ich zu ihm rüber und setzte mich rittlings auf seinen Schoß. Seine Erektion drückte gegen meine Scham und Lust schoss durch meinen Körper.

»Darum«, sagte er.

Die Tür wurde aufgeschoben. »Sir? Ihr Essen.« Die Stewardess betrat die Kabine und lud die Teller ab. Sie warf uns beiden einen Blick zu, dem man keinen einzigen abschätzigen Gedanken ansah, so als erlebte sie jeden Tag Pärchen, die in diesen Suiten herummachten. Und vielleicht war dem auch so. Dann verabschiedete sie sich endgültig.

♥

»Iss!«, forderte Noah mich auf.

Ich verzog das Gesicht, denn ich wollte da weitermachen, wo wir gerade unterbrochen worden waren.

»Ich meine das ernst, Ida. Du musst doch mittlerweile am Verhungern sein.« Er warf mir einen warnenden Blick zu, und ich begutachtete artig die Auswahl. »Ist sogar vegan«, sagte er. Er beugte sich an mein Ohr: »Oder soll ich dich füttern?«

»Das hättest du wohl gerne«, sagte ich, kletterte von seinem Schoß und setzte mich in meinen eigenen Sessel, um in Ruhe zu essen. Mit jedem Bissen fühlte ich mich besser.

Satt und müde lehnte ich mich schließlich in meinem

Sitz zurück und schaute auf die halb leeren Teller. »Ich würde echt gern noch mehr essen, aber ich glaube, dann platze ich.« Ich tat, als würde ich explodieren. »Mann, bin ich fett!«

Noah rieb meinen Bauch und klopfte gutmütig auf die Miniwampe. »Klar, total.« Als ich das Gesicht verzog, lachte er. »Ich weiß, dass ihr Frauen Witze über euer Gewicht nicht gut vertragt. Aber du hast damit angefangen. Und das, obwohl du weißt, dass du alles andere als dick bist.«

Wieder schielte ich zu den Tellern und leckte mir die Lippen. »Aber ich denke, ich könnte jetzt einen Nachtisch vertragen. Und das Dessert, das ich gerne vernaschen möchte, ist schon hier.«

Ohne mich aus den Augen zu lassen, lehnte Noah sich vor und drückte auf dem Bedienfeld einen Knopf mit einer Sprechblase. Eine Minute später kam wieder die gleiche Stewardess, die mich auch aus der Economyclass gerettet hatte – Ruth, laut dem Namensschild an ihrem Revers.

»War alles zu Ihrer Zufriedenheit, Sir?«

Noah nickte und wurde mit einem Eintausend-Watt-Lächeln belohnt, das in meine Richtung immer noch neunhundertneunundneunzig Watt erreichte. »Danke. Ja. Könnten Sie alles abräumen und dann die Suite zur Nacht umbauen.«

Röte schoss mir ins Gesicht, als mir klar wurde, was er ihr da sagte. Ruth nahm alle Teller mit und verschwand. Ich stand mit Noah auf und legte meine Handfläche auf meine Wangen, damit die Hitze verflog. »Noch direkter ging es wohl nicht?«

Leise lachend zog er mich auf den Gang und legte seine Arme um mich. »Ich bin mir sicher, Ruth weiß, was ein Mann und eine Frau in einem Bett machen.«

»Auch wenn der Flieger noch gar nicht die offizielle Nachtruhe eingeleitet hat?«, fragte ich.

Just in dem Moment, als hätte mich jemand gehört, wurde überall das Licht runtergedimmt und nur eine Notbeleuchtung am Boden wies den Weg. Ruth baute in atemberaubender Geschwindigkeit die Kabine, in der wir gerade noch gegessen hatten, in ein luxuriöses fliegendes Schlafzimmer um.

»Danke, Ruth«, sagt Noah.

»Eine gute Nacht, Sir«, antwortete sie und ihre Wangen bekamen einen leichten Rotschimmer.

Ich blickte ihr finster hinterher. »Musstest du sie mit dem Vornamen ansprechen?«

»Ich war nur höflich.« Noah schloss die Schiebetüren.

»Sie hat mit dir geflirtet!«

»Eifersüchtig?« Seine Augen funkelten amüsiert, und er zog sich das Shirt über den Kopf.

Sekundenlang war ich wie gelähmt von seinem Anblick. Dann ließ ich, wie von ihm angezogen, meine Hände über seinen Körper wandern. »Ja«, gab ich zu.

»Weißt du, wie heiß das ist?«

»War Miranda denn nie eifersüchtig?«

Noah stieg nun auch aus seiner Cargopants. »Nicht dass ich wüsste. Warum sollte sie auch? Wir waren ja nie wirklich zusammen, aber wenn dich das eben schon geärgert hat …« Er grinste, als fände er das ziemlich heiß. »Beeil dich besser und zieh dich aus, Baby!« Er spielte mit meinen Haaren. »Ich bin mir sicher, Ruth würde nicht so lange warten.«

»Wie bitte?! Wenn du Ruth noch einmal erwähnst, dann –«

»Mach! Hopp!«

Sein fordernder Tonfall verfehlte nicht seine Wirkung. Meine Knie wurden weich. Und zwischen meinen

Schenkeln stieg die Wärme. Feucht war ich sowieso. Dazu hatte schon Noahs Nähe gereicht.

»Ich will dich.« Er zog sich weiter aus, bis er nackt mit seinem harten Schwanz vor mir stand.

Bewundernd fraß ich ihn mit den Augen auf, eindeutig Dessert. Ich liebte seine starken Schultern, die trainierte Brust, nicht zu viel, nicht zu wenig. Das leichte Sixpack, die schmalen Hüften, dass er genau an den richtigen Stellen Haare hatte, männlich und dennoch gepflegt. Und natürlich seinen Schwanz, der dick und lang war und den ich in mir spüren wollte. Schnell.

»Und du willst mich auch, Ida. Ich kann es in deinen Augen sehen.« Er kam näher. »Ich sag es nicht noch mal: Zieh dich aus!«

Mit zittrigen Fingern zerrte ich mir mein Shirt über den Kopf. Er kam näher, und weil ich ihm offensichtlich zu langsam war, zog er mir meine bequeme Flughose samt Slip runter und griff zwischen meine Beine.

Ich stöhnte und hielt mich nackt an seinen Schultern fest. »Ja!«

»Also das Ausziehen üben wir noch.« Sein Blick wurde dunkel. »Wenn ich was sage, dann heißt das, dass *du* das machst. Nicht ich.«

»Ach halt die Klappe!« Ich zog ihn stürmisch zu mir und küsste ihn. Ich wusste, dass ich es besser konnte, wenn ich wollte. Ich hatte schon den einen oder anderen Striptease gespielt. Nur bei Noah wollte ich nicht spielen, bei ihm sollte alles echt sein, neu, einmalig. Und das war es auch.

Wir taumelten durch die Kabine. Noah nahm meinen Mund ein, unsere Zungen trafen sich und wir landeten auf dem Bett. Automatisch öffnete ich ihm die Beine.

»Breiter!«, verlangte er und küsste mein Knie.

Ich gehorchte. Er sah mich an und unter seinem Blick

summte mein Körper. Er kniete zwischen meinen Beinen und fuhr mit seiner Eichel an meiner feuchten Spalte entlang. Wir beide stöhnten bei der Berührung vor Lust und atmeten schwer. Selbst wenn man das noch als Vorspiel bezeichnete, so war uns beiden doch klar, dass es nicht mehr lange dauern würde, bis der Höhepunkt erreicht war. Ich hatte noch zu gut im Kopf, wie er sich in mir angefühlt hatte. Wozu er meinen Körper gebracht hatte. Und ich wollte es wieder. Wollte mich ihm nah fühlen, wollte ihn einfach.

Noah zögerte den Moment, in mich zu dringen, weiter und weiter hinaus. Mein Körper spielte, improvisierte, versuchte, ihn aus der Reserve zu locken. Jedes Stückchen Haut, das ich berühren konnte, berührte ich.

Als ich meine Hüften hob und Noah unachtsam war, drang er endlich in mich ein. Er stöhnte und warf den Kopf zurück. Die Muskeln seiner Schultern waren angespannt. Die Sehnen an seinem Hals traten hervor. Sein Mund war halb geöffnet, wenn er mich nicht gerade küsste, und seine Wangen und sein Hals waren rot vor Hitze. Der Schweiß perlte auf seiner Brust und seiner Stirn. Und ein Ausdruck glückseliger Entrücktheit lag auf seinem Gesicht, sobald er mich ganz erobert hatte und unsere Körper perfekt miteinander verschmolzen waren.

»Wenn du dich nicht gleich bewegst, dann ruf ich die Sky Marshals und sag, du bringst mich um.« Ich drückte mich enger an ihn, doch ich lag nach wie vor unter ihm und das bisschen Bewegungsfreiheit, das ich hatte, reichte nicht, um meine Lust zu befriedigen.

»Tu es doch! Ich kann nämlich nicht damit aufhören, dich in den Wahnsinn zu treiben.« Wie zum Beweis bewegte er seine Hüfte, glitt fast vollständig aus mir heraus und drang dann wieder langsam in mich. Er stöhnte und sein Herz raste, als würde er gerade einen Marathon laufen.

Und mir ging es nicht anders. Mein Körper glühte, und ich wand mich unter ihm. Ich wollte seiner Folter entkommen und gleichzeitig konnte nur er mich erlösen.

»Jetzt sag mir nicht, dass dir nicht gefällt, was ich mit dir anstelle.« Er verschränkte meine Hände mit seinen und drückte sie neben mich, sodass ich ihn nicht mal mehr berühren konnte.

»Sehe ich so aus, als würde es mir gefallen?«, fauchte ich.

Er senkte seine Lippen an mein Ohr: »Oh ja.« Ein feuchter Atemhauch. Gänsehaut. »Deine Muschi zuckt sehr eindeutig.« Lippen. Gänsehaut. »Du bist klatschnass und saust das Bett ein.« Seine Zähne an meinem Hals. Ein Schauer. »Deine Nippel sind hart.« Wieder nur ein Atemhauch. »Und deine Augen flehen mich an.«

Hilfe! »Warum wirkt es dann nicht und du nimmst mich endlich?«

Sein Schwanz zuckte in mir, und er holte mehrmals Luft, um nicht die Beherrschung zu verlieren, so sehr machte ich ihn an. »Keine Sorge, mach ich schon noch, Baby. Aber jetzt möchte ich dich genießen. Der Flug ist schließlich lang.«

Die Worte sorgten für einen süßen Schwindel. Mir hätte klar sein müssen, dass Sex mit Noah immer nach seinen Regeln ablief. Mehrmals öffnete und schloss ich den Mund, aber ich hatte keine Ahnung, was ich sagen wollte. »Bitte«, flüsterte ich schließlich und betete stumm weiter.

Noah entwich ein männlicher Laut, etwas zwischen Knurren und Seufzen und Himmel, endlich bewegte er sich, nicht nur einmal, sondern ohne Pause.

Ich stöhnte und stand an der Schwelle zum ersten Orgasmus, obwohl wir noch nicht mal richtig angefangen hatten. »Noah, ich komm gleich!«, warnte ich ihn.

Ein zufriedenes Lächeln stahl sich auf seine Lippen. »Ach ja?« Er bewegte sich weiter so sanft in mir, rein und raus, als könnte er das ewig machen.

»Oh Gott!« Ich schlang meine Beine um seine Hüften und zog ihn enger an mich. Und da passierte es. Ich kam, alles zog sich in mir zusammen, pulsierte warm und nass. Ich fühlte mich ein bisschen wie in einer Achterbahn, ich nahm Looping um Looping, und nach der letzten Runde wurde der Wagen langsamer, man fühlt sich total aufgelöst, glücklich, selig, und man hat unglaublich weiche, schlotternde Knochen.

So landete ich unter Noah. Und musste schlucken, als ich den Ausdruck in seinen Augen sah. Wie auch immer er es schaffte, sich zu beherrschen, sein Gesicht sagte mir, dass das erst der Anfang war und er noch Großes mit mir vorhatte.

»War das gut?«, fragte er mit einer Stimme, die vor Lust rau und dunkel klang und in mir vibrierte.

»Mmh«, machte ich.

»Und wie ist das?« Er stieß härter in mich, und ich zuckte zusammen. Erst wollte ich protestieren, aber stattdessen kam ein Stöhnen über meine Lippen. »Aha«, sagte er und wiederholte die Bewegung. »Was meinst du, wie lange ich dich so quälen kann, bis du wieder kommst?«

Schon die Worte sorgten dafür, dass sich mein Innerstes um seinen Schwanz zusammenzog. Was total bescheuert war, weil mein restlicher Körper nicht zu sehr viel mehr fähig war, als dazuliegen und zu glühen.

»Kann es sein, dass du es liebst, wenn ich mit dir mache, was ich will?« Er packte meine Hände, legte sie über meinen Kopf und hielt sie mit einer Hand fest. Mit der anderen strich er langsam über meinen Arm, brachte mich zum Kreischen, als er meine Achsel berührte und mich kitzelte, und grinste, als würde er sich das für später merken. Und dabei nahm er mich schneller. »Auch wenn mir deine Augen schon die Antwort geben: Ich will es hören, Ida. Gefällt dir das?« Seine Finger drückten meine Nippel, und ich schrie auf.

»Oh mein Gott. Ja!«

Er hielt in seiner Bewegung inne und beugte sich an mein Ohr. »Was genau? Der harte Sex? Dass ich dich festhalte? Wie ich mit dir spreche?«

Als litte ich an Entzugserscheinungen, zitterte mein Körper. Das hier war kein Spiel. Er wusste sehr genau, was er tat, und es war klar, wohin das führte. Ich hatte es schon bei den Dreharbeiten gespürt: Ihn machte es an, dominant zu sein. Und ich genoss es, mich ihm hinzugeben.

»Sag schon, Baby!« Er biss mich schmerzhaft in mein Ohrläppchen, und ich wusste, das sollte genau so sein. Je länger ich schwieg, desto mehr quälte ich ihn. Und ich begriff, dass eigentlich ich die Macht hatte. Egal, was er tat. Obwohl ich unter ihm lag und mich keinen Zentimeter bewegen konnte.

»Du spürst die Antwort. Du kennst sie«, flüsterte ich heiser.

»Sag es trotzdem!«

»Alles. Ich mag alles, was du mit mir machst, Noah.«

»Danke, Baby«, murmelte er. Dann nahm er mich hart und tief, wobei sich Schmerz und Lust verbanden. Seine Hüften klatschten gegen meine. Schnelle, kurze Stöße wechselten sich mit langsamen, tiefen Bewegungen ab. Und scheiße, es gefiel mir.

Der Griff um meine Handgelenke wurde fester. Er

beugte sich über mich und sein Kopf fiel neben meinen in das Kissen, als hätte er keine Kraft mehr, ihn zu tragen, und seine freie Hand schob sich unter meinen Körper, packte meinen Hintern und drückte mich seinem Schwanz noch enger entgegen.

Und dann kam ich erneut, ganz anders als zuvor. Härter, länger, schmerzhafter, besser. Und ich spürte Noah nach wie vor in mich hämmern, als hätte er nichts davon mitbekommen. Und gerade als ich ihm irgendwie mitteilen wollte, dass er langsamer machen sollte – auch wenn mir völlig unklar war, ob ich sprechen konnte – kam ich erneut heftig, woraufhin Noah ein Grollen von sich gab und er mich wild in den Nacken biss, durch meine Mähne hindurch. Und er hörte noch immer nicht auf. Und ich wusste, dass ich mich nicht wehren konnte und alles in mir schon wieder so verrückt pochte, dass mir schwindelig wurde und Sterne vor meinen Augen tanzten.

Ich hätte den Sky Marshal holen sollen, oder Ruth oder Eric. Irgendwen, denn er brachte mich um. Tod durch Sex. Ein süßes Ende, aber ein Ende.

Bis auch Noah kam, genauso wild wie der Sex war. Als wollte er, dass sein Samen für immer in mir blieb. Und obwohl ich es nicht für möglich hielt, erlebte auch ich erneut einen Orgasmus, der Noah wieder dieses schnaufende Auflachen entlockte, über das wir auf jeden Fall reden würden. Wenn ich mich später daran erinnern könnte.

Stöhnend und mit einem letzten tiefen Stoß brach er auf mir zusammen. Der Griff seiner Hand lockerte sich, und ich hörte seinen schnellen Atem und spürte sein Herz wild hämmern. Ich selbst bekam kaum Luft und schwitzte. Aber ich war nicht fähig, an dem Zustand irgendetwas zu ändern. Ich konnte keinen Finger mehr heben. Nicht mal meine Arme rührten sich, sie lagen immer noch über meinem Kopf und kribbelten, als wären sie taub.

»Geht es dir gut?«, keuchte Noah in das Kopfkissen.

Kapitel 18

»Mmh«, murmelte ich, viel zu geschafft, um mehr zu sagen. Und wenn ich ehrlich war, wusste ich es nicht. Mein Körper fühlte sich fremd an. Sexy und mitgenommen. Ausgepowert und zugleich strotzend vor Energie.

Sanft drehte Noah mein Gesicht zu sich und küsste mich. Und ich staunte darüber, dass er sich bewegen konnte. Ich rührte mich immer noch nicht. Und ich bezweifelte stark, dass sich das in den nächsten Minuten ändern würde. Das eben war wirklich der Wahnsinn gewesen. Das hob Sex auf ein völlig neues Level.

Noahs Hand tastete sich über meinen Körper, und ich stöhnte, dieses Mal nicht vor Lust, sondern vor Schmerz, da meine Haut brannte, als stünde sie noch immer unter Strom. Dann berührte er meine Hände und ich zuckte zusammen, weil seine so warm waren, geradezu glühend. Meine dagegen kühl.

»Ida?« Noah stützte sich über mir auf die Ellenbogen.

»Mmh?« Wenn nötig würde ich so eine ganze Unterhaltung führen.

»Schau mich mal an!« Seine Hand streichelte mein Gesicht und strich Haare beiseite.

Ich versuchte es, doch meine Lider waren schwer wie Blei. Und ich wollte sie nicht öffnen. »Mmh«, knurrte ich, dieses Mal unwillig.

»Wie, du willst mich nicht ansehen?«, scherzte er, aber ich hörte den angespannten Unterton in seiner Stimme.

Ich seufzte und kämpfte mit der Schwerkraft. Mit großer Willensanstrengung gelang es mir schließlich, die

Augen zu öffnen. *Du willst ihn sehen*, redete ich mir gut zu. *Du willst wissen, wie sein Gesicht aussieht. Ob er wieder so zufrieden lächelt. Und auch einfach so, du willst ihn ansehen, in das weiche Braun seiner Augen schauen und sehen, wie zerzaust seine Haare sind.*

Meine Lider flatterten, dann blinzelte ich ihn an, und mir gelang ein mattes Lächeln. »Hey.« Meine Stimme protestierte, und ich bekam Panik, dass ich nun heiser wäre. Das würde Christopher nicht gefallen. Ich räusperte mich.

»Das geht vorbei«, sagte Noah, als hätte er meine Gedanken gelesen, löste sich von mir und glitt aus mir heraus. Sein Blick war verträumt, zufrieden, sanft, liebevoll. Und ich war froh, dass ich es geschafft hatte, meine Augen zu öffnen, um diesen Ausdruck zu sehen.

Er legte sich auf den Rücken und zog mich an sich, und dann lag ich wie eine Puppe an seiner Brust und spürte seine Hände auf meinem Rücken.

»Mir ist seltsam«, sagte ich flüsternd, ohne zu verstehen warum. Aber immerhin konnte ich schon einen ganzen Satz formulieren.

»Das ist das Adrenalin, das dein Körper jetzt abbaut.«

»Und deiner tut das nicht?«

Noah lachte leise. »Ich glaube, deiner hat mehr abbekommen.« Er nahm meinen Kopf und zog ihn nach oben, sodass wir uns in die Augen sehen konnten. »Das eben war heftig, okay?« Ich runzelte die Stirn. »Es ist normal, dass du so k.o. bist.«

»Ich fühl mich ein bisschen so wie nach dem Dreh auf dem Tisch.«

»Ich weiß«, sagte er sanft und schlang seine Arme um mich, und ich kuschelte mich an ihn. Obwohl ihm verdammt heiß war, zog er die Decke über uns, und ich genoss die Wärme, die mich von innen und außen durchdrang.

Wir redeten leise miteinander. Über das, was wir gerade erlebt hatten. Wie es sich für uns angefühlt hatte. Und es tat gut.

Noah erzählte mir, was er noch alles mit mir vorhatte. Wir sprachen über die BDSM-Sexszene, die wir in wenigen Wochen drehen würden. Und er erklärte, wie er Sessions durchführte und dass er die Rolle nicht angenommen hätte, wenn er keine Ahnung davon gehabt hätte.

»Findest du, ich war dumm?«, fragte ich.

»Auf jeden Fall.« Er lächelte und streichelte über meine Wange. »Aber ich bin froh, dass du es warst.«

♥

»Hey, Aufwachen, Baby! Wir landen bald.«

Ich grunzte unwillig.

Noah lachte und zog mir die Decke weg.

Erschöpft blinzelte ich und sah ihn komplett angezogen und hinreißend wie immer in unserem Liebesnest stehen. Er hatte sich sogar schon rasiert, und er roch frisch und fit.

»Das war nicht alles nur ein Traum, oder?« Ich schwang die Beine aus dem Bett und verzog vor Schmerz das Gesicht.

Noah schüttelte den Kopf. Ich sah mich suchend nach meinen Sachen um, und er reichte sie mir. Ohne dass ich etwas sagen musste, zeigte er mir den Weg zum Bad, das deutlich größer war als die winzigen Abstellkammern in der Economyclass.

Ich putzte mir die Zähne. Dann ließ ich Wasser ins Waschbecken, zog mich aus und wusch mich mit einem Lappen von Kopf bis Fuß.

»Darf ich?« Noah stand auf und fuhr mit dem Daumen über eine Stelle an meinem Nacken, wo man den

Abdruck seiner Zähne sah. Weitere Spuren hatte ich wie durch ein Wunder nicht. Dann nahm er mir den Lappen aus der Hand und übernahm es, mich zu waschen. Und so fremd es sich auch anfühlte, ich genoss es.

»Du hast gesagt, dass wir noch kein Paar sein können, weil die Presse durchdrehen würde. Was genau würde passieren?«, fragte ich.

»Wir würden, solange der Film gedreht und später ausgestrahlt wird, jede Titelseite zieren. Ich weiß auch nicht, wie sie das genau machen, aber jedes intime Detail wird an die Öffentlichkeit gezerrt. Wie du darum bettelst, genommen zu werden, dass du gerne unten liegst, wie wir Dirty Talk machen.«

Er legte eine Pause ein und sah mich aufmerksam an; ich nickte, damit er fortfuhr.

»Dazu kommen all die Details, die gar nicht stimmen. Über mich stand so ziemlich alles schon in der Presse. Ich hätte Sex mit Minderjährigen gehabt, nähme Drogen, hätte eine Schwanz-OP.« Wieder machte er eine Pause und unterstrich seine Worte. »Für dich wird das viel schlimmer. Wahrscheinlich dichtet man dir einen falschen Busen, eine Fettabsaugung und natürlich zig Schwangerschaften an. Du lächelst jemanden an, wie du es immer tust, und man wird dir eine Affäre anhängen. Die Artikel werden so geschrieben sein, dass sogar deine Eltern glauben werden, dass es wahr ist.« Er holte Luft. »Und natürlich werden uns Kameras auf Schritt und Tritt verfolgen.«

»Also, wenn das so wie am Flughafen ist, dann –«

Er schüttelte den Kopf. »Das war noch gar nichts, Baby.«

Als wir wieder zur Kabine gingen, hatte jemand in unserer Abwesenheit die Betten wieder zu Sesseln umgebaut. Noah bestellte Frühstück, und wenig später sahen wir uns über Orangensaft, Kaffee, Brötchen und Marmelade hinweg an.

»Noah?«

Er antwortete nicht. Es herrschte die Art Schweigen, wo jeder nachdachte, wie es jetzt weitergehen könnte. Er legte einfach sein Brötchen auf den Teller.

»Ich muss es ja gar nicht der ganzen Welt sagen«, versuchte ich zu verhandeln. Nun nahm ich mir auch ein Brötchen und beschmierte es mit Butter.

»Was willst du dann?« Er sah mir tief in die Augen.

Ich lächelte und beugte mich zu ihm. »Ich will dich küssen, wann immer mir danach ist. Und ich will dir auf den Hintern starren, ohne dass ich schief angeschaut werde. Ich will neben dir einschlafen und aufwachen, so wie heute, und noch zwanzigtausend Dinge mehr.«

»Das klingt fast wie ein Antrag«, witzelte Noah und bekam dafür von mir einen kräftigen Faustschlag in die Seite. Lachend rieb er sich seinen Arm. »Ich will das Gleiche wie du, Ida. Ich will dich küssen. Auf deinen Hintern oder deinen Busen starren. Reden, lachen, neben dir schlafen. Auf dir. Mit dir.«

»Aber?«

»Kein Aber. Ich nehme mir, was ich will, so oft ich kann. Vielleicht solltest du das auch mal versuchen? Es könnte dir gefallen.« Er stand auf und legte mir den Sicherheitsgurt um, als fürchtete er, dass ich entwischen könnte.

»Was t-t-tust du da?«, stammelte ich.

Er packte den Saum meiner Hose. Und den meiner Unterwäsche. Und er zog beides ganz aus. »Mir nehmen, was ich gerade will, und dir zeigen, wie einfach das ist.« Er steckte mein Höschen in eine der zahlreichen Taschen seiner Cargopants und half mir dann wieder in meine bequeme Reisehose.

»Ich halte das für keine gute Idee.« Meine Stimme zitterte. »Jetzt mach ich feuchte Flecken in meine Hose. Und jeder kann das früher oder später sehen.«

»Ach so?« Er wollte sich gerade setzen, drehte sich jedoch wieder um. Prüfend ließ er seine Hand wieder unter meiner Hose verschwinden und schob seine Finger ohne lange Rede in meine heiße, feuchte Öffnung. »Also für mich fühlt sich hier alles richtig an.«

Ja, feucht!

Ich wand mich. »Oh Gott, bitte lass das!« Wir würden gleich landen, und ich war so erregt, dass ich jeden Moment käme.

Er nahm mich, massierte mit dem Daumen meine Klit und zog den Saum der Hose tiefer. Dann drückte er meine Knie auseinander und zog mein Becken auf die Kante des Sitzes. Langsam leckte er über meine Spalte, und ich zappelte angeschnallt in meinem Sitz. »Warum sollte ich?« Er saugte kräftiger und alles in mir zog sich zusammen. »Ich hab hier was zu beweisen: Ich will dich. Und du mich. Komm!«

Seine Finger berührten mich härter, seine Lippen saugten an mir und das alles war zu viel für mich. Ich gehorchte seinem Befehl und sank stöhnend in meinem Sitz zusammen.

»Bekomm ich jetzt mein Höschen wieder?«, fragte ich keuchend.

»Nein. Ich hab, was ich will. Versuch du doch einfach, dir auch zu holen, was du willst.«

♥

Noah blieb dabei und gab mir mein Höschen nicht zurück. Und dafür wollte ich ihn abwechselnd in eine Ecke ziehen, in der uns niemand sah, oder ihn umbringen.

Mutig nahm ich ihn jedoch beim Wort und nahm mir

auch, was ich wollte. Nach unserem Weiterflug von London nach Venedig blieb ich beim Aussteigen an seiner Seite und er an meiner. Ab und zu berührten sich unsere Hände verstohlen und von den anderen Fluggästen unbemerkt. Und ein wissendes Lächeln lag auf seinen Lippen, das mich beruhigte.

Am Gepäckband sorgte Noah für den ersten Tumult. Während sein First-Class-Gepäck ihm ohne Warterei überreicht wurde, musste ich für meinen Koffer wie alle anderen auch am Gepäckband anstehen. Und auch hier blieb er an meiner Seite.

»Wie praktisch, dass deine Tasche schwarz ist«, murmelte er beim Anblick des Gepäcks, das zu neunzig Prozent dunkel war. Er stellte sich neben mich, und obwohl wir uns nicht berührten, spürte ich seine Präsenz.

Mir war nicht danach, über mein Gepäck zu sprechen. Ich starrte auf die Koffer, fand aber sein Verhalten viel interessanter. »Macht es dir nichts aus, hier mit mir zu warten? Du könntest schon im Hotelpool entspannen. Stattdessen riskierst du neue Gerüchte.« Ich kicherte, als er Luft in meinen Nacken blies.

»Lass mich überlegen: Ida versus Pool? Du hast das Rennen ganz knapp gewonnen. Und Gerüchte gibt es immer. Damit lebe ich. Es ist etwas Anderes, wenn sie sich als wahr herausstellen.« Er ging einen Schritt auf das Gepäckband zu. »Ist er das da?«

Ich sah auf das ramponierte, mitleiderregende Teil. »Ja, das ist das gute Stück!« Ich bückte mich schon, um mir den Koffer zu schnappen, doch Noah war schneller, hob mein Gepäck vom Band, packte es zu seinem eigenen und lotste mich zum Ausgang, wo Eric auf uns wartete. »Nicht gewohnt, dass dir jemand hilft?«, fragte Noah sichtlich zufrieden.

»Absolut nicht gewohnt«, gab ich zu.

»Aber du kannst dich daran gewöhnen?«

»Oh ja!« Ich musste mich arg zusammennehmen, um ihn nicht auf der Stelle abzuknutschen. Aber ich grinste verdammt breit, und als ich einen Blick zur Seite warf, sah ich Noah auch breit grinsen. Obwohl Paparazzi Fotos von uns schossen.

Noah schien das egal zu sein. Er legte seine Hand auf meinen Rücken und dirigierte mich durch die Menge – wie ein großer Bruder, oder wie ein heimlicher Liebhaber. Und ich spürte kleine Stromstöße von seiner Hand durch meinen Körper fahren.

Eric hatte es nicht leicht, uns zum Fährshuttle des Hotels zu bugsieren. Sobald wir jedoch ablegten, blieb die erwartete Predigt aus. Noah und ich saßen Seite an Seite, und jeder schaute fasziniert über das Wasser und auf die näher kommende Lagunenstadt.

»Werdet ihr jetzt zu so einem Pärchen, das die Finger nicht mehr voneinander lassen kann?«, fragte Eric und drehte sich interessiert zu uns nach hinten.

»Nur so die ersten zehn, zwanzig Jahre«, sagte Noah.

Statt irgendetwas dazu zu sagen, lachte ich neben ihm und lehnte mich an seine Seite.

Je näher wir dem Hotel kamen, umso langsamer wurde das Boot. Bis wir schließlich ganz hielten und am Kai, beobachtet von Reportern und Fotografen, an Land gingen. Jeder wollte einen Schnipsel von Noah Miller abbekommen. Die paar Fans, die wussten, in welchem Hotel wir eincheckten, hatten keine Chance durchzukommen. Mir fiel wieder ein, dass er mich ja gewarnt hatte, dass das nur der normale Medienrummel war. Und ich war froh, dass wir unsere Beziehung nicht publik gemacht hatten.

Wir kämpften uns durch die Masse. Die Spitze bildete Eric, dann kam ich, und Noah hielt mir den Rücken frei, als wäre ich diejenige, auf die es alle abgesehen hatten.

Erst im Foyer atmeten wir auf. Das Hotel durfte niemand betreten und die Security erledigte ihren Job und hielt unbefugte Personen draußen. An der Rezeption ließen wir uns die Zimmerschlüssel geben. Doch sobald Noah mitbekam, dass ich mein Zimmer auch tatsächlich beziehen wollte, schritt er ein. Er hatte für sich und Eric zwei Suiten reserviert und bestand darauf, dass ich mir das Bett mit ihm teilte, und wir das andere Zimmer als Alibi gebucht ließen. Er nahm sich quasi, was er wollte.

»Und das wiederum ist eine gute Idee?«, fragte ich ihn.

Er schleifte mich einfach weiter zur Suite.

»Okay, es ist eine gute Idee«, beantwortete ich mir die Frage selbst.

Wir bezogen die Suiten, machten uns frisch, und ich versuchte heimlich, mein Unterwäscheproblem zu lösen und mir ein neues Höschen anzuziehen. Dummerweise bekam Noah das mit und konfiszierte es, bevor es auch nur in die Nähe meiner Haut gekommen war. Das Gleiche machte er grinsend mit den restlichen Teilen in meinem Gepäck.

»Die Italienerinnen machen das nur so«, sagte er.

»Die Italienerinnen wären ziemlich sauer, wenn sie wüssten, was du von ihnen denkst.«

»Sei froh, dass ich dir nicht auch alle Hosen wegnehme und dich zwinge, in Röcken durch die Gegend zu laufen.«

»Sei selber froh, dass du es nichts machst. Ich könnte mich rächen.«

»Mir würde das nichts ausmachen«, sagte er.

Da ich wusste, dass das stimmte und Noah nicht an seinen Boxershorts hing, klimperte ich mich den Wimpern. »Ach ja? Und was wäre mit einem Kussverbot?« Ich knabberte an seinen Lippen und wich zurück, als er mich packen wollte.

»Schon gut, ich rühr deine Hosen nicht an.«

»Danke, Darling!«, flötete ich und packte lachend den Rest aus.

Ich hätte mich noch stundenlang weiter mit ihm necken können, aber Christopher hatte für uns alle eine Venedig-Tour arrangiert und die begann in zehn Minuten. Ich hatte also gerade noch Zeit, einmal auf die Toilette zu gehen, meine Handtasche zu packen und mir eine Flasche Wasser aus dem Kühlschrank zu holen, dann mussten wir auch schon los.

Umzingelt von Schaulustigen und Fotografen erkundeten wir die Lagunenstadt. Natürlich kannte ich Fotos. Aber es war etwas ganz anderes, in der Gondel zu sitzen, von italienischer Musik berieselt zu werden und durch die Kanäle der Altstadt zu gleiten. Ein Guide ratterte zahlreiche historische Infos runter, die alle nicht bei mir hängenblieben. Weit spannender fand ich das Temperament der Venezianer oder generell das der Italiener. Wie sie wild gestikulierten, mit ihren Körpern sprachen, mit Leidenschaft durch das Leben gingen, lachten, sich kameradschaftlich auf den Rücken klopften.

»So etwas sieht man am Theater nicht, richtig?« Christopher neigte sich zu mir und riss mich aus meinen Gedanken.

»Nachgebaute Gondeln, die in der Kulisse herumschaukeln, gelten nicht, oder?«

Er lachte und schüttelte den Kopf. Noah sah mich schräg von der Seite an.

»Nein, sieht man nicht«, beantwortete ich seine Frage, glücklich, dass wir uns nicht über das einzige Thema unterhielten, das den Rest der Crew beschäftigte, seit wir zusammen den Flieger verlassen hatten: mich und

Noah. »Es ist der Wahnsinn, was mit einem anständigen Budget alles möglich ist.«

»Heißt das, du kehrst der Bühne endgültig den Rücken?«, fragte Christopher.

Darüber hatte ich bisher nicht nachgedacht. Ich liebte die Bühne, aber wenn Filme mehr Gage brachten, dann würde ich öfter Arrangements vor der Kamera annehmen. Als ich mir jedoch ein Leben komplett ohne das Theater vorstellte, schüttelte ich den Kopf. »Nein, ganz sicher nicht. Das Spielen vor einem Publikum ist deutlich aufregender, als sich vor einem Berg Kameras, Mikrofone und Assistenten zu rekeln. Du tauchst viel tiefer in die Rolle ein. Und du bekommst unmittelbarer Feedback.«

»Verstehe, hier ist es nur ein Schnipsel und dann wieder einer.«

»Genau«, pflichtete ich ihm bei. »Wenn du uns nicht jedes Mal sagen würdest, worauf es jetzt ankommt, würde ich Gefahr laufen, den Faden zu verlieren.« Ich stutzte. »Also, nicht dass du jetzt denkst, ich vergesse was oder so. Ich kann natürlich den ganzen Text rauf und runter beten.«

Er lachte. »Und ich glaub dir das sogar.« Dann wurde er ernst. »Es ist ja kein Geheimnis, dass das hier mein letztes Projekt ist. Mein Sohn tritt in meine Fußstapfen und beginnt nächstes Jahr mit seiner ersten komplett eigenen Regiearbeit. Hättest du Lust mitzumachen?« Er erklärte mir das Projekt. Ziemlich abgedreht, als würde man die Truman Show mit Homeland kreuzen.

»Klingt spannend.«

»Du bist also interessiert? Ernsthaft?«

Ich nickte. »Natürlich ernsthaft. Oder wirke ich auf dich wie jemand, der nicht meint, was er sagt?«

Christopher grinste breit. »Das wäre supercool, wenn

du und Noah, das Traumpaar aus *Mehr als Liebe*, nun plötzlich erbitterte Feinde wärt.«

Ich machte große Augen.

»Er hat schon zugesagt. Soll es aber nicht überall herumposaunen«, sagte Christopher daraufhin und erklärte die Rolle.

Ich freute mich für Noah. Er würde einen arbeitslosen Familienvater spielen, der für seine Kinder alles tut. Meiner Meinung nach ein klassischer Stoff, der ihn zu einem Anwärter für den Oscar machte. Und ich wäre sein Counterpart, der ihn unter Druck setzen und letztlich gewinnen würde. Nicht gerade meine Paraderolle, aber genau deswegen war ich interessiert. Mein Schauspiellehrer hat immer gesagt: ›Wenn du es dir in einer Rolle zu bequem machst, kannst du aufhören. Nimm Stücke, die dir Angst machen! Das sind die, an denen du wächst.‹

Ich würde mir also das Drehbuch geben lassen und dann sehr wahrscheinlich zusagen. Bisher hatte ich mir keinen Kopf um die Zeit nach *Mehr als Liebe* gemacht. Ich hatte mir immer gesagt, es würde sich schon etwas ergeben, und das tat es nun.

Ich spürte Noahs Blick und hob beide Daumen. Er grinste. Und ich freute mich für ihn. »Noah muss auch glücklich sein. Seine Rollen werden immer besser«, sagte ich mehr zu mir selbst als zu Christopher.

»Das stimmt.« Christopher beugte sich verschwörerisch zu mir. »Und *er* wird immer besser.«

Ich runzelte die Stirn und schüttelte den Kopf. »Nein, das glaub ich gar nicht mal. Noah bekommt nur endlich die Angebote, die er verdient. Hast du dir mal die Bilder aus seiner Model-Karriere angesehen?« Da Christopher nickte, fuhr ich fort. »Er sieht natürlich immer gleich sexy aus. Aber sein Gesichtsausdruck ist jedes Mal anders. Es ist geradezu beneidenswert, wie gut er seine Mimik unter Kontrolle hatte.« Ich schielte zu ihm und genau diese Muskeln zogen Grimassen, weil er uns belauscht hatte.

Christopher bekam davon nichts mit, zwinkerte mir jedoch zu, als wüsste er, was zwischen uns lief. »Da ist aber jemand ein großer Fan.«

Ich spürte, wie die Hitze in meinen Nacken stieg, und holte tief Luft. »Nur ehrlich.«

Am Fährterminal San Marco endete unsere Tour durch das Kanalsystem. Wir kletterten aus den Gondeln, sammelten uns auf der belebten Riva degli Schiavoni und nun ging es zu Fuß weiter durch die schmalen Gassen der Altstadt.

Während der Tour blieb Noah in meiner Nähe, und ab und zu berührten sich verstohlen unsere Finger, was besser war als Händchen halten, weil uns unser kleines Geheimnis noch mehr zusammenschweißte.

»Glücklich?«, fragte Noah mich überflüssigerweise.

»Ja, glücklich«, gab ich zu.

Er beugte sich zu mir. »Muss wohl daran liegen, dass du kein Höschen trägst.«

Ich grinste breit, schwieg aber. Musste wohl eher daran liegen, dass er an meiner Seite war.

♥

Am Nachmittag kehrten wir alle zu einem späten Mittagessen ins Muro Frari ein, eine Pizzeria im Zentrum der Altstadt, die uns als geschlossene Gesellschaft empfing. Die Tische waren zu langen Reihen zusammengeschoben und angeregt plaudernd nahmen wir Platz.

Wir redeten über den Film, über andere Schauspieler und über den Wetterbericht für die nächsten Tage, der Sommertemperaturen über 30°C ankündigte. Mit Noah wertete ich die Miene des Eisverkäufers aus, er machte sie nach und schon bald lieferten wir uns lachend einen Wettstreit darin, wer wen besser nachahmen konnte.

Spätestens als wir Mitglieder der Crew imitierten, hatten wir die Aufmerksamkeit aller und unser Gejohle war noch eine Gasse weiter zu hören. Da war Christophers Miene, der man all die Lebenserfahrung ansah. Francine, die ihr Näschen immer etwas zu hoch in die Luft hielt, was arrogant aussah, obwohl sie es nicht war. Alex, unser Fotograf, den man eigentlich nie sah, weil er sich hinter der Kamera versteckte, aber wenn er mal auftauchte, so aussah, als würde er dennoch Bilder mit den Augen schießen, so stechend war sein Blick. Eric, der immer an seinem Handy herumspielte, auch jetzt, und es ertappt beiseitelegte. Aber nicht lange. Und natürlich Jessica, die jedes noch so kleine Krabbeltier nahm und in die Freiheit entließ.

Am Ende stimmten alle ab, wer gewonnen hatte, und entschieden den kleinen Wettkampf fairerweise mit einem Unentschieden.

»Sagt mal, läuft da was zwischen euch?«, fragte schließlich José quer über den Tisch.

»Würde das etwa deine Hoffnungen zerstören?«, reagierte ich blitzschnell und zwinkerte ihm zu.

Alle lachten, aber die Frage hing im Raum.

»Ihr alle wisst ja, dass Ida total nett ist. Aber ich bin das auch. Und Eric hat mich gebeten, mich endlich mal zu benehmen«, lieferte Noah eine deutlich bessere Erklärung für unser Techtelmechtel als ich. »Soll ich mich auf den Tisch stellen und es noch mal für alle erklären?«

»Was? Nein! Spinnst du!«, rief ich. Das Restaurant würde sich über uns beschweren, das machte man nicht. Vor allem wenn weiße Tischdecken im Spiel waren.

»Eric, wie genau war deine Ansage?«, rief Vincent.

»Unter gutem Benehmen verstehe ich was Anderes.«

»Richtig, meine Schuld. Das Kapitel mit den Tischmanieren hab ich übersprungen, weil ich dachte, er kann mit Messer und Gabel essen. Doch es hätte wohl nicht geschadet, die Basics zu wiederholen und daran zu erinnern, dass man an Tischen sitzt und nicht auf ihnen steht.«

Erneut folgte schallendes Gelächter und der eine oder andere dumme Spruch, aber im Großen und Ganzen kauften uns alle ab, dass zwischen uns nichts lief. Immerhin saß ich ja nicht auf Noahs Schoß und schleckte ihm das Gesicht ab, obwohl mir in der einen oder anderen Sekunde durchaus danach war.

Nach dem Hauptgang, einem Dolce und einer Runde Espressi stand unser Tross auf, um zurück ins Hotel zu gehen.

Erst wollte ich Noah fragen, ob er mit mir noch mal alleine durch die Altstadt streifen würde – meinetwegen verkleidet mit einem Bart und einem Basecap, damit uns keine Fans ansprächen. Doch sobald wir wieder in der Suite waren, ließ ich mich aufs Bett fallen und streckte alle viere von mir. Allmählich machte sich der Jetlag bemerkbar.

»Wenn du so daliegst, komm ich auf Ideen«, sagte Noah, setzte sich auf die Bettkante, beugte sich über mich und küsste mich.

»Und ich könnte mich nicht wehren«, antwortete ich, halb im Scherz und halb im Ernst.

Kapitel 19

Noah grinste, küsste mich noch mal, stand dann aber auf. Ich sah ihm hinterher und dachte mir nur, was für ein Glück ich doch hatte. Nicht dass Millionen Fans es nicht vor mir gemerkt hatten, aber Noah war einfach fantastisch.

Ich hörte die Dusche und rappelte mich hoch, um mich umzuziehen. Ich ging zu meinen Sachen und suchte nach meinem zweiteiligen Schlafanzug und stutzte. Okay, das Höschenverbot hatte Noah offensichtlich auch auf diesen Bereich ausgeweitet. Frech stöberte ich in Noahs Sachen und schnappte mir eines von seinen Sportshirts. Ich schlüpfte rein und betrachtete mich zufrieden im Spiegel. Die wichtigsten Teile waren verdeckt. Was wollte ich mehr?

Dann holte ich mir das Skript mit den Venedigszenen und krabbelte ins Bett.

»Wollen wir die Rolle noch gemeinsam durchsprechen?«, fragte er.

Ich zuckte zusammen und sah auf.

»Hab ich dich erschreckt?« Noah lachte und kletterte zu mir unter die Decke.

Ich kuschelte mich an ihn, legte meine Beine über seinen Schoß und hielt ihm den Text hin. »Ich war in Gedanken gerade bei Amber.«

»Das hab ich gesehen. Deine Lippen haben lautlos den Text aufgesagt und dein Gesicht hat sich wie Wolken im Zeitraffer alle paar Sekunden verändert.« Er sah nach, wo ich gerade im Text war, und blätterte wieder auf die erste Seite. »Lust?«

Er meinte immer noch den Text, auch wenn meine Mitte bei diesem Wort sofort reagierte und sich verlangend zusammenzog. Noah roch frisch geduscht, und seine Haut war kühl. Er hatte sich auch die Haare gewaschen, und sie waren noch feucht und trockneten an der Luft.

»Mein Shirt steht dir übrigens ganz ausgezeichnet«, sagte er, küsste meinen Nacken und wartete auf meinen Einsatz.

Ich gebe zu, ich war etwas unkonzentrierter als sonst. Aber es war einfach zu schön, jemanden an der Seite zu haben, der das Gleiche mochte wie ich. Wir diskutieren hitzig jede Kleinigkeit, um noch mehr Spannung in die beginnende Beziehung von Amber und Braden zu bringen.

Bis Noah das Skript auf den Boden warf, das Licht ausmachte und über mich herfiel. Ich hätte mir sparen können, das Shirt anzuziehen, denn binnen Sekunden war ich nackt und Noah war es auch. Wir küssten und liebten uns, und verschwitzt, mit einem Bein über seinen Beinen und verklebter Haut an verklebter Haut, schlief ich schließlich ein und freute mich auf den nächsten Tag.

Doch schon einige Stunden später weckte mich ein Geräusch. Sofort schlug mir mein Puls bis zum Hals. Ich blinzelte, sah eine Bewegung im Raum, hörte ein Klicken, schrie wie am Spieß und richtete mich kerzengerade auf.

Noah rappelte sich ebenfalls hoch und, woher auch immer er diese ritterlichen Instinkte hatte, er schob sich sofort schützend vor mich. Dann machte er Licht, doch wir sahen nur noch eine Silhouette aus unserem Zimmer hechten.

Schwer atmend sah ich zum offenen Balkon und zu der Stelle, wo der Typ verschwunden war. Je mehr ich über den Besucher nachdachte, desto mehr kam ich zu dem Schluss, dass es ein Fotograf gewesen sein musste.

»Ähm, du meintest zwar, dass alle durchdrehen, sobald wir zusammen sind. Aber war das eben normal?«

»Nein«, sagte Noah, stand auf, zog sich was an und streifte durch die Suite, um zu kontrollieren, ob uns noch jemand nachts besucht hatte und ob etwas fehlte. Dann schloss er die Balkontüren, überprüfte das Schloss der Suite und legte sich wieder zu mir. »Lass uns weiterschlafen, Baby!«

♥

Ich war verdammt müde, als uns Eric aus dem Bett scheuchte und wir mit der Crew für unseren Dreh zum Canal Grande fuhren. Dennoch war ich dankbar, endlich etwas zu tun, denn ich hatte die restliche Nacht nur unruhig geschlafen. Schließlich hatte ich sogar aufs Sofa umsiedeln wollen, damit ich Noah mit meinem Herumwälzen in Ruhe ließ, aber er hatte mich aufgehalten und gemeint, dann könnte er noch weniger ein Auge zutun.

Eric klemmte sich sofort ans Telefon, um herauszubekommen, wer uns gestern Nacht besucht hatte, und um eine Anzeige anzustrengen und die Sicherheit im Hotel zu erhöhen. Dem Rest vom Filmteam verschwiegen wir die Ereignisse und erduldeten lachend ihre Anspielungen, warum wir wohl beide keinen Schlaf bekommen hätten.

Wenn die wüssten!

Der Markusplatz, auf dem wir später drehen würden, war um die Zeit noch verlassen. Die Händler hatten ihre Läden noch nicht eröffnet, und am Canal Grande schaukelten neben Gondeln auch Motorboote und Fähren im Wasser, die erst am Tag auslaufen würden.

Die Szenen des heutigen Tages waren durch und durch romantisch, und das Wetter spielte mit kleinen Wolken vor einem strahlend blauen Himmel wunderbar mit. Braden zeigt Amber die Stadt, sie plaudern, schmachten sich an und haben alles, nur keinen Sex – genau so, wie Amber es sich gewünscht hat. Passend für Italien trug ich ein rot gepunktetes Kleid mit Petticoat im Look der Fünfzigerjahre und ein Kopftuch.

Noah hatte für einen anderen Film den Bootsführerschein gemacht und ließ sich eine Auffrischung geben. Er kletterte an Bord und drehte mit dem Techniker eine Runde. Ich schirmte meine Augen mit meiner Hand gegen die Sonne ab und sah ihm nach, wie er mit wehendem Jackett über das in der Morgensonne glitzernde Wasser schoss und sichtlich Spaß hatte.

Als Noah wieder an Land ging, stürzte sich Jessica sofort auf ihn und richtete seine Haare, während er zu mir sah und breit grinste. Ich machte eine Drehung und einen Knicks, weil ich mich durch den Petticoat ein bisschen wie eine Prinzessin fühlte, und ging dann noch mal den Text durch, bevor Christopher das Zeichen zum Start gab.

Die ersten Einstellungen fanden auf dem Wasser statt und waren denkbar einfach: Noah steuerte das Boot und ich saß dort, lächelte und tat so, als wäre es das schönste Sommerwetter überhaupt, obwohl der Fahrtwind saukalt war. Draußen auf dem Wasser übergab mir Noah das Steuerrad, stellte sich hinter mich und führte meine Hände. Ich jauchzte übermütig, weil ich noch nie ein Boot gelenkt hatte und es unglaublich aufregend fand zu spüren, wie der Motor arbeitete und das Wasser am Steuerrad zog. Außerdem legte Noah seinen Arm um mich und mir wurde etwas wärmer. Und als er mich küsste, perfekt warm.

Die nächste Einstellung fand hauptsächlich in einer kleinen Gasse am Rio dei Tolentini statt, die großräumig abgesperrt werden musste. Es dauerte, das Equipment von A nach B zu transportieren, und ich ließ mir eine Jacke geben und surfte im Internet, um die neuesten Schlagzeilen zu lesen.

»Das Liebesnest« war der heutige Aufmacher, zusammen mit dem Schnappschuss der Nacht. Zum Glück erkannte man auf dem Bild nicht viel, zwei Gestalten im Bett, mehr nicht. Eine musste Noah sein. Über die andere wurde nur spekuliert.

Noah sah das Ganze entsprechend mit Humor: »Jetzt haben wir sogar ein Foto, während wir schlafen, für unser persönliches Album.«

Unwillkürlich lachte ich. »Dann küss mich mal, damit noch mehr Aufnahmen dazukommen!«

Noah wirbelte mich einmal durch die Luft, sodass mein Rock flog. Dann fing er mich auf, und ich senkte meine Lippen auf seine.

♥

»Genug Krafttraining!«, sagte Christopher und lachte. Noah setzte mich wieder ab. »Wir können weitermachen.«

»Ähm, wir haben nur geübt«, sagte ich schnell, obwohl Christopher gar keine Erklärung verlangt hatte.

»Genau das hab ich mir gedacht, und jetzt los!«

Als Amber hakte ich mich in Noahs Arm unter und wir überquerten eine der vielen Steinbrücken von einer Kanalseite auf die andere. Bei schönstem Sonnenschein schlenderten wir am Wasser entlang. Ich lachte übermütig, als hätte Braden einen Witz gemacht und tat, als erlebte ich mein eigenes Märchen.

»Du jettest also einfach so mal eben um die Welt, Braden?«, fragte ich.

Noah packte mich, zog mich vom Hauptweg weg in die Calle Lavadori und drückte mich an die Wand. Die Kamera folgte uns und filmte uns im Profil. Mehr Platz war nicht.

»Mein Kleid!«, kreischte ich, als ich die staubige Steinmauer in meinem Rücken spürte.

»Ich kauf dir ein neues«, murmelte er. »Und nein, ich jette nicht ›einfach so‹ um die Welt.« Er legte eine Pause ein, so wie wir es am Abend besprochen hatten. »Ich habe immer einen Grund«, sagte er und zeichnete mit seiner Hand zärtlich meine Silhouette nach. Sofort schoss Hitze durch meinen Körper, viel zu früh für die Rolle.

»Musst du hier etwa arbeiten?«

»Amber!« Er nahm meinen Kopf zwischen seine Hände und küsste mich. Stöhnend legte ich meine Finger auf seine, bereit sie zu lösen. Doch ich gab auf und hielt ihn fest, damit er ja nicht aufhörte. Und das war nicht schwer zu spielen, denn Küsse mit Noah hatten Suchtpotenzial.

Dort an der Mauer, im Profil, beobachtet von der Kamera, vergaß ich, dass das nur ein Film war, und küsste ihn zurück, als würde ich sonst sterben. Mein Körper verzehrte sich nach ihm, und ich wünschte mir, wir könnten das Drehbuch ändern, um weiter zu gehen.

Mit geschwollenen Lippen löste Noah sich wenige Zentimeter von mir und strich mit dem Zeigefinger über meine warme, noch feuchte Unterlippe. »Du bist der Grund, weshalb wir hier sind, Amber. Nur du.« Bei diesen Worten lief mir sanft ein Schauer über den Rücken, und er lächelte wissend.

»Als ich meinte, dass wir uns verabreden sollten, zum

Beispiel beim Italiener, hatte ich nicht an Italien gedacht«, sagte ich.

»Aber es gefällt dir?«

»Sag du es mir!« Mutig führte ich seine Hand unter meinen Rock. Seine Finger waren kühl im Vergleich zur Hitze meiner Schenkel. Obwohl das keine Kamera sehen würde, berührte er meine feuchte Spalte und massierte meine Klit, sodass ich den Kopf gegen die Mauer lehnte und keuchte.

»Ja, es gefällt dir.« Auch sein Atem ging flacher. Christopher rief uns zu, dass Noah meinen Hals küssen sollte. Und so knabberte er an der Seite von mir, die der Kamera abgewandt war. Sodass Christopher eine Totale von meinem Gesicht und der Lust, die ich empfand, drehen konnte. Dabei drangen Noahs Finger rücksichtslos in mich ein und nahmen mich, wie ich es mochte, so als gehörte ich ihm. »Wenn wir ungestörter wären, dann würde ich dich hier und jetzt nehmen.«

Ich krallte mich in seine Schultern, keuchte und sah in seine lauernden Augen, die aufsaugten, wie ich reagierte. Und so wie ich das einschätzte, war er gewillt, es darauf ankommen zu lassen und mich zum Orgasmus zu bringen, obwohl das nicht im Skript stand.

»Dann zählt das hier aber nicht als Date«, erinnerte ich ihn in meiner Rolle als Amber daran, dass die Helden aus *Mehr als Liebe* ausgemacht hatten, auf Sex vorerst zu verzichten, um eine wirkliche Beziehung zu beginnen.

»Sag mir, dass du es nicht willst, und ich lass dich.« Seine Finger bewegten sich in mir, und ich lehnte meinen Kopf wieder gegen die Wand und bog mich ihm entgegen.

»Ich will es nicht«, wisperte ich und presste gleichzeitig mein Becken gegen seine Hand, um ihn tiefer zu spüren.

»Sag es noch mal, Amber! Aber dieses Mal so, dass ich dir glaube.«

»Ich will nicht.« Mit aller Macht kämpfte ich darum, die Anziehungskraft von Noah zu ignorieren. Wir waren hier nicht allein. Mikrofone schwebten über unseren Köpfen. Eine Kamera war nur einen Meter von uns entfernt. Und Schaulustige und Fotografen konnten auch nicht weit sein.

»Was willst du dann?«, fragte er samtweich. Er entzog mir seine Finger, strich meine Feuchtigkeit an meinen Innenschenkeln ab und fuhr mir mit der gleichen Hand wenig später über meine Wange, so nah an meiner Nase, dass ich mich selbst roch.

»Kaffee trinken«, presste ich hervor, obwohl ein heißes Getränk das Letzte war, wonach mir gerade der Sinn stand.

»Dein Wunsch ist mir Befehl.« Er ließ mich frei und zog mich von der Gasse wieder auf die belebtere Fondamenta Condulmer. Noch bevor er mir seinen Arm reichte, hakte ich mich bei ihm unter. Wir spazierten aus dem Bild und ernteten Applaus vom Team.

»Du wirst ja rot«, hauchte Noah mir ins Ohr.

»Du weißt warum.«

♥

Noah tat so, als würde ihn etwas kitzeln, und rieb sich mit *dem* Finger die Nase. Natürlich wusste er, warum.

Die anderen bekamen davon zum Glück nichts mit.

Trotz des Beifalls drehte Christopher die Szene erneut aus anderen Perspektiven, was hieß, dass Noah jedes Mal wieder seine Finger unter meinen Rock schieben musste und die Lust mich allmählich umbrachte. Aber wenn er durchhalten konnte, dann ich auch.

Als diese Einstellung im Kasten war, warteten wir auf die Vorbereitungen für eine Tanzszene. Auf meinem Handy schaute ich mir noch mal die Schritte an und machte sie in verkürzter Form mit. Eigentlich war es nicht schwer, außerdem war Noah ein guter Tänzer. Sorgen bereitete mir nur die kleine Tangoeinlage, bei der ich mich nicht blamieren wollte. Und Noahs Nähe, die mich immer wuschiger machte.

»Komm! Wir üben noch mal!«, sagte er, und ehe ich mich versah, hing ich in seinen Armen und grinste breit, als hätte ich zu viel Sonne abbekommen. »Alles in Ordnung?«, fragte Noah.

»Keine Ahnung. Ist es denn normal, seit Stunden von sexuellen Fantasien verfolgt zu werden?«

»Spiel ich darin die Hauptrolle?«

»Noah!«

Er lachte. »Okay, ich spiele die Hauptrolle.« Sein Ton wurde weicher, und er senkte die Stimme. »Was mach ich denn mit dir?«

Das war zu viel! Ich verstand, warum Menschen manchmal verrückte Dinge taten. Jeder andere Schritt hätte sich falsch angefühlt. Ich war wie Dornröschen, das wachgeküsst worden war. Noah hatte meinen sexuellen Appetit geweckt und nun wollte der auch befriedigt werden.

»Komm mit!« Ich griff nach seiner Hand und rannte los.

Ohne nachzudenken, zog ich Noah in das Labyrinth der Gassen. Das hier war plötzlich mein Italien mit Noah, und nur weil Amber so eine dumme Datingregel hatte, musste die nicht für mich gelten. Ich wollte ihn. So schnell wie möglich.

Beim Laufen verlor ich meinen Schuh, strauchelte, aber rannte weiter und fühlte mich so frei und so sehr wie ich selbst, wie schon lange nicht mehr.

Sobald ich langsamer wurde, weil mir die Luft ausging, packte mich Noah, drückte mich gegen eine Hauswand, so wie er es beim Dreh getan hatte, und presste sein Knie zwischen meine Beine. In seinem Schritt zeichnete sich seine Erektion ab, und das letzte bisschen Beherrschung, das er aufgebracht hatte, war dahin. Endlich ging es ihm wie mir.

»Lass uns ins Hotel gehen!«, keuchte ich.

Noah lachte. »Dann hätten wir die andere Richtung nehmen müssen.« Er griff in meine Haare und zog meinen Mund an seinen, als könnte er keine Sekunde länger warten.

Mein Körper reagierte sofort. Ich wand mich, drückte meine Hüften gegen ihn, schlang meine Arme um seine Schultern und genoss das lustvolle Pochen meiner Scham. Keine Ahnung, warum man nur Männern schwanzgesteuertes Verhalten vorwarf – wir Frauen können genauso unersättlich sein.

»Komm!« Nun war es Noah, der *mich* packte. Seine Hand fest um meine geschlungen zog er mich mit sich, und ich folgte ihm durch die Gassen – atemlos und lachend und bereit für ihn.

Als wir am Canal Grande ankamen, steigerte Noah noch mal das Tempo und wir schlitterten an den Paparazzi vorbei ins Hotelfoyer.

»Und ich dachte, du nimmst mich gleich an Ort und Stelle!« Ich schnappte nach Luft, würde aber erst aufhören zu laufen, wenn wir in der Suite waren und ich mich aufs Bett schmeißen konnte.

»Wenn ich nur so berühmt wäre wie du, hätte ich das gemacht«, sagte Noah.

»Dann ist es deine Schuld, wenn ich gleich einen Herzinfarkt bekomme!«

»Sowieso.« Noah grinste.

Sobald wir im Zimmer waren und die Tür zufiel, drückte mich Noah gegen die Wand. »Du machst aus mir echt eine hormongesteuerte Bestie, Baby!«

Ich lachte laut. »Wenn du mich nicht gleich nimmst, dann kannst du erleben, was du aus mir machst. Deine Bestie wäre zahm im Vergleich mit meiner.« Hektisch zerrte ich an seinem Hemd. Der Stoff war verschwitzt, und ich hatte keine Kraft, es aufzureißen, also fummelte ich frustriert an den Knöpfen.

Noah ließ sich davon nicht aufhalten. Er öffnete seine Hose, ließ sie auf die Knie gleiten, raffte mein Kleid und drang in mich ein. »Oh, Baby! Genau davon hab ich geträumt!«, seufzte er und stieß in mich, während ich zwischen ihm und der Wand eingeklemmt war und mein Puls nach dem Sprint erneut in die Höhe schnellte.

Schwitzend hielt ich mich an Noahs Nacken fest, umschlang ihn mit meinen Beinen und seufzte unter dem sinnlichen Gefühl, komplett ausgefüllt und gnadenlos überfallen zu werden. »Nimm mich härter!«, stöhnte ich. »Ja, genau so!«

»Wovon hast du noch geträumt?« Mit einem Arm hielt er mich an der Taille, mit dem anderen zerrte er den Ausschnitt meines Kleides tiefer, damit meine Brüste zum Vorschein kamen, und mit seinem ganzen Körper drückte er mich an die Wand, damit es für mich kein Entkommen gab.

»Unwichtig«, stöhnte ich. »Das hier ist besser.«

Und das war es. Die Intensität, mit der wir übereinander herfielen, war beängstigend. Und jede Berührung war ein Rausch. Wir waren wie die Tiere und stellten irgendwann das Sprechen ein. Ich wollte kommen, er wollte es. Und wir waren die Einzigen, die das einander ermöglichen konnten.

Immer noch an der Wand, mit ihm so tief in mir, war es plötzlich genug. Ich kam heftig und verlor den Halt, und wenn Noah mich nicht aufgefangen hätte, wäre ich recht unmajestätisch an der Wand heruntergerutscht. Endlich erlöste er mich, und mein Innerstes zog sich pochend um seinen Schwanz zusammen. Stöhnend folgte mir Noah und kam ebenfalls, drang immer langsamer in mich ein, bis er außer Atem verharrte, mich ansah, mich küsste und seine Stirn an meine legte.

»Du bringst mich um«, flüsterte er. »Du bringst mich noch um, Baby.«

»Alles eine Frage der Übung«, scherzte ich und schickte ein atemloses »Du mich auch …« hinterher.

Noah lachte leise und übersäte mich mit Küssen, die nichts weiter sagten, außer, dass er glücklich war. Behutsam löste er sich von mir und ließ mich nach unten gleiten, bis meine Zehenspitzen den Boden berührten. Erschöpft sahen wir uns an. Seine Haare standen in alle Richtungen ab. Sein Hemd war offen und ich hatte wohl doch ein paar Knöpfe abgerissen. Frischer Schweiß glänzte auf seiner Haut und seine Brust hob und senkte sich immer noch schnell. Ich sah garantiert keine Spur besser aus.

»Das musste wohl passieren«, sagte ich. »Ich hätte ein Höschen tragen sollen.«

»Untersteh dich«, sagte er, hob mich hoch und trug mich zum Bett. Er setzte mich sanft ab und schien zu überlegen, ob er mir das Kleid nun an- oder ausziehen wollte. Schließlich schob er den Ausschnitt wieder nach oben und glättete den Petticoat. »Du gefällst mir genau so.«

»Aber vielleicht sollten wir auch mal richtige Dates haben wie unsere Filmfiguren«, dachte ich laut nach.

»Gute Idee«, sagte Noah. »Aber ich hab noch eine

bessere.« Er angelte nach einer Wasserflasche, trank und gab sie an mich weiter. »Wir unternehmen einfach was. Ich finde, über den Stand Dating sind wir schon lange hinaus. Ich weiß, was du magst und wie du tickst, und ich weiß, dass ich dich sehr gerne habe. Lass uns also einfach ein Eis essen gehen, oder ins Kino oder gemeinsam joggen oder ein Wochenende in die Berge fahren oder was weiß ich.«

»Gefällt mir«, antwortete ich, dachte aber gleichzeitig an die Worte, die er gewählt hatte. »Du *magst* mich also?«

»Klar. Du mich doch auch, oder?«

»Hm.« Ich schwieg und kuschelte mich wieder an ihn. Nein, ich war genau genommen bis über beide Ohren verliebt. Man mochte Hamster oder Tierbabys. Aber diejenige, mit der man schlief?

Ich wollte gerne genau darüber mit Noah sprechen. Erst redete er mir aus, dass wir unsere Beziehung oder was das war, bekanntgaben. Nun sagte er zwar, es wäre eine, aber er konnte seine Gefühle nicht eingestehen. Idiot!

In dem Moment kam jedoch Eric in die Suite gestürmt. »Ich hab wirklich Verständnis, wenn mal jemand Zeit für sich braucht. Aber doch nicht jetzt! Seid ihr übergeschnappt?«

♥

»Ihr schlaft wieder getrennt! Und jeder von euch behält seine Finger bei sich. Klar?« Eric lief auf und ab und hatte Mühe, nicht zu schreien. Er war rot im Gesicht, ballte ständig die Hände zu Fäusten und schwitzte wie ein Eisbär in den Tropen. So wütend hatte ich ihn noch nie erlebt.

»Jetzt übertreibst du aber. Wir sind erwachsen«, meinte Noah.

»Das scheint mir eine sehr tollkühne Behauptung zu sein!«

Ich richtete mich auf und befreite mich aus Noahs Armen. »Was ist denn überhaupt los? Hat die Presse was mitbekommen?«

Kalt musterte mich Eric von Kopf bis Fuß. »Dir wäre das wohl recht, oder?« Er blieb stehen, fuhr sich durch die Haare und atmete tief durch, jetzt war er wieder etwas mehr der Eric, den ich kannte. »Nein, die Presse weiß nichts.« Enttäuscht ließ ich meine Schultern sinken. Aber Eric hatte kein Mitleid. »Falls es hier aber irgendwen interessiert: Am Markusplatz steht ein Set mit dreißig Leuten, alle sind da und dreimal dürft ihr raten, wer fehlt? Die Hauptdarsteller!« Wieder lief er auf und ab. »Von Noah bin ich eine solche Nummer ja gewöhnt, aber von dir, Ida, von dir hätte ich das nicht erwartet.«

»Ich habe nie behauptet, dass ich perfekt bin«, sagte ich und rückte instinktiv näher an Noah, bis er seine Arme um mich legte.

»Keine Sorge, so ist Eric immer, wenn man Scheiße baut«, sagte Noah, der meinen Nacken massierte, so als spürte er meine Anspannung. »Wir machen uns einfach frisch, gehen ans Set und alles ist gut.«

»Nein«, sagte Eric. »Ihr tut euch beiden gut, aber nicht euren Karrieren. Ida, du stehst erst am Anfang. Der Film ist wichtig für dich. Und Noah, du wolltest mehr von dir zeigen. So wie ihr euch gerade benehmt, scheint ihr zu vergessen, was wichtig ist. Also kommt endlich zur Besinnung!«

»Ida ist wichtig für mich, Eric. Akzeptier das, oder ich muss mir einen anderen Agenten suchen.«

»Wow, das klingt beinahe wie eine Liebeserklärung«, witzelte ich und machte mich frei.

»Wie meinst du das, Ida?«, fragte Noah und folgte mir ins Bad, um sich ebenfalls zu ordnen.

Ich biss mir auf die Lippe. »Das hab ich gar nicht laut sagen wollen.«

»Du weißt, was du mir bedeutest?«, fragte Noah, der spürte, dass nicht nur Eric gerade schlechte Laune hatte.

Ich nickte.

»Aber?«

»Du sagst, du brauchst mich. Du magst mich. Aber du sagst nie das Eine.«

Und das tat er auch jetzt nicht, denn Eric kam ins Bad. »Könnt ihr eure privaten Sachen bitte ein anderes Mal klären? Los jetzt! Alle warten!«

Kapitel 20

Am Set holten wir uns die zweite Standpauke ab. Dieses Mal von Christopher. »Wir drehen hier einen Film. Wenn ihr Urlaub in Venedig machen wollt, bitteschön. Könnt ihr. Danach!«

Jetzt fühlte ich mich noch schlechter.

Wundert es irgendjemanden, dass wir sage und schreibe fünfzig Takes für die beschissene Tanzszene benötigten? Eine Einstellung, bei der Amber und Braden eine Minute lang nett plaudern und sich Komplimente und Anzüglichkeiten zuraunen, und er sie einmal kurz durch die Gegend wirbelt.

Doch Christopher hatte recht, wenn er uns die Szene wieder und wieder wiederholen ließ. Noah und ich spielten ein frisch verliebtes Paar, das Händchen hielt und nach einem wunderschönen Tag noch eine wunderschöne Nacht erwartete. Ohne Sex. Und ich hatte Mühe, das Gefühl zu transportieren.

Noah mag mich! Was sollte das?!

Jedes Mal, wenn ich mich emotional zu sehr diesem Gefühl von Liebe und Verbundenheit annäherte, stiegen mir Tränen in die Augen. Und Bilder aus der Vergangenheit blitzten wie Schlaglichter in meinem Kopf auf und zogen mich weiter herunter. Ein einmal gebrochenes Herz konnte offensichtlich wieder heilen, denn jetzt, da Noah nicht von Liebe sprach, brach es erneut. Und prompt meldete sich die Vergangenheit bei mir. Quälend wie immer.

Sie haben dich alleine gelassen, Mommy und Daddy

haben dich alleine gelassen. Alle sagen, sie lieben dich, aber dann denken sie nur an sich selbst. Dich kann man nicht lieben. Keiner kann dich lieben. Es muss an dir liegen, nur an dir.

Bei Wiederholung siebenundzwanzig konnte ich mich dann nicht mehr beherrschen und flüchtete heulend wie ein Schlosshund in die Garderobe, um mich zu beruhigen. Einen Liebesfilm drehen, wenn man Liebeskummer hatte? Das überstieg sogar meine Fähigkeiten. Noah schien damit weniger Probleme zu haben, und das tat noch mehr weh.

»Oh je!«

Ich zuckte zusammen, als ich Christophers Stimme hörte, und spannte jede Faser meines Körpers an, als ich hörte, wie er die Garderobe von innen abschloss. Dass ich nicht auf die Idee gekommen war!

An meinem Tisch hatte ich den Kopf auf die Armen gebettet und sah durch meinen Tränenschleier, wie sich Christopher einen Stuhl heranzog und sich neben mich setzte. In seinem Blick flackerte Mitgefühl auf, und ich kniff die Augen zusammen. »Schau mich nicht so an!«, schluchzte ich.

»Ihr habt euch getrennt.«

Ich war mir nicht sicher, ob es eine Frage oder eine Feststellung war, für mich klang es wie letzteres. »Wir waren doch gar nicht zusammen«, sagte ich und spürte, wie mir ein neuer Schwall an Tränen in die Augen stieg.

Christopher lachte und das brachte mich dazu, ihn wieder mit verheulten Augen anzusehen. »Glaubst du das wirklich?«, fragte er sehr sanft, rückte noch näher, und ich weiß gar nicht, ob er mich zu sich gezogen hatte oder ob ich ihm schluchzend um den Hals gefallen war, aber von einer auf die andere Sekunde lag ich in seinen Armen.

Sehr lange sagte er gar nichts, klopfte mir nur beruhigend auf den Rücken und wiegte uns sanft hin und her, und ich hatte den völlig unpassenden Gedanken, dass es so immer mit meinem Dad gewesen war. Es fiel mir erst jetzt in dem Moment wieder ein. Aber immer wenn ich wegen irgendetwas geweint hatte, dann hatte er mich einfach in die Arme genommen und gehalten. Das hatte meine Probleme nie gelöst, aber es hatte mir die Stärke gegeben, mich ihnen zu stellen. Hier und jetzt jedoch brach es mir das Herz.

Schätzchen, denk nicht an das, was dich traurig macht. Sieh die gute Seite! Man kann nicht alles im Leben haben, aber die Sachen, die einem wirklich wichtig sind, die fügen sich. Und auch wenn du jetzt noch jung bist, du wirst irgendwann verstehen, was ich meine. Und jetzt weine nicht mehr!

Sonst gab ich das vor mir selbst nie zu, aber ich vermisste meinen Dad und meine Mom und ich durchlebte einen akuten Moment von Selbstmitleid, weil ich nicht mehr Zeit mit ihnen gehabt hatte und sie mich nie wieder auffangen würden. Nie wieder –

Stopp!

Die Richtung, die meine Gedanken jetzt nahmen, führte nur zu noch röteren Augen. Und die Vergangenheit konnte ich nicht ändern. Ich lebte mit ihr. Aber auf die Gegenwart hatte ich Einfluss. Noah war nicht aus der Welt.

Noah.

Je länger ich diesen Mann vor meinem geistigen Auge sah, umso besser ging es mir. »Alle meinen, ich soll die Finger von ihm lassen«, sagte ich schließlich.

»Vielleicht wollen sie ihn für sich selbst.«

Das entlockte mir ein Lachen, zittrig zwar noch, aber immerhin.

»Siehst du, schon besser«, sagte Christopher zufrieden. »Vertrau mir, ich bin nicht so alt geworden, ohne das Eine oder Andere im Leben zu lernen. Man darf sich nicht darum kümmern, wie andere über das eigene Leben denken. Es ist deines, du musst dich darum kümmern. Und nur du weißt, was richtig ist. Wenn dir dein Herz sagt, dass Noah ein ganz besonderer Mensch für dich ist, dann vertrau dir.«

»Aber warum muss denn nur ich kämpfen?«

»Woher willst du wissen, dass er es nicht auch tut? Das ist nicht mein erster Film mit ihm. Vor der Kamera ist er dieses Mal besser als je zuvor. Aber noch wichtiger ist, wie er hinter der Kamera ist: Er bleibt länger am Set als die meisten, auch wenn sein Dreh schon war. Er wirkt sehr nachdenklich und konzentriert, manchmal regelrecht verschlossen, so wie eben. Und dann gibt es wieder Momente, wo er alle Mauern – oder was auch immer er um sich errichtet hat, um diesen Zirkus durchzustehen – einreißt und frei ist. Er sieht für mich sehr glücklich aus, und was noch viel erstaunlicher ist, er schämt sich nicht dafür, dabei erwischt zu werden. Glaub mir, auch Noah kämpft, nur auf seine Weise.«

»Weil Männer nicht heulen?«

»Zumindest nicht, wenn ihr Frauen das sehen könnt. Niemals«, sagte er gutmütig.

Ich löste mich und betrachtete im Spiegel mein verheultes Gesicht. Das Make-up war verlaufen und mit einem Kosmetiktuch wischte ich die verschmierten Reste weg. Meine Wangen waren rot und die Augen verquollen. Ich ging zum Kühlschrank und schnappte mir zwei Flaschen Wasser, die ich links und rechts auf mein Gesicht und meine Lider drückte, damit die Schwellung vom Weinen zurückging.

»Dann sprecht ihr euch aus?«, fragte er. Ich zögerte.

»Glaub mir, das Leben ist zu kurz, um es sich zu versauen.«

Was wusste er schon? Von mir und von ihm? Er wohnte nicht mit Noah in der Villa, er hatte nicht mit ihm geschlafen, er geriet nicht ständig mit ihm aneinander; und er bekam auch keine Blicke zugeworfen, die jegliche Gedanken hinwegfegten und seinen Körper in ein willenloses Ding verwandelten, das jemand anderem gehörte.

»Du hast doch keine Ahnung«, murmelte ich leise.

Christopher seufzte. »Vielleicht ist das so. Aber von einer Sache verstehe ich etwas: Filmen. Meinst du, du bist bereit, dass wir weiterdrehen können?«

»Sicher.«

»Zeig es mir!« Er hatte die Vaterrolle abgelegt und war wieder ganz der Regisseur.

Erst wollte ich mich dagegen auflehnen, schon aus Prinzip. Dann wurde mir klar, wie kindisch das wäre, wie kindisch ich mich hier überhaupt gerade benahm. Auch wenn es sich furchtbar anfühlte, ich musste den Streit und die Probleme mit Noah einfach verdrängen, in die hinterste Ecke meines Kopfes, zu all dem anderen Müll und den verletzten Gefühlen, die dort schmorten. Und wenn ich in die Rolle von Amber schlüpfte, dann wäre ich all meine eigenen Probleme los.

»Also gut …«, murmelte ich. Ich schloss die Augen, und als ich sie wieder öffnete, lächelte ich Christopher an. Ich sagte ein paar Zeilen Text auf und blieb auch noch in meiner Rolle, als ich leicht und glücklich sagte: »Lass uns diesen wunderbaren Tag zu etwas ganz Besonderem machen. Schick Jessica zu mir, damit sie mich so strahlen lässt, wie ich mich fühle und dann ist alles gut.«

Christopher sah mich nachdenklich an. »Ich erkenn

dich trotzdem hinter der rosaroten Brille, Ida«, sagte er leise und lächelte über meinen Versuch, mir selbst etwas vorzumachen. »Du kannst es noch so sehr verleugnen, aber dein Herz wird einen Weg finden, um zu bekommen, was es will.«

Eisern lächelte ich zurück. »Wir werden sehen.« Mein Herz steckte seit fünf Sekunden in einer gut verschlossenen Kiste, glaubte ich zumindest. Und ich hatte vor, mich erst wieder darum zu kümmern, wenn die Dreharbeiten abgeschlossen waren.

Sobald Jessica mein Make-up erneuert hatte, drehten wir weiter. Die Szene klappte nun wesentlich besser, und es gelang mir, Noahs dunklem, fragenden Blick auszuweichen. Ich brauchte diese drei berühmten Worte von Noah und bekam sie nicht.

♥

»Christopher hat ein Mitternachtsbuffet für uns organisiert. Kommt ihr?«, fragte Jessica mich und Noah, sobald der Drehtag endlich beendet war und wir zurück im Hotel waren.

»Klar«, sagte Noah.

Ich fasste mir an die Stirn und stöhnte. »Ohne mich, ich hab höllische Kopfschmerzen.« Und das war keine faule Ausrede. Wenn ich noch eine Minute länger so tun müsste, als wäre zwischen Noah und mir alles in Ordnung, dann hätte ich morgen einen steifen Nacken vor lauter Anspannung. Appetit hatte ich auch keinen.

»Wie du meinst, aber du verpasst was«, sagte Jessica und ging beschwingt davon. Ich hätte schwören können, sie würde *Ti* Amo summen.

Sekt? Italienische Folklore? Eros Ramazzotti? Ich wollte nicht wissen, was sie damit meinte, also wandte ich mich ab, um auf mein Zimmer zu gehen.

Noah hielt mich auf einem abseitigen Gang des Hotels auf. »Kopfschmerzen?« Sein Blick bohrte sich in meinen, als könnte er die Wahrheit erfahren, ohne dass ich sie aussprechen musste, und er mahlte mit dem Kiefer. Mein Körper zitterte und mein Mund wurde trocken. »Aber was ist denn nur los mit dir, Ida? Sag es mir! Denn ich verstehe überhaupt nicht, warum du so traurig bist, als hätte ich mit dir Schluss gemacht. Was ist jetzt anders als noch am Morgen?«

»Gar nichts. Ich bin nur müde.«

Vom Restaurant riefen sie nach Noah und machten kindische Kussgeräusche.

Noah ließ sich von mir nicht täuschen und überhörte auch die Stimmung im Restaurant: »Wie kann eine so gute Schauspielerin wie du nur eine so schlechte Lügnerin sein?!« Er zog mich an sich. »Du bist so, seit wir zuletzt Sex hatten.«

»Den Eric ruiniert hat.«

»Oh, deine Stimmung hat aber nichts mit Eric zu tun.«

»Na, wenn du das so genau weißt, dann kennst du doch den Grund! Gute Nacht.« Frostiger als beabsichtigt befreite ich mich aus seinen Armen und ging auf *mein* Zimmer, in das Eric meine Sachen hatte bringen lassen.

Mann, war ich wütend! Und ich nährte dieses Gefühl, weil ich andernfalls schon wieder wie ein Schlusshund heulen würde. Noah hatte alles, was man nur richtig machen konnte, richtig gemacht. Aber verdammt noch mal: Er mochte mich nur. Und ich konnte keine Beziehung führen – ob geheim oder nicht – wenn das die einzigen Gefühle waren, die der andere für mich empfand.

Vor der Tür blieb ich stehen und wühlte in meiner Tasche nach der Schlüsselkarte.

Noch jemand kam über den Gang, doch ich schenkte

demjenigen keine Aufmerksamkeit. Ich kramte weiter und war drauf und dran, die Tür einzutreten, wenn ich die Karte nicht gleich fand.

Bis mich jemand packte und herumwirbelte. Noah.

»Ich dachte, wir waren fertig«, keuchte ich.

»*Du* bist wütend auf mich? Aber vielleicht bin *ich* ja viel wütender auf dich, Ida!« Als er mich gegen die Tür drückte, setzte für einen Moment mein Verstand aus, so gut tat es, seine Nähe zu spüren und zu wissen, dass er mich begehrte. »Und weißt du warum? Ich kann nicht auf der einen Seite spielen, dass zwischen Amber und Braden Gefühle sind, und auf der anderen Seite so wie du plötzlich so tun, als gäbe es zwischen uns keine.«

»Und du meinst, mich hier gegen die Tür zu drücken, lässt mich mein Verhalten ändern?« Oder eine neue Erklärung, in der er lauthals ›Ich mag dich!‹ schreit, dachte ich bitter. »Manchmal bist du echt so ein Idiot, Noah!«

Endlich ertasteten meine Finger die Schlüsselkarte in meiner Tasche. Ich schlüpfte ohne Noah ins Zimmer, schlug die Tür hinter mir zu und warf mich erschöpft aufs Bett.

Ich sollte schlafen, damit wenigstens nachts dieser Albtraum aufhörte.

♥

Mein Plan hatte ein paar Stunden funktioniert. Trotz der Umberto Tozzi-Show im Speisesaal, die man im ganzen Hotel gehört hatte. Aber gegen drei am Morgen war ich wach geworden und hatte nicht mehr zurück in bessere Träume vom Leben gefunden.

In Chicago war es erst Abend, und ich rief Claire an und brachte sie auf den neuesten Stand, beziehungsweise füllte die Lücken, die die Bilder der Paparazzi gelassen hatten. Sie war alles andere als auf meiner Seite.

»Ich fass es nicht, da verliebst du dich endlich und ich denke mir, es besteht doch noch Hoffnung. Und dann kneifst du und machst so ein Drama!«

»Aber ich weiß ja nicht, ob er genauso fühlt.«

»Ich denke, er hat gesagt, er mag dich? Ida, das ist ein Mann. Grundsätzlich sind das eher Neandertaler, und mit Gefühlen kennen sie sich in etwa so gut aus, wie du mit einem Reifenwechsel.«

»Hey, ich weiß de facto, wie das geht!«, protestierte ich.

»Ganz genau. De facto! Aber gemacht hast du es noch nie. Und wenn du das erste Mal jemals einen Reifen wechseln musst, dann gehe ich mit dir jede Wette ein, dass es längst nicht so einfach ist wie in der Theorie.«

Das Gespräch half mir nicht wirklich. Wenn es etwas bewirkte, dann, dass ich schon wieder heulen musste, weil meine verfluchten Gefühle einfach nicht dort bleiben wollten, wohin ich sie verbannt hatte.

Ich legte mich aufs Bett und starrte die halbdunkle Zimmerdecke an. Im gesamten Hotel war es ruhig, und ich hörte, wie das Wasser vom Kanal gegen die Mauern schlug. Sehr idyllisch.

»Ida, du meine Sonne! Ida!« Die tiefe, laute und leicht gedehnte Stimme riss mich aus meinen Gedanken. Danach folgte textsicher die Balkonszene aus *Romeo & Julia*.

»Was ist da los bei dir?«, fragte Claire.

Ich stand auf und schob die Gardine des Balkons ein Stück beiseite. Ein breites Grinsen legte sich auf mein Gesicht. »Ich würde sagen: Romeo alias Noah wirbt gerade leicht betrunken in einer Gondel um mich. Und ich sehe keinen Eric weit und breit, der eingreift.«

Noah hatte mich auf dem Balkon entdeckt und war offensichtlich noch nicht fertig. Nun rezitierte er Liebesgedichte und schmetterte seine Version von *Ti amo* über den Kanal, sehr melodisch gesungen, aber bis auf die eine Liedzeile mit einem vollkommen schiefen Text.

»Ida, du wirst da jetzt runtergehen und ihm ebenfalls sagen, was Sache ist. Hörst du?«, bearbeitete mich Claire von der anderen Seite des Ozeans.

Ich blieb am Fenster stehen und konnte meinen Blick nicht abwenden. Als er dann noch verkündete, dass er mich liebte, zitterte ich überfordert.

»Ida! Hörst du? Beweg deinen Hintern und geh endlich zu ihm!«

»Ja doch«, sagte ich und wollte mich gerade abwenden, als ich ein lautes Platschen hörte. »Oh verflucht!« Noah war ins Wasser gefallen.

»Ida? Ida!«

Ich ließ das Handy fallen und rannte so schnell wie möglich nach unten. Oh scheiße, scheiße, scheiße! Noah war bestimmt ein guter Schwimmer, aber er trug seine Klamotten, und er war angetrunken – ein doppeltes Handicap.

Jeder im Hotel musste Noahs kleine Arie gehört haben, dennoch sah ich niemanden, der irgendetwas unternahm. Als ich durch das Foyer rannte, nahm ich aus den Augenwinkeln wahr, wie der Nachtportier weiterhin hinter seinem Tresen blieb, als ginge es ihn nichts an, dass ein Star und Gast des Hotels gerade ertrank. Außerhalb des Hotels bewegten sich dagegen Fotografen, die ihre Objektive auf den Fleck im Wasser hielten, der immer wieder unterging. Statt ihm mal zu helfen!

Ohne nachzudenken sprang ich ins Wasser und schwamm zu Noah. Bevor er wieder versank, packte ich ihn unter der Brust und zog ihn keuchend und strampelnd zu einer Leiter an der Kaimauer.

»Wusste gar nicht, dass du so gut schwimmen kannst«,

keuchte Noah.

Ich auch nicht. Aber ich hatte als Kind so oft *Baywatch* gesehen, dass mir die Handgriffe total vertraut waren. Und ich würde ihn nicht untergehen lassen! Egal, wie anstrengend diese Nummer aufgrund der nassen Klamotten war.

»Ich liebe dich«, flüsterte er und hustete. »Ich hätte es dir schon viel eher sagen sollen, aber: Ich liebe dich, Ida.«

»Nicht jetzt«, war meine knappe Antwort, und ich schluckte selbst Wasser. Ich schwitzte, obwohl der Fluss kühl war. An meinen nackten Füßen spürte ich glitschige Dinge entlangstreifen. Und ich wollte unbedingt aus dem Kanal raus. Außerdem war ich total außer Atem. Nachtsport gehörte nicht zu meinen Königsdisziplinen. Und trotz meines kleinen Adrenalinschubs würde es nicht mehr lange dauern und meine Kräfte würden nachlassen.

An der Leiter waren nun endlich Helfer aufgetaucht, und während die Fotografen mit ihrem Blitzlicht die Nacht zum Tag machten, hievten sie Noah aus dem Wasser und legten ihn hin. Ich folgte ihm, kletterte die Leiter hoch und ließ mich nach Luft schnappend neben ihm fallen.

»Was hast du dir nur dabei gedacht?«, zischte ich und mir war verdammt egal, wer das mitbekam.

Noah hustete und atmete tief durch, aber er sah keine Spur schuldbewusst aus. Seine Augen funkelten magisch, und obwohl er gerade beinahe ersoffen wäre, ging von ihm eine Energie aus, als hätte er mich gerettet und nicht umgekehrt. »Ich liebe dich, Ida. Und ich nehme es nicht mehr zurück.«

Nervös fuhr ich ihm durch die Haare, tastete seinen Kopf nach Verletzungen ab und legte ihm eine Hand auf die Stirn. »Brauchst du einen Arzt? Hast du dich irgendwo gestoßen?« Auf dem Wasser trieb die von Noah gekaperte Gondel, zu der jemand vom Hotel in einem kleinen Motorboot fuhr, mit sich zog und wenig später wieder am Anleger befestigte.

»Hat mal jemand eine Decke?«, fragte er.

»Ist dir kalt?« Daran hatte ich gar nicht gedacht. »Eine Decke, verdammt!«, brüllte ich zum Nachtportier, der auch prompt eine organisierte.

Als ich sie über Noah legen wollte, nahm er sie mir aus der Hand und legte sie mir über die Schultern. Ich zitterte. »Du brauchst sie mehr.« Er zog mich an sich, obwohl um uns herum eine Armada an Leuten stand und zuschaute. »Außerdem ist dein Oberteil durch das Wasser durchsichtig geworden.«

»Darauf hast du geachtet?« Meiner Kehle entschlüpfte ein ungläubiges Lachen. Und es wurde lauter und lauter, weil mir erst jetzt klar wurde, dass ihm wie durch ein Wunder nichts passiert war. Und ohne nachzudenken, beugte ich mich zu ihm und gab ihm die längst überfällige Mund-zu-Mund-Beatmung: Ich küsste ihn. Und seine Lippen antworteten, verschlangen mich. Er griff nach meinem Kopf, damit ich nicht zurückweichen konnte, und vertiefte den Kuss. Lust schoss in meinen Schoß und mein ganzer Körper sehnte sich danach, mit ihm vereint zu sein.

Christopher hatte so recht gehabt. Mein Herz ging seinen eigenen Weg, und es war viel einfacher, ihm zuzuhören und zu folgen.

Und auch Noah hatte ein Herz, und das hatte mich soeben restlos erobert. Er hatte gesagt, er wollte mich, wieder und wieder. Und ich hatte es für ein Spiel gehalten, aber nun, in seinen Armen, mit seinen Händen, die mich überall berührten, als wäre ich diejenige, die hier beinahe ertrunken wäre, da wusste ich, dass er es todernst gemeint hatte. Er wollte mich. Und er hatte mich. Restlos.

»Kannst du aufstehen?« Eric war neben uns erschienen, verschlafen, aber in seinem üblichen Anzug. Noah nickte und rappelte sich hoch. »Dann kommt beide ins Hotel. Hier draußen wird es langsam voll.«

Wir standen auf, und während Noah die Decke enger um mich schlang, wrang ich mir die Haare aus. Alex, der ebenfalls draußen gewesen war, folgte uns nach drinnen.

Im Hotel kamen uns Jessica und Christopher entgegen, alle verschlafen, aber gleichzeitig besorgt, verwundert und grinsend. Und sie klatschten, immer lauter und lauter.

»Nun küsst euch schon!«, rief Olivia.

Ich wollte einfach an allen vorbeigehen und duschen. Der Kanal klebte an mir, und ich konnte es kaum erwarten, den muffigen Geruch von mir zu waschen.

»Wenn du mich nicht küsst, dann frag ich Francine«, sagte Noah.

Ich staunte über mich selbst. Blitzschnell stürzte ich mich auf diesen unglaublichen Mann und schob ihm meine Zunge in den Mund. Dabei schluckte ich sein Lachen und keinen Moment später drückte er mich an sich und ließ seine Hand auf meinen Po gleiten. Und wir wussten beide, dass er unter dem nassen Stoff der Schlafshorts nichts weiter spürte als meine Haut. Und dieses Wissen entlockte ihm ein tiefes, begehrendes Stöhnen.

Wir lösten uns voneinander und bekamen erneut tosenden Applaus. Seltsamerweise schaute niemand doof oder stellte Fragen. Ich fühlte mich wie unter Freunden, die glücklich waren, dass sich zwei von ihnen endlich zusammengerauft hatten. So als wäre es nur eine Frage der Zeit gewesen.

»Vergiss übrigens, was ich am Anfang zu dir gesagt habe«, raunte Jessica mir zu.

»Was war das denn?«, mischte Noah sich ein.

»Lass uns Mädchen mal kurz alleine, Darling!« Ich schob ihn zu Eric und sah zu, wie beide Richtung Fahrstühle gingen. Dann drehte ich mich wieder zu Jessica. »Du meintest, ich sollte mich von ihm fernhalten, weil er jede mit seinem Charme um den Finger wickelt.« Was er bei mir ja auch geschafft hatte.

»Und ich hab dir von Rebecca Gardener erzählt. Du erinnerst dich?«

Natürlich. Das Starlet, das kurz nach ihrem Techtelmechtel abgestürzt war.

»Sie hat er nie in der Öffentlichkeit geküsst. Er hat nicht ihre Hand gehalten. Und solche Unterhaltungen, wie ihr sie führt, hat es zwischen den beiden auch nicht gegeben.« Sie räusperte sich. »Ihr zwei seid einfach zuckersüß zusammen. Alles Gute euch beiden.« Völlig unerwartet fiel sie mir um den Hals, als wären wir Schwestern.

»Hey, Umarmungen sind meine Aufgabe«, brummte Noah über fünf Meter Luftlinie hinweg zu uns. Er wartete an den Fahrstühlen auf mich und hielt die Türen auf.

»Siehst du, das meine ich«, seufzte Jessica.

»Ich muss weiter, sonst wird mein Freund sauer.« Mein Freund. Das klang verrückt. Ich schwebte förmlich zu ihm.

In der Suite ließ uns Eric alleine. Wir gingen gemeinsam unter die Dusche und schäumten uns gegenseitig ein, und ich konnte nicht anders, als breit zu grinsen, dass wir hier standen und dass er diese verrückte Nummer abgezogen hatte.

»Hast du das nur gemacht, weil du betrunken warst?«, fragte ich.

Er drückte mich gegen die Fliesen und küsste mich gierig, dann löste er sich von meinen Lippen und sah mir tief in die Augen. »Ein bisschen Mut hab ich schon gebraucht. Aber zwei Bier gehen wohl kaum als betrunken durch, maximal angeheitert. Wie hätte ich mich denn sonst an den Text aus *Romeo & Julia* erinnern sollen?« Seine Lippen wanderten über meinen Hals und sanken tiefer zu meinen Nippeln. »Und hast du mich nur rausgezogen, weil sich ein toter Filmpartner schlecht für deine Karriere macht?«

»Du bist so ein Idiot!«, murmelte ich, packte sein Gesicht und zog ihn wieder zu mir. »Ich hatte echt Angst.« Bevor er sehen konnte, dass mir Tränen in die Augen traten, umarmte ich ihn.

Noah drehte das Wasser ab und dirigierte mich mit seinem Körper aus der Dusche. Er wickelte uns beide in Handtücher und trug mich ins Bett.

Haut an Haut kuschelten wir uns aneinander, und je öfter wir uns berührten, umso größer wurde die Lust. Seine Finger tasteten sich zu meiner intimen Stelle, rieben meine Klit, und sobald ich feucht genug war, drangen sie in mich ein. Ich griff nach seinem Schwanz, rieb über seine Länge und spürte, wie er in meiner Hand härter und größer wurde.

»Ich muss dich in mir spüren«, keuchte ich.

»Und ich muss in dir sein«, sagte Noah.

Kapitel 21

Einladend spreizte ich die Beine und ließ einen Finger über meine feuchte Öffnung gleiten, und Noahs Blick folgte meiner Bewegung aufmerksam. Noch nie hatte ich mich jemandem so geöffnet, aber ich wollte, dass er sah, wie sehr ich ihn brauchte.

Neckend tauchte ich mit der Fingerspitze ein und genoss die Reibung.

Doch lange sah sich Noah das Spiel nicht an. Er zog meine Hand weg und drang tief in mich ein.

»Das willst du, Baby?« Seine Hände strichen über meinen nackten Körper und spielten mit meinen Nippeln, wodurch mehr Lust durch mich schoss und mein Innerstes sich um seinen Schwanz zusammenzog.

»Scheiße, ja!«, rief ich und spürte bereits nach so kurzer Zeit das vertraute Kribbeln. Ich schlang meine Beine um seine Hüften und zog seinen Oberkörper zu mir. Ich musste ihn küssen, musste seine Lippen spüren, seinen Atem, seine Wärme. »Ich kann nicht mehr!«, stöhnte ich.

»Halt dich zurück«, sagte er und quälte mich mit harten, tiefen Stößen.

»Bitte, Noah!« Ich klammerte mich an ihn, als würde ich gleich ertrinken.

»Nein, noch nicht.« Seine Hände glitten über meinen Hals und meinen Busen und zogen eine Spur der Lust hinter sich her. »Ich will sehen, wie du dich windest.«

»Du verfluchter Sadist!«, beschimpfte ich ihn.

Ein harter Stoß ließ mich Sterne sehen. »Vorsicht,

Baby!« Seine Finger strichen kaum spürbar über meinen Kitzler. »Ich könnte noch ganz andere Dinge mit dir anstellen.«

»Mist!« Sofort hatte ich wieder die Bilder vor Augen, wie Noah mit der Frau am Andreaskreuz gespielt hatte. Wie ihre Feuchtigkeit auf den Boden getropft war. Und das Kopfkino brachte meinen Körper zum Erbeben. Nicht vor Angst, sondern vor Vorfreude. »Bitte!« Ich hielt es wirklich nicht mehr aus und warf meinen Kopf hin und her. Ich stand kurz davor, die Kontrolle zu verlieren, und ich wusste, dass Noah genau das wollte. »Bitte!«, sagte ich schon wieder, weil mir nicht mehr einfiel. Vielleicht hatte ich meinen Verstand ja schon verloren.

»Hast du nicht alles, was du willst? Ich liebe dich, mein Schwanz fickt dich, was willst du noch?« Seine Hüften bewegten sich, wir drehten uns und er ließ mich sogar oben sein. In dieser Position konnte ich meine Lust jedoch nicht befriedigen. Nicht, wenn ich es nun war, die ihre Hüften bewegen sollte. Denn dazu fehlte mir die Kraft.

Das Einzige, was ich konnte, war ihn zu küssen, ihn mit feuchten Augen anzusehen und ihm mit meinem Blick zu sagen, was ich brauchte, weil meine Zunge nur noch ein einziges Wort kannte.

Noah schlang seine Arme fest um mich, und ich ergab mich seinen Berührungen. Sein Atem schlug mir ins Gesicht und eine Überdosis Lust schoss durch meine Adern.

Ich war so weit.

Als ob Noah das gemerkt hatte, fickte er mich schneller, ließ mich aber oben bleiben. Ein Arm hielt mich, aber seine freie Hand streichelte meinen Rücken und schickte Schauer über meinen Körper. Dann glitt er aus mir heraus und versenkte seine Finger in mir. Doch noch bevor ich mich fragen konnte, was er da tat, war sein Schwanz wieder in mir. Seine feuchten Finger rieben über meinen zweiten Eingang, und ich erstarrte in seinen Armen.

Mein Körper sagte ihm, er sollte aufhören. Aber meine Kehle war trocken, und ich sah ihn nur mit offenem Mund an und genoss die Lust, die sich auf seinem Gesicht widerspiegelte.

Erstaunlich mühelos schoben sich seine feuchten Fingerkuppen in meinen Anus. »Dort werd ich dich auch ficken.« Er biss in meine Lippen. »Und hier ebenso.«

Das war zu viel. Sein Schwanz penetrierte meine Muschi, seine Zunge liebte meinen Mund und seine Finger drangen tiefer in meinen Hintern. Ich explodierte.

Wenn sein Mund nicht auf meinem gewesen wäre, ich hätte das gesamte Hotel zusammengeschrien. Bis mich jegliche Kraft verließ und ich auf ihm zusammensank.

Als Noah ebenfalls seinen Höhepunkt erreichte, war ich nicht mehr fähig, irgendwas zu tun. Mein Körper fühlte sich fremd an. Er gehörte ihm, nicht mehr mir.

Keine Ahnung, wie lange wir danach so dalagen. Sein Schwanz blieb in mir und seine Finger spielten weiter an meinem Anus. Und immer wenn ich glaubte, dass es jetzt genug war, spürte ich wieder einen Schauer. Ein bisschen so wie bei einem Feuerwerk, wo einige Raketen nicht gezündet hatten und später hochgingen.

»Noah?« Ich hob den Kopf und verzog das Gesicht.

»Wieder unter den Lebenden?« Er grinste.

»Was hast du mit mir angestellt?«

Statt einer Antwort löste er sich von mir. »Ich geh mir kurz die Hände waschen.« Er stand auf und ließ die Tür zum Bad offen, und ich sah seiner knackiger Rückseite nach und grinste dümmlich, als ich die Kratzspuren und

Abdrücke meiner Nägel entdeckte.

Als er zurückkam, grinste ich noch breiter, denn seine muskulöse Vorderseite war auch nicht ganz ohne Blessuren davongekommen. Und auch wenn sein Schwanz nun zwischen den Beinen hing, machte mich der Anblick ziemlich an.

»Lass uns noch etwas schlafen«, sagte Noah, kletterte zu mir ins Bett und nahm mich in die Arme.

»Meinst du, man hat uns gehört?«, fragte ich.

Er lachte leise. »Es würde mich wundern, wenn man uns nicht gehört hätte, Baby.« Er zog mich an sich.

»Stört dich das nicht?«

»Nein. Ich wollte dich schon die ganze Zeit und jetzt hab ich dich.«

♥

»Ist was passiert?« Noahs Stimme weckte mich. Er richtete sich neben mir auf, und ich blinzelte, versuchte, wacher zu werden, und kämpfte mich ebenfalls hoch.

Eric stand, ganz der Manager im Krisenmodus, mit seinem Tablet in der Hand im Schlafzimmer der Suite. »Es geht los. Das Hotel ist belagert, und die erste Schlagzeile ist raus.«

Noah beugte sich zum Tablet, und ich tat es ihm nach. »Und wie lautet sie?«, fragte er.

»Romeo & Julia am Set – Noah Miller verliebt in Filmpartnerin Ida Portman«, las Eric vor,

Ich lehnte mich zurück an das gepolsterte Kopfteil des Bettes. »Du solltest mit Miranda reden«, sagte ich zu Noah. »Die Presse wird sie ebenfalls dazu befragen, und dann weiß sie, was los ist.«

Eric fand die Idee sehr gut und versprach, sich darum zu kümmern. Eine Standpauke verkniff er sich seltsamerweise, und ich vermutete, dass es daran lag, dass

News seinen Job ausmachten und dieser kleine Zwischenfall die Aktien seines Schützlings in die Höhe schnellen ließ.

Nach und nach erinnerte ich mich an die verrückte Nacht, ich bereute nichts. Ich war einfach nur glücklich.

Gemeinsam mit Noah duschte ich, und wir schafften es, ganz diszipliniert die Finger voneinander zu lassen und an den bevorstehenden Dreh zu denken.

Das Frühstück ließen wir uns aufs Zimmer bringen, und während wir aßen, nahmen die Schlagzeilen zu. So wie alle es prophezeit hatten.

Neben Noah war Claire der einzige Mensch auf dieser verrückten Welt, der nicht durchdrehte. Sie hatte nicht schlafen können und die Nachrichten verfolgt. Sehr zum Leidwesen ihres Mannes, der sie einfach nicht ins Bett kriegen konnte. Freundinnen gingen eben vor. Nun ließ sie sich alles von mir erzählen und schloss mit einem »Na endlich.«

»Sie ist erleichtert?«, fragte Noah amüsiert, der nur das halbe Gespräch mithörte.

Ich nickte.

»Sag ihr, dass ich vorhabe, dir den Hintern zu versohlen. Wie findet sie das?«

Ich warf eine Serviette nach ihm, da Claire das auch ohne meine Wiederholung laut genug verstanden hatte, und lachend löffelte Noah sein Müsli.

»Und?«, fragte er.

»Sie wünscht mir viel Spaß«, sagte ich, legte auf und widmete mich meinem Kaffee. Ich glaube, sie war sogar etwas neidisch, denn Daniel weigerte sich, harten Sex mit ihr zu haben, egal wie oft sie ihn provozierte.

Nach dem Frühstück zogen wir uns wie üblich unsere bequemen Klamotten an und machten uns auf den Weg zum Set – wir brauchten dafür doppelt so lange, da wir so massiv von Fotografen belagert wurden. Aber immer wenn es mir zu viel wurde, musste ich Noah nur anschauen. Wie ein Fels in der Brandung verzog er keine Miene, und so als spürte er meinen Blick, legte sich ein Lächeln in seine Mundwinkel, das nur für mich bestimmt war.

Auch als wir das Set erreichten, wich er kaum von meiner Seite.

»Du bist die Heldin der Nacht«, klärte mich Jessica auf, sobald ich in der Maske Platz genommen hatte. »Und du ein verdammtes Glückskind«, sagte sie zu Noah.

»Eine Frau muss eben tun, was sie zu tun hat«, spielte ich die Situation herunter.

»Spinnst du! Du warst Arielle!«

Bescheiden zuckte ich mit den Schultern. Warum machten alle so eine große Sache daraus, dass ich schwimmen konnte? Ich hatte zwar gehört, dass das heutzutage immer weniger Leute draufhatten, aber zu meiner Schulzeit war mir das ganz normal beigebracht worden und ich hatte sogar den Rettungsschwimmer in den Ferien gemacht.

Da ich keine Lust hatte, mich weiter über die Nacht zu unterhalten, schnappte ich mir meinen Text und tat so, als würde ich ihn durchgehen. Dabei schaute ich nur die Buchstaben an und nach einem Moment, der mir lang genug vorkam, blätterte ich um.

Als auch Noah aus der Maske raus war, konnten wir die letzte Szene in Venedig drehen.

»Kamera läuft«, rief Vincent.

»Action!«, sagte Christopher.

Lachend rannten Noah und ich als Braden und Amber über den Markusplatz. Noah packte mich an der Taille und wirbelte mich durch die Luft. Ich lachte und warf den Kopf in den Nacken, als er mich auffing und langsam wieder zu Boden gleiten ließ.

»So ein Date hatte ich noch nie!«, jauchzte ich.

»Ich gehe doch stark davon aus, dass du auch noch nie so einen Mann kennengelernt hast?«

»Lass mich nachdenken, Braden?« Angestrengt verzog ich mein Gesicht, als würde ich komplizierte Mathematikgleichungen lösen.

»Was gibt es denn da zu überlegen?« Er zog mich an sich, so wie eben. »Oder muss ich dir erst auf die Sprünge helfen?« Und dann küsste er mich, was nicht im Skript stand, so gar nicht. Aber Noah zu küssen, war wie zu atmen. Ich brauchte es einfach und ging bereitwillig darauf ein.

Zum Glück dehnte er den Kuss nicht unendlich in die Länge. Doch als er sich löste, strahlte er. Scheiße, wir waren wirklich ein Paar. Wir gehörten zusammen.

»Lust auf ein Eis?«, fragte Noah in seiner Rolle als Braden, zeigte auf ein Straßencafé und zog mich bereits in die Richtung.

Nur zwei Korbstühle und ein Tisch waren noch frei. Die anderen Plätze waren alle mit einer bunten Mischung an Statisten belegt, die auf Rechnung der Produktionsfirma Kaffee trinken und Eis essen durften. Tauben flogen auf und am Himmel zogen Schönwetterwolken vorbei.

»Ich hab noch nicht ja gesagt.«

»Deine Lippen vielleicht nicht, aber deine Augen«, sagte Noah, setzte sich und zog mich auf seinen Schoß. Wie besprochen schlang ich die Arme um seinen Hals, als wollte ich ihn nie wieder gehen lassen, und er bestellte beim Schauspiel-Kellner zwei Erdbeereisbecher. Dann beugte er sich ganz nah an mein Ohr. »Weißt du, was ich tun würde, wenn das kein Date wäre?« Er sah zu mir, um die Wirkung seiner Worte auf mich einzuschätzen.

Ich schluckte. »Was denn, Braden?«

Er legte die Karte auf den Tisch und strich nun mit einer Hand über mein Knie. »Ich würde meine Hand unter dein Kleid schieben und dich ficken.«

Sein Schwanz zuckte unter mir, und ich keuchte erregt. Ich suchte seine Finger und hielt sie fest, damit er nicht auf allzu dumme Ideen kam.

»Und es würde dir gefallen«, legte er noch einen drauf, befreite sich mühelos aus meinem Griff und strich mit dem Daumen über meine harten Nippel, die sich unter dem eng sitzenden Kleid abzeichneten.

»Das bezweifle ich stark.«

Er lachte frei heraus. Kein Wunder. Er wusste, dass mir das verdammt gut gefallen würde, und wieder legte er seine Hand auf mein nacktes Knie und ließ sie unter mein Kleid wandern.

In dem Moment wurde der Kellner in die Szene geschickt. Er stellte den Kaffee und zwei riesige Eisbecher vor uns ab. Noah nahm den Löffel und bemühte sich, möglichst nur Eis zu erwischen. Dann steckte er mir die Portion in den Mund, wartete, zog den Löffel heraus und küsste mich.

»Hey!«, quietschte ich.

»Ich wollte nur wissen, wie es schmeckt, Amber.«

»Leck den Löffel ab, oder nimm dir was von deinem Eis«, sagte ich und genoss die kleine Auseinandersetzung.

»Was tut man sonst auf Dates?«, fragte er amüsiert.

»Man redet über Gott und die Welt, Braden«, sagte ich und schluckte, was er mir gab.

Ein breites Lächeln überzog sein Gesicht. »Ich glaube, Dates gefallen mir. Das hätte ich schon viel früher machen sollen.« Ich hob eine Augenbraue und spannte mich an, obwohl ich ja wusste, was gleich kam. »Erzähl mir von deinem ersten Mann, Amber!« Seine Hand fuhr an meiner Seite entlang nach oben und es fehlten nur noch wenige Zentimeter, bis er an meinem Busen wäre, wo meine Nippel vor Erregung schmerzten.

Automatisch dachte ich an meinen ersten Mann; nicht den ersten, mit dem ich jemals Sex gehabt hatte, aber der erste, der mir von morgens bis abends und manchmal auch noch nachts in meinen Träumen durch den Kopf gespukt war. Der saß genau hier, war hart, fütterte mich weiter mit Erdbeereis und strahlte mehr und mehr Hitze aus. Und er wartete auf eine Antwort.

»Du möchtest ernsthaft wissen, wie es ein anderer Mann schon mit mir getrieben hat?«, neckte ich ihn.

Mürrisch nahm er einen weiteren Löffel Eis und schob ihn mir in den Mund, damit ich nicht weiterreden konnte. Seine Hand fuhr besitzergreifend an meinen Busen. »Nur wenn es dir gefallen hat.«

Ich nahm den Löffel aus dem Mund und behielt ihn in der Hand. »Ich mag es, wenn jemand meine Haut verwöhnt.« Langsam fuhr ich mit dem Löffel über seinen Oberkörper. »Wenn er meinen Mund benutzt.« Länger als nötig lutschte ich an dem armen Besteck herum. »Wenn er den Ton angibt und mich in meine Schranken weist.« Ich schlug ihm mit dem Löffel auf die Hand, die während unseres Gesprächs so weit unter mein Kleid gewandert war, dass ihn nur wenige Zentimeter von meiner feuchten Scham trennten. »Mehr?«, fragte ich und klimperte mit den Wimpern.

»Ich denke, das genügt fürs Erste und gibt mir ein paar Ideen, was ich mit dir anstelle, wenn wir genug Dates hatten.« Mit dem Zeigefinger fuhr er über meine Lippen, und ich stöhnte vor Lust. »Und wo ist ein Mann schon auf dir gekommen?«

Das Mikrofon hing ganz dicht über unseren Köpfen, um jeden Ton einzufangen. Auch mein Keuchen musste zu hören sein. »Ich hatte wirklich an andere Themen gedacht, über die wir uns unterhalten.«

Er lachte. »Dann hättest du mit einem anderen Mann ein Date verabreden sollen, Amber. Nun antworte mir! Hier bestimmt, oder?« Seine Hand legte sich auf meinen Schritt, und ich wünschte mir, er würde fester zupacken. »Und hier?« Er drehte mit dem Zeigefinger Kreise auf meinem Bauch. Ich schüttelte den Kopf. »Hier?« Seine Hand umfasste meinen Busen. Mir stockte der Atem, und er grinste wissend. »Was ist damit?« Mit zwei Fingern fuhr er in meinen Mund und bewegte sie sanft rein und raus.

Ich biss zu.

»Au!« Er lachte und schüttelte seine Hand. »Wenn das hier kein Date wäre, dann könntest du jetzt was erleben, Amber!« Nicht nur gespielt verärgert verstärkte er den Griff seines Arms um meine Taille, und ich zuckte zusammen.

»Was denn?« Ich lachte nervös.

Er fasste mich am Kinn und strich mit dem Daumen über meine Lippen. »Ich würde dich einen ganzen Abend lang genau dort nehmen – ob du willst oder nicht.« Ein Schauer fuhr durch meinen Körper, und auf seine Lippen schlich sich ein Lächeln. »Und damit das eben nicht noch mal passiert, würde ich dir ein Teil in deinen heißen Mund schieben, das ihn schön weit offen hält.«

Ich schluckte, und das schien ihn zu belustigen. Wobei mir seine Augen sagten, dass er das gerade verdammt ernst meinte. Die Vorstellung erregte mich mehr, als ich zugeben wollte, und allmählich wurde mir klar, warum ich bisher so wenig sexuelle Erfahrungen gemacht hatte: Meine Ex-Männer waren einfach nicht kreativ, versaut und herrisch genug gewesen. Aber Noah Miller vereinte all das und legte immer neue Facetten von mir frei – mal sanft, mal mit Gewalt, als wären seine Vorfahren barbarische Eroberer gewesen, die sich Neuland untertan machten.

»Wie gut, dass das hier ein Date ist«, hauchte ich ihm zu.

»Ich würde eher sagen: wie schade, Amber, wie schade!« Er beugte sich zu mir und knabberte an meiner Unterlippe. Ein animalisches Knurren entwich seiner Kehle, als ich ihn am Kragen packte, damit er ja nicht aufhörte. Und wieder rieselte einer dieser süßen Schauer über meine Haut, nach denen ich süchtig war. Dennoch ließ er los. Wie es von der Rolle erwartet wurde.

Er hatte recht. Wie schade. Und noch ärgerlicher war, dass wir gerade arbeiten mussten und nicht allein waren, denn ich wollte weitermachen und von diesem Vorspiel nur zu gerne zum Hauptakt übergehen.

»Aber Dates können auch toll sein, Braden.« Ich räusperte mich. »Vielleicht sollten wir nur über etwas anderes reden.«

»Stimmt. Mundsperren sind sehr speziell.« Er sah auf meine halb geöffneten Lippen, und wieder musste ich schlucken, weil sein Blick so dunkel war. »Sprechen wir doch über Positionen, Amber.«

»Positionen?« Ich stutzte. »Ich glaub, ich mag alle.«

Er lachte heiser. »Ach ja?« Mir wurde heiß. »Was, wenn ich dich an mein Bett fessle? Würde dir das gefallen?«

Mein Schoß wurde wärmer, und er zog eine Augenbraue hoch.

»Oder, wenn ich deinen Arsch ficke?«

Ich drehte mich, schnappte mir den Erdbeerbecher und löffelte das geschmolzene Eis. Dabei fuhr er mit seinem Zeigefinger über meine glühende Wange. »Ich dachte, wir reden zum Beispiel über Musik«, sagte ich.

»Ich ficke nicht zu Musik.«

Ich verschluckte mich am Eis und hustete gespielt schockiert. Noah klopfte mir auf den Rücken, bis seine Bewegungen immer langsamer wurden und seine Hand schließlich zwischen meinen Schulterblättern so lange liegen blieb, dass ich die Wärme seiner Berührung durch den Stoff des Kleides spürte. Erst dann ließ er sie sinken.

»Aber das meintest du natürlich nicht.« Er lächelte. »Ich mag klassische Musik, solange niemand singt, ebenso wie Elektro und Jazz.« Er nahm mir den Eisbecher aus der Hand und stellte ihn auf dem Tisch ab. »Ich tanze auch gerne. Ich liebe Kunst. Und wenn ich mal Zeit zum Fernsehen habe, bleibe ich immer an einer Reportage hängen. Zuletzt über Vulkanausbrüche. Und du?«

»Ich hätte nie gedacht, dass du dazu Zeit hast.«

»Für die Dinge, die ich liebe, nehme ich mir immer die Zeit.« Seine Arme legten sich enger um mich, und er senkte die Lippen an mein Ohr. »Ich will dich«, flüsterte er und schob nur als Hauch meinen Namen nach: »Ida.«

Ich zitterte, fuhr mit den Händen in seine Haare und hielt mich an ihm fest. *Ich will dich auch*, war das Einzige, was mir durch den Kopf ging, und ich wusste am Rande, dass das nicht mein Text war.

Kapitel 22

Eine der Assistentinnen, ich tippte auf Olivia, flüsterte mir meine Zeilen zu, aber der Text bestand nur aus Wörtern und die ergaben für mich plötzlich keinen Sinn mehr.

»Lass uns in die Bibliothek gehen«, sagte Noah leise, erstaunlicherweise immer noch in seiner Rolle.

Ich sah ihn an, und er sah mich an. Ich hörte, was er sagte, aber in meinem Kopf kam eine ganz andere Botschaft an.

»Dein Text, Ida«, sagte er.

Sorge funkelte in seinem Blick. Er fuhr mir durchs Haar, und ich seufzte und drückte meinen Kopf gegen seine Hand. Er beugte sich zu mir und flüsterte: »Weißt du, es gibt nur zwei Möglichkeiten, Baby: Entweder ich tue dir gleich richtig weh, damit du wieder aufwachst aus deiner kleinen sexy Trance, oder ich geb dir, was du willst. Was ich aber nicht kann, weil wir dazu allein sein müssten. Also, was werde ich wohl tun?«

»Ich will dich auch«, flüsterte ich wie ferngesteuert.

»Falscher Text, Ida.« Er drückte meine Brustwarze so kräftig, dass ich vor Schmerz hell aufschrie.

»Spinnst du?«, grollte ich und fasste mir an den Busen, als wollte ich sichergehen, dass alles noch dran war.

»Wo auch immer sie war, jetzt ist sie wieder da!«, rief Noah fröhlich über meinen Kopf hinweg den Filmleuten zu.

Oh Mann! Langsam wurde mir klar, was er meinte. Ich hatte meinen Text vergessen. Mein Kopf war völlig leer gewesen, und ich konnte in keine andere Richtung denken, außer an ihn und dass er mich wollte.

»Du wirst ja rot«, stellte er unnötigerweise fest und verteilte kühlende Küsse auf meinen Wangen.

»Das ist mir noch nie passiert, nie so«, keuchte ich atemlos.

»Wirklich?« Noah fing an zu erzählen, in welchen Situationen ihn schon der Text verlassen hatte. Mitten während einer Verfolgungsfahrt, bei einer Explosion, die man nicht mehr wiederholen konnte, als er eine Rede in Unterwäsche hatte halten müssen. Er zählte die Vorfälle an seinen Fingern ab, und als er bei fünfzehn war, brach er ab. »Zum Glück sind wir beim Film. Mach dir nichts draus.«

Ich nickte und war dankbar, dass er so entspannt mit der Situation umging, obwohl er ganz sicher genau wusste, warum ich meinen Aussetzer gehabt hatte. Weil er mich so umgehauen hatte.

Kevin, einer der Regieassistenten, zwang mich, den Text durchzugehen. Aber es war alles wieder da. Natürlich.

»Lasst uns die Szene zu Ende drehen«, sagte Noah und übernahm Christophers Rolle. »Und wenn du dich nicht benimmst, dann wirst du eine sehr frustrierende Nacht haben.«

Überrascht riss ich die Augen auf.

»Richtig, Baby. Du wirst dann nämlich nicht kommen. Ist das Motivation genug?«

Ich nickte.

»Würde es dir etwas ausmachen, sie damit bis zum Ende der Dreharbeiten in Schach zu halten?« Christopher hatte uns belauscht und sein Vorschlag ließ mich erstarren.

»Vergiss es, das würde er nie –«, fing ich an zu protestieren.

»Aber klar doch«, sagte Noah, und ich stöhnte auf. Das meinte er auch noch ernst, der Mistkerl.

»Wie willst du das durchhalten, ohne blaue Eier zu bekommen?« Wütend verschränkte ich die Arme.

Noah lachte. »Da ich keine Aussetzer habe, darf ich auch kommen.« Er fuhr mit dem Zeigefinger über meine Lippen, und ich wusste, was ihm durch den Kopf ging. Ich war sein Instrument dazu.

Es war mal wieder so weit. Ich wollte ihn umbringen.

♥

»Ich hab es tatsächlich geschafft«, murmelte ich Wochen später zurück in L.A. zum dritten Mal.

Nach Venedig hatten wir auch das Date zwischen Braden und Amber in Sydney gedreht, ein Abendessen und ein Opernbesuch, und wir hatten eine kleine Wüstensafari zu den Pyramiden gemacht, wo Amber immer wieder schmachtend in Bradens Armen zu hängen hatte. Außerdem hatten wir noch Drehtage im Studio gehabt. Amber in ihrer Wohnung, mit ihren Freundinnen, beim Shoppen. Braden in ihrer Wohnung, Streitigkeiten und Versöhnungen. Und ich konnte nicht mehr.

Noahs Drohung war kein Witz gewesen. Was als fixe Idee begonnen hatte, machte ihn mehr und mehr an, und auch wenn er sich von mir verwöhnen ließ, mich hatte er in den letzten Wochen nicht kommen lassen.

»Nur noch heute Baby, und danach bleiben wir wochenlang im Bett.«

»Wie? Nur noch? Sehr witzig.«

Heute würden wir endlich die BDSM-Szene drehen. Und wie ich dabei nicht kommen, sondern mich auf meinen Text konzentrieren sollte, so wie es Noah wollte, wusste ich nicht.

Angespannt schlüpfte ich unter die Dusche und stöhnte frustriert, als die Tropfen mich trafen. Meine Haut war hypersensibel geworden und meine Laune auf einem absoluten Tiefpunkt. Im Akkord schäumte ich mir die Haare ein, spülte sie aus und massierte Conditioner rein, damit Jessica später weniger Arbeit damit hätte. Ich rasierte mir gründlich die Achseln und die Beine und musste mich an der gefliesten Wand festhalten, als es an meinem Intimbereich ging.

»Lass mich das machen«, sagte Noah und trat zu mir unter die Natursteindusche.

»Hau ab!«, grollte ich und versuchte, mich auf meine Aufgabe zu konzentrieren. Ihn dabei zu sehen, nackt mit einem perfekt modellierten Körper und einem harten Schwanz, war das Letzte, was ich gerade brauchte.

»Ida!«

Meine Nippel wurden sofort hart und mein Atem ging schneller. Er löste den Rasierer aus meiner Hand und drückte mich gegen die Wand. Tränen liefen mir über das Gesicht, obwohl gar nichts passiert war. Meine Haut brannte, und das einzig Gute waren die kalten Steine in meinem Rücken.

»Schau mich an!«

Ich drehte meinen Kopf weg. So weit war es schon. »Bitte«, flüsterte ich, total am Ende.

»Ich weiß, Baby. Deshalb bin ich hier.« Die Worte sickerten langsam zu mir durch, und sobald ich aufsah, hob er mich hoch und versenkte seinen Schwanz genau dort, wo ich ihn spüren wollte. Heiß und innig. »Komm!«

Was in Gottes Namen? Ich kam. Schreiend und schluchzend. Bis ich fürchtete, dass ich mich vielleicht verhört hatte.

»So ist es gut, Baby, und gleich noch mal!« Noah bewegte seine Hüften und ein weiterer Orgasmus riss mich mit sich, so heftig, dass mir nichts anderes übrig blieb, als mich an ihn zu klammern.

»Halt mich fest. Oh mein Gott! Lass mich nicht los!«, kreischte ich.

Seine Hand glitt über meine nassen Schultern und spielte mit meinen Brüsten. Wieder nahm das Kribbeln auf meiner Haut zu. Er nahm mich schneller und hilflos ergab ich mich dem nächsten Orgasmus. Er kam ebenfalls, und als er aus mir herausglitt, protestierte ich.

Meine Knie waren weich und meine Beine wie Gummi. Noah setzte mich langsam auf dem Boden ab, während das warme Wasser uns immer mehr in Nebel hüllte.

»Mach die Beine breit, lehn dich zurück und entspann dich. Ich rasier dich.«

Mir fielen jede Menge Gründe ein, die dagegen sprachen. Meine Scham war hochempfindlich. Und ihn zu spüren, würde mich vor Lust zerfließen lassen. Aber ich wusste auch, dass er als Mann schon öfter einen Rasierer in der Hand gehalten hatte als ich. Und er kannte sich mit meiner Scham bestens aus. Also spreizte ich die Beine und schloss die Augen.

Seine Finger verteilten Schaum auf meiner Scham, und das Pochen wurde stärker. Dann setzte er den Rasierer an, zog ihn über meine Haut und fuhr prüfend mit dem Daumen über die nun nackte Stelle, und ein Schauer lief mir über den Rücken.

»Das möchte ich in Zukunft immer machen«, sagte er.

Oh Gott! Bitte nicht. Ich zuckte zusammen, als er unerwartet drei Finger in mich schob. Er krümmte sie leicht und berührte meinen G-Punkt, und ich kam. Wieder. Himmel!

Er lachte. »Ja, das machen wir definitiv öfter.« Ungerührt wusch er meine Scham erneut und rasierte mich weiter. »Fühl mal!«, forderte er mich auf, und ich fuhr mit der Hand über meine samtweiche Haut.

Kein einziges Haar. Okay, vielleicht ließ ich ihn wirklich noch mal ran.

Noah setzte sich neben mich an die Wand und zog mich an sich. »Können wir jetzt nochmal über die Szene reden, die wir heute drehen?«

Ich schielte zu ihm hoch und runzelte die Stirn.

»Du warst irgendwie nicht recht ansprechbar die letzten Tage«, sagte er.

»Ach was«, war alles, was mir dazu einfiel. Ich schmiegte mich an ihn. »Du weißt doch, was zu tun ist, oder?«

»Ja.«

»Und du kennst mich?«

»Ja.«

»Und ich darf kommen, Noah?«

»Nicht sofort, aber wenn dir danach ist, prinzipiell ja.«

Ich grinste. »Dann müssen wir eigentlich nichts besprechen. Ich vertrau dir.« Er wollte aufstehen, aber ich hielt ihn am Arm fest. »Wir haben doch jetzt Zeit gespart, weil ich keine Fragen habe … Kann ich noch mal kommen?«

Er stemmte sich hoch, stellte die Dusche ab, holte Handtücher und reichte mir eines. Und ich verzog enttäuscht das Gesicht.

»Noah? Kannst du nicht antworten?« Ich verließ die Dusche, trocknete mich ab und cremte mich ein.

»Kann ich auch was davon haben?«, fragte er rau.

Genervt reichte ich ihm meine Lotion.

»So hab ich das nicht gemeint, Baby.« Noah kam näher, nahm mich in seine Arme und ein Teil der Creme ging auf ihn über.

»Sondern so?«, fragte ich, schlang ein Bein um ihn, gab ihm mehr von meiner Bodylotion ab.

Er grinste und küsste mich.

Ein Klopfen an der Tür ließ uns beide innehalten.

»So wie ihr seit einer halben Stunde klingt, habt ihr nichts an. Könntet ihr euch bitte beeilen? Der letzte Dreh geht gleich los.«

Konnten wir.

Die Anzahl der Personen am Set war für den Dreh deutlich reduziert worden, wofür ich dankbar war. Schließlich spielten wir echten Sex, ohne Attrappen, weshalb wir auch alle vor Beginn der Dreharbeiten einen Test auf Geschlechtskrankheiten gemacht hatten. Obwohl ich mittlerweile mit Noah schlief, war es ein merkwürdiges Gefühl, zu wissen, dass wir es nun für alle sichtbar tun sollten. Nicht so gespielt wie noch vor Wochen.

Die Choreografie der Szene war recht simpel. Nachdem Braden Amber eröffnet hat, dass er nicht nur harten Sex mag, sondern er sie auch gerne fesseln möchte, willigt sie ein und lässt sich von ihm verführen. Dazu trug ich Spitzenunterwäsche, zum ersten Mal seit einer Ewigkeit inklusive Höschen, und ein Negligé, während ihn Francine ohne Unterwäsche in eine tief sitzende Jeans und ein schwarzes Hemd gesteckt hatte, das bis zu den Ellenbogen hochgekrempelt war.

»Seid ihr so weit? Ida? Noah?« Christopher war die letzte Stunde geradezu um uns herumgetänzelt und sprach nun mit uns, als könnten wir es uns noch anders überlegen. Idiotischerweise machte mich das umso nervöser. Meine Knie waren weich, und ich musste mich zwingen, mich auf Noah zu konzentrieren, um nicht irgendetwas Dummes zu tun, wie zum Beispiel alles abzubrechen.

»Hey?« Dieser Mann hatte echt Sensoren für alles. Noah sah mich ernst an. »Ich tu ganz sicher nichts, was du nicht willst.«

Ich nickte und bedauerte, nicht noch viel, viel genauer mit ihm über die Szene gesprochen zu haben. Im Vorfeld der Rolle hatte ich mich mit dem Thema BDSM sehr genau auseinandergesetzt, in der Theorie war mir alles klar. Aber ich hatte keine Ahnung, wie ich in echt reagieren würde, wenn es heftig wurde. Ich und Noah hatten bisher nur ansatzweise etwas von dem getan, wobei ich ihn in diesem Edelclub beobachtet hatte.

Der Raum war dunkel gehalten, mit seidig schimmernden grauen Wänden, Spiegeln und dunklen Ebenholzmöbeln. In der Mitte, umgeben von weichen Teppichen, stand ein riesiges Vierpfostenbett. Ich trat näher, ließ meine Finger über die Schnitzereien fahren und zuckte zurück, als ich einen Metallring berührte.

»Der Ring beißt nicht«, sagte Noah von der anderen Seite des Bettes.

Probehalber ließ ich mich auf das Bett fallen und lächelte, weil es bequem war. Auch am Kopfteil gab es schwere Eisenringe, die so fest angebracht waren, dass man daran bestimmt auch Tiger und Elefanten anleinen konnte.

Ein sinnlicher Schauer fuhr durch mich hindurch, und ich biss die Zähne zusammen, weil ich mein Höschen nicht schon nass machen wollte, bevor wir überhaupt angefangen hatten.

An einer Seite des Raumes stand ein Andreaskreuz, so wie ich es in dem Club gesehen hatte, und mein Puls beschleunigte sich. Ein Bock stand am Rand, und ich wusste, wofür er gedacht war, und ging schnell weiter.

Neben einer Kommode hingen zahlreiche Peitschen und Paddle. Ich drehte mich zu Noah um und war erleichtert, dass er mich nicht aus den Augen ließ. *Er kennt sich damit aus*, sagte ich mir.

So als spürte Noah meine Angst, nahm er eine der Gerten. Er hielt sie unter mein Kinn und brachte mich dazu, den Kopf zu heben. Er lächelte dabei, und ich musste auch lächeln.

»So wie alles im Leben, hat auch das hier zwei Seiten.« Noah ließ die Gerte sinken. »Unfassbare Lust. Oder quälender Schmerz.« Er hängte das Instrument wieder an seinen Platz. »Vertrau mir! Du wirst vergessen, wo du bist. Und es wird dir gefallen.« Er nahm mich in die Arme, und ich spürte, wie ich zitterte. Also merkte er es auch. »Immer noch nervös, Ida? Weshalb?« Sofort veränderte sich seine Miene. Der besitzergreifende, dominante Mann verschwand und vor mir stand wieder der ziemlich lässige und nun auch ziemlich besorgte Noah.

»Seid ihr so weit?«, rief Christopher.

»Gleich«, brummte Noah und küsste mich zärtlich. »Egal, was passiert, ich bin bei dir. Die Fesseln lassen sich in Sekunden lösen. Und wenn ich überhaupt schlage, dann nur, damit du Lust empfindest.«

»Ich hätte gerne einen Schnaps.«

Er lachte. »Damit dein Gehirn noch mehr schwimmt? Nein. Auf keinen Fall.« Beim fordernden Klang seiner Stimme zogen sich meine Brustwarzen zusammen. Er sah es und fuhr mit funkelnden Augen über die harte Knospe. »Ich würde sagen, du bist so weit. Dein Safeword ist Rot.« Ich wollte protestieren, aber er legte einen Finger auf meine Lippen. »Nein, Ida. Achte einfach auf mich. Dann wird das hier richtig gut. Vertrau mir, und das Safeword ist nur ein Safeword. Ich bin vorsichtig, aber ich möchte auch, dass du dich jederzeit sicher fühlst.«

Noah verschränkte seine Finger mit meinen und führte mich zum Set. Er gab Christopher ein Zeichen, dass er beginnen konnte zu filmen, und ich atmete schneller und aufgeregter.

Für einen sehr langen Moment standen wir uns einfach nur gegenüber, ich in meinen sexy Dessous und er mit dieser höllisch heiß sitzenden Jeans.

Da ich keine High Heels trug, musste ich meinen Kopf in den Nacken legen, um zu ihm aufschauen zu können. Ich fühlte mich klein und zerbrechlich. Ich wusste, dass die Muskeln an Noah nicht nur Show waren. Und ein Schauer durchfuhr mich. Ich drehte mich nicht in die Kamera, ich sah ihn einfach nur an und wartete, was er machen würde – so wie wir es besprochen hatten. Denn ich vertraute ihm.

♥

»Wir sind da, Amber«, sagte er schließlich mit einer samtweichen Stimme, die alle meine Sinne in Aufruhr versetzte. »Willst du dich nicht umschauen?« Ich schüttelte den Kopf. »Mmh.« Meine Antwort gefiel ihm nicht, aber jetzt war es zu spät, sie zu ändern. Er ließ meine Hand los, und ich wimmerte protestierend. »Du ahnst nicht, wie lange ich schon davon träume, dich hier zu haben.« Ich glaubte ihm jedes Wort und zitterte leicht. Er schob mir das Negligé von den Schultern und umrundete mich langsam. »Möchtest du etwas trinken?« Ich schüttelte wieder den Kopf. »Dich setzen?« Ich nickte. »Lauter, ich kann dich nicht hören!«

»Ja«, wisperte ich.

»Ja, was?«

»Ja, ich will mich setzen, Braden.«

»Und wie sagt man?« Er stellte sich dicht vor mich

hin, und ich hörte mich leise ein »Bitte« anfügen, wie automatisch. »Sehr gut«, lobte er mich. »Das machst du wirklich gut.«

Sein Lob war albern. Ich hatte kaum etwas getan. Aber der Klang seiner Stimme beruhigte mich.

Noah bückte sich leicht, legte seinen einen Arm unter meine Knie und den anderen um meinen Oberkörper und hob mich hoch. Wie in Zeitlupe sah ich mich selbst, wie ich meine Hände um seinen Hals schlang. Er küsste mich zärtlich auf die Wange und hauchte mir verborgen vor der Kamera ein »Ich liebe dich, Ida« ins Ohr. Erst dann trug er mich zu dem riesigen Bett und setzte mich behutsam ab.

Seine Worte rauschten immer noch durch meinen Körper. Ich war Ida und er Noah, und ich steuerte auf die erotischste Erfahrung meines Lebens zu.

»Fesselst du mich jetzt?«, fragte ich und erkannte meine Stimme kaum wieder.

Er legte den Kopf schief und lächelte amüsiert. »Eigentlich hatte ich das vor.« Er spreizte meine Beine, drückte sie weit auseinander, sodass mein feuchter Slip ihm nicht verborgen bleiben konnte, und stellte sich dazwischen. »Ich werde dich quälen, bis das Laken, auf dem du liegst, nass von deiner Lust ist.« Schwer atmend hielt ich mich an seinen Schultern fest. Er griff hinter meinen Rücken und öffnete den BH. Langsam schob er die Träger von meinen Schultern, nahm das bisschen Stoff und warf es achtlos auf den Boden. Ich atmete schwer und stöhnte, als er meine harten Nippel zwischen Daumen und Zeigefinger rieb. »Aber ich denke, ich fick dich für den Anfang einfach ein bisschen durch.« Er beugte sich zu mir und küsste meine Schläfe. »Dann bist du entspannter für das, was ich mit dir vorhabe. Wie findest du das?« Noah öffnete seine Jeans, schob sie tiefer, zog meinen Slip beiseite und drang mit einem harten Stoß in mich ein.

»Ja, bitte!«, schrie ich und war einverstanden mit allem, was dieses Feuer in mir löschen könnte. Nur damit es wieder entzündet und wieder gelöscht werden konnte. Ich schlang meine Beine um seine Hüften und gab mich ganz der Lust hin. Dass Kameras liefen, war mir egal. Was sie sahen, noch mehr.

»Wenn du jetzt kommst, dann war das dein letzter Orgasmus für diesen Dreh, kapiert?« Er meinte die Drohung ernst. Ich sah es in seinen Augen, er necke mich nicht. Er würde es wahr machen. Und dunkel erinnerte ich mich an die letzten Wochen ohne seine erlösenden Berührungen. Noch mal wollte ich diese Hölle nicht erleben.

»Dann mach langsamer«, stöhnte ich.

»Sag mir nicht, wie ich dich nehmen soll«, grollte er und blieb unverändert hart.

Hechelnd krallte ich mich ins Laken und schloss die Augen. Ich wollte nicht kommen. Aber wenn er nicht aufhörte, dann brachte er meinen Körper dazu. Ohne dass ich Einfluss darauf hatte.

»Nein!« Die Lust riss mich mit sich. Ich flog und genoss das Gefühl abzuheben. Bis ich mein Gesicht verzog, weil das lustvolle Pochen nachließ, ich aber spürte, wie er immer noch in mich hämmerte.

»Ich hab dich gewarnt«, grollte er. Die Stöße schmerzten, gleichzeitig wollte ich ihn nicht missen.

Langsam spürte ich, wie sich in meinem Körper erneut ein Orgasmus anbahnte, und ich fragte mich, wie viele Frau davon an einem Tag ertragen konnte.

In dem Augenblick kam Noah in mir. Er stöhnte, und ich spürte seinen Samen. Kurz blieb er auf mir liegen, dann hörte ich etwas, das wie ein Fluch klang. Er drückte mir einen schnellen Kuss auf die Wange und zog sich aus mir heraus.

Zu gerne hätte ich gewusst, was gerade in Noah vorging. Aber mein Kopf war nicht dazu fähig, tief greifende Analysen vorzunehmen, geschweige denn, eine Unterhaltung mit ihm zu führen. Ich konnte mich nur auf das verlassen, was ich beobachtete, und daraus wurde ich nicht schlau.

Schwer atmend lag ich auf dem Rücken, meine Beine hingen über das Bett. Mein Blick folgte seinen Bewegungen. Noah nahm sich ein Papiertuch und Wasser aus einer Flasche und wischte sich den Schwanz ab, dann zog er sich die Hose hoch. Er sah wütend aus, was ich nicht nachvollziehen konnte. Mir ging es verdammt gut.

Langsam streifte er mir den Slip ab, den er nur beiseitegezogen hatte. Nun vollständig nackt, packte er mich an der Hüfte und zog mich mittig aufs Bett.

»Leg dich auf den Bauch«, sagte er mit rauer Stimme und sah mir fest in die Augen.

Ein Schauer wanderte träge über meinen Nacken und Rücken und überall dort, wo sein Blick mich traf, glühte meine Haut. Ich wollte ihn weiter ansehen, aber gehorchte seinem Befehl und drehte mich um.

»Und jetzt gib mir deine Hand!«

Ich reichte sie ihm, ein williges Opfer, und legte den Kopf zurück, um ihn zu beobachten. Behutsam schob er eine Ledermanschette auf mein Handgelenk. Im ersten Moment fühlte sich das Material kühl an, wurde aber schnell wärmer.

»Zu fest?« Die Manschette hatte zwei Schnallen, die er beide angezogen hatte. Nun schob er prüfend einen Finger darunter, um den Sitz zu kontrollieren.

Ich streckte meine Finger und schüttelte den Kopf.

»Gut«, sagte er, zog einen Moment später meinen Arm

weit über meinen Kopf und klinkte die Fessel am Bettgestell ein. Mir wurde klar, dass sich meine Möglichkeiten, mich zu wehren, gerade deutlich verringert hatten, und ich stöhnte lustvoll.

Während Noah die Prozedur mit meiner anderen Hand wiederholte, lächelte er. Er ließ sich Zeit und bewunderte sein Werk, als er auch meinen zweiten Arm über meinem Kopf fixiert hatte.

Neugierig verrenkte ich mich, um ebenfalls zu sehen, was er sah, und zog prüfend an den Fesseln. Die Schnallen klapperten metallisch, aber ich kam nicht frei. Und zu wissen, dass ich ihm ausgeliefert war, machte mich feucht.

Seine Berührungen brachten mich Sekunden später dazu, mich wieder ganz auf ihn zu konzentrieren. Er saß neben mir auf dem Bett und unendlich langsam liebkoste seine Hand meinen Körper, Zentimeter für Zentimeter. Fürsorglich strich er Haare, die in meinem Nacken eingeklemmt waren, über meine Schulter zur Seite, berührte meine vollen Lippen und fuhr mit seinen Fingern über meine Schultern, tiefer zu meiner Hüfte. Abwartend ließ er seine Hand auf meiner Wirbelsäule liegen und beobachtete sehr aufmerksam mein Gesicht. Ich fragte mich, ob er darin sah, dass ich mich danach sehnte, ihn tiefer zu spüren.

Als sich seine Hand wieder in Bewegung setzte, zuckte ich zusammen. Er fuhr zwischen die Matratze und meinen Körper, berührte meine Brüste und spielte mit meinen harten Nippeln. Mein Atem zitterte immer mehr, und ich schrie vor Lust, als er meine Brustwarze drückte und mit ihr spielte. Heiße Lust schoss in meinen Schoß, und ich wand mich und zerrte an meinen Fesseln, um seinem Griff zu entkommen.

»Halt still!«, ermahnte er mich streng.

Eine wütende Antwort nach der anderen schluckte ich herunter. Wie sollte man stillhalten, wenn Millionen Ameisen über einen hinweg marschierten und Bienen unter der Haut summten? So fest ich konnte, biss ich die Zähne zusammen und zählte stumm, beginnend mit eins.

»Sehr gut«, lobte er mich.

Deshalb hieß es süße Qual, dachte ich plötzlich, denn seine Worte flossen wie warmer Honig durch meine Adern. Ich schaffte es, ihn anzusehen, und sah unendliche Liebe in seinem Blick, die mich vergessen ließ, welchen Weg wir gegangen waren. Nur das Hier und Jetzt zählte. Carpe diem.

Schließlich ließ er seine Hand tiefer gleiten und fuhr, ohne zu zögern, über meine Pobacken und zwischen meine Schenkel. »Mach die Beine breit!«

Ich gehorchte und war stolz auf meinen Körper und darauf, so von ihm begehrt zu werden.

Er tauchte mit seinen Fingern in meine nasse Muschi ein, bewegte sie zärtlich rein und raus und beobachtete, welche seiner Berührungen mir am meisten zusetzten. Er lernte schnell und traf bald die prickelndsten Stellen. Ich wand mich sehnsüchtig. Sofort schlug er mir auf die Scham. »Nicht vergessen, Amber: Du kommst nicht mehr.«

Ich biss mir auf die Lippen, aber sein Blick blieb gnadenlos. Das hier war sein Spiel, und er machte die Regeln. Aber Himmel, lange würde ich das nicht durchhalten.

Ebenso zärtlich, wie er seine Finger in mich geschoben hatte, so zog er sie nun zurück und brachte mich mit feuchten Berührungen erneut zum Zittern. Dann fuhr er meinen Oberschenkel und meine Wade entlang, und ich genoss die Wärme und Kraft seiner Hand.

»Ist dir kalt?«, fragte er leise, und ich wusste nicht, was ich antworten sollte. Meine Körpermitte glühte, aber meine Fingerspitzen waren kühl, wie ich jetzt erst merkte, ebenso meine Füße. »Dreht die Heizung auf!«, rief Noah ins Off, und jemand bewegte sich als Schatten im Hintergrund.

Er wiederholte die zärtliche Geste. Von meiner Scham fuhr er mit seiner Hand über mein Bein, tiefer bis zu meinem Fuß. Er ließ sich Zeit und ich spürte, wie die Hitze nun auch diese Regionen von mir erfasste. Dann hielt er meinen Fuß, küsste ihn, und ich stöhnte vor Lust. Ich wollte mich aufrichten, sehen, was er tat, aber die Fesseln hielten mich zurück, und ich streckte mich wieder auf dem Bett aus.

Ich spürte mehr, als dass ich es sah, dass Noah auch um meinen Knöchel eine Manschette legte und noch ehe ich begriff, was das bedeutete, zog er mein Bein zur Seite und fixierte es am Bettpfosten.

»Nein!«, keuchte ich, als mir aufging, dass ich jetzt sehr obszön und offen für ihn und alle Welt dalag. Ich zog an der Kette.

Prüfend griff Noah mir zwischen die Beine, wo ich triefend nass war. Er grinste, umrundete das Bett und packte meinen zweiten, noch freien Fuß. Er nahm ihn und drückte ihn gegen die Beule in seiner Hose, wodurch erneut Lust durch meinen Körper schoss. »Doch!«, sagte er schlicht, und ich wusste, warum. Ja, ich fühlte mich ihm ausgeliefert, aber ich war zugleich unendlich erregt.

Ich versuchte dennoch, ihm mein Bein zu entziehen, aber er packte es und bewies, welche Kraft er hatte. Er legte auch hier die Fessel an und fixierte meinen Fuß am Bett. Mir ging auf, dass ich mich ihm wie die Frau am Andreaskreuz darbot. Nur dass ich lag. Zum Glück.

Denn meine Knochen fühlten sich wie Pudding an.

Zufrieden strich seine Hand über meinen Körper. »Weißt du eigentlich, wie schön du bist?«

Darüber wollte er sich jetzt unterhalten? Verwirrt folgte ich in Gedanken seinen Berührungen, ging mit, wo er gerade war, und wand mich wimmernd.

»Sei leise!«

»Aber –« In meiner Stimme lag ein Hauch Panik.

Er legte mir einen Zeigefinger auf die Lippen und sah mich lange an, bis er merkte, dass ich mich beruhigt hatte. »Mach, was ich dir sage. Es sei denn, ich soll aufhören.« Er wartete. »Also? Soll ich aufhören, Amber?«

Kapitel 23

Noah kannte die Antwort, sah sie längst auf meinem Gesicht stehen. Mehr noch, jede Faser meines Körpers schrie sie ihm zu. Dennoch schüttelte ich zur Sicherheit, und weil er es verlangt hatte, den Kopf.

»Braves Mädchen.« Er streichelte über meinen Kopf. Und er ließ sich Zeit, meine Haut zu liebkosen.

Als er mit einer kühlen Fläche über meinen Rücken strich, seufzte ich. Ich wusste nicht, was es war. Ich spürte ein nervöses Kribbeln im Magen und richtete meine ganze Aufmerksamkeit auf Noah. Er fasste mir prüfend zwischen die Beine und spürte, wie nass ich war.

»Bis jetzt hat es dir also gefallen«, stellte er fest. »Mal schauen, wie es hiermit aussieht.«

Etwas klatschte auf meinen Po. Ich zuckte zusammen, spürte einen feinen Schmerz, anders als von seiner Hand, und stöhnte gequält. Und wenig später wurde aus dem Schmerz ein warmes Glühen, das sich bis zu meiner Scham ausbreitete. Ich schnappte nach Luft.

»Das war nicht zu stark, oder?« Seine Hand strich zärtlich über meinen Po, auch über die Fläche, die er getroffen hatte.

»Mmh«, machte ich und sah die Peitsche mit den vielen fadenförmigen Enden in seiner Hand.

»Ich kann dich nicht hören.« Wieder griff er zwischen meine Beine, wo ich vor Lust tropfte, und ich zuckte zusammen. »Sag es!«

»Ja, ja, das war gut«, keuchte ich und atmete erleichtert

aus, als er losließ.

»Gut.« Er strich mit den Enden der Peitsche über meine Haut. Er musste es gar nicht sagen, ich wusste, dass er härter zuschlagen würde, und spannte mich an. »Keine Angst. Du willst es.«

Noch während sich mein Kopf mit dem Für und Wider beschäftigte, zuckte ich unter einem erneuten Schlag zusammen. Dann noch einem und noch einem. Ich hörte Noah schwer atmen und merkte selbst, wie erschöpft ich war, dabei tat ich gar nichts, als zu warten, dass der Schmerz verebbte und mich diese heiße Lust erfasste.

»Schau mich mal an!« Während mein Hinterteil glühte, strich Noah Haare, die mir ins Gesicht gefallen waren, beiseite und suchte meinen Blick.

Ich konnte gar nicht anders, als dümmlich zu lächeln. Das Prickeln ließ langsam nach, und ich wollte mehr.

Fast als könnte er Gedanken lesen, legte Noah das, womit er mich geschlagen hatte, neben meinen Kopf und stand auf. Ich vermutete, er ging zur Wand mit den Spielzeugen, aber sicher war ich mir nicht. Ich starrte auf die Peitsche, roch das Leder und spürte Angst und Sehnsucht in mir wachsen.

Ganz unvermittelt traf mich ein weiterer Schlag, und ich schrie erstickt auf. Der Schmerz war anders, aber dennoch erregend. Noah sagte nichts, aber ich hörte seinen Atem, als er jeweils abwechselnd auf meine Pobacken schlug – und schließlich zwischen meinen gespreizten Beinen hindurch leicht auf meine Scham.

»Fuck!«, schrie ich ziemlich unfein und rüttelte an meinen Fesseln, als würde das etwas ändern. Ich wollte, dass er mich wieder nahm, und reckte ihm meinen Po entgegen. Ich wollte kommen, jetzt.

»Siehst du, dir gefällt das alles sehr gut«, sagte er und streichelte wieder meine glühende Haut.

»Mach weiter!«, murmelte ich.

Er lachte, und ich hörte Stoff rascheln. Ich drehte meinen Kopf, obwohl mir dabei mein Nacken wehtat, und sog die Luft ein. Noah stand groß und hart und nackt neben dem Bett. Und als er meinen Blick erhaschte, bekam ich wieder einen Klaps auf den Po. »Du brauchst gar nicht so zu schauen. Ich nehm dich, und wenn ich gekommen bin, machen wir weiter. Aber falls du es vergessen hast: Du kriegst keinen Orgasmus.«

Ich fluchte ins Kissen und bekam einen zärtlichen Kuss in den Nacken, der mir zeigte, dass er das hier sehr genoss. Er hob meine Hüften an, positionierte sich und drang von hinten in mich ein. Sofort lief mein Körper auf Hochtouren. Alles krampfte sich zusammen, ich bräuchte nicht mehr lange, ich keuchte, ich zog an meinen Fesseln. Und er spritzte in mich und zog sich zurück. »Nein!«, jaulte ich. Das war zu schnell! »Mach weiter! Bitte, bitte, mach weiter!«

»Nein.« Noah setzte sich nackt neben mich und streichelte mir durchs Haar. Und was eben noch eine willkommene Berührung war, brannte nun auf meiner Haut. Ich wand mich, um ihn abzuschütteln, aber kam damit natürlich nicht weit. »Was meinst du, warum ich dich gewarnt habe?«, fragte er und klang tadelnd und fürsorglich zugleich.

»Aber ich konnte nicht anders«, jammerte ich.

Seine Miene verriet, dass er kein Erbarmen zeigen würde und für einen Moment sehnte ich das Ende herbei. Irgendwann würde Christopher »Cut!« rufen. Es wunderte mich, dass er es nicht längst getan hatte, denn er musste mehr als genug gutes Material haben. Ich blinzelte in die Scheinwerfer, aber erkannte nichts.

»Hast du Durst?«, fragte Noah.

Ich nickte und merkte erst jetzt, wie trocken mein

Mund war. Ich sah, wie Noah die Flasche holte und sich neben mich setzte. Er löste eine Ledermanschette und reichte mir das Wasser. Ich griff danach und hätte es beinahe fallen gelassen, weil ich kaum Kraft in den Fingern hatte.

»Langsam«, flüsterte Noah und küsste mich, während ich gierig trank. »Komm, gib her!« Er nahm mir die nun fast leere Flasche ab. »Ich will schon wieder in dir sein.«

Die Worte sorgten für ein intensives Kribbeln in meinem Körper, obwohl ich wusste, dass er mir nicht zum Orgasmus verhelfen würde.

Endlich löste er meine Fesseln, drehte mich vorsichtig um und fixierte nur noch meine Hände am Bett. Widerstand leistete ich keinen. Ich genoss seine Aufmerksamkeit und nun, da ich auf dem Rücken lag, den unverstellten Blick auf ihn.

Zärtlich berührte er meine Brüste, drückte fester zu, sodass ich nach Luft schnappte. Dann senkte er den Kopf und knabberte sanft an meinen Nippeln und schickte noch mehr lustvolle Impulse direkt zu meiner Mitte.

»Oh Gott!«

»Sei leise«, flüsterte er mir zu, griff nach meiner Scham und massierte meinen Kitzler. Dann legte er sich meine Beine um die Hüften und versank in mir.

Das war zu viel. Gepeinigt wand ich mich und ballte meine Hände zu Fäusten, doch egal wohin, er war längst dort und reizte mich. Dieses Mal nahm er mich geradezu unerträglich langsam. Ich war ein See und er der Tropfen Wasser, der mich Stoß für Stoß zum Überlaufen brachte.

»Ich mag es, in dir zu sein«, sagte er und küsste mich.

Ich wich seinem Blick aus und kniff die Augen fest zusammen. Ich überlegte ernsthaft loszulassen, aber er hatte nicht umsonst gedroht, ich sollte nicht kommen. Und ich kämpfte gegen das Gefühl der Erlösung an.

Noah bewegte sich teuflisch sanft und verharrte schließlich tief in mir. »Sieh mich an!«, wisperte er. Er wartete, bis ich mich ihm zudrehte. »So ist es gut, Baby.« Er küsste mich träge, spielte mit meinen Lippen und meiner Zunge, und ich gab ihm, was er wollte und atmete schwer. »Wenn du mich nicht anschaust, dann seh ich nicht, wie es dir geht. Das ist wichtig.«

Er kam erneut und zog sich aus mir heraus. Dabei zuckte ich zusammen, absolut damit überfordert, ob ich das nun gut fand oder nicht. War er weg, reizte er mich nicht weiter, aber war er in mir, war die Erlösung so nah.

♥

Schwer atmend ließ ich meinen Blick über Noahs friedliches Gesicht wandern. Seine Haare waren verschwitzt, seine Lippen voll und seine Augen glühten.

Machte ihm das Spaß, mich so zu quälen? Ja, er hatte gesagt, ich dürfte nicht kommen. Aber den Mann wollte ich sehen, dem seine Traumfrau stundenlang den Schwanz lutschte und bei dem sich nichts tat! Ich sah ja ein, dass Strafen zum Spiel dazugehörten, aber diese hier fühlte sich von Mal zu Mal schrecklicher an. Sie war unfair. Tränen traten mir in die Augen und ich atmete flacher.

Ich bekam es gar nicht mit, aber plötzlich waren meine Hände frei, und sofort legte ich sie um Noahs Hals, um ihm näher zu sein. Wir drehten uns und ich liebte es, ihn wieder in mir zu spüren.

»Einmal hältst du noch durch, oder?«

Ich sah Noah verständnislos an. Wir hatten doch gerade Sex gehabt, keine Ahnung, was er meinte.

Er lächelte warm, als ich ihn enger zog, und ich gab mich ihm hin, als ich erneut spürte, wie er in mich eindrang und sich schneller und schneller bewegte.

Dann kam er wieder. Als wäre er Superman! Und er zog sich aus mir heraus.

»Nein!«, rief ich.

Doch Noah ignorierte meinen Protest. Er beugte sich zu mir, legte eine Decke über mich und drückte mich an sich. Die Wärme tat gut und gefiel mir gleichzeitig nicht. Dunkel war mir klar, dass das das Ende der Szene sein musste. Ich musste mich nur noch für die Kamera in die richtige Richtung drehen. Doch je länger ich Noah anschaute, umso stärker zog sich alles in mir zusammen. Ich konnte nicht mehr.

Sehnsüchtig berührte ich mich zwischen meinen Beinen und seufzte, als ich erneut spürte, wie der Orgasmus näher kam. Gleich wäre er da und –

Noah griff nach meiner Hand und zog sie weg. »So nicht!«, grollte er.

Wir rangen miteinander und Sekunden später lag ich wieder auf dem Bauch, von ihm niedergedrückt. Mir war schummrig. Und ich war so unendlich geil, dass ich nichts wollte, als zu kommen. Irgendwie.

Verzweifelt rieb ich meine Hüften am Laken.

Ich bekam einen Klaps auf den Po.

»Christopher! Bring ihn dazu aufzuhören«, jammerte ich.

»Der ist schon lange weg.«

»Was?!«, stammelte ich. »Seit wann?«

Statt zu antworten, betrachtete Noah mich ernst, und ich wusste, was ihm missfiel. Ich hatte seit einer ganzen Weile wieder an die Crew gedacht, ich war nicht mehr bei ihm. Aber scheiß auf Noah Miller!

»Du glaubst doch wohl nicht, dass ich einen anderen

Mann länger als nötig auf deine nasse Muschi starren lasse?! Gleich nach den ersten Schlägen ist das Team gegangen«, erklärte er.

»Was mach ich dann noch hier?«

»Möchtest du gehen?«

»Ja«, hauchte ich.

»Okay, steh auf!«

Für einen Moment starrte ich Noah überrascht an, denn mit der Antwort hatte ich nicht gerechnet. Er war unglaublich wütend auf mich und das schlechte Gefühl, das er damit bei mir auslöste, schnürte mir alles zusammen. Aber zweimal ließ ich mir das nicht sagen. Die Erlösung war so nah. Und wenn er sie mir nicht verschaffte, dann ich mir eben selbst. Eilig schwang ich meine Beine aus dem Bett, machte drei Schritte und segelte zu Boden.

Bevor ich fiel, fing Noah mich auf. »Vorsicht, Ida.«

Ich versuchte, die Balance zu finden, aber es gelang mir nicht. Ich sank gegen Noah und die Lust, die mich überfiel, trieb mir Tränen in die Augen. »Lass mich kommen«, flüsterte ich. »Bitte, bitte, bitte.«

Noah trug mich zum Bett zurück, und als er seine Arme löste, wimmerte ich wie unter Schmerzen. Bis in das kleinste Fingerglied zog sich mein Körper zusammen, als hätte ihn ein magischer Zauber verlassen, und ich spürte die Strapazen der letzten Stunden doppelt und dreifach.

»Ich bin da«, sagte er, und ich wusste nicht, ob mich das beruhigen oder frustriert aufschreien lassen sollte.

Obwohl ich es nicht wollte, brachte er mich dazu, ihn anzusehen. Er wirkte gar nicht besorgt, sondern glücklich. Sein Körper verknotete sich mit meinem, und je stärker er mich hielt und an sich presste, umso mehr Ruhe empfand ich.

Als er erneut in mich eindrang, klammerte ich mich an seine Schultern und spürte wieder, wie sich die Welle auftürmte, die mich mit sich mitreißen wollte.

»Komm«, sagte er ganz sanft.

Erstarrt sah ich ihn an, während er mich weiter nahm. Meinte er das ernst?

»Komm, Ida! Lass los!«

Keine Ahnung, was den Ausschlag gab, vielleicht seine Berührungen, sein Blick, sein Kuss. Ich ergab mich der Lust, und der heftigste Orgasmus meines Lebens fegte wie ein Orkan über mich hinweg. Nicht nur meine Muschi pochte befreit, jede Faser meines Körpers pulsierte und ließ mich spüren, dass ich am Leben war.

Noah kam ebenfalls, und wir schnappten nach Luft.

»War's das jetzt?«, fragte ich. Mir wurde wieder bewusst, wo wir waren. Obwohl jeder einzelne Knochen protestierte, richtete ich mich auf, bereit, einen zweiten Versuch zu machen, aufzustehen.

»Bleib besser noch liegen«, sagte Noah, wickelte mich in eine Decke, stand auf und zog sich seine Klamotten an. Und ein Blick von ihm genügte, damit ich liegenblieb. Ich war viel zu benommen.

»Seid ihr fertig?« Eric kam durch den Raum und sah erst zu Noah, dann zu mir und runzelte die Stirn.

»Kannst du ihre Sachen packen? Wir warten im Auto«, sagte Noah.

Bevor ich protestieren und die Herren daran erinnern konnte, dass ich noch lange nicht abmarschbereit war, hob mich Noah hoch und spazierte mit mir durchs Penthouse, über die langen Flure, zum Fahrstuhl und durch das Foyer.

»Bist du müde?«, fragte er.

»Total erledigt.«

Er lachte leise und half mir, ins Auto zu steigen.

Kaum saß ich, setzte sich Noah neben mich. Ich schmiegte mich an ihn und hatte das Gefühl, gleich einzuschlafen. So erschöpft war ich in meinem ganzen Leben noch nie gewesen.

»Und hat es dir gefallen?«, fragte er.

»Oh ja!« Für einen Moment machte mich die Erinnerung an all die neuen Eindrücke wacher, doch dann döste ich wieder weg. Zu anstrengend waren die letzten Stunden gewesen.

Die Fahrt zu Noahs Villa kam mir viel kürzer vor als sonst. Und auch den Weg in sein Schlafzimmer hatte ich als weiter in Erinnerung. Aber das konnte daran liegen, dass ich immer wieder an seiner Schulter wegnickte.

Glücklich und ohne die Decke, die ich vom Set mitgenommen hatte, krabbelte ich ins Bett und rollte mich ein. Mein Körper summte nach wie vor und mir war heiß und kalt. Doch je länger Noah mich hielt und ich seinen Oberkörper an meinem Rücken und seine Arme um mich herum spürte, umso ruhiger wurde ich.

»Das nächste Mal baden wir nach einer Session. Du wirst morgen höllischen Muskelkater haben.«

»Fandest du mich gut?«, fragte ich schläfrig. »Für mein erstes Mal.«

»Brillant«, murmelte er in mein Ohr.

»Also wiederholen wir das?«

»Ich kann es gar nicht erwarten.« Er hielt mich wieder fest. »Ida?«

»Mmh?«

»Ich liebe dich.«

♥

Noah hatte recht.

Ich fühlte mich am nächsten Morgen, als hätte ich das Work-out meines Lebens hinter mir. Ich spürte Muskeln, von deren Existenz ich bisher nichts geahnt hatte.

»Dusch heiß! Ich mach uns Frühstück.« Noah gab mir lachend einen Kuss und schwang sich erstaunlich fit aus dem Bett. Aber gut, er war ja auch nicht stundenlang gefoltert worden.

Verträumt sah ich seinem nackten Knackarsch hinterher. Als ob er das gespürt hatte, drehte er sich um, grinste breit, zog sich eine Shorts an und meinte, wenn ich nicht bei Drei auf den Beinen wäre, würde er sich was überlegen. Er hatte wieder *diesen* Ton, und obwohl sich mein Körper weigerte mitzumachen, stand ich auf und ging ins Bad.

Nach der Dusche fühlte ich mich besser. Ich schlüpfte in eine bequeme, kurze Hose und ein eng anliegendes Top, beides weit entfernt von Haute Couture, und folgte dem Geruch von Pancakes in die Küche.

»Guten Morgen«, sagte ich, was längst überfällig war, und drückte ihm einen nassen Kuss auf die Wange.

»Guten Morgen zurück«, lachte Noah und zog mich auf seinen Schoß, von dem ich auch so schnell nicht mehr hochkommen würde. Und erst jetzt bemerkte ich, dass Eric und Miranda auch hier waren.

»Ich dachte, du bist schon in New York«, sagte ich ehrlich überrascht, denn mein letzter Stand war, dass ihre Stiftung für krebskranke Kinder kurz vor dem Start stand.

»Das ist richtig. Ich wollte mich nur verabschieden und sichergehen, dass ihr euch gut vertragt.« Sie zwinkerte mir verschwörerisch zu.

Ich streckte mich nach dem Sirup und verzog schmerzhaft das Gesicht, weil mein Körper streikte. »Was gibt es da zu grinsen?«, ging ich Noah an.

»Ihm gefällt das«, erklärte Miranda und musterte uns neugierig. »Ihr habt gestern die Fesselszene gedreht, richtig?«

Meine Wangen glühten binnen Sekunden und das, obwohl ich wirklich nicht prüde war, und damit hatte Miranda ihre Antwort.

»Hattet ihr auch? Ich meine …« Ich ärgerte mich, dass ich es nicht mal wie eine erwachsene Frau aussprechen konnte. Also atmete ich tief durch und straffte meine Schultern. »Wenn ihr miteinander geschlafen habt, hat er dann auch diese Seite ausgelebt? Dich gefesselt? Oder sogar geschlagen?« Ich atmete tief durch. »Du musst es natürlich nicht sagen, das geht ja nur euch etwas an. Also, wenn du nicht willst, dann vergiss es auch gleich wieder. Oh Mann, ich sollte jetzt einfach meinen Mund halten.«

Miranda wurde keine Spur rot. Sie saß in ihrem eleganten Etuikleid am Esstisch, und ich konnte sie mir unglaublich gut in New York vorstellen. Niemand würde sie so leicht aus dem Konzept bringen.

»Hat er nicht.« Sie sah Noah an, nicht mich. »Und das lag nicht an mir.«

Da sie nicht mehr erklärte, drehte ich mich um und war überrascht, Noahs Blick so intensiv auf mir zu spüren.

»Mit Partnerinnen hab ich diese Seite noch nie ausgelebt«, erklärte er. »Ich hatte Spielbeziehungen. Die Frau, die du im Club gesehen hast, war so jemand. Du weißt, was Spielbeziehungen sind?«

Ich nickte. Jeder wollte gerne seine Neigungen ausleben, doch wenn das nicht in einer Beziehung ging, dann suchte man sich einen Spielpartner. Auch für den empfand man Gefühle, jedoch nicht zwingend romantische.

»Ich habe bisher beides, Liebe und Sex, nie gemischt«, sagte Noah. »Erst mit dir fühlt sich das richtig an.« Er drückte mich an sich und diese kleine Geste reichte schon, damit ich mich fühlte wie das wertvollste Geschöpf auf Erden.

»Du solltest also gut auf ihn aufpassen, wenn ich weg bin. Ich verlasse mich auf dich«, sagte Miranda.

»Versprochen! Der wird mich nicht mehr los.«

♥

»Christopher will uns nachher übrigens alle im Studio zur Vorführung sehen«, sagte Eric.

»Ist der Film schon fertig?« Die Frage war natürlich idiotisch, wir hatten gestern die letzte Szene gedreht und kein Spielfilm der Welt wurde an einem Tag geschnitten, vertont und bearbeitet.

»Nein«, sagte Noah an meinem Ohr. »Christopher arbeitet immer so, dass er die besten Takes gleich wie Teile eines großen Puzzles zusammenfügt. Gestern hat er das letzte bekommen. Dann dürfen wir alle drüberschauen, über einen noch viel zu langen Film mit dürftigem Sound und ohne Musik. Szenen, die wir nicht mögen, soll jeder nennen. Manchmal lässt er sie dann raus, oder er sucht eine andere Einstellung. Das hängt immer davon ab, was das Problem ist. Und notfalls müssen wir noch mal ran.«

»Passiert das oft?«

»Dass wir noch mal drehen? Ja. Wobei es manchmal nur Kleinigkeiten sind. Falsches Licht, eine störende Requisite, ein nicht perfekter Kamerawinkel.«

Ich seufzte. »Und ich dachte, es sei vorbei.« Ich drehte mich zu ihm. »Und wir hätten jetzt mehr Zeit für uns.«

Er lachte. »Haben wir, versprochen. Aber ausruhen können wir uns trotzdem nicht.« Er sah zu Eric. »Hast du die Interviews schon geplant?« Eric reichte Noah einen Ausdruck, und ich starrte mit drauf.

»Sind das auch meine Termine?«, fragte ich. Zwei Wochen lang würden wir nur über *Mehr als Liebe* reden.

»Die meisten«, sagte Eric. »Ich hab mich schon mit Claire abgestimmt. Sie wird auch hier sein.«

»Gut.« Ich kuschelte mich noch eine Minute länger an Noah, doch als der Frühstücksteller leer war, rutschte ich von seinem Schoß. »Dann sollten wir uns fertigmachen. So«, ich zeigte auf mein ausgeleiertes Outfit, »geh ich nicht unter Leute.«

»Du bist ja schlimmer als Eric«, stöhnte Noah gespielt frustriert.

»Tja, Darling, ich nehme eben nicht nur dich, sondern auch meinen Job ernst.« Ich wuschelte ihm durchs Haar, Noah stand auf und küsste mich. Dann verschwand er im Bad und duschte, während ich mich um den Abwasch kümmerte.

»Du tust ihm gut«, sagte Eric.

»Das hast du schon von Anfang an gemerkt.« Kurz sah ich zur Seite, lächelte zerstreut, dann konzentrierte ich mich wieder darauf, das Geschirr in die Maschine zu stapeln, die so aussah, als wäre sie zuletzt vor einer Woche angestellt worden. »Er tut mir auch gut.«

»Du solltest dennoch aufpassen.«

»Wie meinst du das?« Ich war fertig und suchte nach einem Spültab.

»Die Aufmerksamkeit der Presse wird weiter steigen, vor allem für dich. Über ihn weiß die Öffentlichkeit schließlich nahezu alles.« Er zwinkerte, denn Noahs sexuelle Vorlieben hatte Eric gut aus den Diskussionen herausgehalten. »Aber über dich ist kaum etwas bekannt, und das wird man nachholen.«

»Und was werden sie sagen?« Ich drehte mich um und posierte hüftschwingend vor ihm. »Komm schon!«

»Du bist die Frau, die sich Noah Miller geschnappt hat. Jede Veränderung an dir werden sie ausschlachten.

Was du isst, welche Farbe dein Lippenstift hat, welche Klamotten du trägst. Und das alles werden sie dann als Anzeichen für die nächste Krise sehen. Roter Lippenstift – du hast eine Affäre. Weite Klamotten – es läuft mit Noah nicht im Bett.«

»Und blonde Haare – ich hab ’nen neuen Lover. Schon verstanden«, sagte ich.

Er lachte. »Stimmt.«

Noah kam zu uns, umgezogen, aber mit noch feuchtem Haar. »Ich glaube, damit kommt Ida klar.« Er küsste mich flüchtig im Vorbeigehen, drückte mir eine bequeme, bunt gemusterte Stoffhose und ein schwarzes Shirt in die Hand, natürlich ohne Unterwäsche, und ging weiter zum Sofa, wo Skripte lagen. »Bereite sie lieber darauf vor, dass man ihre Vergangenheit auseinandernehmen wird.« Mit dem Drehbuch für den nächsten Film kam er wieder zu mir in die Küche. »Warum hat man das eigentlich nicht schon längst?« Stirnrunzelnd sah er mich an.

»Sag ich dir später. Ich glaub, wir müssen los.« Denn über meine Vergangenheit wollte ich jetzt nicht sprechen. Am liebsten nie.

Sobald wir vor dem Studio hielten, wurde ich nervös. Vielleicht lag es daran, dass wir die Szenen nicht hier gedreht hatten, und mir das Gelände immer noch wie ein Ort von einem anderen Planeten vorkam. Halle neben Halle, breite Straßen und die merkwürdigsten Dinge, die von A nach B geschafft wurden. Vielleicht aber auch, weil ich nervös war, was Christopher zur letzten Szene sagen würde.

Meine Sorgen lösten sich in Luft auf, sobald wir die schweren Türen aufschoben und das Studio betraten.

Frenetischer Applaus prasselte auf uns nieder, und Christopher hatte Mühe, das Team zur Ruhe zu bringen.

Als endlich alle schwiegen, sah er höchst zufrieden in die Runde.

»Die vergangenen Wochen waren für mich ganz besondere. Ihr wisst, dass dies mein letzter Film sein wird, und ich habe vor, mich auch an diese Ankündigung zu halten.« Gelächter. »Und ich bin dankbar, dass ich ihn mit euch machen durfte. Jeder Einzelne von euch hat seinen Beitrag dazu geleistet, dass wir den Roman von Rachel nicht nur verfilmt, sondern ihm eine Seele gegeben haben. Hier!« Er hob seinen Arm. »Gänsehaut, Leute! Ich kann mich nicht erinnern, wann ich zuletzt bei einem Film Gänsehaut bekommen habe, noch dazu, wenn es sich nicht um einen Thriller gedreht hat.« Leises Lachen. »Die letzten Wochen waren für uns alle eine ganz besondere Zeit, die wir so schnell nicht vergessen werden. Und jetzt genug von dem sentimentalen Gequatsche eines alten Mannes.« Er gab einen Wink, und Hostessen fuhren Wagen beladen mit Sekt in den Raum. »Lasst uns anstoßen und gemeinsam den ersten Rohschnitt ansehen.«

Jeder nahm sich ein Glas und plaudernd machten wir es uns in der eigens errichteten Kinobestuhlung vor einer riesigen Leinwand bequem. Die Sitze reichten nicht für alle, aber das machte nichts. Noah und ich setzten uns gleich auf den Boden und schmiegten uns aneinander. Ich saß zwischen seinen Beinen, und er hatte von hinten die Arme um mich geschlungen, und ich konnte mir keine bessere Art vorstellen, den Film zu sehen, der unser beider Leben so radikal verändert hatte.

Dann gingen die Lichter aus und auf der dunklen Leinwand spielte ein Countdown. Wir alle zählten wie bei Silvester mit der Anzeige von Zehn langsam runter und kreischten dann, ohne dass wir uns abgesprochen hatten: »Und Action!«

Da dies nur der Rohschnitt war, startete der Film ohne Vorspann und fing direkt damit an, wie Amber in Bradens Büro stolperte.

Natürlich wusste ich, wie ich aussah, aber es war merkwürdig, mir zuzusehen und mich wieder an all die Gefühle zu erinnern, die ich beim Dreh mit Noah empfunden hatte. Schon von der ersten Sekunde an war ich ihm vor der Kamera verfallen gewesen. Und ich sah mir selbst dabei zu, wie ich mich in ihn verliebte. Und besser noch, ich sah, was ich mir lange Zeit nicht eingestehen wollte: Noah hatte mich von Anfang an gewollt, und er zeigte von Szene zu Szene intensivere Gefühle.

Noah zog mich enger an sich und bereitwillig kuschelte ich mich in seine Arme und spürte seinen warmen Körper und seinen harten Schwanz hinter mir. Ich zuckte zusammen und sog tief die Luft ein, als mir klar wurde, wo Noah mit seinen Gedanken war. Mein Puls hüpfte sowieso schon, weil ich bei jeder neuen Szene Schiss hatte, dass ich einen Fehler entdecken könnte. Doch nun machte mich der Mann hinter mir nervös.

»Ist dir kalt?«, fragte Noah leise, als ich mich schüttelte.

Ich sah auf meinen Arm, der von Gänsehaut überzogen war, und griff nach seinem, der genauso aussah. Partnerlook, eindeutig. »Nicht mehr als dir.«

Und so saßen wir da und sahen uns selbst zu. Christopher hatte keinen Porno gedreht, sondern einen sehr sinnlichen Liebesfilm. Man sah uns nie nackt, maximal eine Linie des Körpers, Haut und einmal Noahs unbekleideten Hintern, was vor allem seine weibliche Fans freuen dürfte.

Langsam ließ Noah seine Hand in meine Hose gleiten,

und ich biss mir auf die Lippen, um ein Stöhnen zu unterdrücken. »Nicht«, flüsterte ich.

Kapitel 24

Schauer rieselten über Noahs Haut, und er brauchte einen Moment, um seine Reaktion in den Griff zu bekommen. Aber Körperbeherrschung war alles für einen Schauspieler und Noah war gut darin. Er seufzte, löste jedoch seine Finger von mir und küsste meinen Nacken, meinen Hals und mein Ohr.

Jemand räusperte sich neben uns und wir zuckten zusammen. Bemerkte jemand, dass wir uns befummelten? Dann folgte das Rascheln von Folie. Nein, niemand.

Aneinandergekuschelt sahen wir uns die Fesselszene an, und ich spürte erneut die Erregung des Moments.

»Wunderschön«, hauchte Noah mir ins Ohr.

»Ja.«

Als der Film zu Ende ging und Christopher Licht machte, legte sich ein merkwürdiges Schweigen über den Raum. Jeder schien noch gebannt von den Bildern, dabei war das nur die Rohfassung.

»Oh mein Gott!«, hauchte schließlich Jessica, drehte sich im Raum, bis sie mich fand, und umarmte mich. »Das war einfach unglaublich.« Dann löste sie sich von mir und fiel Noah um den Hals. Francine tat es ihr nach und erdrückte erst mich fast, dann Noah, und irgendwann musste jeder jedem im Arm gelegen haben.

»Wir sollten etwas davon an die Presse durchsickern lassen«, meinte Eric. Und Christopher nickte dazu.

»Und wie geht es jetzt weiter?«, fragte ich Noah.

»In den nächsten drei Monaten schneiden sie den Film final zusammen. Zwischendurch gab es schon noch kleinere Längen. Dann werden Soundeffekte dazugespielt, Musik und der Titelsong werden hinter die Bilder gelegt, und es folgt ein Testlauf beim Publikum. Rachel muss alles freigeben. Das hat sie sich als Autorin zusichern lassen. Und dann folgt die Kinopremiere im Herbst. Wir laufen massenweise über den roten Teppich, lächeln und winken, geben noch mehr Interviews und nach einem Monat sollte alles wieder normal sein.«

Aufgekratzt diskutierten wir mit allen über den Film. Noah machte seine üblichen Witze, und ich regte mich wie üblich darüber auf.

Am Rande nahm ich Francine zur Seite. »Du musst mir helfen«, sagte ich.

Heute trug sie einen langen Hippierock, ein Bustier und eine Lederjacke. Ihre Frisur ähnelte meiner, nur dass sie sich ganz sicher bewusst für diesen durchgefickten Look entschieden hatte.

»Na endlich!«, stöhnte Francine gespielt erleichtert.

»Wie meinst du das?«

»Ich dachte schon, du fragst nie.« Ich hatte immer noch keine Ahnung, wovon sie redete, und ließ zu, dass sie an meinen Haaren herumfummelte, so als stellte sie sich alle möglichen Looks an mir vor. »Mach nicht so ein Gesicht! Ich weiß, dass es um dein Outfit für die Premiere geht. Worum denn sonst? Mit Noah hast du darüber bestimmt noch nicht gesprochen, weil für Männer der rote Teppich nichts Besonderes ist. Sie ziehen irgendeinen langweiligen Anzug an, gehen einmal zum Frisör und fertig. Für uns Frauen ist der Moment viel wichtiger. Alle … also ALLE … werden darüber schreiben und ein Foto von dir abdrucken.«

»Jetzt machst du mir noch mehr Angst.«

Sie legte ihren Arm um meine Schulter. »Keine Sorge, Ida, ich kenn mich mit den Looks aus, und seit ich dich das erste Mal am Set gesehen hab, fantasiere ich von dem Kleid, das dich zu etwas ganz Besonderem machen wird.« Sie maß mich von Kopf bis Fuß mit einem abschätzigen Blick. »Und wenn du auch sonst mal einen Tipp brauchst, kannst du dich jederzeit an mich wenden. Mit deiner Figur kann man so viel machen.«

Wie gut, dass Noah nicht in der Nähe stand, denn den Satz hätte er nicht unkommentiert stehen gelassen.

»Also hilfst du mir?« Francine war echt durchgeknallt, aber sie war rein zufällig nicht nur der einzige Profi, den ich kannte, sondern noch dazu ein viel gefeierter.

»Jaaa!«, quietschte sie vergnügt und hüpfte auf ihren Absätzen, bis sie mit einem Fuß plötzlich tiefer hing. »Mist! Warte kurz hier. Ich muss das schnell reparieren, und dann kann es losgehen.«

Oh Gott, wir würden gleich richtig Spaß haben. Ich musste schon grinsen, wenn ich nur daran dachte, wie sie mit ihrer Power über mich hinwegfegen würde.

Langsam löste sich unsere Truppe auf, und ich hätte nie gedacht, dass mir der Abschied so schwerfallen würde. Wir würden uns alle immer mal wieder bei Interviews oder Premieren sehen, aber so geschlossen wie hier kämen wir wohl nie wieder zusammen.

Noah verabschiedete sich ebenfalls mit einem Kuss auf meine Wange von mir. Eric hatte ihm noch ein Shooting besorgt, und er musste los, wenn er die Leute nicht länger warten lassen wollte.

Ich sah ihm hinterher und wartete mit klopfendem Herzen, dass er sich noch mal umdrehte. Und als er es tat, grinste ich und warf ihm einen Luftkuss zu.

»Bereit?«, fragte mich Francine.

»Jetzt ja.«

Das Taxi hielt vor einer Boutique am Rodeo Drive und aufgeregt folgte ich Francine hinein. Da ihre High Heels Schrott waren, war sie auf Flipflops umgestiegen und hatte sich das nun zu lange Kleid lässig mit einem Knoten kürzer gebunden.

»Also ich finde, du solltest unbedingt Cremeweiß tragen. Nicht nur, dass alle ausflippen werden, weil sie denken, dass du und Noah heiraten werdet – was ihr bitte, bitte auch unbedingt macht, ihr seid ja so niedlich zusammen – aber es passt auch prima zu Amber, süß, unschuldig, rein. Und wir finden schon was, damit du dennoch sexy aussiehst, oh mein Gott, vielleicht sogar wie Schneewittchen.«

Okaaay … Francine hatte sich am Set definitiv zurückgehalten, als hätte sie gewusst, dass sie dort nicht der Star war. Aber das hier war ihr Revier, sie plauderte ohne Pause, sodass ich nicht wusste, ob sie mit mir, mit sich oder mit der Verkäuferin sprach.

»Das steht Ihnen ausgezeichnet«, hauchte die Aushilfe in der Boutique, und ich lächelte verkrampft. Das Kleid, das ich anprobiert hatte, ging mir kaum über den Hintern, und Francine riss es mir förmlich vom Leib.

»Blödsinn! Diese Pobacken sieht die Welt nur auf der Leinwand.« Sie grapschte mir an den Arsch und demonstrierte der Besitzerin, was sie meinte. »Der Rest ist für die Augen ihres Schnuckis bestimmt. Nichts für ungut, da gibt es keine Delle oder sonst was, und ich bin eine große Verfechterin von ›Sex sells‹, aber so will ich Ida nicht sehen. Also husch!«

»Du bist echt der Wahnsinn!«, jubelte ich und schlüpfte in ein neues Kleid. Francine steckte dabei ihren Kopf in die Umkleide und beäugte kritisch meinen Körper, der die eine oder andere Biss- und Kratzspur aufwies.

»Du trägst keine Unterwäsche?« Sie grinste. »Der

Mann hat Geschmack.«

»Raus hier, Francine!«

Ich zog mich um und erschien in einem anderen Kleid, bei dem mein Busen nur durch Stoffstreifen, die in meinem Nacken zusammengebunden waren, gehalten wurde. Die Assistentin wiederholte ihr Kompliment. »Oh, *das* ist grandios!«

Klar, denn wenn ich nicht aufpasste, fiele mein Busen aus dem Kleid.

Ich tauschte einen Blick mit Francine, und die ging an die Decke. »Sagen Sie mal, Sie wissen doch, wer ich bin, und Sie wissen, wer diese Frau dort ist, Sie wissen, wofür wir hier sind. Aber wer zum Henker sind Sie, dass Sie uns solche Fetzen andrehen? Es geht hier um eine Premiere, die Dame dort soll strahlen. Ich möchte, dass jeder, der sie sieht, einen Ständer bekommt, und wenn ich das so sage, dann meine ich das genau so. Aber sie soll dennoch unschuldig wirken. Und hören Sie auf, uns die aktuelle Kollektion zu zeigen! Wo sind die Kleider, die erst in einigen Wochen reinkommen? Die will ich sehen. Nur noch die. Capice?«

»Ähm, ich weiß nicht, ob ich das darf«, stammelte das junge Mädchen. »Da muss ich mal kurz telefonieren.«

»Amateure«, fluchte Francine. »Ich geh hier alle paar Wochen shoppen. Anna muss die da …«, sie machte einen Wink in die Richtung, in die das junge Mädchen verschwunden war, »… neu eingestellt haben.«

»Kann ich mir denn so ein superneues Kleid überhaupt leisten?«, fragte ich Francine.

Sie starrte mich an, als wäre mir ein zweiter Kopf gewachsen.

»Was denn?«

Dann lachte sie und zupfte an meinen Haaren herum. »Du bist einfach nur süß, Ida, wenn du so … so … so ich weiß auch nicht bist. Der Designer leiht dir natürlich sein Kleid. Du musst gar nichts dafür bezahlen, du musst es nur am Ende zurückgeben. Manchmal aber auch das nicht.«

»Und wenn ich es schmutzig mache?«, fragte ich, es war schließlich weiß und damit würde ich Dreck selbst dort anziehen, wo keiner war.

»Scheiß drauf.«

Die Ladentür schwang auf und eine komplett in Rot gekleidete Dame betrat den Raum.

»Anna!«, kreischte Francine und teilte ihr plappernd in einer atemberaubenden Geschwindigkeit mit, was in der letzten Stunde passiert war.

Besagte Anna musterte mich, verschwand in ihren Lager- und Geschäftsräumen und kam wenig später mit einem glitzernden Berg neuer Couture zurück.

Francine begutachtete den Stapel mit leuchtenden Augen. Dann griff sie in die Menge und hielt mir ein Kleid hin, das deutlich brautiger und auch größer war, als ich mir vorgestellt hatte.

»Bist du sicher? Pass ich damit überhaupt in einen Kinosessel?«

Sie lachte über meinen Einwand und schob mich in die Kabine – ihre Art zu sagen, dass sie bereits jetzt hin und weg war.

Ergeben kämpfte ich mich in das Kleid und wurde still. Francine hatte recht, das Teil war ein Traum. Von der Hüfte abwärts war es ein klassisches Brautkleid mit jeder Menge bodenlanger Seide über einem Petticoat. Doch der obere Teil begeisterte mich richtig. An den Rock war ein schwarzes Korsett angenäht, das meinen Busen hob und das Weiß wunderbar ausglich.

»Alles in Ordnung bei dir da drinnen? Lebst du noch?« Ohne auf meine Antwort zu warten, riss Francine den

Vorhang beiseite und erstarrte. »Oh mein Gott, *das* ist es!« Sie hatte Tränen in den Augen, fächelte sich Luft zu und wirbelte sofort wieder durch die Boutique. »Und dazu trägst du die Handschuhe, probier mal!«

Ich machte mit.

»Und Schuhe hast du?«, fragte Francine. »Also, ich meine, natürlich hast du Schuhe, deine normalen Treter kenne ich, und die Turnschuhe sind ziemlich cool, die du meist anhattest, aber diese Sandalen!« Sie schüttelte sich. »Die schwarzen Pumps waren okay. Und dieses eine Paar Stilettos, alter Schwede. Ich wette, die hat Noah dir aufgedrückt. *Der* Mann weiß, was gut aussieht. Die wären dazu toll. Bitte, bitte, die musst du anziehen!«

Ich nickte und verkniff mir ein Lächeln. Meine Güte, wenn es um Mode ging, war Francine wie auf Drogen. Was für manche der nächste Schuss war, war für sie die passende Handtasche zum Outfit.

»Und probier das auch noch an!« Sie hielt mir ein weiteres cremefarbenes Kleid vor die Nase, deutlich schlichter, knielang und mehr oder weniger komplett aus Spitze. »Na los, husch, oder was glaubst du, auf wie vielen roten Teppichen du die nächsten Monate entlangschreitest?«

»Ähm … fünfundvierzig?«, stotterte ich, wenn ich die Zahl, die mir Eric vorgelegt hatte, richtig im Kopf hatte.

»Meine Güte. Fast fünfzig! Das ist ja der Waaahnsinn! Es wäre so supercool, wenn du dabei immer Weiß tragen würdest, das hat es noch nie gegeben, und dir steht das so gut mit deiner leicht gebräunten Haut und deinen dunklen Haaren. Und dann können wir dich mal wie Schneewittchen aussehen lassen und mal wie einen Vamp und mal wie Lolita. Und, und, und. Das wird sooo toll!«

»Ähm, Francine?« Ich nahm ihr das Kleid ab und wartete, bis ich ihre Aufmerksamkeit hatte. Mir gefiel ihr Plan sehr, aber so weit hatte ich bisher noch nicht gedacht. »Heißt das, du bleibst meine Stylistin?«

»Verdammte Scheiße, natürlich, Süße! Oder hat dich jemand anderes angesprochen?« Alle Luft entwich ihr binnen Sekunden.

Lachend fiel ich ihr um den Hals, was in ihrem Fall eine Art Wiederbelebungsmaßnahme war. »Nein, natürlich nicht, du dumme Nuss!«, sagte ich frech. »Mach einen Star aus mir! Wie klingt das?«

Sie erdrückte mich fast vor Freude, so fest umarmte sie mich.

»Aber ich darf schon noch in Schlabberklamotten vor die Tür?«, fragte ich unsicher.

»Unbedingt!« Sie sah mich geradezu empört an, dass ich ihr unterstellen könnte, dass sie meine bequemsten Sachen aus meinem Leben verbannen wollte. »Das bist du. Ich pimpe dich nur hier und da ein bisschen.«

Perfekt.

Ich wusste gar nicht warum, aber nachdem ich auch das Kleid angezogen und mich vor dem Spiegel bewundert hatte, musste ich einfach Noah anrufen, nur um seine Stimme zu hören. So was Absurdes hatte ich noch nie getan, aber ich hielt es nicht mehr bis zum Abend aus.

»Hey, Baby!«, meldete er sich gut gelaunt und keine Spur genervt, von mir gestört zu werden.

»Hi, du!« Die cleverste Gesprächseröffnung seit Menschengedenken.

Ich hörte, wie er lachte. »Du bist noch in der Boutique, oder?«

»Woher weißt du das?«

»Ich bin Hellseher.«

»Haha.« Ich wollte eingeschnappt klingen, aber so

recht gelang es mir nicht. Meine Güte, ich grinste, als hätte ich einen Sechser im Lotto gewonnen. Dann versuchte ich, ernst zu werden, bis mir klar wurde: Genau das hatte ich auch. Im übertragenen Sinne. Ich grinste noch breiter und drehte Francine und Anna den Rücken zu, um etwas Privatsphäre in diesem Moment zu haben.

»Ich hab hier Internet«, erklärte Noah.

Und ich begriff, was er mir damit sagte. »Du hast mich gegoogelt?« Die Info sackte zu mir durch. »Und Paparazzi berichten darüber, dass ich shoppen gehe?!« Verrückt! Absolut verrückt.

Er lachte lauter. »Sag bloß, daran hast du dich immer noch nicht gewöhnt? Konnte Francine dir denn helfen? Sie hat einen verdammt guten Geschmack, und wenn sie dich in einem Kleid heiß findet, dann sollte ich mir Kühlpacks an meine Eier schnallen, damit ich nicht vor all den Fans über dich herfalle.«

Seine Stimme war rauer geworden, und sie sorgte für das übliche Kribbeln auf meiner Haut. Schnell wechselte ich das Thema. »Wie läuft dein Shooting?«

»Furchtbar! Stell dir vor, Ida! Ich bin halb nackt!«

Ich grinste. »Was ist daran denn furchtbar?«

»Und alle betatschen mich und rücken mich hin und her«, sagte er.

»Willst du, dass ich eifersüchtig werde?«

»Klappt es denn?«

Ich schüttelte den Kopf, auch wenn er das nicht sehen konnte. »Nicht die Bohne. Aber dusch bitte, bevor wir uns sehen.«

»Echt? Dich stört das nicht?«, schmollte er.

»Da musst du dir schon was Besseres überlegen, damit du mich wieder loswirst.«

»Mmh. Androhung von Schlägen zieht wohl auch nicht mehr?«

»Richtig erkannt.«

»So ein Mist aber auch!« Er lachte. »Dann sehen wir uns wohl heute Abend.«

»Sieht ganz danach aus.«

Ich legte auf, drehte mich um und verkniff mir mein breites Grinsen, als ich Francines wissendes Funkeln in den Augen sah. »Wir können weitermachen«, sagte ich und streckte kämpferisch eine Faust in die Luft.

»Musik in meinen Ohren«, jubelte sie, reichte mir ein weiteres Outfit. »Wie gefällt dir das?«, fragte sie und hielt rote Strapse und ein Negligé hoch.

»Ähm … und für welchen Anlass?«

»Die Frage müsste richtiger lauten: für wen?« Sie zwinkerte. »Glaub mir, darin hat er dich beim Dreh schon umwerfend gefunden.«

»Gekauft!«, sagte ich.

Ich würde die fünf Gramm Stoff zwar nicht sofort tragen, schließlich brauchte es nicht viel, um Noah verrückt zu machen, aber unter dem Premierenkleid würden sie sich verdammt gut machen, und wenn er mich am Abend auszog, dann würde das eine Nacht, die wir so schnell nicht wieder vergessen würden.

Francine schnippte vor meinen Augen herum. »Aufwachen, Süße! Oder lass uns alle an diesem definitiv megaschmutzigen Tagtraum teilhaben.«

Nie im Leben!

♥

In den nächsten Wochen nahm die Hysterie um den Film stetig zu, und auch der Hype um unsere Personen wurde immer größer – nicht zuletzt, da Christopher die ersten Szenen hatte durchsickern lassen und der Trailer schwindelerregende Klickzahlen erreichte. Im Internet kursierten jeden Tag neue Gerüchte, die teilweise aberwitzig waren, teilweise leider auch der Wahrheit entsprachen. Zu unserem morgendlichen Ritual wurde es, die jeweils furchtbarsten Schlagzeilen zu finden. Wer die schlimmste hatte, gewann und hatte einen Wunsch frei. Oftmals einigten wir uns aber auf ein Unentschieden, was bedeutete, dass jeder einen Wunsch erfüllt bekam.

»Bereust du es?«, fragte mich Noah, als wir im Bett lagen, ich an seiner Schulter und eines seiner Beine sehr besitzergreifend über meinen Beinen, als könnte ich weglaufen.

Ich lächelte. Ich war nicht nur bei ihm eingezogen, sondern hatte ein aktives Mitspracherecht bei der Raumgestaltung gefordert und erhalten und damit nicht nur ein weiteres Fitnessgerät erkämpft, sondern auch mehr Grünpflanzen und ein Regal für meine DVD-Sammlung – was wirklich ein Zugeständnis war, denn mittlerweile gab es ja alles digital zum Streamen, aber die DVDs hatten für mich nostalgischen Wert. Darunter waren Klassiker wie *Casablanca*, *Vom Winde verweht* und *Frühstück bei Tiffany*, Werke wie *Uhrwerk Orange*, *The Shining* und *Pulp Fiction*, aber auch *Lost in Translation*, *Elizabeth* und *Aviator*. Ich könnte noch viel mehr aufzählen, aber das würde hier den Raum sprengen. Wir machten gemeinsam Sport, und während mir Noah Tipps für Interviews gab, brachte ich ihm professionelle Sprechübungen und Techniken zum Hinfallen bei, ohne dass man sich verletzte, die ich seit der Schauspielschule perfekt beherrschte. Ich hatte außerdem Francine, die mich in verschiedensten weißen Outfits zu Terminen schickte, ich gab Interviews und ich hatte den Vertrag als Counterpart von Noah in dem neuen Film von Norman O'Neill, Christophers Sohn, unterschrieben. Das alles bereuen?

Noahs Frage musste ein Scherz sein, also rekelte ich

mich wohlig und achtete darauf, dass mein Hintern ihn streifte. »Das fragst du mich jetzt, wo mein Gehirn von fünf Orgasmen ganz weich ist!«

»Sechs. Es waren sechs«, korrigierte er mich und stöhnte genießerisch.

»Meinetwegen sechs.« Ich kuschelte mich an seine Brust, atmete seinen Geruch ein und fühlte mich so perfekt wie nie zuvor. Wobei ich das jeden Moment in seiner Nähe dachte.

»Und? Bereust du es?«, ließ Noah nicht locker.

»Nein.« Ich grinste. »Kein bisschen.«

»Aber der Zirkus muss beängstigend für dich sein. Ich bin da ja reingewachsen. Als Model wirst du mit jeder Kampagne etwas berühmter. Der erste Schlüpfer, der mir zugeworfen wurde, hatte mich ehrlich gesagt ziemlich angewidert.«

Ich lachte leise. »Kann ich verstehen.« Ich dachte an benutzte Männershorts und wollte die auch nicht abbekommen. Es sei denn, sie wären von Noah. »Aber dann wurde es einfacher?«

»Mit den Jahren. Ja. Es ist einfacher, wenn man mit der Hysterie mitschwimmt, anstatt sie zu bekämpfen. Die Presse ist halt die Presse. Und ich bin dankbar, vor allem weibliche Fans zu haben. Sie schmachten, sie betatschen dich, aber sie werden nur selten handgreiflich.«

Das ließ mich aufhorchen. »Sollte ich mir mehr Sorgen machen?«

Noah küsste mich auf die Wange. »Ehrlich gesagt: ja. Ich kann auf mich aufpassen. Aber du?«

Ich schlang die Arme um ihn. »Aber ich hab ja dich, um mich zu beschützen.« Ich kicherte. »Oder soll ich mir einen heißen Bodyguard suchen, mit dem ich dann in einem Jahr fremdgehe?«

»Es gibt auch Frauen, die den Job machen«, knurrte

Noah, dem die Idee offensichtlich nicht gefiel.

»Mit denen kann man auch fremdgehen«, neckte ich ihn.

»Die haben aber nicht das hier!« Er drückte seinen Schwanz gegen meinen Oberschenkel. Er war wieder steif, und das hieß, dass nach Runde sechs nun Runde sieben folgte. Unsere Unterhaltung hatte ihn heiß gemacht und wie, um mir zu zeigen, was er hatte, drang er in mich ein und liebte mich ganz langsam. Männer!

»Schon mal von Dildos gehört?«, zog ich ihn weiter auf und platzte fast vor Lachen, als ich sein Gesicht dabei sah, stöhnte aber auch genüsslich vor Wonne, ihn erneut in mir zu spüren.

»Treib es nicht zu weit!«, warnte er mich, behielt seine ernste Miene aber nicht lange.

Wir küssten uns und erlebten einen sanften Orgasmus, den ich wie das berühmte Glas zu viel am nächsten Tag bereuen würde, denn ich war jetzt schon wund und wusste, dass mir morgen noch mehr wehtun würde.

Zärtlich drückte mich Noah an sich und seufzte. »Mir wäre wirklich lieb, wenn wir dir einen Bodyguard suchen würden. Ich hör mich mal um, wen es gibt, ja?«

»Wenn es dich ruhiger schlafen lässt …« Ich legte meine Hand auf sein Herz und küsste ihn sanft. »Natürlich.« Ich wusste, es gab Dinge, über die ich mit ihm streiten konnte – wie die Tatsache, dass er seine verschwitzten Klamotten immer im Fitnessraum liegen ließ, weshalb es dort roch wie in der Umkleide einer Football-Mannschaft. Und es gab Dinge, die musste ich ihm lassen.

»Und bis dahin pass ich auf dich auf«, sagte Noah.

»Das ist gut.« Ich schmiegte mich an ihn, unendlich müde, aber nicht gewillt einzuschlafen.

Noah wurde wieder ernst. »Ida?«

Ich stützte mich auf den Ellenbogen und sah ihn von

der Seite an. »Noah?«, imitierte ich seinen Tonfall und lächelte amüsiert.

»Warum weichst du Fragen zu deinen Eltern immer wieder aus?«

Oh Gott! Ich ließ mich wieder auf den Rücken fallen und starrte im Halbdunkel an die Zimmerdecke. Es gab keine effektivere Methode, um mich von Wolke sieben abzuschießen. Wie eine Cruise Missile traf mich seine Frage und aus meinem Lächeln wurde ein Zähnefletschen, das ich schnell versteckte, indem ich mich auf die Seite legte, mich an ihn schmiegte und erklärte, dass ich wirklich müde wäre und schlafen wollte.

Musste er jetzt damit anfangen?

Ich kniff meine Augen zusammen, doch ein eisiger Schauer kroch über meinen Rücken. Die Vergangenheit ließ sich nicht länger verdrängen. Ich sah wieder Mom und Dad, in ihrem Ehebett, Hand in Hand. Meine Kehle war rau, mein Mund trocken, und ich schwieg und hörte mich selbst viel zu laut ein- und ausatmen.

Nach einer ganzen Weile meinte Noah: »Du schläfst immer noch nicht, Baby.« Seine Hand strich über meinen Arm, und ich erstarrte. »Jeder hat Geheimnisse, und auch wenn es mir nicht gefällt, dass du welche vor mir hast, es ist okay für mich. Aber die Presse wird das anders sehen. Sie werden nachfragen und irgendwann wird ihnen auffallen, was mir aufgefallen ist.«

Ich wusste, er hatte recht. Aber ich konnte nicht anders und schwieg.

Ihr geblümtes Lieblingskleid ist so zerknittert …

Scheiße, ich konnte die Bilder des *einen* Tages nicht mehr länger verdrängen.

»Ida? Baby?« Noahs Finger fuhren durch meine Haare, federleicht, dann drehte er mich um und küsste meine Augenlider. »Nicht weinen.«

Kapitel 25

»Ich wein doch nicht«, sagte ich und bemerkte erst in dem Moment meine brüchige Stimme, den Kloß im Hals und meine nassen Augen. Meine Nase lief, und ich zog sie hoch. »Entschuldige. Ich brauch ein Taschentuch.« Ich befreite mich aus Noahs Armen, krabbelte weg, setzte mich auf die Bettkante und nahm mir ein Taschentuch vom Nachtschrank.

Daddy, warum trägst du denn einen Anzug?

Da ich nicht wieder zurückkam, setzte Noah sich neben mich.

»Ich komm mir so dämlich vor«, schluchzte ich. »Ich wein sonst nie. Ich weiß gar nicht, was mit mir los ist.« Und das stimmte. Ich schüttelte immer wieder den Kopf, um die Bilder zurückzudrängen, aber es war, als hätten sie nur auf diesen Moment gewartet, denn mit aller Macht bahnten sie sich ihren Weg an die Oberfläche. Und mit ihnen das Gefühl, wie es ist, jemanden zu lieben und zu verlieren. Etwas, das ich nie wieder empfinden wollte. Der Grund, warum ich Noah bisher nicht gesagt hatte, dass ich ihn liebte.

»Ich hab den Polizeibericht gelesen«, sagte Noah schließlich sanft.

»Aber der ist doch gar nicht öffentlich!«, wunderte ich mich.

»Ich hab bitte gesagt.«

»Netter Versuch, Noah.« Er hatte mich nur zum Erzählen bringen wollen und geraten. Ich legte mich wieder zu ihm, doch die quälenden Bilder blieben. »Halt mich fest, bitte.«

»Mach ich, Baby. Komm!«

Und ich weiß gar nicht, warum es auf einmal ging, aber in der Stille der Nacht begann ich zu reden. Zum allerersten Mal seit Jahren. Nicht mal Claire kannte die ganze Wahrheit. Sie wusste nur, dass meine Eltern bei einem Unfall gestorben waren. »Das ist die Version, die bekannt ist«, sagte ich ihm. »Aber es war gar kein Unfall.« Ich lachte bitter. »An dem Tag durfte ich zum ersten Mal mit meinen Mitschülern ins Pfadfinder-Camp. Man sollte meinen, mit vierzehn ist das keine besonders coole Sache. Aber ich hatte noch nie bei irgendeinem Ausflug der Schule mitmachen können, wir hatten schlichtweg kein Geld dafür. Ich hatte Mom und Dad monatelang damit belagert, schließlich sogar mein ganzes Taschengeld für die Fahrt hingelegt. Bis sie zugestimmt haben. Kannst du dir vorstellen, wie aufgeregt ich an dem Tag war?«

»Du bist hartnäckig. Wenn du etwas willst, dann kämpfst du dafür.«

»Und wie.« Ich wurde wieder ernst und war froh, dass Noahs Hände immer wieder über meinen Rücken strichen. »Vor Aufregung hatte ich die ganze Nacht nicht schlafen können, und als es endlich Zeit war, aufzustehen, hab ich alles schneller als sonst gemacht. Ich hab mir schneller die Zähne geputzt, mich schneller angezogen, sogar schneller gefrühstückt. Erst dann ist mir aufgefallen, dass ich noch nichts von meinen Eltern gehört hatte, und ich dachte nur, wie furchtbar es wäre, wenn sie den schönsten Tag in meinem Leben verpassen würden.« Ich atmete zittrig tief durch. »Der schönste Tag meines Lebens! Haha!«

»Geht's?«, fragte er.

»Mmh.« Plötzlich wurden die Bilder immer klarer, als

hätte ich eine Zeitmaschine bestiegen und stünde wieder in ihrem Schlafzimmer. »Sie sahen aus, als würden sie schlafen«, sagte ich leise. »Sie lagen auf dem Rücken, die Decke bis zur Brust hochgezogen und die Hände auf der Decke verschränkt. Und sie rührten sich nicht, egal, wie laut ich rief. Sie trugen andere Sachen als sonst. Mein Dad schlief immer in seinen alten Collegeshirts und Mom meist mit einem Nachthemd mit dünnen Trägern, aber an dem Tag nicht. Das ist mir erst später aufgefallen.«

»Aber in dem Moment warst du sauer?«

Ich hob meinen Kopf und war überrascht, im Halbdunkel Noahs warmen Blick auf mir zu spüren. Langsam nickte ich und spürte neue Tränen aufsteigen. »Ich war rasend vor Wut. Ich hab sie gerüttelt und geschüttelt.« Ich spürte wieder den altbekannten unheimlichen Schauer auf meinem Rücken. »Bis mir mit einem Schlag klar wurde, dass sie eiskalt waren.« Ich schmiegte mich enger an Noah, der so herrlich warm war. »Ich bin in die Küche gelaufen und hab 911 gewählt, und die ganze Zeit dachte ich nur, vielleicht kann ich ja doch noch ins Camp fahren. Verrückt, oder?«

»Du wolltest weg, das ist total verständlich, Baby. Hattet ihr denn keine Nachbarn, irgendjemanden, der für dich da war?«

Ich schüttelte den Kopf, so gut ich es in seiner Umarmung konnte. »Die Polizei kam, der Leichenwagen kam, eine Frau vom Jugendamt kam. Und ich musste meine Tante anrufen.«

»Warum hat das niemand von denen gemacht? Meine Güte, du warst noch so jung!« Ich hörte, wie wütend Noah war, und das tat mir gut und vertrieb die Leere, die ich immer verspürte, wenn ich an diesen Tag dachte. Als säße ich in einem Kinosaal, in dem ein Horrorfilm gezeigt wurde, und endlich machte jemand nach dem Abspann das Licht an, und die Welt war wieder in Ordnung.

Ich erzählte ihm, wie ich mit meiner Tante gesprochen hatte und dass sie furchtbar entsetzt gewesen war und mir die Schuld daran gegeben hatte.

»Aber du weißt doch, dass das Unsinn ist, oder?« Er küsste mein Haar.

»Natürlich, aber ich kann das Gefühl immer noch nicht abschütteln. Meine Eltern hatten Geldprobleme, ihr Haus war mit zwei Hypotheken belastet, ihre Konten waren überzogen. Ich hatte immer geglaubt, dass meine Eltern mich lieben, aber in dieser einen Nacht haben sie es nicht mehr. Da haben sie mich vergessen, und ich war plötzlich allein.« Wieder weinte ich und spürte, wie meine Tränen Noahs Shirt aufweichten, und er drückte mich fester an sich. »Auf der neuen Schule, auf die ich dann musste, weil ich zu meiner Tante gezogen war, kannte ich niemanden. Ich fand nie wirklich Freunde, ich war der Freak, der ständig im Unterricht einschlief, weil ich die Nächte durchgeheult hatte.« Ich konnte nicht weitersprechen und schwieg. Und Noah fragte auch nicht nach. Ich war allein gewesen, obwohl um mich herum so viele Menschen gewesen waren. Es war, als hätte zwischen mir und den anderen eine unsichtbare Wand existiert.

»Deshalb bist du so eine gute Schauspielerin geworden, nicht wahr?«, murmelte Noah und lenkte unser Gespräch in genau die Richtung, die mir wieder ein Lächeln ins Gesicht zauberte und Kraft gab.

»Ja. Da konnte ich jemand anderes sein. Und ich konnte mich mit den Problemen anderer beschäftigen.« Ich drehte mich in seinen Armen, sodass ich ihn anschauen konnte. »Und dann kamst du und wolltest mich.« Ich küsste ihn dankbar und voller Liebe.

»Ja, dann kam ich, wollte dich und will dich noch.«

»Ich weiß, das klingt albern, aber versprich mir eines, Noah: Verlass mich nicht!« Ich lächelte. »Du darfst natürlich verreisen und auch ohne mich einkaufen und solche Dinge.« Ich wurde wieder ernst. »Aber geh nicht. Wenn du jemals ein Problem hast, dann sprich mit mir, einverstanden? Ich könnte es nicht ertragen, noch einmal einen geliebten Menschen zu verlieren.« Erschrocken hielt ich inne, als mir die Bedeutung meiner Worte klar wurde. Hatte ich Noah gerade gestanden, dass ich ihn liebte? War ich wirklich so weit, mich nach all der Zeit auf einen Menschen einzulassen?

Im Halbdunkel versuchte ich, aus seiner Miene schlau zu werden, aber er regte sich für einen Moment nicht und der Ausdruck in seinen Augen war unergründlich.

Noah reckte sich und schaltete die Nachttischlampe an, und warmes Licht flutete den Raum. »Versprochen«, hauchte er mir zu und sah mich zärtlich an.

»Was ist?«, fragte ich unsicher.

»Ich hab vergessen, dir noch was zu sagen. Auch was Persönliches, Baby.« Er sah direkt in mein Herz und vertrieb die letzten dunklen Schatten der Vergangenheit. »Ich liebe dich, Ida Portman. Einfach alles an dir. Danke, dass du es mir erzählt hast.«

Statt Noah ebenfalls zu sagen, was ich schon so lange fühlte, vertraute ich mich ihm weiter an, kuschelte mich an ihn und erzählte mehr von meiner Kindheit. Es tat gut, endlich über all das zu reden. Und ich konnte mich nicht erinnern, je so gut geschlafen zu haben.

In einer hitzigen Diskussion am nächsten Morgen mit seinem Manager plädierte ausgerechnet Noah dafür, die Sache jedoch vollständig unter den Teppich zu kehren, so wie seine Leidenschaft für Peitschen und anderes

BDSM-Spielzeug. Er wusste, wie nahe mir das Thema ging, und wollte mich beschützen.

»Aber etwas muss sie erzählen«, meinte Eric, als wir uns später mit ihm berieten. »Nicht jeder hat ein Paddle. Eltern dagegen schon. Das kann man nicht vergleichen. Die Presse wird nachfragen. Früher oder später.«

»Mmpf«, machte Noah, da ihm dieser Gedanke nicht gefiel.

Schließlich einigten wir uns auf die Version, dass meine Eltern bei einem Unfall gestorben waren – das hatte ich den wenigen Leuten, die überhaupt etwas wussten, bisher erzählt und selbst meine Tante redete sich das heute noch ein. Und dann würde ich meine Story präsentieren, dass die Schauspielerei mir geholfen hätte und noch heute half, meine Gefühle zu verarbeiten. Wenn jemand überhaupt nachbohrte.

Meine Feuerprobe folgte prompt eine Woche später.

Mittlerweile war *Mehr als Liebe* in allen Medien präsent. Wie erhofft redete man über nichts anderes, jeder von uns gab Interviews. Wir absolvierten die Termine meist getrennt, doch an diesem Samstag Ende September waren wir gemeinsam in einer Fernsehshow. Und ich freute mich darauf.

Als Outfit hatten wir uns darauf geeinigt, so normal wie möglich zu erscheinen. Und das hieß, dass Noah eine tief sitzende Jeans und ein schwarzes Shirt trug, das zwar eng geschnitten war, aber nicht spannte, während ich in einer meiner engen Stretchjeans und einer vor den Brüsten zusammengeknoteten bunten Bluse auftrat. Ähm, ja, und ich trug immer noch keine Unterwäsche und ein Blick in Noahs Augen genügte, um mich deshalb ganz nervös zu machen.

»Entspann dich, Baby! Ich war schon x-mal bei Sandy in der Show. Sie ist laut, sie ist direkt, sie ist schrill, aber sie beißt nicht.« Er fuhr mir durch die Haare und streifte mit seinen Lippen meine.

»Ich bin entspannt«, zischte ich durch zusammengebissene Zähne.

Daraufhin lachte er nur.

Wir standen hinter der Tür zur Bühne und warteten auf unser Zeichen. Ich war natürlich nicht entspannt, aber so war das immer bei mir, wenn ich vor Livepublikum auftrat – und wenn Noah so nah bei mir stand, dass ich ihn und das Aroma seines Duschgels riechen konnte und an jede Menge unangemessene Dinge dachte.

»Hier ist Sandy Meyers für CCNN-TV und heute zu Gast haben wir *das* neue Traumpaar aus Hollywood. Und ich kann Ihnen versprechen, gleich wird es heiß. Sind Ihre Kinder im Bett? Dann begrüßen Sie mit mir die bezaubernde Ida Portman und den heißen Noah Miller!«

Noahs Finger umschlangen meine fester und sein Daumen strich über meinen Handrücken, eine kleine Geste, die neuerdings nicht mehr nur meine intimsten Stellen, sondern auch mein Herz zum Pochen brachte. Wie ein Fels in der Brandung war er an meiner Seite. Es gab keinen Grund, Angst zu haben. Wir würden gleich da rausgehen und ich wusste, ich würde es genießen.

Als der Applaus eine ohrenbetäubende Lautstärke erreicht hatte, gab uns ein Assistent der Produktion ein Zeichen. Wir lächelten uns kurz an und schlenderten lässig auf die Bühne, als wäre sie unser Wohnzimmer. Die Menge trampelte und kreischte. Von Frauen und Männern kamen Schlüpfer geflogen, als hätte jemand eine Konfettibombe gezündet.

Noah zog meine Hand an seinen Bauch, und als ich dadurch näher rückte, schlang er, immer noch lächelnd, seinen Arm um meine Taille. Eine wirklich sehr niedliche Geste.

»Oh mein Gott, ihr beiden seht fantastisch aus. Sehen sie nicht fantastisch aus?« Sandy fächelte sich Luft zu, umarmte uns einzeln nacheinander und zeigte auf ihr rotes Sofa, auf dem wir Platz nehmen sollten.

»Danke, Sandy, dass wir heute hier sein dürfen.« Noah lächelte charmant, und wir setzten uns. Wie all die Male zuvor kuschelten wir uns nicht eng aneinander, aber er hielt weiter meine Hand.

»Habt ihr den fertigen Film schon gesehen? Vielleicht sogar zusammen?« Sandy hob anzüglich die Augenbrauen, und das Publikum johlte.

»Hast du denn?«, fragte Noah frech zurück. Der Film war nun fertig und ausgewählte Journalisten hatten eine Preview bekommen.

»Oh ja!« Sandy fächelte sich wieder Luft zu.

Noah lachte. »Dann sollten wir das vielleicht auch endlich?« Er warf mir einen Blick zu, und ich nahm den Faden auf. So machten wir das immer. Nicht, weil wir es abgesprochen hatten, sondern weil wir so tickten.

»Ich bin diejenige, die bisher keine Lust darauf hatte«, plauderte ich locker weiter. »Ich hab Noah mit allen möglichen Dingen beschäftigt: dem Shoppen nach einer neuen Couch, Ausflügen, Shootings, Sport.« Ich grinste entschuldigend.

»Aber heute Abend hast du keine Ausrede mehr.« Er sah mich so an, dass mein Puls nach oben kletterte, und er spürte es, grinste, und strich mit seinem Daumen über mein Handgelenk.

»Oh mein Gott! Habt ihr euch hier gerade live in *meiner* Show auf heißen Sex geeinigt?«, kreischte Sandy.

»Haben wir«, sagte Noah.

»Hat er«, maulte ich gespielt sauer, grinste aber breit.

»Also kann man davon ausgehen, dass das, was wir im Film sehen, echt ist?«

»Ida ist eine fantastische Schauspielerin. Wer sie mal gesehen hat, weiß, dass sie auch einen Serienkiller total überzeugend spielen könnte«, wich Noah geschickt aus.

Ich beugte mich zu ihm rüber und küsste ihn auf die Wange. »Muss ich das Kompliment jetzt zurückgeben, Darling?« Er zwackte mich in die Seite, und wir lachten. »Das Gleiche gilt für Noah. Ehrlich.«

Sandy räusperte sich. »Und der Sex? Kann man den spielen?.«

»Christopher hat sich sehr große Mühe gegeben, dass alles authentisch wirkt. Und letztlich macht es keinen Unterschied. Hauptsache, der Zuschauer glaubt es«, kommentierte Noah die Sexfrage so, wie es die gesamte Crew machte, wenn sie darauf angesprochen wurde: ausweichend.

»Geht es bei euch im Bett denn genauso zu?«

»Wie genau?« Noah lächelte charmant, aber ich sah seinem Blick an, dass er an das letzte Mal dachte. »Ja, wir schlafen miteinander. Das ist kein großes Geheimnis, aber wer hier wen verhaut oder nicht verhaut, darüber darf gerne spekuliert werden.«

Scherzhaft boxte ich ihn in die Seite, und er beugte sich zu mir und küsste mein Ohr.

»Am Set soll es ja nicht immer so harmonisch gewesen sein«, hakte Sandy nach.

Ich nickte. »Der Kerl war manchmal ein richtiges Ekel.«

»Ich war ein Ekel«, bestätigte Noah mit ernster Miene.

»Warum?«, quietschte Sandy. »Du bist doch sonst unser heißer, unkomplizierter Partyboy und Womanizer.«

»Sie war einfach nur perfekt. Mutig, schön, talentiert, unkompliziert, normal, lustig. Sie war alles, was man sich als Mann nur wünschen konnte, und ich wusste, wenn ich meinen Gefühlen nachgebe, dann können wir den Film vergessen. Ich wollte professionell bleiben. Und das war der beste Weg.«

Ein Seufzer ging durch den Saal, und ich drückte seine Hand fester, weil ich Tränen in den Augenwinkeln spürte und erst mal nicht sprechen konnte. Ich Heulsuse. Dabei überschüttete er mich ständig mit Komplimenten.

»Es gab Gerüchte, dass Ida schon während der Dreharbeiten bei dir gewohnt hat?«

»Das stimmt«, fasste ich mich. »Ich war noch neu in der Stadt und hatte mir ein Motelzimmer angemietet, nicht hübsch, aber zweckmäßig. Aber wenn dann plötzlich Fotografen vor deiner Tür stehen, hast du ein Problem. Du kommst zu spät zum Dreh, weil du aufgehalten wirst, und du bist müde, weil Moteltüren verdammt dünn sind und du die ganze Nacht von irgendwelchen Geräuschen geweckt wirst. Gruselig.« Ich schüttelte mich. »Noahs Manager hatte die Idee, dass ich in Noahs Villa ziehe, und ich bin drauf eingegangen.«

»Um den Text gemeinsam zu üben?« Sandy zwinkerte in die Kamera.

»Zum Beispiel«, sagte Noah und lachte.

»Und was hält eure Familie von dem Film? Noah, deine Mutter muss doch unglaublich stolz sein?«

»Ja, das ist sie.«

»Und sie wird sich den Film ansehen?«

»Wie alle meine anderen Filme auch zur Premiere. Sie will schließlich mitreden, wenn ihre besten Freundinnen über meinen Hintern tratschen.«

»Und ist dir das nicht unangenehm?«

»Sie ist meine Mom, und wenn einer weiß, wie ich

nackt aussehe, dann sie.« Er drückte wieder meine Hand. »Sie freut sich für mich. Und Freunden geht es genauso. Ich konnte zeigen, was ich kann.«

»Ida, bei dir ist das anders. Deine Eltern sind bei einem tragischen Unfall ums Leben gekommen, als du ein Teenager warst. Sie bekommen nicht mit, was aus dir geworden ist. Das muss schlimm für dich sein?«, fragte sie neugierig.

Ich atmete unauffällig tief durch, griff nach dem Wasserglas und wünschte mir, es wäre Alkohol. Noah strich wieder sanft über meinen Puls und brachte mich dazu, an das Gute in meinem Leben zu denken, nicht an die dunklen Seiten.

»Das ist es. Aber ich habe Freunde, die sich sehr für mich freuen.« Ich kicherte gekünstelt.

»Kehrst du jetzt dem Theater den Rücken zu?«, fragte Sandy weiter und der kritische Moment war vorbei.

»Niemals.«

»Sie liebt die Bühne«, mischte sich Noah ein. »Und jeder, der sie dort mal gesehen hat, wird es verstehen.«

Ich sah ihn überrascht an. »Du warst doch nie in einem Stück von mir!«

Er grinste geheimnisvoll. »Ich wollte wissen, wie du spielst, als ich die Info bekam, dass du meine Filmpartnerin bist. Und es gab ja keine Youtube-Videos von dir«, entschuldigte er sich mit einem Achselzucken. »Du glaubst mir nicht?«, fragte er nach. »Ich weiß nicht, wie oft das im Theater passiert, aber in der Vorstellung hat ein Handy geklingelt, irgendwo in der Loge, und diese alte mit Juwelen behangene Dame ging auch noch ran.«

Ich erinnere mich nicht oft an Vorstellungen, da ich so in die Rolle eintauche, aber das war wirklich sehr dreist gewesen. »Ich fass es nicht!«, platzte ich. »Warum erfahre ich das denn erst jetzt?«

»Es war nicht wichtig.« Er lächelte verflucht charmant. »Außerdem hatte ich danach Schiss vor dir und deinem Können.« Er wandte sich Sandy zu. »Der Saal war am Ende der Vorstellung völlig aus dem Häuschen. So was hab ich noch nie erlebt.« Versöhnlich fuhr er mir durchs Haar, was für einen süßen Schauer über meinem Rücken und für harte Nippel sorgte. Der Schuft!

»Kann ich verstehen. Und wie geht ihr mit dem Rummel um den Film um, Noah?«

Er grinste. »Die Marketingabteilung wird mich umbringen, aber mal ehrlich, wer ist auf die Idee gekommen, Braden-Schlüsselanhänger auf den Markt zu bringen? Und das ist noch nicht mal das Schlimmste.«

»Was wäre das? Die *Mehr-als-Liebe*-Peitsche?«, hakte Sandy nach.

»Die ist immerhin zu etwas gut.« Noah lachte. »Und mehr sag ich dazu ganz sicher nicht.«

»Und du, Ida?«, wandte sich Sandy an mich.

»Ich finde es unheimlich«, gestand ich. »Schon Rachels Buch hat für so viel Aufmerksamkeit gesorgt. Doch was es alles zum Film gibt, ist der absolute Wahnsinn.«

»Würdest du was davon benutzen?«

»Die Feder«, grinste ich.

»Nicht die Handschellen?«

»Ja, die waren auch nett.« Ich biss mir auf die Zunge, um nicht zu viel auszuplaudern.

»Nett!« Noah lachte, als wäre das die Untertreibung des Jahrhunderts, sagte aber auch nicht mehr, egal wie viele bohrende Blicke uns Sandy zuwarf.

Die Moderatorin grinste. »Also, ich hab den Film gesehen und da sah das alles nach viel mehr als nett aus.«

Noah zuckte mit den Schultern. »Das nennt man dann wohl Schauspielkunst. Aber verrat nicht zu viel.«

Wir alle lachten.

»Abschließend: Was wünscht ihr euch, wie die Zuschauer den Film finden? Ida, du zuerst!«

Die Antwort hatten wir zum Glück schon sehr oft abgespult. »Sie sollen ihre Helden aus dem Buch wiedererkennen. Das ist das Wichtigste. Und ich denke, dass wir auch Nichtleser mit dieser wunderschönen Liebesgeschichte begeistern können.«

»Du wieder«, neckte mich Noah. »Ich will einfach nur, dass die Leute nicht zu viel auf meinem Arsch starren und noch weniger auf deinen. Sie sollen Spaß an der Geschichte haben, und das werden sie.«

Sandy spielte nun einen Ausschnitt des Films ein, und Noah und ich sahen neugierig zu, wie anders die Szenen plötzlich wirkten, jetzt, wo sie final bearbeitet und vertont waren. Dann verabschiedete sie uns und hinter der Bühne fiel ich ihm in die Arme.

»Das war der letzte Auftritt!«, jubelte ich.

»Der letzte vor der Premiere.«

»Wir haben heute Abend tatsächlich frei«, sagte ich mit gesenkter Stimme und stellte mit Befriedigung fest, dass sich in Noahs Nacken Gänsehaut bildete. Einen freien Abend hatten wir die letzten Wochen immer mal wieder gehabt, allerdings mit Terminen am nächsten Morgen. Das wäre dieses Mal nicht so.

»Du willst den Film ansehen?« Noah entkabelte uns und reichte das Equipment weiter. Ich verzog das Gesicht. »Du willst …?« Er sah mich begehrlich an.

»Auch das«, gab ich zu. »Aber ich hab da was viel Abartigeres im Kopf.« Ich beugte mich zu ihm. »Ich koch uns was, wir gehen unsere Texte für den neuen Film durch, und dann bestellen wir endlich online ein neues Sofa.« Auf das alte hatte ich nämlich Wein verschüttet, und selbst ein professioneller Reinigungsservice hatte die Flecken nicht vollständig herausbekommen. Das heißt, Noah sah das Desaster nicht mehr, aber Männer haben für so etwas ja auch kein Auge. Mich störte der leichte Schatten, der noch da war.

Noah zog mich an sich. »Weißt du, dass du echt perfekt bist?«

Ich grinste. »Sagt mir der perfekteste Mann auf Erden. Also muss ich es ja wohl glauben.«

Sein Handy vibrierte in seiner Hosentasche, und als er sah, dass Eric dran war, stellte er es laut. Sein Manager lobte uns für den Auftritt, den er gerade live mitverfolgt hatte, und legte uns nahe, die nächsten Wochen mal so richtig auszuspannen, denn sobald die Premiere wäre, würden wir erneut für zwei Monate auf Interviewtour gehen – dann weltweit.

»Siehst du, wir haben sturmfrei«, kicherte ich, sobald Noah aufgelegt hatte.

»Das heißt, wir haben mehr als genug Zeit für alle abartigen Dinge auf Erden. Deine abartigen Dinge.« Er grinste. »Und meine abartigen Dinge.«

Kapitel 26

Vor dem Fernsehstudio wartete der Wagen auf uns. Doch um einzusteigen, mussten wir uns zunächst an einem Meer an Fans vorbeischieben. Wir kritzelten unsere Namen auf nahezu alles, was beschreibbar war – Autogrammkarten, Shirts, Taschen und Brüste –, und eine halbe Stunde später sanken wir ins Innere der Limousine.

Sobald die Türen zufielen, reduzierte sich der Geräuschpegel auf ein erträgliches Maß. Vorsichtig lenkte uns der Fahrer durch die Menge, und ich entspannte mich allmählich.

Ich hatte das mit dem Sofakauf ernst gemeint und holte mein Tablet aus der Tasche, um Noah die Modelle zu zeigen, die für mich in der engeren Auswahl standen. »Was hältst du davon?« Ich hielt ihm das Display unter die Nase.

Er nahm mir das Tablet ab und legte es neben sich, sodass ich nicht mehr rankam. »Wärst du mir sehr böse, wenn ich die Planung für den Abend etwas ändere?« Seine Hände lösten die vor meinem Bauch verknoteten Enden der Bluse und packten mich an der Taille.

»Du denkst, ein Griff von dir und ich bin willig?«

Er beugte sich zu mir. »Ich glaub, das hat vorhin der Kuss schon erledigt, richtig?«

»Welcher Kuss?«, tat ich unschuldig.

»Der an deinem Ohr.« Er half mir auf die Sprünge und knabberte wieder daran. Er zog mich auf seinen Schoß und ich jammerte, weil ich durch den Stoff seiner

Jeans und meiner Hose so wenig spüren konnte.

»Ich sollte das nächste Mal vielleicht doch wieder einen Rock tragen«, murmelte ich.

»Kommt nicht infrage, denn sonst falle ich über dich her, wann immer mir danach ist.« Er packte meinen Arsch. »Das hier ist schon ganz gut.«

Der Wagen hielt, und wir sahen nach draußen. Die Fahrt war wie im Flug vergangen.

»Danke, Joe«, sagte Noah zum Fahrer, verknotete meine Bluse wieder und zog mich mit sich nach draußen.

»Einen schönen Abend, Sir, Ma'am«, murmelte er grinsend.

»Sie ›kocht‹ für mich«, erklärte Noah und machte beim Wort kochen in der Luft Gänsefüßchen mit den Fingern. »Den werde ich also haben.«

»›Kocht‹ sie gut?« Er übernahm die Geste.

»Oh ja«, seufzte Noah, und ich boxte ihm in die Seite.

»Noch ein Wort zu meinen Kochkünsten und du ›verhungerst‹ heute Abend«, warnte ich ihn und setzte ebenfalls Gänsefüßchen in der Luft.

»Da muss ich wohl gehorchen«, grinste Noah mit dem Selbstbewusstsein eines Mannes, der wusste, dass er so oder so bekam, was er wollte.

»Stell dich dort an die Wand!«, hauchte mir Noah zu, sobald wir in der Villa waren. »Nein, nicht mit dem Gesicht zu mir.«

Ich drehte mich und hauchte die Tapete an.

»Sehr gut.« Seine Hand fuhr über meinen Rücken und liebkoste meine Haut.

»Ich hätte wirklich Hunger und Lust, uns was zu kochen. Was Echtes«, sagte ich leise und so erregt, dass meine Stimme zitterte.

»Später«, sagte Noah. »Das, worauf ich Appetit habe,

ist schon fertig für mich.«

Meine Scham war klatschnass, und ich spürte, wie mir meine eigene Feuchtigkeit in den Stoff der Jeans lief. Scheiße, ich war mehr als bereit für ihn.

Noah stellte sich hinter mich und zog mir das Haargummi weg, sodass sich mein Pferdeschwanz in Luft auflöste und mir meine dunkle Mähne lang über den Rücken fiel. Er fasste um mich herum, tastete nach dem Zipper meiner Hose, öffnete ihn und schob die Jeans tiefer auf meine Oberschenkel. Ein Klaps auf den Hintern folgte, und gleich darauf legte er seine Hand auf die süß brennende Stelle. »Immer noch nicht nass?«, fragte er.

»Ich glaube nicht«, log ich und biss mir vor Vorfreude auf die Lippen.

»Mmh«, machte Noah nachdenklich und drückte seine Erektion, die noch von seiner Jeans zurückgehalten wurde, gegen mich. »Wie ist es jetzt?«

»Geht«, ärgerte ich ihn.

Er knurrte warnend, und ich spürte, wie mir erneut ein Tropfen meiner Lust nass an einer heißen Innenseite meines Oberschenkels hinab lief. »Geht?« Er griff mir zwischen die Beine und schob seine Finger in mich. »Du kannst es kaum noch erwarten.«

»Das täuscht«, stichelte ich weiter und zitterte erwartungsvoll.

»Dann muss ich wohl etwas fester zupacken.« Schon bei den Worten stöhnte ich, doch als er mich mit seinen Fingern liebkoste, sauste ich immer schneller und schneller auf einen Orgasmus zu. Ich lehnte mich gegen die kühle Wand und war froh, dass ich mich irgendwo festhalten konnte. Meine Knie waren weich, und ich hechelte, statt vernünftig zu atmen. Dann ließ er mich los und glitt mit seinen nassen Fingern tiefer. Er packte die zusammengestauchte Hose und zog sie noch weiter runter. »Steig raus«, befahl er, und ich hob erst ein Bein, dann das andere, damit er mir die Sachen ausziehen konnte. »Was kochst du uns gleich?«

Verwirrt blinzelte ich. Meinte er das ernst?

»Ida?«

Ja, tat er. »Pasta mit Hühnchen und Gemüse. Und mal sehen, was noch im Kühlschrank ist«, krächzte ich.

»Gut. Dann setze ich wohl besser mal das Wasser auf.« Er löste sich von mir, ich wollte es ihm nachtun, doch er drückte mich wieder gegen die Wand und riss die Bluse zurück, sodass sie nur noch an meinen Armen hing. »Du nicht. Du bleibst hier und wartest.«

Scheiße, das war die Strafe, weil ich nicht zugegeben hatte, wie nass ich war. Vor wenigen Minuten hatte ich das noch für eine gute Idee gehalten, nun verfluchte ich mich. Meine Scham war warm und geschwollen, und ich merkte immer dann, wie feucht ich war, wenn ein Lufthauch zwischen meine Beine fuhr. Ich wollte Noah in mir spüren. Jetzt. Das Essen war mir völlig egal. Aber er bestimmte das Spiel.

Ich hörte Töpfe klappern. Wasser. Schritte. Rascheln. Und alles immer wieder unterbrochen von Stille.

Schwer atmend schloss ich die Augen und versuchte, meine Lust unter Kontrolle zu bekommen. Aber das Verlangen war zu stark und mir traten Tränen in die Augen. Wenn er nicht gleich –

»Ist dir kalt, willst du die Bluse anlassen?«, fragte er leise, halb spielerisch, halb ernst. Beim Klang seiner Stimme zuckte ich zusammen, da ich nicht gehört hatte, dass er wieder zurück war. Nun nackt drückte sich seine warme Haut an meine kalte.

»Jetzt geht es wieder.« Jetzt, da er hier war und seinen Schwanz hart gegen meinen Hintern presste.

»Dann wollen wir dir auch noch das letzte Hemd ausziehen!« Er fackelte nicht lange und streifte mir die Bluse von den Armen. Mit einem dumpfen Laut landete sie bei meiner Jeans. »Stell dich auf die Zehenspitzen!«

Gehorsam hob ich mich, spürte, wie er mir die Beine auseinanderdrückte und sein Penis in mich eintauchte. Meine Kraft ließ nach, ich strauchelte.

Noah fluchte leise. »Sorry. Bleib so!« Er verschwand kurz, dann kam er mit meinen höchsten Schuhen wieder. »Zieh die hier an!«

Ich schlüpfte in die High Heels und entspannte mich.

»Besser?« Er küsste meinen Nacken und spielte mit meinen Brüsten.

»Ja, viel besser.«

Kaum hatte ich zu Ende gesprochen, versenkte er seinen Schwanz mit einem harten Stoß. Wir schrien beide auf. Dann packte er meine Hüften und nahm mich in einem wilden Tempo, das uns beide schwitzen ließ. Sein Atem kitzelte meinen Nacken, und wir stachelten uns gegenseitig an und hielten keinen Laut der Lust zurück.

»Noah, ich –«

»Ich weiß.« Er drehte meinen Kopf und legte seine Stirn neben mir an die Wand, sodass wir uns ansehen konnten. »Komm!«, sagte er und rieb meinen Kitzler.

»Ja!« Das ließ ich mir nicht zweimal sagen. Ich versank in seinen Augen, spürte seinen Schwanz und explodierte. Meine Muschi pulsierte heftig, als bekäme sie gar nicht genug von ihm, und wenn er mich nicht gehalten hätte, wäre ich an der Wand zu Boden gesunken.

Noah stieß ein letztes Mal tief in mich und genoss, wie ich mich eng um seinen Schaft zusammenzog. Dann spürte ich, wie er hinter mir zitterte, sich an mich drückte, wieder und wieder in mir versenkte, kam und sich schwer atmend an mich lehnte, sein Oberkörper an meinem Rücken, sein Kopf an meinem.

Im Hintergrund blubberte Wasser für die Nudeln. Schließlich löste sich Noah und drehte mich herum. Sein Blick glitt einmal über meinen Körper und hochzufrieden sah er zu, wie sein Sperma und meine Lust zwischen meinen Schamlippen klebten. Er griff an meine Mitte und lächelte, als ich die Luft anhielt, weil jeder Zentimeter dort hochempfindlich war. Er ließ es sich dennoch nicht nehmen und schob seine Finger dorthin, wo mich eben noch sein Schwanz ausgefüllt hatte. »Willst du gleich noch mal kommen?«

Ich machte einen Laut, der sowohl ja als auch nein heißen konnte. Wollte ich fliegen? Unbedingt. Fände ich es gut, wenn er mich umbrachte? Eher weniger.

»Baby, du machst mich echt schwach«, murmelte er, zog mich in seine Arme und fickte mich sanft mit seinen Fingern. »Wie ist das?«

Ich sog tief die Luft ein und presste mich enger an seine Hand. »Ja.« Das war nicht unbedingt die passende Antwort, aber sie genügte ihm.

Mit dem Daumen massierte er meinen Kitzler, und ich klammerte mich an seinen Schultern fest. Überfordert zuckte ich zurück, nur um mich gleich wieder gegen ihn zu pressen.

»Komm für mich, Baby«, sagte er.

Und mein Körper gehorchte ihm.

»Du glaubst doch nicht, dass ich jetzt in der Lage bin zu kochen.« Ich kuschelte mich an seine Brust und spürte, wie er lautlos lachte.

»Wir bestellen was. Wie klingt das?«

Ich sah zu ihm auf und fühlte das Gleiche wie immer: Liebe. Ich liebte diesen Mann. Er war einfach perfekt. Und er verstand besser, was ich brauchte, als ich selbst.

Bevor ich auch nur Anstalten machte loszulaufen, hob

er mich hoch und grinste, als mir die High Heels von den Füßen rutschten. Er platzierte mich auf das sowieso ruinierte Sofa und warf mir eines seiner Hemden zu, das ich überzog.

Als er in eine Boxershorts schlüpfte, verzog ich das Gesicht. Doch er lachte nur, stellte das kochende Wasser aus, setzte sich mit dem Tablet neben mich, und wir suchten was beim Lieferservice aus. Ich schmiegte mich an ihn. Er spielte mit meinen Haaren, und ich streichelte den Unterarm, den er um mich geschlungen hatte.

♥

»Dann können wir ja gleich das neue Sofa aussuchen«, sagte er, da er das Tablet noch in der Hand hielt. »Die hier?« Er klickte auf einen Ordner mit meiner Auswahl. Ich nickte und er brauchte nicht lange, bis er sich entschieden hatte. »Und gekauft.«

»Wann kommt das Essen?«, fragte ich. Mein Magen knurrte hungrig.

Noah öffnete die Bestellbestätigung. »Noch eine halbe Stunde.«

»Ich wüsste, wie wir sie uns vertrieben können«, flüsterte ich mit rauer Stimme.

Sein Schwanz zuckte unter mir, aber die restlichen Muskeln des Mannes hinter mir rührten sich nicht. »So sehr ich deine Muschi auch liebe, gönnen wir ihr eine kurze Pause.« Er küsste mich. »Du kommst schon noch auf deine Kosten.«

Ich grinste voller Vorfreude. »Das meinte ich gar nicht. Auch wenn mir die Aussicht gefällt. Wir könnten den Text von *Black Fight* weiter durchgehen.« So hieß der Film, dem wir beide zugesagt hatten. Die Dreharbeiten würden beginnen, wenn unsere Promotour für *Mehr als Liebe* abgeschlossen war. Und bis dahin mussten wir in unseren Rollen sicher sein.

Er lachte und es rumpelte hinter meinem Rücken. »Du willst mich bloß verhauen, richtig?« Das tat ich in meiner Rolle nämlich ziemlich oft, wobei ›verhauen‹ eine Untertreibung war.

Ich drehte meinen Kopf, um ihn anzusehen. »Ja, darauf freu ich mich besonders«, sagte ich und zwackte ihn. »Mal Spaß beiseite, ich fand dich beim letzten Durchlauf noch nicht so überzeugend, wie du sein kannst.«

Jeder andere hätte mir so viel Offenheit übel genommen, aber nicht Noah. Er küsste mich auf die Wange und sprang auf. Er verschwand im Innern seiner riesigen Villa und kam mit dem Textbuch zurück.

Einladend klopfte ich mit der Hand auf den Platz neben mir, er setzte sich, und wir sprachen die Szene durch. Wir wurden laut, bedrohten uns, schüchterten uns ein, gingen uns richtig an und waren kurz davor, uns zu zerfleischen.

»Warum bist du heute so gut?«, fragte ich ihn überrascht, als plötzlich jedes Wort saß.

»Beim letzten Mal hast du mir gesagt, dass es in der Szene um Angst vor Verlust geht.«

»Ja?«, fragte ich, unsicher, worauf er hinauswollte. »Verlust von Macht. Fühlst du dich etwa von mir bedroht?«

Er grinste, und ich entspannte mich. »Von so einem Leichtgewicht wie dir? Bestimmt nicht!« Wieder ernster klemmte er mir eine Haarsträhne hinters Ohr. »Aber ich kenne das Gefühl, etwas zu verlieren, was einem viel bedeutet. Ich hab die Emotion nur übertragen und an meine Rolle angepasst.«

»Wow!« Das war eine ziemlich gute Methode, um noch mehr Gefühle glaubhaft spielen zu können, selbst wenn man die Rolle des größten Ekels hatte. Und seine

Worte rührten mich. »Wen hast du verloren?«, fragte ich leise. Das passierte ständig. Wir gingen die Rollen durch und lernten uns dadurch besser kennen.

»Keinen Menschen, aber Dinge, die mir wichtig waren.« Er sah mich warm an, als hätte ich ihn gerettet. »Und ich kenne das Gefühl der Angst um jemanden.«

»Um wen?« Ich hielt den Atem an.

»Dich, Ida. Das klingt total kitschig, aber ich muss nur daran denken und schon fällt mir die Rolle ganz leicht.«

Geflasht schloss ich die Augen, weil ich das Gefühl nur zu gut kannte. Er hatte sich in mein Herz geschlichen. Durch seine lockere Art, durch seine Witze, seine Neckereien.

Es klingelte.

»Ich gehe«, sagte ich und sprang auf.

»Wehe!«, grollte er und musterte mich von Kopf bis Fuß. »Du siehst total durchgefickt aus.«

»Du doch auch!«, protestierte ich, reichte ihm aber die Kreditkarte zum Zahlen.

»Damit kann ich leben«, grinste er frech.

»Alter Macho!«

Während Noah zahlte, holte ich Besteck und Teller aus der Küche und goss uns Wein ein. Wir aßen, verbrachten den Abend auf dem Sofa wie ganz normale Menschen und nachts schliefen wir eng umschlungen ein, nachdem wir uns erneut und dieses Mal sehr sanft geliebt hatten.

Mir gingen dabei seine Worte nicht aus dem Kopf: Er hatte Angst, mich zu verlieren. Und ich fühlte das Gleiche. Ja, ich wusste, ich käme alleine zurecht. Aber ich wollte es nicht mehr. Ich wollte mit ihm zusammen sein. Für immer.

Am Tag der Filmpremiere war ich wahnsinnig aufgeregt. Ich hoffte inständig, alles würde gut gehen.

Claire war aus Chicago gekommen und würde mich und Noah zusammen mit Eric begleiten, und ich war dankbar, von den Menschen umgeben zu sein, die mir alles bedeuteten.

Noah konnte gar nicht den Blick von mir abwenden, seit er mich in dem cremefarbenen Kleid mit dem schwarzen Korsettoberteil gesehen hatte, was mich immer wieder sanft erröten ließ. Wobei das auch an ihm liegen konnte. Er trug einen dunklen, eleganten Anzug, der perfekt an ihm saß und jedes Mal, wenn ich ihn ansah, vollführte mein Herz einen kleinen Salto.

Nichts kann uns heute trennen, gar nichts, dachte ich mir glücklich.

»Könnt ihr euch da drüben ans Fenster stellen? Ich will ein Foto von euch machen«, sagte Claire.

Noah zog mich an seine Seite, ich legte meinen Kopf an seine Schulter und sah zu ihm auf, während er zu mir heruntersah. Ob Claire wirklich Fotos machte, bekamen wir gar nicht mit. Wir waren so vertieft in den anderen, dass die Welt um uns herum keine Rolle spielte.

»Deine erste Premiere«, sagte er sanft. »Das sollten wir heute Abend noch mal in Ruhe feiern.«

Seine Worte brachten meine Haut zum Glühen, und als ich an meine rote Unterwäsche dachte, konnte ich mir ein Grinsen nicht verkneifen. »Unbedingt.«

Er zog eine Augenbraue hoch. »Sag bloß, du hast eine Überraschung für mich?«

»Schon möglich.« Ich klimperte mit den Wimpern und freute mich auf den Moment, wenn er sie entdecken würde. »Aber erst die Arbeit, dann das Vergnügen.«

Claire drückte mir mein schwarzes Abendtäschchen in die Hand. »Könnt ihr euch bitte erst verschlingen, wenn der Rummel überstanden ist? *Mein* Mann ist nämlich ein paar Tausend Kilometer entfernt.«

»Du hättest ja bei ihm bleiben können«, ärgerte ich sie.

»Noch ein Wort und du bist nicht mehr meine beste Freundin. Ich bin hier nur für dich, klar? Um dabei zu sein, wenn du deinen großen Auftritt hast.«

Wir alle lachten, da Claires Outfit – ein elegantes, bodenlanges, schwarzes Kleid mit einem sexy freien Rücken – nicht so aussah, als hätte es viel Überzeugungskraft gekostet, sie herzulocken.

Abmarschbereit kletterten wir alle in die Limousine, die uns das Filmstudio geschickt hatte, und holten auf dem Weg noch Christopher ab, um den Stau vor dem roten Teppich kleiner zu halten.

Wir unterhielten uns angeregt. Christopher berichtete von der Testvorführung und von dem Aufwand, den es gemacht hatte, damit der Kinostart weltweit an mehr oder weniger dem gleichen Tag stattfand – je nachdem, wie man die Zeitverschiebungen behandelte. Claire gönnte sich einen Sekt aus der Minibar der Limousine, und Eric tippte auf seinem Handy herum. Keine Ahnung, ob er wirklich arbeitete. Ich bildete mir ein, dass jemand wie er auch mal eine Pause brauchte und *Angry Birds* spielte, und musste grinsen.

Je näher wir dem Dolby Theatre kamen, wo *Mehr als Liebe* seine Premiere feiern würde, um so nervöser wurde ich. Der Verkehr wurde immer dichter, und im Schneckentempo schoben wir uns den Hollywood Boulevard entlang, mittendrin im Verkehrschaos aus Pendlern, Touristen, Fans und der Presse.

Als das Gebäude, in dem auch die Oscarverleihungen stattfanden, vor uns auftauchte, schluckte ich und verschränkte meine feuchten Finger mit Noahs. Eben noch hatte ich die Menge auf den Gehwegen für eine fehlgeleitete Gruppe Touristen gehalten, nun wurde mir klar, dass das der Ausläufer der Fans war, die auf unsere Ankunft warteten.

»Ist das immer so?«, fragte ich.

Noah lachte und drückte mich. »Na ja, ziemlich.« Was hieß, dass Noah *so* einen Auflauf auch noch nicht erlebt hatte.

Unsere Limousine hielt, aber wir blieben sitzen. Eric erklärte uns allen, dass der schwarz gekleidete Mann am Anfang des roten Teppichs hier das Sagen hatte. Er steuerte, welcher Star wann über den Teppich schweben durfte, damit es nicht zu einem Chaos kam und jeder Journalist genug Zeit für sein Interview hatte.

»Siehst du, dort ist der Teppich«, sagte Noah. »Wir müssen nur dort lang, laufen einen Bogen und dann verschwinden wir im Gebäude.« Sein Finger deutete in der Luft den Weg an, den wir zu nehmen hatten. Links und rechts von der Absperrung quetschten sich die Leute, und immer mal wieder waberte ein Kreischen über die Menge hinweg.

»Kommt mir vor wie einhundert Kilometer lang.« Ich reckte meinen Kopf, zupfte an meinem Kleid und strich den weißen Stoff glatt. »Sonst kenne ich so einen Auflauf nur von den Oscars.« Und natürlich nur von der Fernsehübertragung.

Sicherheitsleute liefen auf und ab. Jede Menge Moderatoren waren da. Über uns kreisten Hubschrauber – wobei ich mir einredete, dass die nur die aktuellen Verkehrsnews übertrugen und nicht mit einem Teleobjektiv die Veranstaltung von oben filmten. Polizei stand ebenfalls bereit und warf immer wieder neugierige Blicke zum roten Teppich. VIPs war man in Los Angeles gewöhnt, aber so eine Promidichte war außergewöhnlich, schließlich wollte jeder, der Rang und Namen in der Traumfabrik hatte, dabei sein, wenn ich und Noah auf der Leinwand Sex hatten – und wir uns verliebten.

»Stimmt«, meinte Eric. »Das hier ist schon ziemlich verrückt.« Er runzelte die Stirn.

»Du machst dir Sorgen?«, fragte ich.

»Ehrlich gesagt: ja.« Wir alle starrten zu einer jungen Frau, die über die Absperrung kletterte, sich ihr Oberteil auszog, strauchelte und weiterrannte, bis sie von der Security aufgehalten und beiseite genommen wurde.

»Wenn wir noch länger warten, bringen die sich da draußen um«, stellte Christopher fest.

Der Koordinator klopfte gegen unsere Scheibe. Wir konnten los.

»Dann mach du den Anfang«, meinte Noah zu Christopher, und zog mich im gleichen Atemzug enger an sich. »Keine Sorge, Baby. Ja, das ist verrückt, aber es wird schon nichts schiefgehen. Wir gehen da raus und tun einfach so, als wären wir megaberühmte Stars. Wir winken, lächeln, geben Interviews. Das kannst du doch so gut.«

Ich nickte und setzte mich aufrechter hin. »Ja, das kann ich.«

Wir übten unser Lächeln und verfolgten, wie Christopher sofort in einer Traube an Journalisten feststeckte. Nun ebbte das Kreischen der Fans gar nicht mehr ab, wahrscheinlich weil sie begriffen hatten, dass unsere stehende Limousine nur bedeuten konnte, dass noch mehr Stars kamen. Und da der Großteil schon auf dem Teppich war, blieben nicht mehr viele übrig. Bis auf die Ehrengäste – auf uns.

Aus dem Inneren sahen wir, wie Christopher weiterging und strahlte, als hätte man ihm alle Preise, die man nur bekommen konnte, überreicht.

Wieder wurde an unsere Scheibe geklopft.

»Also gut, ich geh als Nächster«, sagte Eric, »dann folgst du mir sofort, Noah, warte einen Moment! Und dann hilf Ida mit all dem Tüll und Stoff aus dem Wagen. Und du, Claire, folgst ihr dann. Alles klar?«

Wir nickten, und ich kicherte: »Einer für alle!«

»Und alle für einen!«, schallte es mir in dreifacher Ausführung ohne Zögern entgegen, sodass man denken könnte, wir hätten die Minibar geplündert.

Eric stieg aus, drehte sich, und ich sah, wie ein Mädchen ohnmächtig aus der Menge herausgetragen werden musste.

»Wow, meinem Freund wollen aber viele Damen an die Wäsche«, sagte ich.

»Aber nur eine Frau darf«, flüsterte Noah mir zu, gab mir einen Kuss auf die Wange, stieg ebenfalls aus dem Wagen und knöpfte sich draußen sein Jackett zu.

Das Kreischen schwoll ohrenbetäubend an. Mir war wirklich danach zu kneifen. Die ganze Szenerie hatte etwas Surreales. Und es stimmte, man konnte das nur überstehen, wenn man es wie einen Film sah, in dem man die Rolle des superglücklichen Hollywoodstars spielte.

Noah ließ der Menge einen Augenblick Zeit, um sich zu akklimatisieren, dann beugte er sich zu mir in den Wagen. Seine Augen funkelten mich an, und er wirkte unglaublich stolz. Bestimmt so ein Männerding, denn gleich dürfte er mich vorführen.

»Willst du mich den Mädels da draußen allein überlassen?«, scherzte Noah und reichte mir eine Hand.

Ich griff zu, aber zögerte. »Lass mich da draußen bloß nicht los, kapiert? Sonst kannst du dir meine kleine Überraschung heute Abend abschminken.«

»Versprochen. Komm!«

Ich ließ mir raushelfen, und wenn das möglich war, so nahm das Kreischen noch mal zu. Wildfremde Leute schrien meinen und Noahs Namen. Anders als bei unseren bisherigen Auftritten nahm mich Noah in den Arm und zog mich eng an sich. Ich brauchte ihn. Sehr sogar.

Mir war übel, meine Knie zitterten und meine Hände waren schweißnass. Zwar lächelten wir beide, aber Noah warf mir ab und zu einen Blick zu, der voller Sorge war und mir sagte, dass er mir meine Panik durchaus ansah. Dass ich überhaupt Autogramme geben konnte, war mir ein Rätsel. Ich rechnete jeden Moment damit, dass mir der Stift aus der Hand fiel.

»Alles gut bei euch?«, fragte Claire und musterte mich ebenfalls besorgt. Wir kannten uns schon sehr lange, und ihr musste mein sehr falscher Gesichtsausdruck ebenfalls aufgefallen sein. »Was ist los, Süße? Du bist doch sonst nicht so schreckhaft.«

»Alles okay«, keuchte ich. Was antwortete man sonst auf so eine Frage? Immer wenn jemand besonders laut kreischte, zuckte ich zusammen, und Noah spürte das, da ich seine Hand dabei automatisch fester drückte.

»Hab dich gar nicht für so eine Schisserin gehalten«, scherzte er.

Mir fiel darauf nicht mal eine kluge Antwort ein. Das hier übertraf alles, was ich mir ausgemalt hatte.

Die Leute grapschten an mir herum und erst jetzt wurde mir klar, dass ich mich viel ernsthafter darum hätte kümmern sollen, einen Bodyguard einzustellen. Die Security kam bei der Menge an ihre Belastungsgrenze. Die Absperrzäune wackelten. An einer Stelle fiel einer um und der Pulk strömte auf uns zu, konnte jedoch noch gerade so von einer Polizeieinheit gestoppt werden.

»Ich denke, das reicht. Wir gehen rein«, sagte Noah bestimmt und sah mich durchdringend an. Und endlich ging seine Ruhe auf mich über. Er zog mich an sich und küsste mich, und ich ließ es zu und genoss seine warmen Lippen an meinen – total unprofessionell natürlich, aber genau das, was ich brauchte.

Dass wir damit die Fans noch mehr durchdrehen ließen, war uns im ersten Moment gar nicht klar. Bis Eric zu uns trat und sich räusperte, und Claire meinen Namen wie eine Beschwörungsformel zischte.

Aber das war mir egal. Jetzt war *der* Moment.

Ich sah in Noahs braune Augen, die wie bei einem aufziehenden Sturm immer dunkler wurden vor Leidenschaft. Ich spürte ihn an meiner Seite. Ich nahm den Geruch seiner Haut, des Duschgels und seine persönliche Note wahr, und ich wusste, ich konnte meine Gefühle nicht länger für mich behalten. Ich war immer vor Nähe zurückgeschreckt, weil ich wusste, wie sehr sie einen verletzen konnte, aber hier, auf diesem roten Teppich, umgeben von einer kreischenden Menschenmenge, bei der Premiere meines ersten Films, unseres Films, wusste ich, dass ich für immer mehr wollte von diesem Mann vor mir.

»Ich liebe dich«, flüsterte ich ganz zart an seinen Lippen, als könnte ich damit die Worte auf seinen Mund übertragen, damit er sie genauso warm und weich spüren konnte, wie sie mir auf der Zunge lagen.

Und ein Sturm an Gefühlen antwortete mir aus seinen Augen. Er zog mich enger zu sich, ließ seine Hände über meine nackten Schultern gleiten und kratzte mit den Nägeln sanft über meine Haut, weil er wusste, dass mir dann so ein leises wohliges Schnurren entwich. »Ich liebe dich auch, Ida.«

Meine Welt stand still mit ihm.

Und das war wohl auch der Grund, weshalb uns die nächsten Ereignisse gnadenlos überrollten und wir keine Chance hatten zu reagieren.

Eben noch hatte ich Noahs Arme um mich genossen und löste mich sacht von ihm, da riss mich jemand herum.

Mein erster Gedanke war, dass Eric sich mal nicht in die Hosen machen sollte, wir hatten uns geküsst, na und? Wir waren ja auch ein Paar. Da durften wir das.

Dann war ich verwirrt, da nicht Eric vor mir stand und nicht mal Claire, sondern eine mir völlig unbekannte Frau. Ich weiß nicht mehr, wie sie aussah, aber sie schrie mich an. Ich verstand kein Wort, von dem, was sie sagte, aber ich erkannte ihren Gesichtsausdruck. Entschlossenheit. Wut. Aggression. *Ein gefährlicher Cocktail*, dachte ich mir.

Diese paar Sekunden, die es gedauert hatte, mich aus Noahs Umarmung umzudrehen, waren die längsten meines Lebens gewesen. Und seltsamerweise auch die stillsten. Bis jemand »Da ist Blut!« schrie.

Auf ein Mal stürzte die gesamte Geräuschkulisse auf mich nieder. Ich verstand gar nicht, was passiert war. Wer blutete? Und warum? Ich drehte meinen Kopf und sah Claire auf mich zulaufen. Ich wandte mich in die andere Richtung und sah Eric, wie er Sicherheitspersonal aufscheuchte, das zusammen mit der Polizei die Frau überwältigte und abführte. Und ich spürte eine Angst, wie ich sie im Leben noch nicht gekannt hatte, mein ungutes Gefühl vom Nachmittag mal eintausend. So wie es sich anfühlte, wenn man begriff, dass etwas Schreckliches geschehen war.

♥

Wie in Zeitlupe drehte ich mich zu Noah, der kreidebleich wurde, immer mehr. Ich sah auf sein weißes Hemd, auf dem hinter dem immer noch zugeknöpften Sakko ein sehr großer, roter Fleck zu sehen war.

»Noah! Mein Gott, Noah? Geht es dir gut?« Das Sprechen fiel mir schwer, und ich hasste mich dafür, dass ich mich in diesem Moment so hilflos fühlte.

»Ida?« Ich las meinen Namen mehr von seinen Lippen ab, als dass ich ihn gehört hätte. Noah sah mich an, sein Blick glitt über meinen Körper, dann inspizierte er den Fleck auf seinem Hemd, dann wieder mich. Als wäre ich aus feinstem Porzellan, zog er mich vorsichtig an seine Brust, und ich verzog das Gesicht, weil ich wusste, wie weh ihm das tun musste.

»Ida!« Seine Lippen riefen mich, aber ich hörte nichts mehr. Das Blut rauschte viel zu laut in meinen Ohren. Ich sah nur, wie Noah meinen Namen rief, wieder und wieder, und wie sein Gesicht vor Entsetzen verzerrt war.

Ist er so schwer verletzt?, fragte ich mich und klammerte mich fester an ihn. Ich verstand immer noch nicht, was passiert war. Mir wurde schwindelig, dabei wollte ich nicht ohnmächtig werden, sondern für ihn da sein.

Warum tut denn niemand etwas?, fragte ich mich verzweifelt. Wo war mein beschissenes Handy? Wie auf Autopilot tastete ich nach meiner kleinen Abendtasche, um endlich Hilfe zu organisieren.

Noahs Hände legten sich auf meine. Sie waren warm und fest, viel wärmer als meine. Und ich wunderte mich, warum er mich schüttelte, und sah ihn verärgert an. Wenn er verletzt war, dann sollte er sich doch besser nicht bewegen, oder? Und wenn er blutete, dann musste man einen Druckverband anlegen, um die Blutung zu stoppen.

Tränen liefen ihm über das Gesicht, und ich versuchte, sie ihm wegzuwischen. Es würde schon alles gut werden, wollte ich ihm sagen. Er sollte sich zusammennehmen. Ich ließ ihn nicht einfach so gehen. Nicht jetzt, nicht heute.

Wieder sagte er etwas zu mir, ziemlich viel sogar, aber ich verstand ihn immer noch nicht, sah nur alle paar Wörter, wie er meinen Namen sprach, was mir langsam seltsam vorkam. Ich sagte ihm das auch, zumindest war mir so. Aber er reagierte gar nicht!

Woher dann endlich ein Krankenwagen gekommen war, war mir nicht ganz klar. Aber ich sah das Blaulicht und Hauptsache, er war da. Noah hob mich vorsichtig an, und ich dachte entsetzt, was tut er denn da? Er blutet doch! Er muss sich schonen! Bis ich auf der Trage lag.

Die Ereignisse prasselten auf mich nieder, und ich begriff, was geschehen war, war plötzlich unglaublich müde und schloss die Augen.

»Verdammt noch mal, bleib wach!«, drang Noahs sehr wütende Stimme zu mir durch.

Und ich dachte mir noch: *Na bitte, du verstehst ihn wieder, also kann es so schlimm ja nicht sein.* Ich sah Noah an und drückte seine Hand, so fest ich konnte. Er redete wieder auf mich ein, aber erneut verstand ich kein Wort. Und meine Augenlider waren so verdammt schwer, als hätte jemand ein Drehbuch links und rechts rangehangen.

Dann schloss ich sie.

Kapitel 27

Piep-piep-piep.

Dunkelheit war das Erste, das ich wahrnahm, dann ein stetes Piepsen. Meine Augen waren noch geschlossen, doch hinter meinen Lidern nahm ich einen leichten Lichtschimmer wahr, so als wäre eine kleine Tischlampe an. Ich blinzelte, bewegte meine Glieder und ein fieser Schmerz durchzuckte mich in meinem Magen wie tausend Nadelstiche. Ich stöhnte unwillkürlich, kämpfte darum, die Augen geöffnet zu halten und mich an das matte Licht zu gewöhnen, ließ aber selbst den kleinsten Finger erst mal, wo er war.

»Oh mein Gott«, schnappte jemand neben mir nach Luft.

»Claire?«, krächzte ich und hustete, weil mein Hals trocken war.

»Er bringt mich um. Ich schwöre, er bringt mich um.« Die Frau neben meinem Bett atmete tief durch. »Hi, Süße.« Eindeutig Claire. Jetzt hatte ich sie an ihrer ruhigen, fürsorglichen Stimme erkannt, und ich war erleichtert, dass sie hier war, wo auch immer das war.

»Hi«, murmelte ich, wollte lächeln, aber ließ auch das gleich wieder bleiben.

Dunkel war mir bewusst, was passiert war. Der rote Teppich. Die verrückte Frau. Ein Messer. Blut. Ärzte. Ich war in einem Krankenhaus. Und ich hatte Durst. Schrecklichen Durst.

Wie auch immer das Claire hinbekommen hatte, aber ein Arzt kam prompt herein, überprüfte alle Werte und lächelte mich an. »Gut geschlafen, Miss Portman?«

»Durst«, krächzte ich.

»Natürlich. Trinken Sie!« Ich wollte mich wie selbstverständlich aufrichten und verzog vor Schmerz das Gesicht. »Was tun Sie denn da?« Kopfschüttelnd drückte der Arzt auf einen Knopf und meine Rückenlehne fuhr automatisch hoch. »Sie sollten jegliche Anstrengung vermeiden.«

»Und wenn ich aufs Klo muss?«, brachte ich langsam heraus. Aber jetzt, nachdem ich etwas getrunken hatte, schon etwas schwungvoller.

Er lachte wie über einen guten Witz. »Ich geb Ihnen gleich was gegen die Schmerzen, okay?«

Gerne alles, was er verantworten konnte. Ich nickte und sah ihm nach, wie er das Zimmer verließ, wiederkam und in den Tropf eine Flüssigkeit gab.

»Wo ist Noah?«, fragte ich Claire, da mir erst jetzt auffiel, dass ich ein Zimmer für mich hatte, auf dem Sofa und am Gästetisch aber niemand saß.

Sie lächelte mich entschuldigend an. »Ich hab ihm befohlen, nach Hause zu fahren und zu schlafen. Ich sag ja: Er bringt mich um.«

Ich runzelte die Stirn. »Hat er etwa die ganze Nacht hier gesessen?«

Sie schmunzelte. »Er war wie eine Klette. Er hat sich geweigert, deine Hand loszulassen.«

Ich grinste und spürte Schmetterlinge im Bauch, was nicht wehtat.

»Er war bei der OP dabei und danach.« Sie schluckte. »Süße, du liegst hier seit vier Tagen.«

»Vier Tage?!« Das erklärte, warum mir alles wehtat und ich solchen Durst hatte. »Und seit wann sitzt du hier?«

»Zwei Stunden. Aber wenn ich Noah wecken soll,

dann –«

»Nein«, bremste ich sie schwach. Ich fühlte mich schon wieder müde. »Lass ihn schlafen. Noch ein bisschen. Ich bin auch müde.« Meine Augen fielen zu, und ich seufzte, erleichtert nach der Anstrengung wieder meine Ruhe zu haben.

»Dr. Simmons?«, hörte ich Claire sprechen. Sie saß auf meiner Bettkante und spielte mit meinen Haaren.

»Das ist total normal. Machen Sie sich keine Sorgen. Die Schmerzmittel machen sie zusätzlich müde.«

Dann schlief ich wieder ein.

♥

Als ich wach wurde, hörte ich wieder das Piepsen. Nun flackerte so viel Licht durch meine geschlossenen Lider, dass es Tag sein musste und hinter den Fenstern die Sonne schien. Es war hell, und ich hatte wieder keine Ahnung, wie lange ich geschlafen hatte. Aber ich spürte eine warme, vertraute Hand um meine und lächelte. Schwach drückte ich sie.

»Hey!«

»Hi!« Ich blinzelte, sah in Noahs beruhigende braune Augen und freute mich wie wahnsinnig, dass es ihm gut ging, und er nicht mehr so kreidebleich aussah, vielleicht mit ein paar dunklen Ringen unter den Augen und etwas unrasiert, aber definitiv frisch geduscht, fit und glücklich.

»Wie geht es dir?« Er rückte näher und fuhr vorsichtig über meine Arme, als wollte er sichergehen, dass ich auch wirklich ganz war.

»Als wäre ein Elefant auf mich draufgefallen«, scherzte ich tapfer. »Ist ein Elefant auf mich draufgefallen?«

Noah lachte, als wäre das der großartigste Witz des Universums, sprich: Er sah noch glücklicher aus als eben. Als er sich beruhigt hatte, wischte er sich eine Lachträne aus den Augenwinkeln und sah mich voller Wärme an.

Dann erklärte er mir, was passiert war. Diese verrückte Frau hatte auf mich eingestochen. Soweit ich verstand, hatte das Messer keine lebenswichtigen Organe verletzt, was verdammtes Glück gewesen war. Die Wunde hatte zwar stark geblutet, doch da die Rettungssanitäter so schnell vor Ort waren, hatten sie das Schlimmste verhindern können. Ich hatte jetzt einen etwas kürzeren Darm, was mich aber nicht sehr beeinträchtigen sollte. Und ich hatte verdammt viel Glück gehabt, das sagte Noah bestimmt zehnmal. Und ich sah das genauso.

»Und jetzt im Ernst, Ida. Wie fühlst du dich?«

»Mir ist flau«, gab ich zu. »Und es puckert merkwürdig in meinem Bauch. Zufrieden?« Er nickte, und verflucht, aber entweder man hatte mir was ins Schmerzmittel gemischt, oder er sah noch glücklicher aus. Dabei war das ja keine Info, die ihn hätte glücklicher machen können. Ich runzelte die Stirn, was nicht mehr so anstrengend war wie beim letzten Mal.

»Die Verletzungen brauchen ihre Zeit, um zu heilen. Und wenn das deine einzigen Beschwerden sind, dann sagt mir das, dass du auf dem Weg der Besserung bist«, erklärte er.

Ich wollte nicht wissen, was ich noch alles für Symptome haben konnte. »Wie kommt der Film an?«, fragte ich.

»Das interessiert dich ernsthaft?« Er legte vorsichtig seinen Arm um mich und küsste mein Gesicht. »Sehr gut.« Er spulte die aktuellen Verkaufszahlen der Tickets ab, sagte mir, dass der Film natürlich auf Platz 1 der Kinocharts stand, und nannte die Vorbestellungen für die DVD, die vor Weihnachten erscheinen sollte. Wahnsinn!

»Und wie geht es dir?«, wollte ich wissen. »Müsstest du nicht Interviews geben und dich auf die Dreharbeiten für *Black Fight* vorbereiten?« Noah hatte die sportlichere Rolle von uns beiden abbekommen und müsste trainieren.

»Der Start ist verschoben.« Ich sah ihn überrascht an. »Eric hat das geregelt. Du wirst noch eine Weile brauchen, bis du richtig fit bist, vor allem für *diesen* Film. Und ohne dich spiele ich nicht mit.«

Langsam verdaute ich diese Nachrichten, lächelte und schloss müde die Augen. Ich wollte gar nicht wieder schlafen, aber ich fühlte mich schlapp. »Du bleibst?«, murmelte ich.

»Ich bleibe«, sagte Noah.

»Weißt du, dass ich richtig Angst um dich hatte, als ich all das Blut gesehen hab? Erst sagst du mir, dass du nie gehst und mich nie allein lässt und dann das. Noch dazu kurz nachdem ich dir gesagt habe, dass ich dich liebe.«

»Daran erinnerst du dich?« Seine Finger kämmten meine Haare und strichen über meine Wange.

»Natürlich«, seufzte ich, doch falls er noch etwas sagte, bekam ich es nicht mehr mit, denn ich döste wieder weg.

Bis mich der Arzt aufweckte.

»Können Sie sie nicht noch schlafen lassen?«, sagte Noah.

Neben uns räusperte sich Dr. Simmons. »Die Verbände müssen gewechselt werden. Wollen Sie wieder bleiben, Mr Miller? «

Noah nickte, aber trat einen Schritt zurück.

Scharf sog ich die Luft ein, als der Arzt mich bis zur Hüfte aufdeckte, das Krankenhaushemd zur Seite schob und den Verband löste. Ich starrte auf meinen einst wunderschönen Bauch. »Also Nacktaufnahmen mache ich wohl keine mehr«, scherzte ich, als ich die zehn Zentimeter lange Naht sah, die mir in Anbetracht meiner Schmerzen noch verdammt klein vorkam.

»Du findest das lustig?«, fragte Noah ungläubig.

»Oh Gott, willst du mich jetzt nicht mehr?« Beide Männer sahen, wie mein Puls nach oben kletterte, aber Dr. Simmons war clever genug, sich nicht einzumischen. Er beendete seine Untersuchung, legte einen neuen Verband an und ordnete an, mir Essen zu bringen.

Sobald er ging, setzte Noah sich zu mir aufs Bett und zog mein Krankenhaushemdchen tiefer, und er machte es so bedacht, dass mein Puls erneut stieg, weil ich mir plötzlich sehr bewusst war, wie nackt ich hier eigentlich lag. »Ich will dich mehr als je zuvor, Baby. Mach dich darauf gefasst, dass ich dir nicht mehr von der Seite weiche.«

Ich grinste zufrieden. »Legst du dich zu mir?« Ich robbte vorsichtig an den Rand meines Bettes und machte ihm Platz. Dann sah ich auf den schmalen Streifen. »Schade, geht wohl nicht.«

»Von wegen.« Noah legte sich auf die Seite und zog mich an sich. Behutsam strichen seine Hände immer wieder über meine Haut und je länger er das tat, desto stärker wurde die Hitze in mir.

»Weißt du, was schade ist?«, redete ich weiter.

Ich merkte, wie er lächelte. »Also, da fallen mir jede Menge Dinge ein. Aber da es dir gut geht: Na, was?«

»Diese furchtbare Frau hat mir meine Überraschung ruiniert.«

»Hatte es was mit der roten Unterwäsche zu tun?«, brummte er, und die Bewegung seiner Hände hörte auf.

»Du klingst nicht begeistert.« Ich kuschelte mich an ihn und hörte auf sein ruhig schlagendes Herz und darauf, wie gleichmäßig sein Atem ging.

Er seufzte und fuhr mir wieder durch die Haare, seine Lieblingsbeschäftigung. »Ich war im Krankenwagen, als sie dich aus dem Kleid geschnitten haben.«

»Oh.« Das war bestimmt kein schöner Anblick gewesen, und ich bereute, dass ich von meiner Überraschung überhaupt erst angefangen hatte. Wenn er dort gelegen hätte, wäre seine Unterwäsche bestimmt das Letzte gewesen, was mich interessiert hätte. »Tut mir leid. Der Tag muss furchtbar für dich gewesen sein.«

»War er.« Er drückte mir einen Kuss auf die Wange. »Aber jetzt ist er ja vorbei.« Er zuckte zusammen, als würde ihm etwas klar werden. »Und ich erweitere mein Höschenverbot. Ich will nie wieder Unterwäsche an dir sehen. Machst du das?«

Ich schmolz dahin und fuhr ihm nun ebenfalls zärtlich durchs Haar. »Außer wenn es ein Film erfordert?«, fragte ich nach, denn ich konnte mir nicht vorstellen, wie ich das Thema in Zukunft als Klausel in meine Verträge aufnehmen sollte.

»Natürlich.«

»Und beim Sport?«, fragte ich nach.

Seine Hand hatte leichtes Spiel mit der Decke und dem Krankenhaushemdchen. Er berührte mich sanft am Knie, ließ seine Finger ganz langsam höher fahren über meinen Oberschenkel und schob sie vorsichtig zu meiner Scham, wo er zärtlich über meine Haut strich und für ein intensives Kribbeln in meinem ganzen Körper plus einem schnelleren Herzschlag sorgte. Seine Art, ja zu sagen und mir zu signalisieren, dass er gerade hochzufrieden war. Und ich wusste, ich würde ihm den Wunsch erfüllen.

»Noah?«

»Mmh?«

»Ich liebe dich.«

Er drehte sich um, ohne mich loszulassen, und küsste mich zärtlich, aber bestimmt. »Und ich dich, Ida.«

♥

»Sie dürfen wieder nach Hause«, befand Dr. Simmons nach einer weiteren Woche, und bei den Worten schlug mein Körper innerlich Purzelbäume.

Noah war natürlich mein Zuhause. Wenn er da war – und das war er die letzten Tage nur mit der Ausnahme, dass ich ihn zwischendurch mal zum Duschen weggeschickt hatte – dann fühlte ich mich perfekt. Einfach nur perfekt.

Aber ich dachte auch an seine riesige Villa oberhalb des Sunset Strip. In den letzten Wochen – und nach einigen Ermunterungen von Noah – hatte ich angefangen, Kleinigkeiten zu kaufen, die ich immer schon cool fand und haben wollte. Noahs Haushalt war zwar voll ausgestattet, aber ihm fehlte zum Beispiel eine dieser hammergeilen Saftpressen. Gekauft. Er hatte auf seinem riesigen Sofa nicht ein Kissen gehabt und ich hatte nicht lange gebraucht, ihn davon zu überzeugen, wie nützlich so ein Accessoire sein konnte. Und als klitzekleines Spielzeug hatte ich mir einen Rainbowmaker bestellt. Das war ein Kristall an einer Spule, die sich drehte und Regenbögen erzeugte. Total kitschig, ich weiß. Aber ich liebte das Teil. Gott, ich freute mich! Ich hatte ein richtiges Zuhause.

Noah grinste mich an, als wüsste er, was die Worte des Arztes in mir auslösten. Er ließ es sich nicht nehmen, mich persönlich im Rollstuhl zur Limousine zu schieben, die Eric uns geschickt hatte. Joe, sein Fahrer, stand auf, tippte sich zum Gruß an sein Basecap, strahlte über das ganze Gesicht und öffnete uns den Wagenschlag.

Die Presse umzingelte die Limousine und schoss jede Menge Bilder und rief mir Fragen zu, auf die ich antworten sollte. Und ich spürte, wie mein Herz wieder schneller schlug und sich leichte Panik breitmachte.

»Keine Sorge, Miss Portman, wir haben hier alles unter Kontrolle.« Ein hochgewachsener, komplett schwarz gekleideter Mann mit einem Knopf im Ohr kam auf mich zu. Er hatte die Statur eines Ringers, kurz geschorene Haare und unter dem Saum seines Shirts lugte ein Tattoo hervor.

Irritiert sah ich zu Noah.

»Dein neuer Bodyguard«, erklärte er amüsiert.

»Dean McKinsey, Ma'am«, stellte er sich vor und nahm seine Sonnenbrille ab, sodass ein paar bemerkenswert blaue Augen zum Vorschein kamen, die von jeder Menge Lachfalten umgeben waren, jedoch kühl blieben. Obwohl sein Blick auf meinem Gesicht ruhte, hatte ich das Gefühl, er hätte an jeder Seite seines Kopfes Augen und würde ununterbrochen die Umgebung beobachten.

»Freut mich, Ida«, sagte ich, und wir gaben uns die Hand.

Da dies der denkbar schlechteste Zeitpunkt war, um die Vorstellrunde fortzuführen, stieg ich in die Limousine und lehnte mich drinnen an Noah, der mir gefolgt war.

Dean drehte eine Runde um den Wagen, gab irgendjemandem Anweisungen über sein Headset und stieg vorne neben Joe ein.

Langsam setzten wir uns in Bewegung. Die Presse machte sich ebenfalls bereit, uns zu folgen, aber es störte mich nicht. Ich fühlte mich einfach nur gut.

»Du findest ihn heiß, oder?«, fragte mich Noah leise und lachte, als ich mich ertappt in seinem Arm wand.

Dass wir über meinen Bodyguard redeten, musste er nicht explizit erwähnen.

»Es ist das Tattoo«, gab ich leise zu. »Außerdem: Als wir zuletzt über das Thema gesprochen haben, wolltest du mir einen Gollum und keinen gut gebauten, fitten Adonis suchen. Was ist daraus geworden?«

Warnend biss Noah mir ins Ohrläppchen. »Dumm nur für mich, dass alle Gollums total inkompetent waren. Dean war jahrelang bei den Special Forces, danach hat er im Personenschutz gearbeitet und hinter ihm steht ein sehr effektiver Sicherheitsapparat.«

»Ist das nicht etwas übertrieben? Ich bin ja nicht der Präsident der Vereinigten Staaten!« Im Rückspiegel sah ich, wie sich Dean ein Grinsen verkniff und mir wurde bewusst, dass er die ganze oder zumindest den lauteren Teil unserer Unterhaltung mitbekam.

Noah musste es auch gesehen haben »Sie dürfen ruhig lachen, McKinsey. Ich hab Ihnen ja gesagt, sie muss sich erst daran gewöhnen«, sagte er zu meinem neuen Bodyguard.

»Sir«, erwiderte er knapp, als Zeichen, dass er verstanden hatte. »Biegen Sie hier ab!«, gab er Joe Anweisungen, und wir fuhren über ein Privatgelände, auf das nur unsere Limousine und keiner der Reporter gelassen wurde. Ich wollte schon fragen, was das sollte, bis wir über einen anderen Ausgang und ohne unseren Anhang die Fahrt fortsetzten.

»Das war clever!« Begeistert sah ich zu Noah, dann zu Dean und dann wieder zu Noah. Der lachte nur und drückte mich an sich. Ja, mein Bodyguard hatte was drauf.

Nach einer Stunde waren wir endlich da. Joe hielt direkt

vorm Eingang und kaum betrat ich das Foyer, wurde ich von einem Trupp an Leuten begrüßt. Da war natürlich das Personal des Hauses, das ich immer noch nicht vollständig kannte, wie ich zu meiner Schande gestehen musste. Aber da waren auch Claire und Daniel und Mitch und Laura. Außerdem natürlich Eric und auch Francine, die entsetzt mein Outfit musterte und sich bestimmt gerade arg zurückhalten musste, mich nicht sofort in was Cooleres als die bequeme Hose und das weite Shirt zu stecken. Jessica war auch gekommen und Christopher war ebenfalls da. Alles Leute, die mich mochten, so wie ich bin.

Außerdem standen überall Berge an Blumen, mehr als ich je irgendwo gesehen hatte, als wäre ich in einer Floristik-Ausstellung gelandet.

»Oh Mann!« Mehr brachte ich gar nicht heraus, und weil ich nicht alle umarmen konnte, fiel ich dem um den Hals, der das garantiert organisiert hatte oder hatte organisieren lassen. Noah Miller.

Wir verbrachten den Nachmittag auf der Terrasse und ich lauschte gespannt, was alle an Neuigkeiten zu berichten hatten. Die Premiere hatte mit etwas Verzögerung und in sehr gedrückter Stimmung stattgefunden. Jeder hatte die Ereignisse kommentiert, aber auch über den Film gesprochen. Und obwohl keiner der Hauptdarsteller anwesend gewesen war, hatte das die Euphorie um den Film nicht geschmälert.

»Wie hat die Presse eigentlich über den Tag berichtet?« Es musste Millionen Fotos geben, aber bisher hatte ich keines davon zu Gesicht bekommen.

»Bist du sicher, dass du dir das antun willst?«, fragte Noah und sah mich an, als trüge ich überall am Körper den Aufdruck *fragile*, zerbrechlich, und die Bilder könnten mich aus der Bahn werfen.

»Ich hatte eine Bauchwunde, keine am Kopf«, konterte ich und musste grinsen, weil einige um uns herum lachten. »Du kannst ja wegsehen«, schob ich noch hinterher, weil ihm die Fotos vielleicht mehr unter die Haut gingen als mir.

»Hey, für wen hältst du mich?« Er kitzelte mich, sodass ich kreischte, sprang aber auf und kam mit seinem Tablet und einem Berg an Magazinen zurück.

»Wow!«, hauchte ich, als ich uns beide in Abendgarderobe sah. Wir sahen aus wie echte Stars. Ich schüttelte über mich selbst den Kopf, wir waren ja auch echte Stars. Obwohl Noah versuchte, nicht zu lachen, und deshalb seine Zähne so stark zusammenbiss, dass seine Kieferknochen noch markanter hervortraten, funkelten seine Augen mich permanent an. Ich sah aus wie eine Prinzessin, fehlte nur noch ein Diadem im Haar. Und auch ich strahlte und lächelte und himmelte den Mann neben mir an. Kein Wunder, dass ich nichts anderes mitbekommen hatte, sobald wir auf dem roten Teppich waren.

Entzückt drückte ich Noah einen Kuss auf die Wange, der aber schnell intensiver wurde. Er zog mich eng an sich und unsere Münder fielen übereinander her, als wollten sie den anderen verschlingen. Ich krallte mich in seine Haare, er in meine.

Jemand räusperte sich.

»Haut doch alle ab«, knurrte ich, weil ich nicht vorhatte, Noah loszulassen.

Leider sah er das anders. Er lachte schon wieder – so viel hatte ich ihn noch nie lachen gehört – und löste sich von mir. »Ist vielleicht besser so, sonst ist mir nach Dingen, die wir noch nicht machen dürfen.«

Ich verzog mein Gesicht. Stimmt, ich durfte mich zwar normal bewegen, sollte aber noch mindestens einen Monat lang auf Sport verzichten, was bei dem, was mir vorschwebte, auch Sex mit Noah einschloss. Denn der wäre alles andere als zart. Mist!

Als hätte ich das laut gesagt, lachte Claire und sagte zu Daniel: »Das heißt aber nicht, dass wir verzichten, kapiert?« Als wäre das sein Stichwort, packte ihr Freund sie und schleifte sie in Richtung Gästezimmer.

An Noahs Seite sah ich mir schließlich die später entstandenen Bilder an. Ich, in einem Traum von Cremeweiß, blutverschmiert, auf dem roten Teppich. Sehr eindrucksvoll. Noah ebenfalls mit Blut am Hemd, aber wenn man uns verglich, dann eindeutig nicht das Opfer.

Ich rief auf dem Tablet die neuesten Suchergebnisse von mir auf und sah mich lächelnd, aber verständlicherweise alles andere als glamourös im Rollstuhl sitzen, wie ich das Krankenhaus verließ. »Sollte ich nicht noch eine Pressekonferenz oder so geben?« Ich spürte, wie sich Noah neben mir versteifte, was mir zeigte, dass ihm die Idee überhaupt nicht gefiel. Aber neu war sie ihm nicht. »Eric?« Ich sah ihn an, da das eindeutig in sein Metier fiel.

»Solltest du. Und neben Interviews wäre auch ein Fotoshooting gut, damit alle sehen, dass es Amber Clarkson gut geht.«

Noah war aufgesprungen und tigerte nun auf und ab.

»Hey! Setz dich wieder!« Ich klopfte auf den Platz neben mir, so lange, bis er sich fallen ließ.

Er nahm mich in die Arme. »Ich glaub, ich will dich noch nicht teilen.«

Ich lachte leise. »Gott, bist du niedlich.«

Er streichelte vorsichtig meinen Bauch, obwohl dort nichts mehr weh tat. Die Wunde war verheilt. Der Schorf war längst weg, nur die Haut um die Narbe noch ein wenig gerötet. »Also gut, ja, wir geben ein Interview«, sagte er geschlagen.

»Aber erst, nachdem wir endlich den Film gesehen haben«, fügte ich hinzu, denn alle Fans überschlugen sich vor Lob, und ich war sehr neugierig auf das Ergebnis. »Oder hast du schon ohne mich?«

»Sag mal, kennen wir uns?«, tat er gekränkt. »Natürlich nicht.«

»Gut.« Zufrieden drückte ich ihm einen Kuss auf die Lippen und sah Eric fragend an, was er davon hielt.

»Man könnte alles zusammen abfertigen und euch beim Film-Schauen begleiten. Ihr gebt einfach live eure Kommentare ab. Das könnte ich mir gut vorstellen«, sagte Eric.

»Sollte das nicht auf die DVD?«, fragte ich ihn.

Er zuckte mit den Schultern. »Schon möglich, aber da es nicht im Vertrag steht, könnt ihr es machen, wie ihr wollt. Wahrscheinlich würden die Leute dann weniger über den Angriff und mehr über den Film reden. Und das ist schließlich ganz in eurem Sinne. Ich würde es machen.«

Ich drehte mich in Noahs Armen und sah ihn an, um seine Meinung zu hören.

»Dir gefällt die Idee«, stellte er fest und grinste. »Also gut, Eric: Organisier den Zirkus!«

Kapitel 28

Es dauerte zwei Wochen, bis Eric alles geklärt hatte und Noah bestand darauf, dass wir noch mal so lange warten, damit ich auch ganz sicher fit genug für die Film-und-Interview-Session wäre.

Ich fand seine Fürsorge etwas übertrieben, aber er ließ nicht mit sich reden, und ich musste mir immer wieder ins Gedächtnis rufen, weshalb. Und dass ich kein bisschen anders reagieren würde.

Und dann kam der Tag …

Ganz so, als müsste man sich traumatischen Orten stellen, hatte Eric das Dolby Theatre für eine Privatvorstellung gemietet. Nur wir, ein paar Helfer und natürlich die Presse waren anwesend, und ich war ziemlich nervös, wieder über den gleichen Teppich zu schreiten.

Im Inneren des Gebäudes legte sich das jedoch schnell. Ich kannte das Theater bisher nur aus dem Fernsehen, legte meinen Kopf in den Nacken und saugte die Atmosphäre auf.

Neben mir atmete Noah durch. »Es gefällt dir«, stellte er fest.

»Natürlich tut es das.« Ich grinste. »Hier werden die Oscars vergeben.«

»Und du glaubst, du kriegst einen? Nach deinem ersten Film?«

»Ich denke, wir beide kriegen einen oder zumindest der Film.«

Er lachte. »Und das sagst du, bevor du den Film gesehen hast.«

»Aber ich hab ihn gemacht. Also weiß ich ja wohl, ob er gut ist oder nicht.«

In einer Garderobe zogen wir uns um, und Jessica übernahm wieder wie während der Dreharbeiten das Make-up. Neu war nur, dass Dean an der Tür stand und jede kleinste Bewegung im Raum registrierte. Aber er sah entspannt aus, so als passierte nichts Bemerkenswertes und so, als wäre es das Schönste auf der Welt herumzustehen und zu warten.

Als wir fertig waren, hielt mich Noah am Arm fest. Sein Blick wanderte von meinen Füßen über meine Knie, mein Kleid und meinen Busen immer höher, bis er auf meinem Gesicht hängenblieb.

Meine Güte, sind wir scharf aufeinander!

Ich ging zu ihm und schob die Vorderseite des grauen Shirts in seine Jeans und er stöhnte erregt.

»Baby, das solltest du nicht tun!«

»Die Beule hier«, ich legte meine Hand auf seinen Schritt, spürte seine Wärme, seine Härte, wie er zuckte, »sagt da aber was anderes.« Und sein Lächeln auch.

Er drückte seine Hüfte gegen meine Hand und atmete schwer. »Du Biest!« Statt mich an sich zu ziehen, strich er mit seinem Daumen durch den Stoff des Kleides über meine harten Nippel. Nun stöhnte ich ebenfalls und presste meine Beine zusammen, um einen Hauch von Befriedigung zu erfahren – und um mich zusammenzunehmen.

Langsam leckte ich mir über die Lippen und war mir seiner Gegenwart nur allzu bewusst. Seine Augen folgten der Bewegung meiner Zunge, und ich streifte seine Erektion erneut.

»Noah! Ida! Seid ihr soweit?« Eric riss uns aus unserem Vorspiel.

Hast du ein Glück, sagten Noahs Augen. Er atmete

tief durch und zupfte an meinem weißen knielangen Empire-Kleid, das unter dem Busen zusammengebunden war. Sobald er zufrieden war, legte er meine Hand in seine Armbeuge und ließ die seine darauf ruhen, als wollte er deutlich machen, dass er hier das Sagen hatte.

Unter Blitzlichtgewitter nahmen wir unsere Plätze ein. Auf meinen persönlichen Wunsch hin gab es Popcorn, Softdrinks und Tacos für alle – was wäre denn ein Kinobesuch ohne? Noah legte seinen Arm um meine Schultern. Dann bat Eric alle, ihre Plätze einzunehmen, das Licht wurde heruntergedimmt, bis nur noch die Notbeleuchtung im Saal zu sehen war. Ich hatte das Gefühl, die Welt ginge für einen Moment unter und gleich würde das nächste Kapitel meines Lebens beginnen. Ich lehnte mich in meinen Sessel zurück und alles, was bisher geschehen war, zog noch einmal an mir vorbei.

Nicht Bilder, sondern Musik war es, die uns zuerst umfing, als der Film anlief. In absoluter Dunkelheit machte ich ein Klavier aus, Streicher und Gitarren. Ich bekam Gänsehaut und rieb mir über den Arm, so deutlich, dass Noah nach meiner Hand griff.

Nach und nach blitzten nun Ausschnitte zweier Körper auf. Von mir und Noah. Vom letzten Dreh. Nur, dass man noch nichts sah, nur erahnen konnte, was wir machten, und wer wir waren. Es hätten auch Doubles sein können.

Schon diese wenigen Sekunden reichten, damit ich mir erregt auf die Lippen biss. Das Licht der Leinwand strahlte uns an, ich warf Noah einen Seitenblick zu. Ihm ging es genauso wie mir. Auch er hatte Gänsehaut.

So als säßen wir zu Hause auf unserem neuen Sofa, zog ich meine Beine an und legte sie halb über Noahs Schoß und schmiegte mich enger an ihn.

»Ihr sagt ja gar nichts?«, stellte Lydia von einem der

anwesenden Promimagazine nach einer Weile fest.

Im Dunklen drückte ich Noahs Hand. Ich war da, er war da. Und alles wirkte plötzlich so einfach und glasklar. Als stünde man auf einer Erhebung und könnte kilometerweit bis zum Horizont sehen.

»Also, ich würde Ida nicht mehr in so einem Film mitspielen lassen«, sagte Noah und spielte mit meinen Haaren, so als weckte er mich aus einem sehr seltsamen Traum, damit ich die Augen öffnete und die Realität sah. Aber meine Augen waren auf und die Wirklichkeit war wie ein Traum.

»Hey, das hast *du* nicht zu entscheiden.« Ich boxte ihn, küsste ihn aber gleich darauf sanft auf die Wange.

Das Eis war gebrochen. Wir besannen uns auf unsere Aufgabe und die bestand darin, den Film zu kommentieren. Und wenn wir sprachen, dann würde man uns keine Fragen stellen, dir wir nicht beantworten wollten.

Amber rekelte sich lasziv auf der Leinwand, und ich hielt die Luft an. »Oh Gott, die Szene fand ich furchtbar, du hast mich total unter Druck gesetzt.«

Noah lachte neben mir. »Sagt die, die sich clever gegen mich gewehrt hat.«

»Ist es bei euch zu Hause auch so?«, fragte eine andere Reporterin.

Zeitgleich antworten wir, wobei Noah zustimmte und ich verneinte. Lydia lachte, als wäre damit alles gesagt. »Er hat die Hosen an?«, meinte sie.

»Nicht lange«, grinste ich, biss mir aber sofort auf die Lippe. »Oh Gott, also diese Szene hasse ich wirklich.« Ich sah mich dort auf dem Tisch liegen und dachte wieder an das Kribbeln und die kleine Panne beim Dreh und derselbe leichte Schwindel befiel mich.

Noah legte seinen Arm um mich, und statt zum Film sah er zu mir. »Ich mochte diese Szene«, flüsterte er mir rau zu. Und seine Augen ergänzten: *vor allem das, was danach passiert ist. Und am allermeisten die Hauptperson, die so unschuldig schaut, aber gleichzeitig so verlockend wie eine Sirene war.*

Ich wurde feucht vor Verlangen und presste meine Schenkel zusammen.

»Das Ganze zu drehen hat natürlich viel länger gedauert, aber ich fand Ida in dem Moment unglaublich tapfer und verdammt heiß«, erklärte er laut.

Man sah Amber aufstöhnen und dabei den Kopf sinnlich in den Nacken werfen, und ich spürte, wie Noah zusammenzuckte und sich sein Schwanz unter meinen Beinen regte. Er schlang einen Arm um mich und küsste meinen Hals. Mein Atem ging automatisch schneller, und ich knurrte leise, als er sich löste.

Noah räusperte sich. »Außerdem mag ich die Stelle, denn dort wird Braden endgültig klar, dass er ein gefährliches Spiel begonnen hat und dass er, obwohl er der dominante Part ist, völlig von Amber abhängig ist. Er begehrt diese Frau, begehrt ihren Mut, ihr Vertrauen, ihre sinnliche Figur und dass sie ihm erlaubt, sie an ihre Grenzen zu führen«, ergänzte er etwas heiser.

»Das fand ich im Roman von Rachel schon so gut dargestellt«, sagte ich. »Braden setzt sich nie über Amber hinweg. Er bringt sie an ihre Grenzen. Aber am Ende, wenn sie nicht mehr weiter kann, fängt er sie auf. Er mag sie fordern, aber er denkt dabei immer auch an ihr Wohl.«

Der Film lief weiter, und das Kribbeln auf meiner Haut wurde mit jeder Minute intensiver. Nicht nur wenn wir spielten, umgab uns diese aufgeladene Atmosphäre. Sondern schlicht und ergreifend, wenn wir dem anderen nah waren. Ich seufzte leise, weil ich mich nach ihm sehnte. Noah lachte daraufhin und drückte mir einen sanften Kuss an die Stirn.

»War da was Lustiges an der Szene?«, fragte Lydia nach.

Wir beide schauten ertappt zur Leinwand. Man sah die Firma und wie Braden mit seinen Mitarbeitern sprach.

»An der Szene nicht, nein, aber im Hintergrund hat die Crew Blödsinn gemacht«, log Noah aalglatt.

Das sorgte jedoch nicht dafür, dass ich mich entspannte. Ich rückte etwas von ihm ab, bevor ich vor Nähe zerfloss.

»In Venedig erlebt man euch beide gleich total ausgelassen.«

Ich verzog mein Gesicht. »Also im Hintergrund war das anders.« Auf der Leinwand liefen wir über den Markusplatz und scheuchten Tauben auf.

»Hinter den Kulissen hab ich es mir beinahe mit Ida verscherzt«, sagte Noah. Er ließ mich nicht weiter abrücken, sondern zog mich wieder auf seinen Schoß, und ich seufzte leise. Unsere Mikrofone knackten, und ich klemmte sie woanders ran.

»Da wart ihr noch kein Paar, oder?«, fragte Lydia neugierig nach.

Ich sah uns Eis essen. »Doch«, sagte ich. Noah küsste mich. »Endlich. Wobei ich dir diesen Blödsinn, den du nachts veranstaltet hast, heute noch übel nehme. Mir ist dabei fast das Herz stehen geblieben.«

»Hey, ich hab Romeo gespielt«, maulte Noah. »Außerdem hab ich mich seitdem immer anständig verhalten.«

»Stimmt«, murmelte ich und fragte mich unwillkürlich, ob er diese Seite von sich nur unterdrückte und sie jederzeit wieder ausbrechen konnte.

»Glaub mir, wir werden schon noch verrückte Nächte haben, Ida. Aber ich werde darauf achten, dass du dabei bist.«

Die Aussicht gefiel mir. Was wäre außerdem das Leben, wenn alles immer nur ruhig verlief? Und Noah hatte den wichtigsten Punkt angesprochen: Wir würden zusammen Blödsinn machen. Und das hörte sich in meinen Ohren mehr als gut an.

Nun sah man auf der Leinwand, wie wir uns stritten. Amber warf ihm vor, dass alles nur ein Spiel sei. Und Braden gab ihr auch noch recht. Und er würde es nicht verlieren.

»Soeben hast du es!«, sagte Amber kühl und packte ihre Sachen.

»Wenn du jetzt gehst, dann ist dein Praktikum hier beendet!«, wütete Braden.

Amber warf ihm einen mitleidigen Blick zu. Dann verließ sie das Büro mit versteinerter Miene.

Mist, selbst mir traten Tränen in die Augen, als ich die Einstellung sah. Dann folgte ein Cut, und Amber heulte und betrank sich in ihrer Wohnung.

»Also, das Ganze zu drehen hat mehr Spaß gemacht«, keuchte ich.

»Weil du echten Wein nehmen durftest«, erinnerte mich Noah.

»Ehrlich?«, krächzte Lydia und schluckte, um sich von der Beklemmung der Szene zu lösen.

»Ehrlich. Ich hatte heimlich zwei Flaschen Merlot ans Set geschmuggelt, und Noah ist ausgetickt, als ich später lallend übers Set gestolpert bin.«

Er lachte. »… weil du dich kotzübel auf mir übergeben hast! Das war eklig.«

Und hatte zu sehr heißem, hartem Sex am Abend geführt, zumindest für ihn, was ich aber nicht laut aussprach. Er wusste es sowieso und erinnerte sich daran. Das spürte ich an der Art, wie er flacher atmete, wärmer wurde und wie sein harter Schwanz unter mir zuckte.

»Die Szene ist nicht im Film?«, fragte eine andere Redakteurin.

»Nein«, ich schüttelte mich. »Christopher hat darüber nachgedacht, aber das war wirklich kein schöner Anblick.«

Jetzt sah man Braden ruhelos auf und ab laufen. Wie er versuchte zu arbeiten, aber geistesabwesend Löcher in die Luft starrte. So wie Noah auch war, wenn ihn etwas aufregte oder er nachdachte. Kurz bevor er dann das Laufband oder den Sandsack malträtierte.

»Ging es dir so nach dem Angriff?«, fragte jemand.

Noah zuckte unter mir zusammen. Ich spürte, dass er nicht antworten wollte, aber so waren nun mal die Regeln, als wir uns auf diesen Filmabend eingelassen hatten. »Das dort war nur eine Rolle. Ich musste auf und ab laufen und finster dreinschauen.«

Ich wusste, dass die Szene sehr echt war, und fuhr ihm zärtlich mit den Fingern durchs Haar. Ich hatte noch zu gut das Bild vor Augen, wie er im Krankenhaus an meinem Bett gesessen hatte: übernächtigt und blass. Und mein Herz zog sich schmerzhaft zusammen, weil ich der Grund gewesen war, dass er hatte leiden müssen.

»Wie war es in echt nach dem Angriff für dich, Noah?« Jemand stellte die Frage ganz unverhohlen, und ich konzentrierte mich nicht mehr auf den Film, sondern sah Noah im Licht der Leinwand an. Er merkte es gar nicht, sein Blick ging in die Ferne, so als würde er den Moment wieder erleben. Sachte fuhr ich mit meinen Händen über seinen Oberkörper, seinen Hals, seine Schultern und zeigte ihm, dass ich hier war. Bei ihm.

»Jeder, der so etwas schon mal erlebt hat, kennt das. Man ist erst unglaublich wütend und sucht überall einen Schuldigen, angefangen bei sich selbst. Doch irgendwann wird alles sehr ruhig. Man wartet einfach und das ist eine sehr stille Angelegenheit. Man hofft. Und für einen Moment bleibt die Welt einfach stehen, obwohl sie für alle anderen weiterläuft. Ich wünsche das wirklich niemandem.«

»Im Film sieht immer alles so leicht aus«, fügte ich hinzu. »Aber dort wird auf wenige Minuten zusammengeschnitten, was in Wahrheit ewig dauert.«

Ich kuschelte mich an Noah, als wären wir unter uns, und das waren wir seltsamerweise auch, seitdem wir fest zusammenwohnten.

Lächelnd sah ich mit an, wie Braden um Amber warb. Und wie Amber parallel immer entschlossener wurde, für ihr Glück und ihre Liebe zu kämpfen.

»Das ist übrigens eine der Szenen, die ich schon in Rachels Buch geliebt habe. Amber ist keine schwache Mimose. Sie mag manchmal zurückhaltend sein, aber sie ist klug und tough und sie wartet nicht auf ihren Märchenprinzen. Sie schnappt ihn sich einfach«, sagte ich.

Noah lachte hinter mir, da ja eigentlich er mich von Anfang an versucht hatte einzufangen, aber er hielt wohlweislich die Klappe und gemeinsam sahen wir zu, wie ich als Amber wild entschlossen zu seiner Wohnung fuhr und dort campierte, bis er auftauchte.

»Was willst du hier?«, fragte Braden eisig.

»Ich habe das Gefühl, wir müssen noch was klären.«

»Wenn du ficken willst, hereinspaziert.« Er öffnete die Tür und machte eine einladende Geste.

Daraufhin bekam er eine geknallt.

»Du hast echt heftig zugeschlagen«, erinnerte mich Noah.

»Das war echt?«, fragte Lydia.

Man sah im nächsten Bild meinen Handabdruck auf seiner Wange.

»Mmh«, machte ich unschuldig und ging etwas in

Deckung.

»Das ist dann wohl ein Nein«, meinte Braden trocken und verschwand in der Wohnung.

»Scheint so.« Amber seufzte. »Weißt du, ich bleibe hier draußen, bis du es dir anders überlegst. Denk noch mal scharf nach. Und sieh das hier nicht als Spiel. Das wahre Leben ist nämlich keines. Es gibt keine perfekten Züge. Es gibt keine Regeln, es gibt nur das Hier und Jetzt, und man muss verdammt mutig sein. Ich bin es, aber du?«

»Wieso bist du denn mutig?«, höhnte Braden.

»Ich liebe dich«, sagte Amber entschlossen.

»Sehr romantisch war die Erklärung ja nicht gerade«, meinte Lydia.

»Stimmt«, lachte ich. »Ich hätte genauso gut sagen können: Ich mag Hotdogs.«

»Also, ich fand das gut«, meinte Noah. »Einfach, geradeheraus, klar und direkt. Wir haben zig Versionen davon gedreht. Verliebt, dramatisch, bettelnd. Ich finde, die passt am besten zur Figur. Amber ist stark, und sie erpresst ihn gerade. Hat Christopher gut gemacht.«

»Ist das nicht schwierig, so verschiedene Emotionen zu spielen?«, fragte mich Lydia.

Ich zuckte mit den Schultern. »Der Subtext ist überall gleich: Sie sagt, sie liebt ihn. Und sie will, dass er es auch sagt.«

Wir sahen zu, wie Amber vor der Tür hockte und das Licht im Treppenflur ausging. Und wir sahen Braden, der von innen an der Tür lehnte und zitterte. Beide so nah und doch so fern.

»Ist das Zittern echt?«

»Natürlich nicht. Man spannt alle Muskeln an, dann geht das fast von alleine.« Noah stockte. »Jetzt gleich begreift er, was er hat …«, flüsterte er mir ins Ohr, und ich bekam Gänsehaut.

»Ich dachte, das hättest du schon in Venedig«, flüsterte ich zurück, weil ich verstand, dass er nicht nur von seiner Figur, sondern von sich selbst sprach.

»… und dass er es nie wieder verlieren will«, ergänzte er leise, und ich musste schlucken.

»Hey, könntet ihr lauter reden!«, beschwerte sich Lydia.

»Pscht«, machte Noah nur, und auf der Leinwand sah man, wie Braden plötzlich völlig steif an der Tür stand, sich über das Gesicht fuhr und nach und nach anfing zu strahlen. Er tigerte in der Wohnung auf und ab, aber nicht mehr unruhig, sondern entschlossen. Er telefonierte und der Zuschauer wusste nicht, mit wem. Dann duschte er summend und deckte einen Tisch für zwei.

»Macht er das auch sonst?«, fragte uns jemand.

Ich drehte mich zu Noah. »Na ja, er bestellt meist kein Essen, da ich koche, aber ja: Er deckt dann den Tisch für uns.« Ich drückte ihm einen schnellen Kuss auf den Mund. »Wenn wir nicht auf dem Sofa essen.«

Dann zeigte die Kamera Amber und einen Lieferboten. Er drückte ihr die Bestellung in die Hand, und sie lugte verwundert in die Pappschachtel. Auf dem verpackten Essen lag ein Zettel: »Die Tür ist auf.«

Sie runzelte die Stirn, wunderte sich, weil sie das nicht bemerkt hatte. Sie wollte sich schon gegen die Tür stemmen, beladen mit dem Essen, weil sie keine Hand frei hatte, doch da öffnete Braden ihr.

»Wie schön, du hast Essen mitgebracht.«

»Was soll das?«, sagte Amber irritiert, folgte ihm aber.

»Zum Ficken wolltest du ja nicht reinkommen, also vielleicht für Sushi.«

Steif blieb sie stehen, und er schob sie auf einen Stuhl am romantisch gedeckten Tisch.

»Und vielleicht auch zum Reden?«, fügte er hinzu.

Ich musste kichern. »Du siehst echt so aus, als hättest du noch nie ein Date gehabt und wüsstest nicht, wie du dich verhalten sollst«, sagte ich zu Noah.

»Tja, da sieht man mal, was für ein großartiger Schauspieler ich bin.«

»Und gar nicht eingebildet«, neckte ich ihn.

»Nicht mehr als du!« Er knabberte an meinem Ohrläppchen, und ich quietschte vergnügt.

»Kinder!«, rief Lydia uns zur Räson. Sie wollte eindeutig das Finale genießen, das sie schon zigmal gesehen haben musste, denn ihre Lippen sprachen die Worte lautlos mit.

»Du hast recht: Das hier ist kein Spiel. Es gibt keine Regeln, es gibt nur uns. Ich kann dir nicht versprechen, dass ich alles richtig mache. Du solltest daher besser nachsichtig sein, aber was sagst du hierzu?« Er zeigte auf den Tisch und das Essen.

»Ich hab keinen Hunger.« Bradens Miene fiel in sich zusammen, doch sofort war Amber bei ihm und küsste ihn. »Ich will lieber dich.«

Sanft löste er sich von ihr und atmete heftig. »Ich dich auch. Aber erst essen wir. Und dann reden wir und dann –«

»Komm!«, unterbrach ihn Amber. »Lass uns anfangen, damit wir schneller fertig sind.«

Dann folgte eine Serie an Überblendungen zu romantischer Musik, beide lachten und neckten sich. Wir hatten keine weitere Sexszene gedreht, aber Christopher hatte vorhandene Schnipsel so zusammengeschnitten, dass die Bilder wie Teil eines eigenständigen Drehs aussahen.

Die Musik wurde immer dramatischer, bis Amber und Braden sich gegenüberstanden.

»Ich kann ohne dich nicht leben«, gab Braden zu.

»Dann tu es nicht«, hauchte Amber.

»Ist das Liebe?«, fragte er, und Amber wuschelte ihm durch die Haare.

»Ja, ist es. Sogar mehr als das.« Dann küssten sie sich zärtlich und in Großaufnahme. Wir waren komplett versunken ineinander. Jeder sah unsere Magie. Und das war mir unangenehm. Noah ebenfalls, denn er versteifte sich unter mir.

Dann folgte der sehr poppige Abspann. Ich wollte mich auf meinen Platz schleichen, aber Noah hielt mich fest. »Nichts da.« Ich zog einen Schmollmund, und er küsste mich.

♥

»Macht ihr euch keine Sorgen, ob eure Beziehung hält?«

Wir sahen uns verdutzt an. »Wieso?«, fragte ich. »Was bringt es, sich Sorgen zu machen und Fehler zu finden? Wir küssen uns ja nicht nur. Wir diskutieren auch viel, und nicht immer sind wir uns am Ende einig. Wir reden über alles Mögliche.« Ich zuckte mit den Schultern. »Jedes Paar muss selbst herausfinden, wie es funktioniert.«

»Und was ist euer Geheimnis?«

»Ehrlich zueinander zu sein«, sagte Noah, stand mit mir auf und zupfte mein Kleid zurecht. »Auch wenn es den anderen verletzen kann. Kleine Wunden kann man heilen, große nicht.«

Ich zuckte zusammen. »Tolle, bildliche Sprache«, maulte ich. »Jetzt fragen alle gleich nach meiner Verletzung.«

Statt auf meinen genervten Tonfall einzugehen, lachte Noah nur. Und niemand wagte zu fragen.

Eric führte uns in einen Teil des Theaters, in dem man ein Set aufgebaut hatte, mit dem Bett aus *Mehr als Lie-*

be, damit die Redakteure der anwesenden Magazine Fotos von uns für den Artikel und das Cover schießen konnten.

»Weißt du, dass ich genervt sein müsste, dass du meinen romantischen Spruch so verhunzt hast«, sagte Noah gespielt beleidigt, als er mich beschützend an sich drückte und wir beide in die Kamera lächelten.

»Du bist so ein Süßholzraspler, Noah!«

»Und dir gefällt das. Du willst hier nur nicht vor Rührung losheulen.« Er sah zu Lydia. »Das macht sie nämlich sonst immer.« Und genau deshalb nahm er mir meinen frechen Ton auch nicht übel. Er kannte mich eben.

»Ist nicht wahr«, protestierte ich. Ich streckte mich, bis meine Lippen ganz nah an sein Ohr kamen. »Schon vergessen, was meine andere Reaktion ist, wenn du so wahnsinnig süß zu mir bist?«

Fluchend zog er mich vor sich, und ich spürte seine Erektion hart im Rücken.

»Was ist jetzt passiert?«, wollte Lydia wissen.

»Diese Frau hier hat mich einfach in der Hand.«

Verschwörerisch grinsten wir beide und hielten unsere Gesichter in die Kamera. Mir war egal, wie lange wir dafür brauchten. Egal, was uns zugerufen wurde, wir machten es, denn Noah war hier, und ich würde auch Schachturniere oder wochenlange Kreuzfahrten überstehen, wenn er an meiner Seite war.

Dennoch war ich froh, als alle ihre Bilder gemacht hatten, denn nicht mehr lange und ich wäre mit Noah allein. Meine Nippel drückten sich hart durch den Stoff und zeigten ihm sehr deutlich, wie ich diesen Abend verbringen wollte. Ich wollte mit ihm auf die einzig sinnvolle Art den fertigen Film feiern. Denn auch bei uns ging es um mehr als Liebe, viel, viel mehr.

»Draußen stehen Fans Schlange«, sagte Eric und musterte mich, als könnte ich einen Anfall bekommen. »Wäre gut, wenn ihr Autogramme gebt.«

»Solange keine Messerstecher dabei sind«, scherzte ich und sah zu Dean McKinsey, der über einen Knopf im Ohr mit seinem Team absprach, dass wir gleich das Dolby Theatre verlassen würden.

»Das ist nicht lustig«, sagte Noah und suchte unsere Sachen zusammen.

»Ist er jetzt wirklich sauer?«, fragte ich die umstehenden Leute.

»Süße, du wärst fast gestorben«, erinnerte mich Claire. Auch Eric nickte, als könnte er ihre Worte nur bekräftigen.

Mist! Ich dachte immer, man könnte über alles einen Witz reißen, aber vermutlich hätte ich damit noch ein paar Jahre warten sollen.

Als Noah mit meiner Handtasche und seinen Sachen zu uns kam, sah er nach wie vor finster aus. Ich wollte ihn küssen, aber er drehte den Kopf weg.

♥

Sobald wir nach draußen traten und die Fans kreischten, legte er seinen Arm um mich und wir lächelten. Obwohl mir mein Herz bis zum Hals schlug, tat ich meinen Job und schrieb Autogramme. Jemand kreischte extrem laut, und ich zuckte zusammen und lächelte tapfer, damit niemand sah, wie sehr mich die Situation stresste. Unsicher sah ich zu meinem Bodyguard und sein angedeutetes Nicken beruhigte mich. Er hatte alles unter Kontrolle.

Als ich erneut zusammenzuckte, drückte Noah mich kurz enger an sich, als wollte er sagen, dass er da war.

Ich bereute meinen dummen Witz von vorhin, aber es war klar, dass ich ihn eher für mich gebraucht hatte. Er mochte sauer sein, aber meine Nerven waren es, die blank lagen. Mir rauschte das Blut in den Ohren, und mein Puls hüpfte immer wieder, raste und wurde dann wieder so langsam, dass mir ab und zu Sterne vor den Augen tanzten. Und Noah musste das spüren.

»Ich denke, das reicht«, sagte er leise und gemeinsam winkend gingen wir zu unserer wartenden Limousine, in die bereits Eric und Claire eingestiegen waren.

Sobald ich im Inneren des Wagens saß und der Lärm von draußen nur noch gedämpft zu hören war, atmete ich auf und legte meine Hand beruhigend auf mein rasendes Herz. Ich schwitzte unter den Brüsten und Achseln, und ich nahm mir aus der Minibar ein kaltes Wasser und hielt es mir an den Hals. Dann trank ich gierig die halbe Flasche leer.

Noah verschränkte seine Finger mit meinen. Wir fuhren bereits und ich wunderte mich, dass er immer noch finster nach draußen statt zu mir schaute. Genau wie ich musste er ebenfalls den Moment auf dem roten Teppich erneut durchlebt und die gleiche Angst gespürt haben. Ja, ich sah es ein, mein Witz war dämlich gewesen, aber ich wollte nicht jedes Mal zusammenzucken. Ich wollte darüber lachen können, ich wollte Autogramme geben und mich darauf verlassen können, dass Noah an meiner Seite stark war. Dann könnte ich es nämlich auch sein.

»Schmollst du jetzt den ganzen Abend?«, fragte ich sanft.

»Schon möglich.«

Ich beugte mich zu ihm, damit mich Claire und Eric nicht hörten: »Dann muss ich mich nachher wohl alleine mit mir vergnügen.«

»Wag es und du kriegst richtig Ärger«, brummte er und bei der Warnung zog sich mein Innerstes erregt zusammen.

Ich überlegte, ob ich ihn weiter reizen sollte, entschied dann aber, dass ich den Dämon, der gerade von ihm Besitz ergriffen hatte, nicht in seiner Bestform kennenlernen wollte. Also ließ ich ihn in Ruhe. Ja, wir redeten über alles, aber ich wusste auch, dass manches Zeit brauchte.

Eric und Claire spürten die angespannte Stimmung und verzogen sich nur zu gerne, sobald wir in der Villa eintrafen. Ich hingegen ließ mich seufzend auf das neue bequeme Sofa fallen, das erst vor wenigen Tagen gekommen war, und schloss die Augen.

»Bist du müde?«, fragte Noah besorgt.

»Nein«, sagte ich, blickte auf und merkte, wie sich bei meinen Worten sofort wieder sein finsterer Gesichtsausdruck einstellte.

»Ich geh noch mal meinen Text durch«, meinte er.

Betrübt sah ich zu, wie er Richtung Arbeitszimmer ging. »Ich kann dir helfen«, rief ich ihm nach.

»Lass mal!«, knurrte Noah.

Und das alles wegen eines dummen Witzes! Wir neckten uns ständig. Und er war auch fies gewesen. Ich war geneigt, auf Facebook die Fans abstimmen zu lassen, wer sich hier dumm verhielt, ließ es aber bleiben. Das würde überhaupt nicht helfen. Und mich wie angekündigt selbst zu verwöhnen, war auch keine Option. Nicht weil er es verboten hatte, sondern weil die schlechte Stimmung mir die Lust verdarb.

Da es spät war, schnappte ich mir einen Joghurt aus dem Kühlschrank. Danach zappte ich durch die Nachrichten und ging im Anschluss duschen. Die ganze Zeit hoffte ich, dass Noah mir Gesellschaft leisten würde, aber er blieb weg. Und ich hielt diese Stille zwischen uns nicht länger aus.

Für die Nacht umgezogen, klopfte ich leise an die Tür

seines Arbeitszimmers und öffnete sie vorsichtig. »Ich geh ins Bett«, informierte ich ihn.

»Mmh. Gute Nacht.« Er schaute nicht mal auf, sondern übte Gesichter vor einem Spiegel.

Ich blieb im Türrahmen stehen und sah ihm dabei zu. Er war wirklich gut geworden. Glück, Wut und Trauer wechselten sich sehr überzeugend ab.

»Kannst du mich bitte alleine lassen?«, zischte er.

Da erst ging mir ein Licht auf.

♥

»Du bist nicht ehrlich zu mir gewesen«, sagte ich.

»Müssen wir das jetzt diskutieren? Du willst doch ins Bett.«

»Und du glaubst, *so* kann ich schlafen?« Ich war neben ihn getreten und unter seinen Arm geschlüpft, und obwohl er knurrte, reagierte sein Körper zärtlich wie eh und je auf mich. Seine Hand fuhr unter mein Negligé, streichelte meine Pobacken und langte zwischen meine Beine. »Ich mach auch keine Witze mehr darüber«, versprach ich.

»Ich bin eigentlich froh, dass du drüber lachen kannst.«

»Aber?«, fragte ich nach, weil ich wusste, dass es ihm half, wenn wir sprachen und er mich dabei halten konnte.

»Aber ich kann es nicht. Und ich bin neidisch auf dich, dass dir das so leicht fällt. Wie schaffst du das nur?« Er hob mich hoch, sodass ich meine Beine um seine Hüfte schlingen konnte, und trug mich durch das Haus in sein Schlafzimmer, als wäre ich leicht wie eine Feder.

»Hast du nicht gemerkt, wie ich auf dem roten Teppich gezittert habe?«, fragte ich sanft. »Ich steh das nur durch, weil du an meiner Seite bist.« Während Noah sich das Shirt über den Kopf streifte, löste ich seine Gürtelschnalle. Und gemeinsam zogen wir seine Jeans mitsamt der Boxershorts tiefer und ganz aus.

»Wenn das so ist …« Er nahm mich fester in die Arme und malte Kreise auf meinen nackten Schultern. »Weißt du, ich fand diesen Zirkus noch nie beängstigend. Aber jetzt hat sich das geändert. Am liebsten würde ich das ganze Autogramme-Geben und Lächeln und die Fantreffen auf ein Minimum reduzieren. Ich kann mir das locker leisten, jeder kennt mich, ich bin seit Jahren ein Star. Du wiederum, du brauchst diesen ganzen beschissenen Medienrummel.«

Ich lächelte. »Kennst du mich denn so schlecht, Noah? Die Rollen sind mir wichtig, mehr nicht. Und allein durch dich habe ich so viele Promipunkte gesammelt, dass die locker einige nicht wahrgenommene Pressetermine wettmachen.«

Endlich entspannte er sich und streifte mir die Spaghetti-Träger meines Negligés über die Schultern, sodass der Stoff über meinen Körper glitt und ich entblößt vor ihm stand. Er drückte mich auf das Bett und küsste mich, überall, auch auf meinem Bauch, wo seine Küsse kitzelten.

»Weißt du, Ida, ich liebe die Schauspielerei. Und ich liebe, wohin mich der Ruhm gebracht hat, ich will dir das nicht vorenthalten.«

Noah küsste mich weiter und grinste, als er bemerkte, wie bereit ich für ihn war. Er fragte nicht und wartete auch nicht, sondern drückte meine Beine weiter auseinander, glitt mit seinem Schwanz an meinen feuchten Schamlippen entlang und positionierte sich hart und warm an meinem Eingang. Dann drang er unendlich sanft in mich ein, so tief, wie er mit einer Bewegung kam. Langsam glitt er wieder zurück und stieß erneut in mich, nun tiefer. Er wiederholte das Spiel, bis er mich ganz einnahm. Nur um mich zu küssen, statt mich weiter zu nehmen.

»So kann ich die Unterhaltung nicht fortsetzen«, keuchte ich. Nimm mich richtig, Noah!« Er bewegte sich wieder. »Härter, verdammt!« Ich musste ihn spüren, musste wissen, dass er mir gehörte und ich ihm. Aber er kam meiner Bitte nicht nach. »Was denn noch?«, herrschte ich ihn an.

»Ich will dich.«

»Ich dich auch, Noah. Und nun mach schon!«, bettelte ich ungeduldig.

Wir hatten so lange keinen Sex mehr gehabt, weil er übervorsichtig gewesen war und wegen meiner Verletzung kein Risiko eingehen wollte. Aber wenn er nicht gleich etwas unternahm, dann würde ich ihm wehtun, und wie!

Ich wand mich schwer atmend unter ihm und seufzte, wenn er tief in mich eindrang. Falls er mich um den Verstand bringen wollte, Glückwunsch, dachte ich mir, da war er nahe dran.

Wieder und wieder drang Noah in einem sanften Tempo in mich und ignorierte meinen Wunsch, härter rangenommen zu werden. Er liebte mich und kostete jede Sekunde aus. Und aus irgendeinem Grund hatte er noch genug Blut im Hirn, um mit mir zu reden.

»Weißt du, Baby, wenn ich sage, ich will nur dich, dann meine ich das auch so. Der rote Teppich, die Paparazzi, die Interviews und Fotoshootings – sie bedeuten mir nichts mehr. Aber du, du bist mir wichtig.«

»Merke ich«, keuchte ich und atmete schwer. Wenn er nicht gleich einen Zahn zulegte, dann … unwichtig. Ich kam. Meine Muschi zog sich zusammen und pochte und zuckte um Noahs Schwanz. Noch während ich mich selbst verfluchte, dass ich mich nicht hatte zurückhalten können, spürte ich, wie Noah zitterte und er sich – immer noch mit so teuflisch langsamen Stößen – in mich ergoss.

Einen Moment blieben wir still liegen und genossen die Nähe des anderen. So hatten wir uns noch nie geliebt.

Als Noah sich schließlich auf den Rücken drehte, zog er mich mit sich, und ich stöhnte, weil sich dabei sein Schwanz in mir bewegte, mich heiß machte, und er härter wurde. Neckend bewegte Noah seine Hüften und grinste frech, da ich mich vor Lust schon wieder wand.

»Ich hab vorhin lange darüber nachgedacht, und ich möchte, dass wir zurückgezogener leben«, sagte er sanft. »Andere Hollywoodpaare schaffen das auch. Wir werden die Paparazzi und Scharen an Fans nicht ganz vermeiden können, aber irgendwann dürfte sich die Lage trotzdem entspannen.« Abwartend sah ich ihn an, da ich spürte, dass er noch mehr auf dem Herzen hatte. »Und auch wenn alle über uns lachen werden, ich möchte nur noch Filme machen, in denen du mitspielst.« Total überrascht prustete ich los. »Oder gut, wenn du einen Film machst, möchte ich am Set sein, und wenn ich einen Film mache, möchte ich, dass du am Set bist.«

»Du willst mich also ganz für dich?«, neckte ich ihn. Der Vorschlag war denkbar ungewöhnlich, aber mein Körper reagierte darauf und zog sich verlangend um seinen Schwanz zusammen.

Noah grinste breit und so gut gelaunt wie in den besten Tagen. »Wenn ich weniger wollte, wärst du enttäuscht.«

»Ja«, sagte ich nur. Von dem kleinen Feuerwerk in meinem Bauch konnte er nichts mitkriegen, aber er strahlte, sobald ich lachte. »Und nicht so viel Personal, das brauchen wir nicht.«

»Gut, weniger.« Er leckte an meinem Nippel und ich keuchte. »Aber dafür Pferde.«

»Pferde?!« Ich musste wieder lachen. »Wo kommt das denn auf einmal her?«

»Ich wollte schon immer Pferde haben«, maulte er. »Außerdem finde ich reiten verdammt sexy.«

»Ach was?«, tat ich gespielt überrascht, nutzte aber meine Position, um ihm zu zeigen, dass ich es ebenfalls sehr mochte. Rittlings saß ich auf ihm, bewegte meine Hüften an seinem Schwanz auf und ab und warf jedes Mal den Kopf in den Nacken, wenn ich ihn beinahe schmerzhaft tief in mir spürte.

Noah rollte mich auf den Rücken, griff meine Hände und hielt sie über meinem Kopf fest. »Das hier gefällt mir aber noch besser.«

Ich grinste dreckig. »Ich schätze, auch wenn wir beide total normal tun, könnten wir schon noch ab und zu in diesen Club gehen. Was wäre denn ein Leben ohne ein schmutziges Geheimnis?«

Sein Schwanz wurde stahlhart bei meinem Worten und seine Miene dunkel wie die Nacht. »Fuck, Baby, dir ist schon klar, dass ich dich jetzt richtig hart rannehme?« Er beugte sich zu mir. »Wenn du zappelst, dann bind ich dich fest, und wenn du laut bist, dann muss ich deinen wundervollen Mund knebeln.«

»Tu, was immer du für richtig hältst«, hauchte ich ihm zu und konnte nicht verhindern, dass ich förmlich tropfte vor Gier, endlich, endlich, endlich das zu bekommen, was ich schon die ganze Zeit wollte: einen starken Mann, der mich auf Händen trägt. »Ja, bitte, Sir.«

Epilog

Zwei Jahre später

»Pause!«, rief Noah quer über das Set und ich funkelte ihn diabolisch an. Letzteres wurde unterstützt durch mein Psychokiller-Kampfoutfit und das Kunstblut, das mir über das Gesicht lief.

»Bin ich der Regisseur oder ist er es!«, fauchte Cameron Stewart, sagte aber ›Cut‹ und ließ alle Pause machen.

»Noah, wenn du noch öfter so was bringst, dann werfen sie dich vom Set«, warnte ich ihn. Nach unserem gemeinsamen Dreh für *Black Fight*, der von der Kritik enorm gelobt worden war und für den Noah sogar den Oscar für seine Rolle als arbeitsloser Familienvater erhalten hatte – eine längst überfällige Entscheidung übrigens, wie ich fand – war das das erste Projekt, bei dem nur einer von uns vor der Kamera stand, in diesem Fall ich.

»Pah! Hier trink!« Er reichte mir Wasser und massierte meine Schultern, die tatsächlich sehr verspannt waren, da ich für den aktuellen Dreh als Ninja durchs Bild sprang. »Schon vergessen, ich bin eine Klausel deines Vertrags. Die können mir gar nichts. Und auch wenn sie immer alle fluchen, letztlich bist du so gut, dass sie dich nehmen.«

»Oder hoffen, dass du mal wieder bei einem Film mitspielst, bei dem ich am Rand sitze. Weil ich mich zu benehmen weiß.«

Ja, wir waren ein tolles Paar.

Die Presse spekulierte wilder als je zuvor, dass unsere Hormone uns bald einen Dämpfer verpassen würden. Das alles sei nur Verliebtheit, und wenn die verflöge, dann wären wir auch nur eines dieser Hollywoodpaare, die getrennter Wege gingen. Aber das glaubte ich längst nicht mehr. Ich hatte es schon in dem Moment gespürt, als Noah im Krankenhaus an meiner Seite gewesen war. Irgendwas hatte sich in den Stunden dort verändert. Wir hatten keine Schwüre austauschen müssen, wir mussten auch nicht heiraten, wir konnten einfach wir selbst sein und wir entwickelten uns gemeinsam in die gleiche Richtung.

»Können wir wieder?«, fragte Cameron, musste aber lachen, als er uns sah.

»Klar doch«, grinste ich und gab Noah einen nassen Kuss auf die Wange, so gar nicht psychokillermäßig.

Ich ging wieder auf meine Position und fühlte mich einfach nur perfekt. Ich habe das, was ich immer wollte: einen tollen Mann und Freunde, auf die ich mich verlassen kann und die mich so lieben, wie ich bin. Ich kann verrückte Sachen tun, zum Beispiel einen Macheten-Kampfkurs besuchen. Oder ich kann mich mit Popcorn vollstopfen, muss dann leider aber mehr Sport treiben. Und ab und zu lasse ich mich mit Noah bei einer Gala blicken. So ganz ohne geht es dann doch nicht. Aber die restlichen Tage im Jahr waren wir ein ganz normales Paar. So normal, wie das eben geht, wenn man Filmstar ist.

Aber was ist schon normal im Leben? Hauptsache, man ist mit dem Herzen dabei.

Bevor wir die Szene fortsetzten, warfen Noah und ich uns einen langen Blick und einen Kuss zu. Die Crew verdrehte dabei jedes Mal die Augen und fand das ziemlich übertrieben, aber das war uns egal. Es fühlte sich richtig an. Und nur das zählte.

Vielleicht spielen wir alle tatsächlich eine Rolle, ich kann es nicht sicher sagen, und ein Gespräch mit Claire, die ja keine Schauspielerin ist und deshalb einen anderen Blickwinkel auf die Sache hätte haben müssen, hat mich nicht wirklich klüger gemacht. Aber wenn dem so ist, dann sollten wir uns eine Rolle aussuchen, die uns glücklich macht und erfüllt. Und die hier tat es.

Ich grinste dreckig und wurde prompt von Cameron ermahnt. Aber den Gedanken musste ich noch zu Ende führen, bevor ich wieder vor der Kamera durchdrehte und mit blutigen Fleischbatzen um mich warf.

Jeden Abend nach Drehschluss zitierte Noah mich zu sich, und je mehr wir uns am Tag am Set bekämpft hatten, umso heftiger flatterte mein Herz.

»Du bist heute ein verdammt böses Mädchen gewesen, Baby«, begann er, streichelte meine Wange und legte mir weiche Ledermanschetten um. »Und weißt du, was mit bösen Mädchen passiert?«

Meine Scham pochte verlangend, genauso wie mein Herz. Ich nickte und sah ihm fest in die Augen. »Ja, Sir.«

Dann fesselte er mich ans Bett und nahm mich hart, bis ich völlig aufgelöst in seinen Armen lag und alles andere um mich herum vergaß. Das war meist nur der Anfang, denn sobald ich wieder zu mir kam, fickte oder liebkoste er mich weiter. Nie durfte ich kommen, erst ganz am Ende, wenn jede Faser meines Körpers glühte. Dann erst gab er nach, und wir erlebten gemeinsam einen wunderschönen und jedes Mal extrem lang andauernden Orgasmus. Na gut, er rein technisch natürlich nicht, aber ich, und er hielt mich so lange und zog dieses wunderschöne Gefühl mit Küssen und Berührungen in die Länge.

Sobald ich wieder gedanklich bei ihm war, löste Noah

alle Fesseln, rieb meine Gelenke und trug mich ins Bad. Wir badeten oder duschten gemeinsam und liebten uns manchmal noch mal, dann aber zärtlicher.

»Ich lass dich nicht los«, flüsterte er, und obwohl er es jedes Mal sagte, verloren die Worte nicht ihre Wirkung.

Ich sank gegen ihn, lächelte und war restlos glücklich. Ich genoss den Moment und freute mich auf den nächsten Tag, die nächste Woche, das nächste Jahr, ein ganzes Leben mit ihm. Und ich sagte ihm, was ich mittlerweile mehr als ein Dutzend Mal am Tag sagte, und damit weit öfter, als er es tat, was aber okay war: »Ich liebe dich, Noah.«

Wir spielten, und wir würden nie aufhören. Und ab und zu war ich wieder so nervös wie ganz am Anfang. Aber das war in Ordnung so. Schließlich ging es um mein Leben und das darf schon ab und zu für feuchte Hände und Herzrasen sorgen. Und außerdem: Noah ging es genauso.

Ende ...

Abspann

Noah: Okay, hier also mein Kommentar: Ich finde, Ida hat das mehr oder weniger richtig erzählt. Was etwas zu kurz gekommen ist, ist meiner Meinung nach, wie heiß sie ist. Ständig musste ich was von meinen Muskeln und meinem Hintern in Jeans lesen. [Er lacht.] Dabei ist sie diejenige, die so unwiderstehlich ist. Nicht umsonst wollte ich sie vom ersten Augenblick an. Und jetzt bin ich ein verdammt glücklicher Mann.

Ida: Sorry, Leute, aber wenn ihr glaubt, da kommt noch was von mir, muss ich euch enttäuschen. Lest doch einfach die Geschichte noch mal.

Claire: [Sie grinst.] Daniel hat es getan. Er hat mich gebeten, es nicht zu erwähnen, aber scheiße war das geil. Ich krieg gar nicht genug davon, wenn er mich fesselt, und ich glaube, weil es mich so geil macht, macht es ihn auch geil. Fakt ist, nicht nur Ida hat hier heißen Sex. Ich auch endlich. Yesss!

Daniel: Claire hat keine Ahnung, welche Ader sie da in mir geweckt hat. Mehr sag ich nicht. [Er grinst.]

Christopher: Alle haben mir gesagt, ich könnte nicht lange in Rente bleiben, aber sie haben sich geirrt. Nichts für ungut, ich hab es geliebt, Filme zu machen. Aber es gibt noch so viel mehr im Leben. Vor allem an Ida muss ich jedoch oft denken. Ich hab das Gefühl, sie wird immer besser und ich fühl mich ein bisschen wie ein Vater, der stolz auf sein Kind ist. Aber du meine Güte, was rede ich hier für einen sentimentalen Käse: Man muss das Leben genießen, egal, wie es kommt. Punkt.

Eric: Geil, jetzt hab ich nicht nur Noah als Star unter Vertrag, sondern auch Ida. Die beiden sind besser als jede Rentenversicherung. Und ja, ich freu mich für sie. Wenn ich es könnte, ich würde ihnen ständig Regenbögen zaubern.

Jessica: Ich hab gekündigt. Seltsamerweise hat mich Ida dazu inspiriert. Sie sagt ständig, dass man seinem Herzen folgen soll. Und ich hab mich getraut! Jetzt arbeite ich in einem Tierheim. Das ist das Beste, was mir passieren konnte. Und immer wenn ich Ida hübsch zurechtgemacht irgendwo sehe, dann freue ich mich, weil ich mir denke, ganz umsonst war mein Leben als Make-up Artist nicht. Ich hab sie dazu gebracht, sich vernünftige Smokey Eyes schminken zu können und nur Naturkosmetik zu benutzen, die nicht an Tieren getestet wurde. Ich bin echt zufrieden.

Francine: Diese Frau sorgt noch mal für einen Herzinfarkt bei mir, Schätzchen. Man kann ihr echt alles anziehen! Und sie sieht gut aus. Und dabei ist sie kein bisschen eingebildet. Sie erwähnt auch immer wieder meinen Namen, und ich kann mich kaum retten vor Anfragen. Und scheiße, jetzt heule ich auch noch. Ihr filmt das hier nicht, oder?

Miranda: Meine Stiftung für krebskranke Kinder in New York läuft super. Was wollt ihr noch wissen? Ob ich jemanden kennengelernt habe? Klar, aber Details verrate ich nicht. Im Gegensatz zu allen anderen hier lege ich Wert auf Privatsphäre. [Sie lächelt.]

Rachel: Mein Nachfolgeroman war genauso erfolgreich wie *Mehr als Liebe.* Und Ida und Noah haben für die Verfilmung zugesagt, was ich total heiß finde. Ich hab so oft beim Schreiben an sie denken müssen und die eine oder andere Szene dürfte den beiden richtig Spaß machen. Ich hab Noah sehr genau beobachtet, und ich glaube, er hat im Leben weit mehr Schweinereien ausprobiert, als er Ida bis jetzt verraten hat. [Sie kichert.] Oh, wie gerne wäre ich an Idas Stelle. Wie bitte? Ich soll mal was nennen? Mmh. Darf ich hier von der Versteigerung reden? Oh, Jugendschutz und so. Na gut, dann müsst ihr euch eben gedulden.

Dean: Ihr wollt also ernsthaft hören, was ich alles so tue? Da wäre die Analyse der Fanpost. Gerade Ida bekommt ständig Drohungen. Ich besprech das meist mit Eric, seltener auch mit Noah. Was mit den kranken Typen passiert? [Er hustet.] Manche Hinweise übergebe ich an die Polizei. [Pause.] Aber diese richtig fiesen Schweine, die in ihren Garagen irgendwelchen Scheiß zusammenbauen, um die kümmer ich mich persönlich. Wozu hat man schließlich gute Freunde von früher? [Er atmet tief durch.] Ja, ähm, mir gefällt mein Job.

Philippa: Wie? Ich darf auch noch mal? Keine Ahnung, was ich jetzt sagen soll. Natürlich ein großes Dankeschön, dass ihr das Buch hier gekauft habt. Ihr seid die besten Leser der Welt. Und ohne euer Feedback würde es nicht so viel Spaß machen, monatelang am Schreibtisch zu sitzen und Geschichten wie die hier zu tippen. Es hat mir unendlichen Spaß gemacht, für dieses Buch

Interviews von Stars zu lesen, ihre Fernsehauftritte anzuschauen und Behind-the-Scenes-Videos zu googeln. Und ich mag mich gar nicht von Noah und Ida trennen. Ich denke, ich werd es ein bisschen wie Ida machen: nicht zurückschauen, sondern nach vorne. Ich finde, das sollten wir alle. Und nun genug geschnulzt. Ich hab schon wieder so viele neue Ideen und ich schreib einfach mal weiter. Das ist okay für euch, oder?

Über Philippa L. Andersson

Philippa L. Andersson ist eine deutsche Autorin, die 1982 in Berlin geboren wurde. Schon in ihrer Kindheit entdeckte sie ihre Liebe zu Geschichten und las alles, was ihr in die Hände fiel. Wenn kein Buch zur Hand war, dachte sie sich selbst Storys aus. Von da war es nur noch ein kleiner Schritt, die Geschichten selbst zu veröffentlichen und Leser zu begeistern. Ihre erste Kurzgeschichte "DAS LETZTE MAL" überzeugte mit der Mischung aus Erotik, Humor und Lovestory auf Anhieb die Leser. Mit "IN DEINEN ARMEN", "ZUCKER AUF DEINER HAUT" und "ZAUBER EINES SOMMERS" folgten weitere erfolgreiche Romane.

Werke
(Ausführliche Leseproben erhalten Sie über die amazon-Website.)

Blackzone – Nach ihren Regeln (in Arbeit)
Es gibt nicht viele Regeln in meiner Welt. Erstens: Mach keine halben Sachen! Und zweitens: Wenn du etwas willst, dann nimm es dir! Und als ungeschrieben Regel,

drittens, eigentlich logisch: Schlaf nicht mit deinem Feind! Hätte ich mich nur mal daran gehalten …

Das letzte Mal

Johanna May übernimmt ein letztes Mal den Job als Hostess. Sie soll den Milliardär Roman van Bergen ein Wochenende lang bei der Geburtstagsfeier seiner Mutter begleiten. Einfacher als gedacht! Vor allem, weil sie sich in Gegenwart dieses dominanten Mannes, der sie stark erregt, nach zärtlichen Berührungen sehnt. So etwas ist ihr bei anderen Aufträgen noch nie passiert! Doch Roman van Bergen spielt nach seinen eigenen Regeln …

Dr. Ben & Lara 2 in 1 (Eine besondere Behandlung & Eine ungewöhnliche Behandlung)

Um sich das Leben als Eventmanagerin in München leisten zu können, zieht Lara in die frisch gegründete 2er-WG des Beraters Ben. Monatelang leben beide mehr neben- als miteinander, bis ein kleiner Unfall beim Obstschneiden plötzlich ungeahnte Folgen nach sich zieht. Beide können ihre gegenseitige Anziehung nicht verleugnen und schon beginnen die Probleme. Ben steht auf Doktorspiele, die für Lara beängstigendes Neuland sind. Doch zum Glück gibt es für jedes Problem eine Behandlung … ähm … Lösung …

Im 7. Himmel

Glück im Unglück. Nachdem Julia wegen eines kleinen Missgeschicks stirbt, darf sie als Engel zur Erde zurück und sich um den „Fleisch gewordenen Traum einer jeden Frauenfantasie“, Erik Schwarz, kümmern. Leichter gesagt als getan. Denn während Julia die Grenzen ihres Engeldaseins erfährt, sorgt der himmlische Duft, den sie verströmt, für eine ziemlich aufgeheizte Atmosphäre zwischen beiden. Erst ein unerwarteter Zwischenfall und etwas göttliche Einmischung bringen die Wende …

In deinen Armen

Verdammt! Als Emma Foresta zur Hochzeit ihrer besten Freundin Diana eingeladen wird, rechnet sie mit allem, nur nicht damit, dass sie ihrem Erzfeind aus Jugendzeiten über den Weg läuft: Mario Torriani, den Bruder der Braut. Noch weniger erwartet sie, dass sie sich plötzlich nach dem Mann, der sie ihr halbes Leben lang gehänselt und aufgezogen hat, verzehrt, wie nach der Luft zum Atmen. Emma traut sich selbst nicht mehr über den Weg. Steigt ihr die Hochzeit zu Kopf? Was ist in sie gefahren? Oder kann es sein, dass sich Mario nach all den Jahren tatsächlich geändert hat und ihr Traummann zum Greifen nah ist? Ihr Körper vertraut ihm merkwürdigerweise, während ihr Verstand rebelliert. Aber manchmal findet man die große Liebe ausgerechnet zu einer Zeit und an einem Ort, wo man sie am wenigsten erwarten würde …

Lovely Dancing – Folge deinem Herzen!

Seit Sophie Baumann in einer renommierten Berliner Kanzlei für Markenrecht arbeitet, ist sie wie alle anderen Kolleginnen in den gut aussehenden Star-Juristen Jan Lange verknallt. Doch wie kommt man so einem Halbgott näher? Erst als Jan an einem Ball teilnehmen soll, wittert Sophie ihre Chance und ergreift sie. Sie beschließt, ihm das Tanzen beizubringen. Doch Schritt für Schritt gerät plötzlich ihr Leben gehörig aus dem Takt und dieser Frühling wird heißer als sie es sich je erträumt hätte …

Parfum d'Amour 1: Die Begegnung

Eigentlich will Mia Benoit nur das Eine: Nach wiederholten Enttäuschungen mit Männern sucht sie schnellen, guten Sex. Wenn die Herren das können, dann sie auch! Doch auf der Onlinedating-Plattform PAIRS lernt sie statt einem unkomplizierten Typen den mysteriösen MR. X kennen. Und ob sie will oder nicht, sie verfällt diesem Mann. Und mehr noch: seinem unverwechselbaren, anziehenden Geruch …

Nicolas Dumont ist kein Mann für Beziehungen. Von Frauen, die sich in ihn verlieben, trennt er sich schneller, als man seinen Namen sagen kann. Auf einer Geschäftsreise in Paris ist ihm die Online-Begegnung mit der forschen Mia daher mehr als recht. Bis er plötzlich Dinge fühlt, die ihm bisher fremd waren …

Ein erotisches Spiel beginnt, bei dem der Eine nicht sicher sein kann, was der Andere denkt. Denn in der Dunkelheit ihrer Treffen müssen sie sich auf das verlassen, was sie riechen, schmecken und fühlen!

Parfum d'Amour 2: Dir verfallen

Noch erholt sich Mia Benoit von ihrem Schock, dass Nicolas sie nicht mehr sehen möchte. Sie hat genug von den Männern und setzt alles daran, ihre neue Duftkreation, ihr Parfum de MR. X, weiterzuentwickeln. Doch als ihr attraktiver Boss Sebastien Dumont ihr Avancen macht, kann sie nicht widerstehen – so wie sie Nicolas schon nicht widerstehen konnte. Sie verfällt ihm, ohne zu ahnen, auf wen sie sich wirklich eingelassen hat. Kann das gut gehen?

Parfum d'Amour 3: Intensive Nähe

Wie kann man nur so dumm sein? Genau diese Frage

verfolgt Mia Benoit, denn schon zum zweiten Mal hat sie sich in den gleichen Mann verliebt und wurde – welch Wunder! – enttäuscht. Und darauf findet sie nur eine Antwort: Das passiert, wenn man liebt. Mutig beschließt sie, alles auf eine Karte zu setzen und ihrem Herzen zu folgen. Sie gibt Nicolas Sebastien Dumont eine dritte und letzte Chance – die er sich jedoch erst verdienen muss.
Ein erotisches Katz-und-Maus-Spiel beginnt. Aber wer nicht wagt, der nie gewinnt!

Robot Love – Starke Schultern

Stell dir vor, du kannst dir deinen Traummann zusammenbasteln!
Mit allen körperlichen und charakterlichen Eigenschaften, die du dir wünschst …
Er sieht einem echten Mann zum Täuschen ähnlich …
Und er gehorcht nur einem obersten Prinzip: alles tun, was dich glücklich macht!
Für Alexandra ist das DIE Lösung, um nach einem schweren Verlust ihr Leben wieder in den Griff zu bekommen – findet zumindest ihre Schwester Sheila und schenkt ihr prompt Jacob. Alexandra ist nicht einverstanden damit. Doch je länger sie und der im Internet bestellte, lebensechte Roboter zusammen sind, desto stärker werden ihre Gefühle für ihn. Und was könnte schrecklicher sein, als jemanden zu lieben, der von allen Dingen Ahnung hat, nur nicht von wahrer Liebe?

Robot Love – Arbeit ist das halbe Leben

Für Sheila ist Arbeit nicht nur das halbe Leben, als selbstständige Eventmanagerin lebt sie im Trubel erst so richtig auf. Doch ein neues Projekt bringt sie an ihre Grenzen, und ehe sie sich versieht, bekommt sie unfreiwillig Hilfe: Ihre Schwester halst ihr einen GentleRobot-Man namens Dante auf. Und der Roboter hat nicht nur einiges auf dem Kasten. Irgendwie wird sie das Gefühl nicht los, dass er ihr aus ganz anderen, sehr egoistischen Gründen hilft … Will er etwa wissen, wie es ist, Sex zu haben?! Da kann er lange warten! Oder doch nicht?

Sweetheart Agency – Büroaffären

Sean ist der Einzige, der weiß, dass die zurückhaltende Lilian sich hinter dem heißen Blog »Büroaffären« verbirgt. Er liebt es, ihre Fantasien zu lesen und darüber zu spekulieren, über wen aus ihrem Arbeitsumfeld sie wohl schreibt. Erst als sie beginnt, sich über den neuen attraktiven Kollegen Frederic auszulassen, ist Sean alarmiert. Schließlich ist für ihn klar, dass Lilian nur zu ihm gehört. Blöd nur, dass sie das noch nicht weiß …

Zauber eines Sommers

Das Herz vergisst nicht, wen es einmal geliebt hat – für Emily Robertson ist das ausgerechnet Aidan. Der Mann, von dem sie damals dachte, sie würde den Rest ihres Lebens mit ihm verbringen. Der Mann, der ihr Herz gebrochen hat, den sie nie wiedersehen wollte. Sexy Schotte hin oder her. Dachte sie … Als Emily für eine Fotostrecke zurück in die Highlands fährt, läuft sie prompt ihrer alten Jugendliebe Aidan in die Arme. Ob sie will oder nicht, ihr Herz spielt verrückt wie schon lange nicht mehr. Doch je mehr sie sich gegen ihre Gefühle wehrt, desto stärker versucht Aidan seinen alten Fehler wiedergutzumachen und ihr Herz zurückzuerobern. Verliebt sie sich zum zweiten Mal in Aidan? Wie gut, dass Emily ihre Kamera dabei hat: Jedes der geschossenen Fotos hilft ihr, seinen wahren Gefühlen und auch ihrem eigenen Herzen auf die Spur zu kommen.

Schließlich heißt es nicht ohne Grund: Ein Bild sagt mehr als tausend Worte …

Zucker auf deiner Haut

Allison Summers betreibt eine kleine, stetig wachsende Patisserie im Herzen New Yorks und ist aufgeregt: Sie darf die Desserts für das High Society Event im Mai, die Manhattan Cocktail Nights, kredenzen. Gelingt es ihr, so macht sie sich nicht nur einen Namen in der Metropole, sondern kann dank der Einnahmen auch ihre Mietschulden begleichen.

Alles läuft nach Plan, bis Allison dem Milliardär Christopher A. Winters begegnet. Kann sie ihm widerstehen, wenn nicht nur ihre berufliche Zukunft, sondern auch ihr persönliches Glück auf dem Spiel steht?

15198051R00265

Printed in Poland
by Amazon Fulfillment
Poland Sp. z o.o., Wrocław